Regina Jennings

Das vorwitzige Frauenzimmer

Über die Autorin

Regina Jennings hat Englisch und Geschichte studiert. Sie hat in ihrem Leben schon vieles ausprobiert: für eine Zeitung gearbeitet und in einer Kirchengemeinde – aber auch auf diversen Viehauktionen. Sie lebt mit ihrem Ehemann und den vier gemeinsamen Kindern in der Nähe von Oklahoma City. Bisher auf Deutsch von ihr erschienen: „Der vertauschte Bräutigam".
Mehr über die Autorin: www.reginajennings.com

REGINA JENNINGS

Das vorwitzige Frauenzimmer

Roman

Aus dem Englischen
von Eva Weyandt

GerthMedien

Für Bob und Glenda Jennings.
Ihr habt tolle Arbeit geleistet.

Kapitel 1

Oktober 1885
Pine Gap, Missouri

Nur ein überschaubares Fleckchen dieser Erde war Teil von Texas. Nicht dass er den Rest der Welt verachtete, aber es gab da eben einen gewissen Unterschied.

Deputy Joel Puckett stellte seine Satteltaschen auf dem Bahnsteig ab und ließ seinen Blick über die Berge gleiten, die das Tal wie eine Mauer umgaben. Natürlich war er weit davon entfernt, ganz Texas zu kennen. Es würde länger als die vierundzwanzig Jahre dauern, die er schon auf dieser Erde lebte, um jede Stadt in diesem Bundesstaat zu besuchen – vom Ödland von El Paso bis zu den Sümpfen von Beaumont. Aber erst jetzt erkannte er, dass ein gebürtiger Texaner es schmerzlich spürte, wenn er von seiner Heimat getrennt war.

Die Lok hatte sich wieder in Bewegung gesetzt, und ihr Stampfen wurde von den Bergen zurückgeworfen, aber noch immer war niemand aus dem Depot getreten, um ihn zu begrüßen. Ein Windstoß vom Berg trieb die trockenen Herbstblätter über die mit Steinen übersäte Fläche vor dem Bahnhof. Die ersten Sterne waren über dem Berg zu sehen und es wurde merklich kühler. Joel nahm seinen Stetson ab und strich sich durch die Haare. Gouverneur Marmaduke hatte ihm erklärt, die Stadtbewohner würden verzweifelt auf Hilfe warten, ja, sie bettelten förmlich um Schutz vor den Banditen, die ihre Farmen überfielen.

Aber wenn sie seine Ankunft so dringend erwarteten, wo steckten sie dann?

Seine Schritte hallten in der Stille wider, als er den Bahnsteig überquerte, zum Depot ging und an der Eingangstür rüttelte. Verschlossen. Seine Hutkrempe stieß gegen die Scheibe, als er durch das einzige Fenster spähte. Aber es war niemand zu sehen. Hier war keine Hilfe zu erwarten.

Joel blickte suchend zum dunklen Wald, konnte aber in der Dämmerung nichts erkennen. Er holte seine Satteltaschen und sah die Straße hinab, die an den Schienen entlangführte. Als er beschlossen hatte, den Zug zu nehmen, hatte er nicht bedacht, dass er bei seiner Ankunft kein Fortbewegungsmittel hätte. Er hätte darauf bestehen sollen, sein Pferd mitzunehmen. Wer wusste schon, was für ein Tier man ihm zur Verfügung stellen würde? Jetzt musste er eben zu Fuß gehen. Sollte er bergauf oder bergab marschieren? Welcher Weg führte ihn am schnellsten in die Zivilisation?

Die abendlichen Geräusche veränderten sich. Wie erstarrt blieb Joel stehen, als Lärm an seine Ohren drang. Jahre auf der Jagd nach Verbrechern hatten seine Sinne geschärft, sodass er auf jede Veränderung sehr wachsam reagierte. Ein Reitertrupp kam auf ihn zu, und zwar mit hoher Geschwindigkeit.

Hufe donnerten über die Steine. Viele Hufe. Laute Stimmen, die miteinander redeten, nicht wütend, sondern ausgelassen und übermütig. Sie kamen über die Bergkuppe. Die meisten Männer hätten sich in den Schutz der Dunkelheit zurückgezogen, bis sie wussten, was sie erwartete, doch ein solcher Gedanke wäre Joel nie gekommen. Seine Hand lag an seinem Revolvergürtel, und er brauchte gar nicht zu überprüfen, ob sein sechsschüssiger Revolver da war, wo er hingehörte. Breitbeinig stand er da, in einer klassischen Schießposition. Was wäre, wenn sie ihn einfach über den Haufen ritten? Hatte er vielleicht einen

Fehler gemacht? Die Pferde brachen aus dem Schutz der Bäume hervor, und jetzt war es zu spät, seine Entscheidung zu hinterfragen.

Beim Anblick des ersten Reiters stockte ihm der Atem. Die Gestalt schien direkt aus der Hölle zu kommen. Sie hielt eine Fackel in der Hand und hatte ein entstelltes, geschwärztes Gesicht und Hörner. Während mehr Gestalten aus dem Wald drängten, erkannte Joel, dass sie Masken aus Jutesäcke trugen. Um etwas sehen zu können, hatten die Männer Löcher in den Stoff geschnitten und diese mit weißer Farbe umrahmt, was ausgesprochen Furcht einflößend wirkte. An den Seiten war etwas befestigt worden, das an Hörner erinnerte, und Quasten flatterten an ihren spitzen Enden.

Johlend und schreiend galoppierten die Reiter auf die Lichtung und damit geradewegs auf ihn zu. Wer waren sie? Wenn sie Böses im Sinn hatten, war er ihnen hoffnungslos unterlegen. Die Männer trugen ihre Mäntel auf links gedreht und hatten Socken über ihre Stiefel gezogen. Man könnte sie höchstens an ihren Pferden erkennen, doch selbst die waren mit Asche eingerieben worden. Dutzende von diesen Reitern drängten herbei, einige schwenkten statt der Fackeln Reisigbündel. Sie galoppierten am Depot vorbei, schenkten ihm aber keinerlei Beachtung, als wäre er genauso unbedeutend wie die Eichhörnchen, die am Fuße der Bäume herumwuselten und Eicheln suchten.

Joel war darüber jedoch nicht etwa erleichtert, sondern äußerst aufgebracht. Er war es nicht gewöhnt, ignoriert zu werden. Während die Männer wieder zwischen den Bäumen verschwanden und ihrer gespenstigen Mission folgten, legte er die Hände an den Mund und schrie ihnen hinterher.

„Hey! Habt ihr mich nicht gesehen, oder habt ihr Angst, Halt zu machen?“

Wenn er ehrlich war, war er auch zutiefst beleidigt darüber, dass keiner von diesen Männern Anstalten machte innezuhalten.

Außer einem.

Kurz bevor das Pferd aus seinem Blickfeld entschwand, zog ein Mann die Zügel hart nach links. Steine spritzten auf, als das Tier seinem Befehl gehorchte und zurück zur Lichtung galoppierte. Der Mann war sehr groß und der lose über seinem Kopf hängende Sack konnte sein massiges Gesicht nicht verbergen. Eines der Hörner hatte sich gelöst und deutete nach unten wie das Horn eines zornigen Bullen. Sein Pferd senkte den Kopf; es wollte zu den anderen zurück, doch der maskierte Mann lenkte es mit unnachgiebiger Hand geradewegs auf Joel zu.

Aufgrund der Verkleidung war von dem Mann nicht viel zu erkennen, abgesehen von seiner Größe und Haltung. Ein Anführer – kein Zweifel. Furchtlos und arrogant. Jemand, mit dem er früher oder später aneinandergeraten würde.

Vermutlich eher früher als später.

Joel trat an den Rand des Bahnsteigs und blickte auf den Reiter herab. Jeder Nerv war angespannt. Alle seine Sinne geschärft.

Der Reiter beugte sich nach vorn, und noch bevor Joel einen klaren Gedanken fassen konnte, hatte er selbst schon den kalten Griff seines Revolvers in der Hand. Der Mann hatte jedoch nicht nach seiner Waffe gegriffen. Vielmehr warf er Joel ein Reisigbündel vor die Füße.

Nachdem ihm ein flüchtiger Blick verraten hatte, dass keine Gefahr davon ausging, richtete Joel seine Augen wieder auf den Reiter.

Das Pferd des Mannes begann unruhig zu tänzeln, als der Hufschlag der anderen Reiter im Wald verklang.

„Ein Reisigbündel?“, fragte Joel. „Was hat das zu bedeuten? Wer sind Sie?“

Der weiße Kreis um den Mund des Maskierten verzog sich. „Ich bin hier das Gesetz."

Mit diesen Worten wendete er sein Pferd, und schon schossen Reiter und Tier davon, ihren Gefährten hinterher. Sie galoppierten über die Lichtung und verschwanden an der Stelle, an der die Straße in den Wald führte, aus Joels Blickfeld.

Joel atmete tief durch und steckte seinen Revolver wieder in sein Holster, und erst jetzt gestattete er sich den Gedanken, was alles hätte passieren können. Man hatte ihn gewarnt, dass die Berge gefährlich waren. Doch er war lieber dieses Risiko eingegangen, als sich dem Schicksal zu fügen, das ihn zu Hause erwartete. Jetzt war er sich allerdings nicht mehr so sicher, ob seine Entscheidung klug gewesen war. Was immer er hier erwartet hatte, vermummte Reiter hatte er ganz bestimmt nicht auf der Rechnung gehabt.

Nein. Er war definitiv nicht länger in Texas.

Kapitel 2

Auch wenn wir der Meinung sind, dass Ihre schriftstellerischen Bemühungen durchaus vielversprechend sind, müssen wir Ihnen leider mitteilen, dass unsere Leser kein Interesse an Berichten über einen Gesetzeshüter aus dem Hinterland haben, der vergeblich versucht, kriminelle Elemente zur Strecke zu bringen. Sollten Sie jedoch einmal über ein Thema schreiben, das von größerem Interesse für unsere Leser ist, können Sie sich gern wieder an uns wenden …

Betsy Huckabee faltete den Brief wieder zusammen. Nun hatte sie es schwarz auf weiß: Sie konnte zwar eine Geschichte erzählen, aber in Pine Gap gab es nach Ansicht der Zeitungsleute aus Kansas City nichts, dass es wert war, erzählt zu werden. Aber wieso interessierten denn die Zusammenstöße zwischen der Bürgerwehr und den Banditen die Leser in Kansas City nicht? Die Redakteure behaupteten, ihre Leser hätten keinen Bezug zu den Zwischenfällen. Obwohl sie im selben Staat lebten, waren die Bergbewohner für die Stadtbevölkerung nur von nachgeordnetem Interesse. Wenn sie eine erfolgreiche Reporterin werden wollte, musste sie also einen anderen Aufhänger finden.

Nachdem sie den Brief zum hundertsten Mal in ihrer Rocktasche verstaut hatte, nahm Betsy den Holzlöffel zur Hand, rührte in ihrem Topf und löste, was sich in der Zwischenzeit auf dem Boden festgesetzt hatte. Im Topf schmorten mehr Zwiebeln als Eichhörnchenfleisch. Auch wenn die Zwiebeln die Hütte mit einem angenehmen Duft erfüllten, würden sie sie nicht wirklich satt machen, und ihr Magen würde die ganze Nacht knurren. In der Räucherkammer hingen zwar die Schinken sowie die Schulter- und Mittelstücke des kürzlich geschlachteten Schweins, aber die mussten die Familie über den ganzen Frühling bringen, und offensichtlich machte sich Sissy bereits Sorgen, dass es nicht reichen könnte. Betsy nahm ein Holzscheit, warf es in den Ofen und rührte weiter.

Wie wäre es, wenn sie eine sentimentale Geschichte für die Damenseite schreiben würde – eine fiktive Geschichte, die ihren Namen in die Zeitung und etwas Geld in ihre Börse bringen würde? Vielleicht sollte sie es einmal damit probieren. Sie musste sich etwas einfallen lassen, denn sie wollte endlich auf eigenen Beinen stehen. Die gegenwärtige Situation war ihrem Wohlbefinden nicht gerade dienlich.

Draußen ertönte ein schriller Pfiff. War das der Zug? Betsy blickte auf die Uhr, die auf dem Kaminsims stand. Es war acht. Erneut ertönte ein Pfiff. Vermutlich wollte der Lokführer der Stadt verkünden, dass eine arme Seele verlassen am Bahnhof stand. Entschlossen stellte sie den Topf auf den Tisch und trocknete ihre Hände an dem karierten Geschirrtuch ab. Natürlich hatte sie Hunger, aber wie konnte sie in dem Eintopf rühren, wenn da draußen ein Geheimnis darauf wartete, ergründet zu werden?

„Onkel Fred? Hast du den Zug gehört?" Als sie die Tür zum Zeitungsbüro aufstieß, stand er über die Druckerpresse gebeugt und machte sich am Setzkasten zu schaffen.

Er strich sich über die Stirn. Sein verschmutzter Ärmelschützer hinterließ einen Streifen Druckerschwärze auf seinem Gesicht. „Der Zug? Er hat Verspätung, so viel ist sicher."

Die Außentür flog auf und Betsys fünfzehnjähriger Vetter Scott platzte herein. „Das war der Zug, Pa." Er eilte auf Onkel Fred zu und hätte dabei beinahe den Setzkasten auf den Boden geworfen. „Ob der neue Deputy wohl im Zug war?"

Seinem Vater gelang es gerade noch, den Setzkasten festzuhalten. „Geh zu Sissy und sag ihr, dass wir jetzt zum Abendessen rüberkommen. Du wirst nicht rüberlaufen und nachschauen, ob jemand im Zug war."

Betsy wartete, bis ihr Vetter mit schmollend vorgeschobener Lippe in die Hütte getrottet war. Sobald sich die Tür hinter ihm geschlossen hatte, wandte sie sich zu ihrem Onkel um. „Und was ist mit mir? Kann ich nachsehen, ob ein Fremder am Bahnhof steht?"

Onkel Fred legte den Befestigungsstein in die Rille, um den Text zu sichern, bevor er einen Schritt zurücktrat. „Ich bin schrecklich neugierig auf diesen neuen Deputy aus Texas." Er strahlte sie an und deutete dann mit seiner mit Druckerschwärze übersäten Hand zur Küche.

Die Familie saß bereits am Tisch. Sissy – oder Tante Sissy, wie sie jetzt genannt werden wollte – hatte Baby Eloise gefüttert und teilte gerade den Zwiebeleintopf mit Eichhörnchenfleisch aus. Scott hielt seine zweite Halbschwester Amelia auf den Knien und spielte mit ihr „Hoppe, hoppe, Reiter", was ihr Freudenjauchzer entlockte. Nachdem er nun fast erwachsen war und seine Stiefmutter sich um ihn kümmerte, brauchte Scott seine ältere Base Betsy nicht mehr. Obwohl sie sich im Zeitungsbüro nützlich machte, war ihre Anwesenheit mittlerweile eine Belastung für die stetig wachsende Familie – obwohl niemand dies jemals sagen würde.

Betsy nahm Sissy einen Teller ab und begann zu essen.

„Setz dich doch an den Tisch und iss wenigstens ein Mal mit uns, Betsy." Sissy war nicht viel älter als Betsy, aber sie versuchte, durch Strenge älter zu wirken, als sie war. „Du bist den ganzen Tag auf den Beinen gewesen."

Betsy ignorierte die Aufforderung, sich zu setzen, und schaufelte sich noch einige Bissen in den Mund. Mittlerweile war es dunkel geworden, und das war die Zeit, zu der es in den Bergen interessant wurde. Hier am Tisch mit Onkel Fred und Tante Sissy gab es nichts Aufregendes zu erleben. Sie war zu Größerem bestimmt.

In aller Eile stellte Betsy ihren Teller ins Spülbecken und drückte im Vorbeigehen Amelia einen Kuss auf die Wange. Sie verstand nicht genau, was Sissy ihr nachrief, aber sie winkte ab, bevor sie das Büro betrat, und erwiderte: „Ja, ich werde vorsichtig sein!"

Beim Hinausgehen schnappte sie sich den Mantel ihrer Base vom Haken und streifte ihn über ihr Baumwollkleid. Der Himmel war an diesem Abend wolkenlos; auch ohne Laterne würde sie sich recht gut orientieren können. Ihr Schreibtisch wackelte, als sie die Schublade aufzog. Vorsichtig nahm sie den Brief aus ihrer Tasche, legte ihn zu den anderen Absagen, die sie mittlerweile bekommen hatte, und schob die Schublade wieder zu. Dann löschte sie die Lampe und borgte sich noch einen Hut ihres Onkels aus, bevor sie ins Freie trat.

Als sie vor dem Haus stehen blieb, vernahm sie Sissys Worte durch das geöffnete Fenster. „Ich weiß ja, dass sie immer ohne Begleitung unterwegs ist, aber es schickt sich nicht. Sie ist schließlich eine junge Dame –"

Betsy schnaubte. Das stimmte nicht. Eine junge Dame war sie sicher nicht mehr. Sie hatte mittlerweile die schwierige Zeit erfolgreich hinter sich gebracht, in der jeder – von der Frau des Postmeisters bis hin zum Auktionator – versucht hatte, sie zu verkuppeln. Irgendwann hatten sie schließlich aufgegeben, und jetzt durfte Betsy das Leben führen, das sie wollte. Frei von jedem Zwang, ihre Entscheidungen vor jedem Hinz und Kunz rechtfertigen zu müssen, der meinte, etwas zu diesem Thema zu sagen zu haben. Sie hatte jeden Mann zurückgewiesen, der Interesse an ihr gezeigt hatte, und da es hier sonst keinen geeigneten Kandidaten mehr gab, konnte sie ganz beruhigt ihr Leben leben.

Als sie donnernden Hufschlag vernahm, beschleunigte sich ihr Herzschlag. Sie ritten an diesem Abend. Wo sie wohl hinwollten? Hatten sie Miles Bullard gefunden? Wie sehr wünschte sie, sie könnte sich ihnen anschließen und alles aus erster Hand miterleben.

Betsy rannte zum Marktplatz, wo der Trupp vorbeireiten würde. In Gedanken zählte sie die Männer auf, von denen sie bereits wusste, dass sie zur Gruppe gehörten, und die, von denen sie es nur vermutete. Postmeister Finley klappte gerade die Fensterläden seiner Wohnung zu, die über dem Postamt lag. Sie hatte auch nicht erwartet, dass dieser zwielichtige Mensch dazugehörte, zumal einige seiner Angehörigen oft auf der falschen Seite des Gesetzes standen. Und Doc Hopkins? Er war eben in der Stadt gewesen. Hätte er Zeit gehabt, seine Verkleidung anzulegen?

Da kamen sie schon angaloppiert, johlend und grölend, und einige schwenkten ihre Reisigbündel über den Köpfen. Sie sahen wirklich furchterregend aus, aber Betsy hatte keine Angst vor ihnen. Es waren Männer aus dem Ort, die meisten von ihnen ziemlich anständige Mitmenschen, und sie hatten das Gesetz befolgt, bis das Gesetz sie im Stich gelassen hatte. Auch wenn sie Sheriff Taney mochte, er hatte sie enttäuscht. Wenn er die Situation nicht in den Griff bekam, dann konnten die Leute doch froh sein, dass jemand bereit war, ihm beizuspringen.

Betsy beobachtete, wie die Reiter vorbeigaloppierten, und versuchte, sich die verschiedenen Masken und Verkleidungen einzuprägen. Clive Fowler war unschwer zu erkennen. Ein Jutesack konnte seine Körperfülle nicht verbergen. Aber wer sich hinter den übrigen Gestalten verbarg, konnte sie nicht mit Sicherheit ausmachen. Johlend galoppierten die Männer durch die Stadt, und obwohl alle Verkleidungen trugen, wirkte einer von ihnen weniger fröhlich. Er saß auf einem prächtigen Pferd, das ganz augenscheinlich aus der Calhoun-Zucht stammte. Aber es war nicht Jeremiah …

„Hallo, Mr Pritchard", rief sie.

Es war ein Schuss ins Blaue, aber er traf sein Ziel. Der Maskierte wandte sich um. Seinen Gesichtsausdruck konnte sie natürlich nicht erkennen, aber die langen Haare, die unter seiner Kapuze hervorlugten, erkannte sie sofort. Ja, und damit hatte sie einen weiteren „Bald Knobber" identifiziert.

Er hob seine Reisigzweige und schwenkte sie in ihre Richtung. Es war eine Warnung, aber Betsy lächelte nur. Sie wollte ihm nicht schaden, das wusste Pritchard. Einem Geheimnis konnte sie aber nun mal nicht widerstehen. Sie musste es unter allen Umständen lösen.

Blätter wirbelten auf, als die Reiter den Platz überquerten und in Richtung Fluss ritten.

Betsy vergrub die Hände in den Taschen und marschierte den Berg hinauf zum Bahnhof. Selbst sie war nach Einbruch der Dunkelheit nicht mehr gern außerhalb der Stadt unterwegs, zumindest nicht auf der offiziellen Straße. Es bestand immer die Gefahr, dass man Zeuge einer Auseinandersetzung wurde, wenn man in einem ungünstigen Augenblick um die Ecke kam. Oder man begegnete jemandem, der nach einer durchzechten Nacht volltrunken nach Hause torkelte. Aber schlimmer noch, man traf vielleicht auf einen Menschen, der Böses im Sinn hatte. Obwohl Betsy selbst keine Feinde hatte, boten die dicht bewaldeten Berge Verbrechern hervorragende Verstecke, sowohl für sich selbst als auch für ihre Beute. Und es gab hier auch ausreichend Nahrung … oder sie lebten von dem, was sie den Stadtbewohnern stahlen. Solchen Gestalten ging man besser aus dem Weg. Selbst der Sheriff fand es sicherer, die Nacht im Gefängnis oder in seiner Hütte zu verbringen.

Betsy jedoch nicht. Sobald sie die Stadt, die ihr einen gewissen Schutz bot, verlassen hatte, würde sie sich ins Dickicht schlagen. Außerdem waren die „Bald Knobbers" in dieser Nacht unterwegs. Sie hatten schon viel getan, um die kriminellen Machenschaften in der Gegend einzudämmen. Auch wenn ihre Methoden fragwürdig waren, hatten sich die Zustände in Pine Gap doch sehr verbessert.

Betsy hatte die Kreuzung am Bergkamm erreicht. Wenn sie geradeaus weiterging, käme sie zum Depot. Links führte die Straße zum Auktionshaus. Doch sie verwarf beide Möglichkeiten, verließ die Straße und folgte einem kleinen Pfad. Tante Sissy hielt es für gefährlich, doch sobald Betsy im Dickicht verschwunden war, wäre sie sicher.

Aber sie hatte das Dickicht noch nicht erreicht, als ein Fremder auf sie zukam.

Der Mann trug einen zerknitterten Anzug, billige Schuhe, die nicht für einen Fußmarsch geeignet waren, und einen Hut, der so groß war, dass man ein Schwein darin baden konnte. Seine Nase stach aus seinem Gesicht hervor, doch sein Kinn war sehr schmal. Ungelenk kam er den Berg herunter, als würden ihm seine Knie bei jedem Schritt den Dienst versagen.

Beim Näherkommen musterte er sie abschätzend. Betsy wartete ruhig. Falls dies der neue Deputy aus Texas war, wollte sie ihren Mitbürgern keine Schande machen, indem sie ihn unhöflich anstarrte.

Zurückhaltend, wie sie es von ihrer Freundin Abigail Calhoun gelernt hatte, schob sie ihr Kinn vor und bemühte sich darum, gelassen zu wirken. „Guten Abend, Sir."

Er gönnte ihr keinen zweiten Blick. „Ich hoffe doch, dass das der richtige Weg zu Mrs Sanders' Haus ist."

So ein unhöflicher Zeitgenosse! Allerdings war er vermutlich der neue Deputy. Wenn sie sich seine Sympathie sichern könnte, würde das ihrer Karriere bestimmt nicht schaden.

„Die Witwe Sanders wohnt gleich dort hinten an der Ecke. Werden Sie dort wohnen?"

Der Mann ignorierte sie und setzte seinen Weg fort zu der kleinen Hütte, auf die sie gedeutet hatte. Kein Garten in der Stadt war so schön wie der der Witwe Sanders. Es gab keinen Winkel, in dem nicht die unterschiedlichsten Blumen gediehen. Aber der Deputy durchpflügte ihn, als ginge er durch ein Nesselfeld.

Betsy zögerte. Die Witwe Sanders wusste doch bestimmt, dass er kam. Sie bot Pensionsgästen oft eine Unterkunft. Betsy nahm also an, dass sie auf sein Kommen vorbereitet war. Und doch erschien es ihr nicht angemessen, dass eine Frau allein einem Fremden gegenübertrat. Betsy musste sich eine Ausrede einfallen lassen, um an dem Gespräch teilzunehmen.

Der Deputy hatte die vordere Veranda erreicht, doch er klopfte nicht an die Haustür, wie es sich gehörte, sondern trat sofort ein. Betsy schnappte empört nach Luft. Was dachte er sich nur dabei? Es war schon später Abend und er betrat ohne anzuklopfen das Haus einer unverheirateten Frau? War dies in Texas so üblich? Sie wich ein paar Schritte zurück und verbarg sich hinter einer Zeder. Vielleicht sollte sie einfach eine Weile hier sitzen bleiben und warten. Wenn alles in Ordnung war, konnte sie immer noch –

In diesem Augenblick drang ein markerschütternder Schrei aus dem Haus. Betsy erstarrte. Sie musste Hilfe holen. Sie musste –

Betsy rannte los, doch bevor sie das Grundstück der Witwe erreicht hatte, prallte sie gegen einen anderen

Mann. Sie verlor das Gleichgewicht, doch er hielt sie am Arm fest, bevor sie der Länge nach hinschlug.

„Was ist das nur für ein Ort, wo Männer ihre Kleidung links herum tragen und Frauen aus den Bäumen fallen", sagte er.

Das Erste, was ihr auffiel, war seine etwas schleppende Sprechweise. Das Zweite, wie spitz seine Stiefel waren. War er etwa ein Cowboy?

Bevor sie sich eine Meinung bilden konnte, zog er sie auf die Beine und nahm ihr den Hut ab. „Zumindest denke ich, dass Sie eine Frau sind. Sie könnten natürlich auch einer von diesen verkleideten Aufwieglern sein."

Endlich konnte sie einen Blick auf sein Gesicht erhaschen und zum ersten Mal in ihrem Leben verschlug es Betsy die Sprache. Er sah unglaublich gut aus. Nicht süß, nicht anbetungswürdig, sondern unglaublich attraktiv, und in seinem Blick lag so viel Kraft, dass ein ihr unbekanntes Kribbeln über ihren Rücken lief.

Er sagte etwas. Deutete auf das Haus der Witwe Sanders. Sie beobachtete, wie seine Lippen sich bewegten. Ein ordentlich getrimmter Bart bedeckte seine Wangen und sein Kinn, und diese Augen – welche Farbe hatten sie?

Er rüttelte sie sanft. „Bei allen –" Er ließ ihren Arm los, drückte ihr den Hut wieder auf den Kopf und rannte zum Haus.

Jetzt konnte sie auch den Rest seines Körpers begutachten. Er war um einiges größer als sie und gut gebaut, trug Reisekleidung, ein rotes Kavalleriehemd unter seiner Lederweste und seiner Jacke. Wo war er hergekommen? Dass er mitten aus dem Nichts einfach so hier auftauchte –

Erneut ertönte ein Schrei. Betsy blinzelte. Wie gut, dass dieser Fremde die Witwe Sanders nicht vergessen hatte, denn in Betsys Kopf hatte sich eine große Leere ausgebreitet. Schnell riss sie sich zusammen und folgte ihm.

„Witwe Sanders!“, rief Betsy durch die offene Tür. „Witwe Sanders!“

Der Cowboy blieb an der Tür stehen und drehte sich zu ihr um. „Kennen Sie den Mann, der gerade hier hineingegangen ist?“

„Das ist der neue Deputy“, erwiderte Betsy.

Er runzelte die Stirn, was sein gutes Aussehen noch hervorhob. „Hier stimmt doch irgendetwas nicht.“

„Betsy? Bist du das?“ Die Witwe Sanders erschien in der Tür. In der zitternden Hand hielt sie eine Kerze. Sie war leichenblass. Der Deputy trat hinter sie. Er hatte Betsy zuvor ignoriert, doch jetzt grinste er, als wäre sie seine beste Freundin.

„Betsy? Doch nicht etwa Betsy Huckabee, oder? Du warst noch ein Baby, als ich weggegangen bin.“

„Wer sind Sie?!“, fragte sie.

„Ich bin Mr Sanders und endlich wieder zu Hause.“

Betsys Blick wanderte zur Witwe Sanders, die normalerweise ein Fels in der Brandung war. Doch an diesem Abend stand sie in sich zusammengesunken an der Tür. „Mr Sanders? Ich dachte, Sie wären tot.“

Die Augen der Witwe Sanders weiteten sich. „Das habe ich nie behauptet. Ich habe nie gesagt, er sei gestorben. Er war nur einfach fort … für sehr lange Zeit.“

Betsy hätte gern nachgehakt, doch die Furcht in den Augen der Frau ließ sie innehalten.

„Sie waren aber nicht im Zug“, merkte der Cowboy an. „Wie sind Sie hierhergekommen?“

Immer noch verwirrt von der Erkenntnis, dass Sanders gar nicht tot und jetzt zurückgekommen war, stellte sich Betsy die Frage, wer dann wohl dieser gut aussehende Mann war. Wo kam er her?

„Ich bin aus dem Indianer-Territorium hergelaufen“, erwiderte Sanders. „Aber wenn Sie uns jetzt bitte entschuldigen würden, es ist schon spät, und meine Frau und ich haben uns viel zu erzählen." Er trat vor und zwang sie dadurch, einen Schritt zurückzuweichen.

Die Kiefermuskeln des Cowboys spannten sich. Sein Blick suchte den der Witwe Sanders. Betsy erschauderte angesichts dieser geballten Kraft. „Nur wenn es Ihnen gut geht, Mrs Sanders. Ich kann auch bleiben, wenn Ihnen das lieber ist."

Betsy starrte ihn verblüfft an. Dieser Mann war gerade erst aus den Sträuchern getreten und tat so, als sei es seine Aufgabe, die Witwe oder vielmehr Mrs Sanders zu beschützen. Er hatte wirklich Nerven.

Die ehemalige Witwe Mrs Sanders musterte ihren Mann mit wachsamem Blick und nickte schließlich. „Ich komme schon klar."

Die Worte waren kaum über ihre Lippen, als die Tür auch schon ins Schloss fiel und Betsy und der Fremde im Dunkeln zurückblieben.

Die beiden starrten die geschlossene Tür an. Betsy überlegte, was sie Onkel Fred erzählen würde. Stell dir vor, die Witwe Sanders hat doch einen Ehemann! Aber vielleicht wusste Onkel Fred das bereits. Gehörte dies zu den Dingen, über die Erwachsene nicht vor Kindern sprachen und die sie dann vergaßen, ihnen zu erzählen, sobald sie erwachsen waren?

„Wie sind Sie denn auf den Gedanken gekommen, dass er der Deputy ist?", erkundigte sich der Cowboy, der sich von den äußerst wichtigen Gedankengängen in Betsys Kopf offenbar nicht beeindrucken ließ.

Sie musterte ihn erneut. Erst jetzt bemerkte sie die Revolver an seinem Waffengürtel. Ein Blick auf seinen Cowboyhut und seine hochwertigen Stiefel, und eine Idee schlüpfte aus ihrem Unterbewusstsein nach oben … ein Deputy aus Texas. Ein gut aussehender junger Deputy aus Texas.

Da war sie, die Inspiration für ihre Geschichte.

Kapitel 3

Wenn der Zug pünktlich gewesen wäre, hätte Joel bereits ein Treffen mit den Stadtvätern gehabt und sich in sein Zimmer zurückgezogen. Dann könnte er jetzt schon schlafen. Stattdessen war er in ein Labyrinth aus schmalen Pfaden und dichten Wäldern geraten, in denen sich marodierende Gestalten herumtrieben. Man hatte ihm erzählt, ein anderer Deputy sei bereits eingetroffen, und dann hatte er diesen Mann dabei erwischt, wie er eine Witwe zu Tode erschreckte. Und zu allem Unglück war nur dieses blauäugige Wesen zur Stelle, um ihm den Weg in die Stadt zu weisen, und dabei hatte Joel blauäugigen Fräuleins für immer abgeschworen.

Sie warf ihm einen Seitenblick zu und beobachtete ihn durch eine Strähne ihrer blonden Haare, die im Wind tanzten. Ein schüchternes Lächeln umspielte ihre Lippen. Oh-oh. Sie kokettierte mit ihm.

„Ich habe ihn für den Deputy gehalten, weil er leicht übergewichtig war und so aussah, als sei er etwas schwer von Begriff. Und außerdem roch er, als hätte er in einem Gurkenfass geschlafen."

Joel war müde, es war spät, und er hatte wirklich keine Zeit für so etwas. „Sie scheinen eine sehr aufmerksame Beobachterin zu sein", sagte er. „Dann hoffe ich doch, dass Sie mir den Weg zur nächsten Pension zeigen können?"

„Ohne dass wir einander vorgestellt wurden? Ich weiß zwar nicht, wie das in Texas ist –"

„Wer hat etwas von Texas gesagt?"

Er hatte sie erwischt. Sie wedelte mit der Hand herum. „Hab ich wirklich ‚Texas' gesagt? Ich meinte –"

„Und wenn Sie wissen, dass ich aus Texas komme, dann haben Sie daraus vermutlich auch schon geschlossen, dass ich der neue Deputy bin. Sie können mich Deputy Puckett nennen. Und Sie sind?"

Sie zögerte ihre Antwort ein wenig hinaus, um ihren Worten Gewicht zu verleihen. „Ich gehe jetzt nach Hause." Sie warf ihm ein vernichtendes Lächeln zu und drehte auf dem Absatz um. „Gute Nacht", rief sie über die Schulter zurück, „und viel Glück."

Damit hatte er nicht gerechnet. Aber sie stapfte tatsächlich davon, den Berg hinunter, mit festen Schritten auf dem unebenen Terrain. Wenn er an diesem Abend wirklich noch ein warmes Bett finden wollte, durfte er sie nicht gehen lassen.

„Warten Sie!" Er rannte ihr nach. Ihr Schritt war leichtfüßig wie der eines Kindes, aber ihr Verhalten kratzbürstig wie das der Tochter eines Eisenbahnbarons. „Die Pension, wenn Sie nichts dagegen haben."

„Da sind wir gerade gewesen. Nur die Witwe Sanders nimmt hier in der Stadt Übernachtungsgäste auf, aber ich kann mir nicht vorstellen, dass sie heute Abend einen Gast beherbergen wird."

Sie hatten den kleinen Ort erreicht. Nur wenige Häuser standen an der Straße, doch zwischen den Bäumen schimmerten Lichter hindurch, was darauf schließen ließ, dass hier noch mehr Häuser zu finden waren. Die junge Frau hatte ihre Schritte verlangsamt und schien auf etwas zu lauschen und dann hörte er es ebenfalls. Ein Echo, ein Schrei – bestimmt diese Grobiane, denen er bereits am Bahnhof begegnet war. Warum nur hatte er sein Pferd in Texas zurückgelassen?

Die junge Frau hielt ihren Hut fest und legte den Kopf

in den Nacken. Das Mondlicht fiel auf ihr Gesicht. Wache Augen und ein verschmitztes Lächeln. Sie schien einem Schabernack nicht abgeneigt zu sein. Ob sie die Bande wohl kannte? Vielleicht war sie geschickt worden, um ihn im Auge zu behalten, während sie ihren Schurkenstreich verübten.

„Wo finde ich Sheriff Taney? Er wird mir sicher weiterhelfen", sagte er.

„Sheriff Taney wohnt auf der anderen Seite des Berges. Ich kann mir nicht vorstellen, dass Sie heute Abend noch dorthin laufen wollen."

„Warum nicht?"

„Weil die Bande dort hinwill."

„Zum Sheriff? Dann braucht er sicher meine Hilfe."

„Wozu?", fragte sie. „Er sitzt doch eh nur am Feuer und ignoriert sie. Ich würde sagen, er kommt sehr gut ohne Hilfe klar."

„Dann gehe ich eben allein."

„Das ist zu gefährlich."

„Sagt die Frau, die nach Einbruch der Dunkelheit allein durch die Gegend läuft."

Wortlos rümpfte sie die Nase.

Dunkle Hütten säumten die Straße, und vor ihnen lag eine Grünfläche – der Marktplatz, wie es schien. Er hob den Kopf und ließ seinen Blick über die Silhouette der vor ihm aufragenden Berge wandern. Leises Gejohle erklang in der Ferne. Ein Hund bellte, und als Gewehrschüsse an ihre Ohren drangen, knirschte er mit den Zähnen.

Sie seufzte. „Das hört sich so an, als sei der Spaß vorbei, und ich habe es wieder verpasst." Die junge Frau hob die Hand und deutete in eine Richtung. „Die Gefängnishütte befindet sich dort drüben. Vermutlich ist sie abgeschlossen, aber Sie können ja unter der Eiche schlafen, falls die Waschbären Sie in Ruhe lassen. Aber halten Sie sich von der Straße fern. Man sieht es hier nicht so gern, wenn jemand nach Einbruch der Dunkelheit noch unterwegs ist." Sie erschauderte, steckte ihre Hände in die Taschen, drehte sich um und marschierte davon. „Schlafen Sie gut, und willkommen in Pine Gap."

Betsy schloss die Tür und zog ihren Mantel aus. Die Hitze, die der Ofen abstrahlte, ließ ihre Haut kribbeln. Sissy sang einem der Babys ein Schlaflied vor. Vermutlich saß sie oben in ihrem Zimmer im Schaukelstuhl und stillte Eloise. Leise schlich sich Betsy ins Büro und warf den Hut auf ihre Pritsche.

Bis Onkel Fred Sissy geheiratet hatte, war Betsy die Frau im Haus gewesen. Vor vierzehn Jahren war ihre Tante gestorben. Betsy hatte die Farm ihrer Eltern verlassen und war in die Stadt gekommen, um sich um ihre jüngeren Vetter zu kümmern – kochen und saubermachen, wie Mama es ihr beigebracht hatte. Natürlich hatte sie trotzdem viel Zeit gehabt, durch die Stadt zu streifen, während die Kinder in der Schule waren, und sie hatte sich gewissermaßen weitergebildet, indem sie viele Fragen gestellt und die Leute bei der Ausübung ihrer Tätigkeiten beobachtet hatte. Onkel Fred sagte, sie besäße das Herz einer Reporterin. Sie hatte einen Riecher für Storys und gab keine Ruhe, bis sie alles in Erfahrung gebracht hatte. Dadurch, dass sie ihre Nase in Dinge steckte, die sie nichts angingen, hatte sie mehr praktische Kenntnisse erworben als die meisten Menschen, die doppelt so alt waren wie sie. Und was das Bücherwissen anging, nun, sie las alles, was sie in die Finger bekam, auch die Schulbücher ihrer Vetter und Zeitungen aus dem ganzen Land, und so gehörte sie zu den am besten informierten Menschen in der Stadt.

Betsy war klug, aber jetzt hatte Sissy das Sagen in der Hütte. Nachdem Sissy und Onkel Fred angefangen hatten, ihre Familie zu vergrößern, war Betsys Pritsche ins Büro gestellt worden, und egal, wie sehr sie auch versuchten, dafür zu sorgen, dass sie sich wie zu Hause fühlte, ständig quälte sie das Gefühl, im Weg zu sein.

Betsy setzte sich an den Schreibtisch und nahm Stift und Block zur Hand. Fast alle Kinder hatten eine alleinstehende Tante, die sich um sie kümmerte, wenn die Mutter einmal keine Zeit für sie hatte, aber dass sie diese Position noch ausfüllen würde, nachdem ihre kleinen Vetter erwachsen geworden waren, damit hatte sie nicht gerechnet. Nacheinander verließen die Jungen ihr Elternhaus, um zu heiraten und auf ihren eigenen Farmen zu leben. Nur Scott und Betsy waren noch da.

Was wollte sie? Sie wollte Onkel Fred und Sissy nicht länger im Weg sein, aber sie wusste nicht, wie sie das anstellen sollte. Gott hatte sie in eine Gemeinschaft von guten Freunden und ihrer Familie gestellt, aber sie hatte ihren Platz noch nicht gefunden. Wenn sie in die Küche platzte, die früher ihr Herrschaftsgebiet gewesen war, und Sissy am Herd stehen sah, kam sie sich vor wie in einem neuen Paar Winterstiefel, die zu eng waren und in denen die Zehen noch keinen Platz hatten. Aber nachdem sie so viele Jahre in der Stadt gelebt hatte, kam ihr die Rückkehr auf die Farm ihrer Eltern wie Verbannung vor.

Onkel Fred verdiente mit seiner kleinen Zeitung nicht so viel, dass er ihr ein Gehalt zahlen konnte. Auf jeden Fall reichte es nicht für ein eigenes kleines Häuschen. Sie müsste für eine größere Zeitung schreiben, wenn sie auf eigenen Beinen stehen wollte, und genau das war ihr Ziel.

Woche für Woche berichtete Betsy über die Bürgerwehr, die in den Bergen für Ordnung sorgte, aber ähnliche Berichte kamen auch aus anderen Teilen von Missouri. Ob sie sich nun die „Bald Knobbers“, die „Antipferdediebstahlsvereinigung“, die „Regulatoren“ oder die „Liga der ehrlichen Männer“ nannten: Alle taten das Gleiche und deshalb hatten die Zeitungen in Kansas City kein Interesse an Artikeln von einem Neuling wie ihr.

Nachdem nun der Gouverneur einen neuen Deputy geschickt hatte, der den Umtrieben der „Bald Knobbers" ein Ende setzen sollte, würde es noch weniger Berichtenswertes geben.

Es sei denn …

Sie kaute auf ihrem Bleistift herum. In ihren bisherigen Artikeln hatte sie über Fakten berichtet. Sie hatte die verschiedenen Verbrechen beschrieben, die Ängste der Bürger geschildert und sich in allen Details über die Aktivitäten der Übeltäter ausgelassen, aber das waren alltägliche Geschichten gewesen. Sie musste einen neuen Ansatz finden. Anstatt nüchterne, unwiderlegbare Fakten zu schildern, würde Betsy eine Erzählung schreiben, so wie Dickens, allerdings mit weniger Worten. Sie würde Beiträge für den Damenteil der Zeitung verfassen und Charaktere erfinden, die die weiblichen Leser faszinieren würden.

Und die Inspiration für ihren Helden war wie ein Geschenk des Himmels gerade in die Stadt gekommen.

Clive Fowler machte seine Sache als Anführer der „Bald Knobbers" gut, aber er war keine Vorlage für einen Helden. Doch wenn sie den Damen einen Mann präsentierte, einen Gesetzeshüter aus Texas, der ein doppelreihiges Kavalleriehemd, Cowboystiefel und einen funkelnden Stern trug, dann würden sie ungeduldig auf die nächste Ausgabe der Zeitung warten. Natürlich musste sie sich gut überlegen, was sie über ihn schrieb, und selbstverständlich würde sie seinen Namen ändern. Falls ihre Geschichte jemals gedruckt werden würde, dann nur im fernen Kansas City. Niemand aus Pine Gap durfte davon erfahren.

Und schon gar nicht der Deputy selbst. Die Erinnerung an seinen strengen Blick löste Unbehagen in ihr aus. Es würde ihm sicher nicht gefallen, wenn sie sich so in sein Leben einmischte, aber er war schließlich nicht der Einzige, der seinen Job tun musste. Betsy lächelte in sich hinein. Wenn sie sein Äußeres beschrieb, bräuchte sie nicht einmal zu übertreiben, so viel stand fest. Hoffentlich war er auch kompetent und mutig, dann würde ihr der Stoff für ihre Artikel sicher nicht ausgehen. Er müsste gottesfürchtig sein, einen makellosen Charakter haben und gut mit Kindern umgehen können. Solche Dinge machten den Leserinnen ihren Helden sympathisch, und er müsste sich Damen gegenüber respektvoll, höflich und charmant verhalten. Und natürlich würde ein Lächeln von ihm die Frauenherzen dahinschmelzen lassen –

Knack! Betsys Bleistift brach in der Mitte durch. Sie hatte sich mitreißen lassen. Angewidert spuckte sie den oberen Teil des Stifts aus, pulte einen Holzsplitter aus ihren Zähnen und schnipste ihn stirnrunzelnd fort. Mit dem unteren Teil konnte sie noch schreiben.

Höchste Zeit, sich an die Arbeit zu machen.

Kapitel 4

Als die Dämmerung hereinbrach, suchte Betsy gerade im Zeitungsbüro nach einer freien Setzplatte. Nachdem sie die halbe Nacht gearbeitet hatte, war sie zu Bett gegangen und hatte über den Deputy nachgedacht – oder zumindest über ihre Idee, und jetzt konnte sie es kaum erwarten, die Ergebnisse ihrer nächtlichen Überlegungen zu Papier zu bringen.

Dieser Mann, der alle Attribute der Männlichkeit in sich vereinte, ließ seinen Blick über das verschlafene Dorf im Tal schweifen. Dies war sein neues Territorium. Es würde unter seinem Schutz stehen. Er würde darüber wachen wie ein eifersüchtiger Liebhaber über die Dame seines Herzens, und wehe dem Mann, der es wagte, der Geliebten zu nahe zu treten. Aber obwohl er entschlossen war, die Fürsorge für die kleine Stadt zu seiner Lebensaufgabe zu machen, musste er erst noch das Herz ihrer Bewohner gewinnen. Er musste sie aus den Fängen des Bösen befreien und für sich einnehmen.

Auf dem Rücken seines schneeweißen Pferdes sitzend, vernahm er auf einmal unselige Heiterkeit, die von den Berghängen widerhallte. In seinen blauen Augen lagen die Geheimnisse des Präriehimmels, wechselhaft und gefährlich, die darauf warteten, gelüftet zu werden. Doch in der Brust selbst des verwegensten Banditen weckten sie nur eines: Furcht.

Waren seine Augen tatsächlich blau? Betsy wollte am Bleistiftende kauen, aber da fiel ihr ein, dass dieser ja am vergangenen Abend abgebrochen war. An seine Augenfarbe konnte sie sich beim besten Willen nicht mehr erinnern. Aber möglicherweise hatte sie sie im Dunkeln auch nur nicht richtig erkennen können. Nun, heute würde sie auf jeden Fall darauf achten. Sie hoffte nur, dass er mitspielte und eine Heldentat vollbrachte. Nachdem sie miterlebt hatte, wie er am Vorabend auf das Dilemma der Witwe Sanders reagiert hatte, vertraute sie darauf, dass er schwierigen Situationen nicht aus dem Weg ging. Aber selbst wenn es nicht so lief, wie erhofft, würde sie einfach die Fakten so ausschmücken, dass die Wünsche und Sehnsüchte der Leserinnen in Erfüllung gingen.

Sie musste sich unbedingt noch einen passenden Vornamen für ihn ausdenken. Tex? Ulysses? Vielleicht einen fremdländischen Namen, bei dem die Leserinnen gleich einen gut aussehenden, männlichen, spanischen Grundbesitzer vor ihrem inneren Auge sahen. Alejandro? Eduardo?

Durch die Tür hörte sie Sissy in der Küche hantieren. Betsy legte ihren Entwurf zur Seite, und nachdem sie zweimal überprüft hatte, dass die Vorhänge zugezogen waren, zog sie ihr Nachthemd aus und streifte ihre Bluse über. Im Büro war es kalt, aber es versprach, ein sonniger Tag zu werden. Das war gut, denn sie wusste ja nicht, wohin der Weg sie führen würde, wenn sie dem Deputy auf den Fersen bleiben wollte. Auf keinen Fall durfte sie seine erste Begegnung mit den Stadtbewohnern verpassen. Die Situation war konfliktträchtig, und sie hatte vor, vom ersten Augenblick an dabei zu sein.

Sie faltete ihr Nachthemd zusammen, stopfte es unter das Kopfkissen und machte ihr Bett. Die Tür quietschte, als sie das Büro verließ und in die Hütte hinüberging. Die

Kinder schienen noch zu schlafen, denn Sissy legte den Finger an die Lippen, als Scott mit dem Feuerholz hereinkam.

Der Geruch von Onkel Freds Rasierseife wetteiferte mit dem Duft von Rühreiern mit Speck. Er hielt beim Rasieren inne und warf Betsy im Spiegel einen Blick zu. „Was hast du gestern Abend in Erfahrung gebracht?"

Sissy schnalzte missbilligend mit der Zunge. „Sie sollte zu Hause im Bett liegen und nicht durch die Gegend streifen."

Betsy mopste sich ein Stück Speck aus der Pfanne und lehnte sich gegen den Tisch. „Die Sache mit dem Zug habe ich ganz vergessen. Ist das zu glauben? Es war so viel los."

„Das ist unfair." Scott ließ das Feuerholz mit lautem Getöse in die Holzkiste fallen. Im Schlafzimmer regte sich eines der Kleinen.

Onkel Fred schüttelte den Kopf und wandte sich mit eingeseiftem Gesicht zu Betsy um. „Und?"

„Also, erst mal", sagte Betsy, während sie am Speck knabberte, „waren die ‚Bald Knobbers' wieder unterwegs. Ich habe gesehen, wie sie durch die Stadt geritten sind, und ich hatte den Eindruck, dass sie auf dem Weg zum Dewey Bald waren."

„Denkst du, sie waren hinter Miles Bullard her?", fragte Scott.

„Sie hatten Reisigbündel dabei – als Warnung. Bullard wird aber wegen Mordes gesucht, da reicht eine Warnung nicht aus. Trotzdem, wenn sie ihn finden –"

„Du hältst dich von ihnen fern!", sagte Sissy. „Diese Männer sind gefährlich."

„Pah!" Betsy winkte ab. „Mir würden sie nichts tun. Ich habe übrigens noch einen von ihnen erkannt, Onkel Fred. Mr Pritchard –"

„Betsy!" Sissy stampfte mit dem Fuß auf. „Du wirst

in diesem Haus kein einziges Mitglied dieser Bande mit Namen nennen."

„Können wir ins Büro gehen?", fragte Betsy.

„Ich dachte mir schon, dass Pritchard dabei ist", meinte Onkel Fred.

„Fred ...", warnte Sissy.

Onkel Fred verzog den Mund und Betsy lachte beinahe über sein Dilemma. Natürlich war es nicht richtig, sie zu ermutigen, den Männern hinterherzuspionieren, aber er war genauso neugierig wie sie. Und man wusste nie, wann aus einer solchen Information eine Geschichte wurde – obwohl eine solche Information natürlich nicht öffentlich gemacht werden konnte.

„Hör auf deine Tante", sagte er. „Deine Eltern wären ebenfalls entsetzt, wenn ich zulassen würde, dass du Umgang mit ihnen hast."

Betsy war bereits erwachsen, aber es hatte keinen Zweck, sich mit Sissy darüber streiten. Onkel Fred meinte es auf jeden Fall nicht so.

„Aber das war noch nicht alles. Wusstet ihr, dass die Witwe Sanders verheiratet war ... oder vielmehr verheiratet ist? Natürlich muss man, wenn man Witwe ist, irgendwann mal einen Mann gehabt haben, aber der ist gestern Abend zurückgekommen und hat sie beinahe zu Tode erschreckt, und ich wusste nicht, was ich tun sollte."

„Mr Sanders lebt?" Onkel Fred wechselte einen besorgten Blick mit Tante Sissy. „Wie hat sie reagiert?"

„Sie hat geschrien, als hätte jemand einen Kübel Eiswasser über ihr ausgeleert. Nach einer Weile hat sie sich dann beruhigt, aber sie wirkte trotzdem nicht allzu erfreut. Ich habe kein gutes Gefühl bei dieser Sache, Onkel Fred."

Er drehte sich wieder zum Spiegel um und kratzte die restliche Rasierseife von seinem Gesicht. „Ich überlege gerade, was ich über ihn weiß, aber, um ehrlich zu sein, sind alle davon ausgegangen, dass er im Krieg gefallen ist. Doch wenn ich es recht bedenke, hat die Witwe Sanders nie Trauerkleidung getragen. Und sie wollte auch kein Mitgefühl. Ich schäme mich, es zuzugeben, aber ich glaube, wir alle haben ihn einfach vergessen."

„Er schien nicht der Typ Mann zu sein, der es hinnimmt, vergessen zu werden. Bevor wir irgendwelche Fragen stellen konnten, hat er uns die Tür vor der Nase zugeknallt."

„Wir?" Onkel Fred trocknete sein Gesicht ab.

Betsy knabberte weiter an der Scheibe Speck. „Ja. Ich und der neue Deputy."

„Ich wusste es!" Scott sprang auf, doch Sissy bedeutete ihm, sich wieder hinzusetzen.

Onkel Fred strahlte sie an. „Da war gestern Abend aber wirklich viel los."

„Mm-hmm. Er heißt Puckett und er kommt wirklich aus Texas – großer Hut, glänzende Revolver und Cowboystiefel."

Sie behielt für sich, dass er unverschämt gut aussah, aber Sissy räusperte sich und zog eine Augenbraue in die Höhe. Betsy unterdrückte ein Lächeln. Offensichtlich ahnte ihre junge Tante bereits etwas. Betsy würde Mühe haben, die Leute davon zu überzeugen, dass sie ihn so gewöhnlich fand wie Roggenbrot. Wenn er wüsste, wie vorteilhaft sie ihn in einer Geschichte beschrieben hatte, würde er sich sicher über sie lustig machen.

Onkel Fred stieß Betsy an. Gehorsam setzte sie sich zusammen mit den anderen auf die Bank und senkte den Kopf. Während ihr Onkel für das Frühstück dankte, sprach Betsy ihr eigenes Gebet. Sie betete sie für Ma, Pa und ihre jüngeren Geschwister, für ihren Bruder Josiah, seine Frau Katie Ellen, ihre Kinder und das Baby, das bald auf die Welt kommen sollte, und dann bat sie Gott um seinen Segen für ihre neue Unternehmung und dankte ihm für das doppelte Geschenk, das er ihr in Gestalt des

Deputys gemacht hatte, und für ihre Idee, ihn zum Helden ihrer Artikel zu machen. Sie wollte diese Inspiration gut nutzen und keinen einzigen Augenblick vergeuden.

Nach dem Amen rief die kleine Eloise aus ihrem Kinderbettchen nach ihrer Mama. Sissy erhob sich, um sie zu holen, und Onkel Fred blickte ihr nach. Sobald sie verschwunden war, beugte er sich vor. „Was ist der Deputy für ein Mensch? Denkst du, dass er hier etwas bewirken kann?"

Betsy dachte an seine Entschlossenheit, die Furchtlosigkeit, mit der er auf das Haus der Sanders zugeeilt war, als er die Schreie der Frau gehört hatte. „Er wird hier in der Stadt für einigen Wirbel sorgen, darauf kannst du wetten. Ob er Ordnung schaffen kann oder bei dem Versuch sein Leben verliert, das bleibt abzuwarten."

„Warum ist er überhaupt hergekommen? Er müsste doch wissen, dass die Leute nicht begeistert sein werden, wenn ein Außenseiter hier das Sagen hat. Niemand, der bei Verstand ist, würde diese Aufgabe übernehmen … es sei denn, er ist irgendwie auf der Flucht", meinte Onkel Fred.

Diese Bemerkung gab Betsy zu denken. Sheriff Taney war von der Bevölkerung gewählt worden. Die Wahlergebnisse einfach zu missachten und jemanden zu schicken, der ihn ablösen sollte, war kein kluger Schachzug der Behörden. Also, warum war der Deputy hergekommen? Vielleicht war ihm in Texas ein Fehler unterlaufen? Hatte er die falsche Person getötet? Vielleicht war es ihm nicht gelungen, seinen Partner zu beschützen? Vielleicht hatte er einen Verbrecher entkommen lassen? Sie vermutete, dass ihm der Boden zu heiß geworden war, denn sonst wäre er geblieben, wo er war. Abwesend drehte sie an einem Knopf an ihrer Manschette. Was wäre, wenn ihr Deputy alles andere als heldenhaft war? Das würde ihrer Freude an dem Projekt doch einen gehörigen Dämpfer versetzten.

„Seit sich die ‚Bald Knobbers' organisiert haben, scheint sich die Situation ein wenig beruhigt zu haben", bemerkte Onkel Fred. „Aber du kennst ja die Regierung. Sie kann es nicht leiden, wenn die Leute ihre Angelegenheiten selbst in die Hand nehmen. Nur ein echter Vertreter des Staates ist dazu berechtigt. So ist das, seit –"

Betsy wusste schon im Voraus, was jetzt kommen würde. Die Rechte des Staates, die Freiheit des Einzelnen, die Korruption in der Regierung – sie kannte das alles. Onkel Fred betrachtete sich selbst als Politiker, aber nicht einmal sein bestes Material fand Eingang in seine Zeitung. Stattdessen berichtete er über Verwandtenbesuche in der Stadt, über die schwankenden Holzpreise und wer ins Schulgremium gewählt worden war. Keine strittigen Themen. Er wollte keine Leser verlieren oder verärgern.

In diesem Augenblick kehrte ihre Tante mit dem verschlafenen Baby auf dem Arm in die Küche zurück. Betsy strich ihrer kleinen Base über den verwuschelten blonden Schopf und verkündete: „Ich gehe in die Stadt. Ich will die erste Begegnung des Deputys mit den Leuten miterleben. Das könnte höchst unterhaltsam werden."

„Ach, Betsy", wandte Sissy ein, „bevor du gehst, wollte ich dich bitten, mir noch bei den Hasen zu helfen. Ich habe Lust auf Haseneintopf und es drängeln sich zu viele Tiere in den Käfigen." Sissy blickte sie ganz arglos an. Bestimmt hatte sie sich diese Bitte gut überlegt.

Betsy schickte einen verzweifelten Blick in Onkel Freds Richtung, der auf einmal ein lebhaftes Interesse für den Boden seines Bechers entwickelte. Warum ausgerechnet an diesem Morgen? Weil dieser Morgen genau der Morgen war, an dem der neue Deputy vorgestellt werden würde. Und immer wenn es interessant wurde, musste Sissy Betsy daran erinnern, dass sie noch jung und ungebunden war und keine Rechte hatte, egal, wie viele Jahre ins Land zogen. Und das war genau der Grund, warum sie unbedingt auf eigenen Beinen stehen und ein eigenes Zuhause haben wollte.

„Na gut, wie viele Hasen brauchst du?“ Betsy rollte ihre Ärmel hoch, um sich auf die Aufgabe vorzubereiten.

Kapitel 5

Es war eine lange Nacht gewesen. Joel lehnte an der dicken Eiche und beobachtete, wie sich der Himmel rosig färbte. Bis die Sonne hinter diesem Berg hervorlugte, wäre es beinahe neun Uhr. Da er an die offenen Ebenen von Nordtexas gewöhnt war, fühlte sich Joel von diesen Bergen eingeschlossen.

Etwas weiter bergauf krähte ein Hahn, aber sonst war alles still. Zu Hause in Garber standen die Gastwirte und Lieferanten schon vor Sonnenaufgang auf. Aber natürlich waren sie nachts nicht verkleidet unterwegs, um den Bezirk zu terrorisieren. Nach ihren nächtlichen Aktivitäten mussten die Männer sicher ausschlafen. Dieser Punkt konnte ihm vielleicht bei ihrer Identifizierung helfen. Die Frühaufsteher wären unverdächtig, aber alle, die nach Sonnenaufgang verschlafen durch die Stadt schlurften …

Was hatte sie wohl vorgehabt, diese Betsy, die aus dem Wald gerannt war, als wäre ein Bär hinter ihr her? Bei ihrer Begegnung hatte er den Eindruck gehabt, dass man ihr vertrauen konnte, aber jetzt war er nicht mehr so sicher. Und wenn er dem Glauben schenkte, was man ihm berichtet hatte, konnte er niemandem trauen. Selbst vor dem Krieg waren Fehden so weit verbreitet, dass nicht einmal Gesetzeshüter unparteiisch waren. Aus diesem Grund war er hier: damit jemand, der keine Vorgeschichte hatte, jemand, der unparteiisch war und objektiv urteilen konnte, zwischen beiden Seiten vermittelte. Darum waren seine ersten Eindrücke so wichtig. In einer

Stadt, durch die sich eine so tiefe Kluft zog wie in dieser, würde jeder versuchen, die Gegenseite im schlechtesten Licht darzustellen. Er musste vorsichtig sein mit dem, was er hörte. Es wäre wohl besser, wenn er sich selbst ein Bild machte.

Joel klappte seine Satteltasche auf und holte seine Bibel heraus. Bevor er auch nur in Betracht ziehen konnte, sich über diese Stadt ein Urteil zu bilden, musste er sein eigenes Herz prüfen. Diese Verantwortung nahm er nicht auf die leichte Schulter. In Texas war Sheriff Green sein Vorgesetzter gewesen, aber hier gab es keinen. Im Wesentlichen war er der Sheriff in einer Stadt, in der er keinen Menschen kannte und niemand ihn, aber das war nur gut.

Er schlug die Psalmen auf und las an der Stelle weiter, an der er im Zug aufgehört hatte, bei Psalm 43.

> *Schaffe mir Recht, Gott, und führe meine Sache wider das treulose Volk und errette mich von den falschen und bösen Leuten! Denn du bist der Gott meiner Stärke: Warum hast du mich verstoßen? Warum muss ich so traurig gehen, wenn mein Feind mich drängt? Sende dein Licht und deine Wahrheit, dass sie mich leiten und bringen zu deinem heiligen Berg und zu deiner Wohnung …*

Nach dem gestrigen Abend war Joel der Meinung, dass den Leuten, die in diesen Bergen lebten, nichts heilig war. Hatten Gottes Licht und Wahrheit ihn hierhergeführt oder war er nur auf der Flucht vor den falschen und bösen Leuten? Wie auch immer, Joel hatte keine Wahl gehabt, aber das durfte ihn nicht daran hindern, seine Arbeit zu tun. Egal, was die Leute zu Hause über ihn sagten, er würde sich mit seiner ganzen Kraft dafür einsetzen, den Menschen an diesem Ort Gesetz und Ordnung zu bringen.

So gut seine Absichten auch waren, sie lösten nicht die unmittelbaren Probleme. Wo sollte er in dieser Stadt essen, schlafen oder sich waschen? Er klopfte sich das Gras von seiner Jacke. Apropos erste Eindrücke, er hatte natürlich gesehen, in welchem Haus Betsy Huckabee in der Nacht verschwunden war. Es war das kleine Häuschen ein Stück die Straße hinauf. Rauch stieg aus dem Kamin, aber bisher hatte niemand die Tür geöffnet. So gern er sich auch ein wenig umgesehen hätte, eine innere Stimme sagte ihm, dass er als Fremder lieber nicht zwischen den Häusern herumstreifen sollte.

Vielleicht sollte er sich ein wenig herrichten, bevor er den Sheriff traf. Er erhob sich, klopfte seine Hose ab und legte seinen Pistolengürtel um. Auf dem Weg den Berg hinunter war er am Vorabend an einem kleinen Bach vorbeigekommen. Er ging zurück und fand ihn auch sofort. Während sich der Himmel heller färbte, waren immer mehr Geräusche zu hören – Türen knarrten und fielen ins Schloss, Kinder schrien, das rostige Rad eines Flaschenzugs am Brunnen quietschte. Es würde nicht mehr lange dauern, bis man ihn entdeckte.

Am Bach kniete er nieder. Das Wasser war eiskalt. Egal, wie schlecht er in der Nacht geschlafen hatte, jetzt war Joel hellwach.

Nachdem er sein Gesicht mit seinem Halstuch abgetrocknet hatte, machte er sich auf den Rückweg in die Stadt. Jetzt waren auch Menschen unterwegs. Das Gefängnis war jedoch weiterhin verschlossen. Er ließ sich auf der Bank an der Hauswand nieder. Ein barfüßiger Junge trieb mit einem gekrümmten Stock eine Herde weißer Gänse vor sich her. Als er vorüberging verrenkte sich der Junge beinahe den Hals, und er lief sogar ein Stück rückwärts weiter, bevor er davoneilte. Eine Frau auf der anderen Straßenseite kam mit einem Korb Wäsche aus ihrem Haus. Sie hatte gerade ein Handtuch an ihre Wäscheleine gehängt, als sie ihn entdeckte. Sofort nahm sie es wieder herunter, hob den Korb hoch, eilte ins Haus und warf die

Tür hinter sich ins Schloss. Joel war nicht hier, um Freundschaften zu schließen, aber es wäre hilfreich, wenn nicht alle Todesangst vor ihm hätten.

Ein Mann kam auf einem Maultier um die Ecke geritten. Als er Joel entdeckte, zügelte er sein Reittier und lenkte es in die entgegengesetzte Richtung. Er musste es dreimal mit der Rute schlagen, bis sich das störrische Tier in Bewegung setzte, und zum hundertsten Mal wünschte Joel, er hätte darauf bestanden, sein Pferd mitzubringen. Nun, es würde nicht mehr lange dauern. Die Leute in der Stadt würden sich nicht den ganzen Tag hinter verschlossenen Türen verbarrikadieren können. Bald würde jemand den Mut haben, sein Haus zu verlassen und mit ihm zu reden.

Jetzt trat ein Mann aus der Hütte, in der Miss Huckabee am Vorabend verschwunden war. Die Kleidung des Mannes war abgetragen, aber ordentlich. Als er Joel erspähte, steuerte er auf ihn zu. In seiner Haltung lag keine Vorsicht und von ihm ging auch keine Bedrohung aus. Auf den ersten Blick hatte Joel den Eindruck, dass seine Haare vollständig ergraut waren, doch der zweite Blick verriet ihm, dass noch ein großer Teil blond war und sich gegen den Zahn der Zeit zur Wehr setzte.

Sein Erscheinen markierte den Wendepunkt in der Haltung der Stadtbewohner. Mutig wurden Türen geöffnet, und Männer, die vorher nur aus den Fenstern gespäht hatten, warteten, bis er vorübergegangen war, bevor sie sich ihm anschlossen. Seltsam, die Nachricht von seinem Eintreffen schien sich verbreitet zu haben, ohne dass ein einziges Wort gesprochen worden war. Gab es vielleicht Verbindungstunnel zwischen den Häusern, die es ihnen ermöglichten, miteinander zu kommunizieren, ohne gesehen zu werden? Joel hätte sich nicht darüber gewundert.

„Morgen, Fred." Einer der wilden Bergbewohner nickte, als der Mann vorbeiging. „Pritchard ist bereits losgeritten, um Clive zu holen."

Fred kommentierte die Bemerkung nicht, sondern ging weiter auf Joel zu. Mittlerweile war Joel auf den Beinen, lehnte an der Wand und sah sich neun Männern gegenüber, von denen keiner besonders glücklich über seine Anwesenheit zu sein schien.

„Ich nehme an, Sie sind der Deputy?"

Joel war verblüfft, was Fred wiederum sehr zu genießen schien.

„Ja, Sir. Deputy Puckett. Und Sie sind?"

„Ich bin Fred Murphy. Ich wollte Sie hier in Pine Gap begrüßen, da Sheriff Taney noch nicht in der Stadt ist."

Brauner Kautabaksaft landete in einer kleinen Pfütze zu Joels Füßen. Ein ungepflegter älterer Mann hatte ihn ausgespuckt. „Und was wird aus Sheriff Taney? Wir haben Sie nicht hergeholt, damit Sie ihn ablösen."

Fred wartete auf seine Antwort. Alle warteten.

Joel zwang sich, ruhig zu bleiben. Seine Befehle waren eindeutig und Sheriff Taney wusste Bescheid. Zu schade, dass Gouverneur Marmaduke nicht da war, um die Sachlage zu erklären. „Das ist eine Sache zwischen Sheriff Taney und mir. Sie müssen nur wissen, dass ich hier bin, um dem Gesetz Geltung zu verschaffen. Ich kenne Sie nicht und ich kenne Ihre Nachbarn nicht. Und ganz ehrlich, es geht mich nichts an, was im vergangenen Jahr oder in der letzten Woche hier geschehen ist. Es wird keine Racheakte mehr geben, keine Selbstjustiz. Das ist vorbei. Heute fangen wir noch einmal ganz neu an. Solange Sie sich an das Gesetz halten, haben Sie von mir nichts zu befürchten."

Die Menge teilte sich, als ein Bär von einem Mann nach vorn drängte. Er war Ende vierzig, hatte Fäuste wie Hämmer und den Nacken eines Ochsen. Sein Erscheinen rief unterschiedliche Reaktionen in der Gruppe hervor, und

Joel erkannte auf einen Blick, wer vor ihm zurückscheute und wer näher rückte.

„Clive Fowler." Er sprach seinen Namen aus, als hätte er ihn sich in den Schützengräben des Krieges erkämpft. „Was für ein hübsches kleines Spielzeug hat uns der gute Gouverneur Marmaduke denn da geschickt?"

Das Zucken der Mundwinkel war das einzige Anzeichen von Humor, das die Männer zeigten. Joels Herzschlag verlangsamte sich. Irgendwie hatte er den Eindruck, diesem Mann schon einmal begegnet zu sein.

„Heute haben Sie Ihren Mantel ja richtig herum an, Mr Fowler." Joel blickte ihm fest in die Augen und versuchte gar nicht erst, die Bedeutung seiner Worte abzumildern. „Ich wusste nicht so genau, was ich mit diesem Reisigbündel tun sollte, das Sie mir vor die Füße geworfen haben, darum habe ich ein Feuer damit angezündet, das mich in der Nacht gewärmt hat."

So wie die Zuhörenden auf seine Worte reagierten, schienen sie zu befürchten, dass Joel kurz davor stand, von einem zornigen Bullen angegriffen zu werden, aber Clive ließ sich nicht aus der Ruhe bringen. Er schien ein würdiger Gegner zu sein, und Joel täte gut daran, diesen Gegner als Verbündeten zu gewinnen.

„Diese Stöcke sind eine Warnung. Sie machen klar, was geschieht, wenn jemand sich in anderer Leute Angelegenheiten einmischt. In den meisten Fällen werden diese Warnungen beachtet, darum brauchen wir keine Außenstehenden, die ihre Nase in Dinge stecken, die sie nichts angehen. Wir kommen ganz gut allein zurecht."

„Ich bin nicht hier, um mich in Ihre Angelegenheiten einzumischen. Wenn Sie alle sich benehmen, werden wir gut miteinander auskommen."

„Und wenn nicht?" Seine Worte klangen nicht wie eine Drohung, eher wie eine Herausforderung – eine Herausforderung, es besser zu machen, aber trotzdem eine

Herausforderung. Vielleicht war dieser Fowler gar kein Unruhestifter, sondern eher darauf aus, für Ordnung zu sorgen.

„Wenn nicht, werde ich mich nach Kräften bemühen, diese Personen vor einen Richter zu bringen."

„Ich kann Ihnen jetzt schon sagen, dass nicht alle davon angetan sein werden."

Joel zeigte keine Regung. „Ich habe nicht um ihre Erlaubnis gebeten, oder?" Er zuckte die Achseln. „Nun, Sie alle wissen viel besser als ich, was hier los ist, und Sie kennen die Herausforderungen, vor denen wir stehen werden, wenn wir für Ordnung sorgen wollen. Aber am Ende wünschen wir uns doch alle, in einer Stadt zu leben, in der kein Vieh gestohlen wird, in der ein Streit nicht mit dem Tod eines Menschen endet und in der geheimnisvolle Reiter nicht nach Sonnenuntergang andere Menschen erschrecken."

Von weiter hinten ertönte eine Stimme: „Und was glauben Sie, warum die wohl reiten? Um genau das zu tun, was Sie angekündigt haben, und bisher haben die ‚Bald Knobbers' gute Arbeit geleistet."

Die „Bald Knobbers"? Das war also ihr Name? Joel nickte. „Und vielleicht sind einige von Ihnen auch dankbar für ihre Hilfe, aber ich bin sehr wohl in der Lage, meine Arbeit zu tun. Die Zeit der ‚Bald Knobbers' ist jetzt vorbei. Aber natürlich sind Ihre Informationen wichtig für mich. Sie sind in meinem Büro jederzeit willkommen."

„Wenn es denn jemand für Sie aufschließt." Leises Gelächter in der Gruppe.

Sie hatten einen wunden Punkt angesprochen. Joel befand sich in einer Zwangslage. Kein Schlüssel. Kein Pferd. Kein Frühstück. Er legte die Hand an seinen Pistolengürtel, eine unbewusste Bewegung, die er auszuführen schien, wann immer er das Gefühl hatte, im Hintertreffen zu sein. „Ich werde mich bald mit Sheriff Taney treffen. Wo könnte ich denn in der Zwischenzeit etwas zu essen bekommen?"

Unfreundliche Blicke waren die einzige Antwort. Dann zerstreuten sich die Männer in Zweier- und Dreiergruppen, mit gesenkten Köpfen und aufgeregt miteinander plaudernd. Nur Clive Fowler und Fred Murphy blieben zurück.

Clive ragte wie ein Fels vor ihm auf. „Ich möchte nicht, dass Sie eine falsche Vorstellung bekommen, mein Junge: Ich bin ein gottesfürchtiger Mann. Ich nehme niemandem etwas weg und ich dulde keinen Unfug. Sie kommen in die Stadt und behaupten, das Gesetz zu vertreten – nun, so etwas haben wir schon einmal gehört. Es gibt Menschen, die kümmern sich einen Dreck um das Gesetz. Der Sheriff drückt beide Augen zu. Unter seinem ‚wachsamen Auge' ist ein Mörder entkommen, und das nicht nur einmal, sondern sogar zweimal. Doch die Männer in dieser Stadt haben die Ordnung wiederhergestellt. Wir waren das – Freiwillige, nicht irgendwelche Leute, die von irgend so einem Politiker in Jefferson City den Auftrag dazu bekommen haben. Daher bin ich verständlicherweise nicht gerade begeistert, Sie hier zu sehen. Ich werde Ihnen erst die Hand schütteln, wenn Sie tatsächlich etwas unternommen haben."

Mit diesen Worten drehte er sich um und stapfte davon. Die Blicke derer, die noch auf dem Markplatz standen, folgten ihm, dann steckten sie wieder die Köpfe zusammen. Vermutlich überlegten sie, was Fowler zu Joel gesagt haben mochte, und wahrscheinlich lagen sie da auch richtig.

„Wegen des Frühstücks ..." Fred Murphy betrachtete ihn durch die Gläser seiner runden Brille nachdenklich. „Meine Frau wird Ihnen bestimmt gern etwas zu essen machen. Sie ist eine gute Köchin, und das ist vermutlich das beste Angebot, das Sie bekommen werden."

„Ich bin Ihnen sehr verbunden." Joel nahm seine Satteltaschen und folgte seinem Gastgeber.

„Sheriff Taney haben Sie noch nicht getroffen, oder?" Fred hielt den Kopf gesenkt und verbarg sein Gesicht unter seiner herabhängenden Hutkrempe.

„Der Zug hatte Verspätung. Als ich hier ankam, war niemand mehr da."

Fred warf ihm einen Seitenblick zu. „Niemand?"

Joel biss die Zähne aufeinander. Keinesfalls würde er etwas über seine Begegnung mit diesen Unruhestiftern sagen und ganz bestimmt würde er sein spätabendliches Treffen mit einer gewissen Dame für sich behalten. Diese Lektion hatte er auf schmerzliche Weise lernen müssen. „Niemand, der bereit war, mir weiterzuhelfen."

Diese Bemerkung schien Fred zu amüsieren. Er faltete die Hände hinter seinem Rücken und machte sich an den Anstieg des Berges, der jetzt steiler wurde. Joels glatte Stiefelsohlen fanden wenig Halt, doch Fred schien das nicht zu bemerken. Es war ein Wunder, dass diese kleinen Hütten nicht einfach vom Berg herunterrutschten.

Vor einer Hütte, die auf einem felsigen Untergrund errichtet war, blieben sie stehen. Ein Bretteranbau mit separater Tür erweiterte die Hütte. Zeitungskolumnen und Notizzettel hingen an den Holzwänden zu beiden Seiten des Eingangs.

Fred betrat den neueren Teil des Gebäudes. Er beäugte aufmerksam die Pritsche in der Ecke, bevor er Joel eintreten ließ. Doch Joel konnte nichts Ungewöhnliches entdecken, als er nachsah, was Freds Neugier erregt haben könnte. Kleidungsstücke, die unter einem Kissen hervorlugten und ein Koffer am Fußende des Bettes. Offensichtlich schlief dort ein Lehrling.

Aber für welches Handwerk? Der Geruch von Druckerschwärze kitzelte ihn in der Nase. In drei Ecken Papierstapel, die durch Steine beschwert wurden, in der vierten Ecke durch ein Eisen. Zeitungen aus dem ganzen Land stapelten sich auf einem Regal links von der Tür. War dieser Mann der Herausgeber einer Zeitung? Wenn Joels Stimmung nicht sowieso gedämpft gewesen wäre, dann wäre es spätestens jetzt passiert. Kein Wunder, dass Murphy ihn zum Essen eingeladen hatte. Über die neusten Nachrichten zu berichten war sein tägliches Brot.

„Setzen Sie sich doch." Fred blieb vor der Tür stehen, die den Raum von der Hütte trennte. „Ich werde mal sehen, was Mrs Murphy für Sie zubereiten kann."

Joel sah sich währenddessen ein wenig um. Er überflog die Zeitungen auf dem Regal, die vermutlich entweder zum Verkauf bestimmt waren oder zum Nachdruck der Nachrichten. Welche Neuigkeiten gab es hier draußen schon? War hier vielleicht sogar irgendetwas von zu Hause dabei? Er nahm eine Ausgabe des *Hart County Herolds* aus der vorangegangenen Woche zur Hand. Eine neuere Ausgabe gab es nicht, aber was hatte er auch erwartet? Dass es in dieser kleinen Stadt eine Tageszeitung gab? Auf der Titelseite prangten Bilder von den einzelnen Teilen der Freiheitsstatue, die in New York ausgepackt worden waren, sowie eine Zeichnung, wie sie einmal aussehen sollte, wenn sie zusammengebaut war. Außerdem fand er dort den Hinweis, dass die Calhouns kürzlich von einem Besuch bei Mrs Calhouns Familie in Ohio zurückgekehrt waren. Eine solche Nachricht schaffte es auf die Titelseite? Er schlug die Zeitung auf und las einen Artikel von Murphy, in dem dieser sich für eine kostenlose Zustellung der Post aussprach und darüber schrieb, was es für Postmeister Finley bedeuten würde, wenn er dafür bezahlt würde, dass er den Familien die Post nach Hause brachte. Darüber hinaus gab es dort einen ungewöhnlich langen Artikel über eine wohlhabende Bostoner Familie und ihre gesellschaftlichen Termine.

Offenbar war es eine ruhige Woche gewesen, denn Joel

fand in dieser Zeitung keinen Hinweis auf die Auseinandersetzungen, die er hier beilegen sollte. Keine Berichte über Gewalttätigkeiten oder Unfälle, über Verhaftungen oder laufende Gerichtsverhandlungen – nichts. Vielleicht hatte Fowler ja recht. Vielleicht wurde er hier gar nicht gebraucht. Auf den übrigen Seiten fanden sich nur unwichtige Dinge, wie zum Beispiel ein neues Rezept von der Witwe Sanders für Rhabarbermuffins und eine Besprechung des Buches „Die Abenteuer des Huckleberry Finn".

Er faltete die Zeitung wieder zusammen. Es war interessant, was Fred berichtenswert fand. Gleichzeitig war er erleichtert darüber, dass sein Kommen mit keinem Wort erwähnt wurde. Sein Aufenthaltsort durfte nicht über die Gegend hinaus bekannt werden. Da er keinen Stuhl entdecken konnte, ließ Joel sich auf dem Bett nieder. Zu schade, dass er Fred nicht schon am Vorabend kennengelernt hatte. In diesem Büro hätte er sicher viel besser geschlafen als am Fuß der Eiche.

Er lehnte sich an die Wand und entspannte sich ein wenig. Es war warm im Zimmer. Der Duft von Rührei mit Speck drang durch die Tür, dazu Kinderstimmen.

„Was machen Sie hier?"

Er richtete sich auf und warf dabei das Kopfkissen zu Boden. Er bedachte die junge Frau mit einem finsteren Blick, bevor er eine Antwort gab. „Mr Murphy hat mich eingeladen."

Betsy Huckabee hielt einen Eimer in der Hand und wirkte im Morgenlicht eher wie ein Milchmädchen – wie ein Milchmädchen, das seine Stacheln ausgefahren hatte. Ihre blauen Augen wirkten unschuldig, aber der verkniffene Zug um ihren Mund verriet ihm, dass dies nur eine Illusion war.

„Wozu?", fragte sie.

„Zum Frühstück." Und mit einem Blick auf die Pritsche, auf der er saß, fügte er hinzu: „Und hoffentlich auch zu einem Schlafplatz."

Wie machte sie das nur? Dieses Lächeln, das ihm verriet, dass er, ohne es zu wissen, etwas Witziges gesagt hatte? Er würde zu gern ihre Geheimnisse ergründen, aber das war natürlich ausgeschlossen. Joel durfte es nicht vermasseln. Nicht schon wieder.

Er hatte das Kissen vom Boden aufgehoben und wollte es gerade wieder auf das Nachthemd zurücklegen, das gefaltet darunter lag, als ihm auffiel, dass es eine Spitzenborte hatte, und das bedeutete –

Joel ließ das Kissen fallen und sprang hastig auf. Er war allein mit einer Dame und hatte sogar auf ihrem Bett gesessen! Und dabei hatte er sich geschworen, dieses Mal besser aufzupassen. Wenn die Leute davon erfuhren!

Joel riss die Tür auf und stürmte nach draußen. Er wollte gar nicht darüber nachdenken, was die verblüffte junge Dame wohl denken mochte.

Kapitel 6

Betsy rückte das Kissen gerade. Was für ein schreckhafter junger Mann! Allerdings besaß er eine gute Beobachtungsgabe. Die meisten Menschen merkten entweder nicht, wann sie sich über sie lustig machte, oder zeigten ihr Missfallen nicht so deutlich. Vielleicht gehörte er tatsächlich zu denen, die sich leicht in Verlegenheit bringen ließen – aber dass er auf ihrem Bett gesessen hatte, war doch kein Weltuntergang. Andererseits war es aber auch möglich, dass in Texas andere Regeln galten. Sie schloss die Tür, die er in seiner Eile offen gelassen hatte.

Onkel Fred steckte den Kopf ins Zimmer. „Wo ist er denn hin?" Er kniff die Augen zusammen. „Betsy, was hast du angestellt?"

„Nichts!" Sie blinzelte ein paar Mal unschuldig, aber als er sie weiterhin ungläubig anschaute, fügte sie hinzu: „Ehrlich."

„Wir sollten ihn nicht verärgern." Fred ging zur Tür. „Du weißt, wie wichtig es für mich ist, aus erster Hand zu erfahren, was in der Gegend passiert."

Er wollte immer Bescheid wissen, aber nicht darüber schreiben. „Ich hatte keinen Grund, ihn wegzuschicken." Für sie gab es allerdings jede Menge Gründe, sich in seiner Nähe aufzuhalten. Sie brauchte Material für ihre erste Geschichte vom schneidigen Deputy. In der ersten Folge würde sie ihren Helden nur kurz vorstellen – ein beherzter Kreuzritter mit einer Schwäche für die Damenwelt. Sie konnte es kaum erwarten, ihn sein erstes Abenteuer erleben zu lassen. Vorsichtig legte sie die Blätter auf ihrem Schreibtisch zu einem ordentlichen Stapel zusammen. Hatte der Deputy vielleicht ihre Notizen entdeckt und was sie über sein kantiges Kinn und seine breiten Schultern geschrieben hatte? Vermutlich nicht, aber sie durfte kein Risiko eingehen. Ihre ersten Entwürfe durften ihm auf keinen Fall in die Hände fallen. „Er hat sich so auf das Frühstück gefreut", erklärte sie Onkel Fred. „Vielleicht kannst du ihn zurückholen."

Onkel Fred rief nach Deputy Puckett, während Betsy das Haus betrat, um Tante Sissy das Hasenfleisch zu bringen. Sie stellte den Eimer mit lautem Scheppern auf die Arbeitsfläche.

„Es gibt noch mal Frühstück?", fragte sie. „Heute muss mein Glückstag sein."

Sissys warf einen besorgten Blick auf das Baby, das auf dem Boden lag, während sie in den Eiern rührte. „Es reicht nur für Freds Gast. Iss ihm bloß nicht alles weg."

Betsy hob Eloise hoch und setzte sie auf ihre Hüfte. Wenn ihr Leben so verlaufen wäre, wie alle es erwartet hatten, dann hätte sie jetzt schon ein eigenes Kind. Sie drückte Eloise einen Kuss auf die Stirn. Ein niedliches Baby, aber sie hatte gerade erst die Halbbrüder der Kleinen großgezogen, als Onkel Fred und Sissy ein Paar wurden. Betsy brauchte unbedingt eine Atempause, ehe sie an eine eigene Familie denken konnte.

Die Männer kamen herein, gefolgt von Scott, der losgeschickt worden war, um einen zweiten Eimer Milch zu holen. Onkel Fred stellte die Frauen vor, doch der Deputy ignorierte Betsy geflissentlich. War er wirklich so empfindlich? Wenn sie in seiner Nähe bleiben wollte, sollte sie sich besser benehmen. Sie nahm sich vor, sich nicht mehr über ihn lustig zu machen. Wenn das nur so leicht wäre. Betsy drückte Eloise zum Spielen einen Schneebesen in die Hand und trat vom Tisch zurück, um ihnen Platz zu machen.

„Und Sie kommen aus Texas?“ Sissy reichte dem Deputy einen Teller. „Aus welchem Teil von Texas?“

„Aus einer Kleinstadt namens Garber in der nördlichen Mitte von Texas.“

„Ich wette, dort geht es sehr vornehm zu.“ Sissy faltete die Hände vor ihrem Bauch, als er zu essen begann. „Bestimmt kommt Ihnen Pine Gap im Vergleich dazu sehr armselig vor.“

Deputy schluckte den ersten Bissen hinunter. „Ja, Madam, das stimmt allerdings“, erwiderte er, ohne den Kopf zu heben.

Verflixt noch mal, dachte Betsy, wenn er ein echter Held wäre, hätte er zum Beispiel geantwortet: „Nein, Ma'am. Pine Gap besitzt einen Charme, der den großen Städten in Texas eindeutig fehlt.“ Oder: „Nach dem, was ich bisher gesehen habe, tut sich Pine Gap in einem Bereich besonders hervor, und zwar bei der Schönheit seiner Damen.“

„Aber mit einem vollen Magen kann ich Pine Gap besser ertragen“, fügte er jetzt zu allem Übel noch hinzu.

Betsy verdrehte die Augen. Dieser Cowboy hatte noch einen langen Weg vor sich, bevor sie seine Worte in ihren Geschichten zitieren konnte. „Wenn Pine Gap Ihnen nicht gefällt, warum sind Sie dann nicht in Texas geblieben?“, fragte sie und verschränkte die Arme.

Er bedachte sie mit einem sengenden Blick. „Dort wurde es zu heiß“, erwiderte er. Und trank einen weiteren Schluck Milch, während er sie über den Rand seiner Tasse ansah.

„Heiß? Sprechen Sie von den Temperaturen oder –“

„Das sind aber beachtliche Revolver“, unterbrach Scott sie. „Darf ich mal damit schießen?“

Sissy stieß ein Keuchen aus. Mit zitternder Hand griff sie nach der Pfanne und zog sich ans Spülbecken zurück. Onkel Fred wirkte plötzlich zehn Jahre älter. Bevor Deputy Eduardo – das war der Name, für den sie sich entschieden hatte – antworten konnte, ergriff Betsys Onkel das Wort.

„Mein Sohn interessiert sich für alles, was hier in der Gegend passiert, doch uns wäre es lieber, wenn er nichts davon wüsste."

Nur sein Sohn? Onkel Fred hätte am liebsten selbst mitgemacht, aber natürlich nur, wenn Sissy und Scott es nicht mitbekämen.

Scott schlug mit der Faust auf den Tisch. „Ich habe nur meinen Zweiundzwanziger, und damit kann ich gerade mal Eichhörnchen schießen. Wie soll ich denn meine Familie beschützen, wenn ich nicht mal eine richtige Waffe besitze?"

Dies wäre die passende Gelegenheit für den Helden, der Familie zu versichern, dass er sie beschützen würde und dass der Junge sich keine Sorgen um die Sicherheit seiner Angehörigen zu machen brauchte. Doch Eduardo erwiderte mit einem Mund voller Rührei: „Meine Waffen darf außer mir niemand anrühren."

Scott sank auf seinem Stuhl zusammen.

„Dein Jagdgewehr reicht für den Augenblick", erklärte Onkel Fred. „Da du damit ganz gut schießen kannst, brauchst du keine andere Waffe. Und da Deputy Puckett jetzt hier ist, liegt das, was draußen in den Bergen geschieht, nicht länger in unserer Verantwortung."

Wenn es nur so einfach wäre. Erneut musterte Betsy den Deputy. Wie alt mochte er wohl sein? Er wirkte noch recht jung, was es ihm erschweren würde, den Respekt der Bergbewohner zu erlangen. Trotzdem, es gelang ihm ganz gut, so zu tun, als wäre er seiner Aufgabe gewachsen. Vielleicht war er ja älter, als er aussah.

Er sah auf. Betsy spürte, wie ein Blitzschlag sie durchzuckte, als ihre Blicke sich erneut trafen. Ihre Frage, warum er Texas verlassen hatte, hatte er nicht beantwortet, aber die Art und Weise, wie er sie beobachtete, schüchterte sie ein, sodass sie es nicht wagte, ihre Frage zu wiederholen. Sie wandte sich ab, beschäftigte sich mit dem Baby und tat so, als würde sie das Gespräch nicht im Mindesten interessieren.

„Tragen Sie auch Sporen?“, wollte Scott nun wissen.

Eduardo räusperte sich, bevor er antwortete. „Ja, aber die lege ich nur an, wenn ich mein Pferd einmal daran erinnern muss, wer der Boss ist.“

Scott grinste. „Ich hätte nie gedacht, dass ich einmal einem waschechten Cowboy aus Texas begegnen würde. Können Sie auch Lasso werfen?“

„Es könnte besser sein ...“ Der Deputy räusperte sich und senkte die Stimme, als er sich an Onkel Fred wandte. „Da ich beim örtlichen Zeitungsverleger zu sein scheine, nehme ich an, dass Sie über die Vorgänge hier im Bilde sind. Können Sie mir irgendwelche Informationen geben, über die die Politiker in der Hauptstadt nicht verfügen?“

Onkel Fred fingerte an der Petroleumlampe auf dem Tisch herum. „Im Augenblick ist die Situation gar nicht so übel. In Greene County oder in Christian County würden Sie viel dringender gebraucht.“

„Meine Befehle sind eindeutig – Pine Gap, Hart County, um Sheriff Taney zu entlasten.“

Betsy spitzte die Ohren. „‚Entlasten‘ sagen Sie. Das bedeutet also, dass Sie ihm helfen wollen? Oder sollen Sie ihn ablösen?“, wollte Onkel Fred wissen.

Deputy Puckett ließ seine Gabel sinken. „Nein, das war nicht so gedacht.“ Er zögerte. „Sie sagen, die Situation hätte sich verbessert. Warum? Was ist jetzt anders?“

„Die ‚Bald Knobbers‘ kümmern sich darum.“ Scott stützte seine Ellbogen auf den Tisch auf. „Sie halten das Gesindel in Schach. Bis auf Miles Bullard, aber solange die ‚Bald Knobbers‘ reiten, wird er es nicht wagen, sich hier blicken zu lassen.“

Sissy ließ einen Teller ins Spülbecken gleiten und verließ den Raum – ihre typische Reaktion auf dieses Thema. Betsy drückte das Baby an sich, gab ihm einen Kuss auf den blonden Schopf ging zum Tisch.

„Was bedeutet ‚Bald Knobber'?", fragte Deputy Puckett. „Wer ist das?"

Jedes Gespräch über die „Bald Knobbers" begann mit einem Blick über die Schulter, mit dem man sich davon überzeugte, dass niemand das Gespräch belauschte. Obwohl er sich in seinem eigenen Haus befand, sah auch Onkel Fred sich aufmerksam um.

„Der Bald Knobber ist eine kahle Anhöhe hier in der Gegend. Die Männer treffen sich auf der kahlen Bergkuppe, damit sich niemand anschleichen und sie ausspionieren kann."

„Und was tun sie genau?" Deputy Puckett tippte mit dem Finger gegen seine Blechtasse.

„Sie tun das, wozu die Gesetzeshüter nicht in der Lage sind. Seit dem Krieg gibt es hier in der Gegend sehr viel Unruhe. Südstaatensoldaten, die den Kampf noch nicht aufgegeben haben, Verbrecher, Schnapsbrenner – jeder geht jedem an die Kehle, und Sheriff Taney verschließt die Augen davor. Irgendwann wurde es den Männern zu bunt. Sie haben sich zusammengeschlossen und sind gegen die Unruhestifter vorgegangen."

„Widerrechtlich."

Onkel Freds Gesichtsausdruck verhärtete sich. „Viele von ihnen haben sich die Entscheidung nicht leicht gemacht. Sie standen vor der Wahl, entweder etwas ohne die Billigung der Behörden zu unternehmen oder dazusitzen und zuzusehen, wie ihre Nachbarn umgebracht werden. Das eine ist widerrechtlich, das andere unmoralisch. Wofür würden Sie sich entscheiden?"

Auf diese Frage gab Deputy Puckett keine Antwort. Ein Schauder überlief Betsy. Onkel Fred hatte recht – mit der Gründung der „Bald Knobbers" hatte sich die Lage tatsächlich entspannt. Wie würde es jetzt werden, wenn dieser Mann das Sagen hatte? Würde es wieder schlimmer werden? Würde er die Männer, die ihnen geholfen hatten, tatsächlich bestrafen? Betsy war in dieser Stadt aufgewachsen. Sie kannte fast jede Familie in den Bergen, und es gefiel ihr nicht, dass irgendein Außenseiter daherkam und Ordnung schaffen wollte.

„Nennen Sie mir ein Beispiel", forderte der Deputy ihn auf, „für eine dieser gerechten, aber widerrechtlichen Aktivitäten."

Onkel Fred lehnte sich auf seinem Stuhl zurück, und Betsy wartete mit Spannung auf die Geschichte, die jetzt unweigerlich folgen würde.

„Miles Bullard war hier in der Gegend als Tunichtgut bekannt. Er trank viel, spielte den Hanswurst in der Stadt, beleidigte die Frauen und ging auf jeden los, der ihn nur schief ansah. Fowlers Männer hatten schließlich die Nase voll. Sie warfen ihm als Warnung ein Reisigbündel auf die Veranda, doch er schenkte dem keine Beachtung. Als er das nächste Mal in die Stadt kam, eskalierte die Situation. Sie fesselten ihn, legten ihn auf ein Maultier und brachten ihn auf den Berg. Dort verprügelten sie ihn mit den Weidenzweigen, die sie auf seine Veranda geworfen hatten."

Deputy Pucketts Gesicht verhärtete sich. „Wurde er ernsthaft verletzt?"

„Er nicht, sein Stolz schon", erwiderte Onkel Fred. „Aber er hat seine Lektion nicht gelernt. An jenem Abend wurde Stony Watson ermordet, als er in seinem Stall nach dem Rechten sehen wollte. Stony war ein guter Mensch und der Schwiegervater meines Neffen Josiah. So weit wir wissen, trieb Bullard sich dort herum. Er hatte nichts Gutes im Sinn. Es dauerte nicht lange, bis die Bande ihn einfing und zu Sheriff Taney brachte."

„Wurde er verurteilt?", wollte der Deputy wissen.

„Verurteilt?" Onkel Fred lachte rau. „Er wurde nicht

einmal vor Gericht gestellt. Irgendwie gelang ihm in der nächsten Nacht die Flucht. Taney verteidigte sich, indem er darauf hinwies, Bullard hätte Angst um sein Leben gehabt und deshalb allen Grund gehabt zu flüchten – als trügen die Reiter die Schuld daran, dass Miles Stony kaltblütig erschossen hatte. Doch die Männer hielten die Augen offen, und es dauerte nicht lange, bis Bullard sich auf der Flucht verletzte. Er suchte Doktor Hopkins auf, aber Fowler spürte ihn dort auf und fing ihn erneut ein. Dieses Mal dauerte es nur wenige Stunden, bis Sheriff Taney seinen Gefangenen ‚verlor'. Daraufhin haben wir den Sheriff abgeschrieben. Jetzt gehen wir davon aus, dass Fowler uns helfen wird."

Der Deputy schüttelte den Kopf, als könnte er solche Vorfälle überhaupt nicht verstehen. „Warum hat Sheriff Taney ihn denn nicht vor Gericht gestellt? Das ist doch seine Aufgabe. So lautet das Gesetz."

Onkel Fred nahm die Brille ab und putzte sie mit dem Ärmel seines Hemdes. „Darüber habe ich lange nachgedacht. Ich nehme an, er war der Meinung, die ‚Bald Knobbers' hätten falsch gehandelt, als sie Bullard verprügelten. Dem Sheriff gefiel es nicht, dass sie tätig geworden waren, und er ist vermutlich der Meinung, sie seien selbst schuld an den Ereignissen. Tatsache ist, ich könnte Ihnen nicht einmal mit Sicherheit sagen, dass Stony einer der Reiter war. Vermutlich bestand sein einziges Vergehen darin, dass er etwas besaß, das Bullard stehlen wollte."

Die arme Katie Ellen. Sie und ihr Pa hatten sich sehr nahe gestanden. Katie Ellen hätte vermutlich selbst Jagd auf Bullard gemacht, wenn sie nicht ein Baby erwarten würde. Betsy war tieftraurig über das alles.

„Und wann fangen Sie an?", fragte sie den Deputy.

Der Deputy richtete seine Antwort an ihren Onkel. „Sobald Sheriff Taney und ich ein paar Dinge geklärt haben. Und ich mein Pferd bekommen habe."

„Sie brauchen ein Pferd?" Betsy reichte das Baby an Scott weiter und nahm ein Geschirrtuch zur Hand. „Sind Sie sicher? Hier in den Bergen kommt man gut mit einem Maultier zurecht."

Er starrte sie entgeistert an und überdachte seinen Entschluss noch einmal, sie zu ignorieren. Sein Blick bohrte sich regelrecht in sie hinein, und jetzt endlich konnte sie erkennen, dass er graue Augen hatte. „Ich reite doch nicht auf einem Maultier!", verkündete er empört.

Betsy schmunzelte. Sie erinnerte sich noch lebhaft daran, wie ihr Bruder Josiah sich mit Händen und Füßen dagegen gewehrt hatte, als Katie Ellen vorschlug, er solle eine eigene Zimmerei auf ihrer Farm bauen. Nachdem sie lange genug geschmollt hatte, hatte er schließlich nachgegeben. Unwillkürlich fragte sie sich, was Deputy Puckett wohl dazu bringen würde, auf ein Maultier zu steigen.

Onkel Fred nickte Betsy zu, ein Zeichen dafür, dass sie das schmutzige Geschirr abräumen konnte. „Zweifellos werden Sie mit Taney sprechen wollen, sobald er in die Stadt kommt."

„Bis dahin bleibt mir das Gefängnis verschlossen."

„Und was machen wir so lange mit Ihnen?" Onkel Fred meinte das im Scherz, doch der Deputy erhob sich. Seine Schultern sperrten das Licht aus, das durch das einzige Fenster im Raum fiel.

„Ich habe Ihre Gastfreundschaft lange genug in Anspruch genommen. Ich werde schon allein zurechtkommen."

Onkel Fred runzelte die Stirn. „Ich wollte Sie nicht –"

„Nein, nein, keine Sorge." Der Deputy setzte seinen Hut auf und blieb an der Tür stehen. Beinahe schuldbewusst drehte er sich um, blickte Betsy an und legte grüßend seinen Finger an seinen Hut.

Onkel Fred pfiff leise durch die Zähne, als die Tür sich hinter dem jungen Mann geschlossen hatte. „Was denkst du, wie lange wird er durchhalten?"

Eigentlich interessierte sie sich nur deshalb für ihn, weil er sie zu ein paar Geschichten inspirieren sollte, aber irgendetwas sagte ihr, dass er vielleicht für mehr Ärger sorgen würde, als es die Sache wert war.

Kapitel 7

Joel folgte der Straße zur Stadt. Diese Situation war einfach lächerlich. Er fühlte sich wie ein Fisch ohne Flossen, ein Vogel ohne Flügel oder ein Stachelschwein ohne Stacheln. Was sollte er tun? Warten, bis jemand das Gesetz übertrat und ihn dann zu Fuß in die Berge verfolgen? Man hatte ihn darüber in Kenntnis gesetzt, dass die Stadt ihm ein Pferd zur Verfügung stellen würde, aber niemand schien dazu bereit zu sein. Wenn der Sheriff nicht bald auftauchte, müsste er ein Telegramm nach Jefferson City schicken.

Die Straße vom Zeitungsbüro führte nach … Norden? Nordwesten? Joel konnte nicht sagen, in welche Richtung er lief. Die Straße wand und krümmte sich wie ein Wurm am Haken. Er braucht dringend eine Karte, musste sich Orientierungspunkte einprägen. Flüsse, Berge, Felsen. Was könnte ihm in dieser so unübersichtlichen Landschaft helfen, sich zurechtzufinden?

Als das Gefängnis in Sicht kam, entdeckte Joel zwei Pferde, die an der Pferdestange vor dem Gebäude angebunden waren. Na ja, eigentlich ein Pferd und ein Pony, um genau zu sein, aber endlich war da jemand, der ihm weiterhelfen könnte. Und wenigstens stand die Tür jetzt offen. Joels Schritte beschleunigten sich, nachdem es nun endlich weiterzugehen schien. Er war hergekommen, um hier in der Stadt seine Arbeit zu tun, und damit wollte er endlich anfangen.

Der Wind riss an seinem Hut, bis er den Schutz der

Veranda erreicht hatte. Obwohl die Tür offen stand, klopfte er an den Türrahmen. Er wollte einen guten Eindruck machen.

„Kommen Sie rein."

Als er eintrat, blieb sein Blick an auffallend kleinen Stiefelsohlen hängen. Sie gehörten zu einem korpulenten Mann, dessen Haut über seinem Gesicht spannte wie eine Wurstpelle. In seinen dünnen grauen Haaren fanden sich noch vereinzelte rote Sprenkel, die perfekt mit seinen Sommersprossen harmonierten. Grunzend schwang der Mann seine Füße vom Schreibtisch und setzte sich mühsam auf.

„Wen haben wir denn hier?" Er nahm sich Zeit, Joels Kleidung eingehend zu mustern, und sein Blick blieb an seinem Pistolengürtel und den Stiefeln hängen. „Ein richtiger Cowboy in voller Montur."

Joel nahm seinen Hut ab und legte ihn neben den Hut des Mannes auf den Schreibtisch. Selbst Joels Stetson war einige Zentimeter größer. „Ich bin Deputy Puckett. Und wer sind Sie?"

Der Mann lehnte sich auf dem Stuhl zurück und wischte sich die Hände an seinem schmuddeligen weißen Anzug ab. „Ich bin Bürgermeister Walters, Ihr neuer Boss." Sein Gesicht verzog sich zu einem gekünstelten Lächeln, das gründlich misslang.

„Ich bin auf Anweisung des Gouverneurs hier. Nicht auf Ihre", stellte Joel klar.

„Er kann anordnen, was er will, allerdings hat er sich hier noch nie blicken lassen."

Der Bretterboden unter Joels Füßen knarrte. Er war hierher beordert worden, weil die Leute, die hier das Sagen hatten, korrupt und nicht vertrauenswürdig waren. Der Staat zweifelte ihre Unparteilichkeit an. Tatsächlich, so hatte man ihn informiert, ging man davon aus, dass die Friedensrichter vor Ort in die illegalen Machenschaften verstrickt waren. Wenn er sich diesen aufgeblasenen Mann anschaute, fiel es ihm nicht schwer, das zu glauben. Trotzdem, er musste vorsichtig vorgehen.

Joel trat zurück, wandte sich um und inspizierte den Raum – zwei Zellen, jede mit einer Pritsche ausgestattet, die Schlösser verstaubt. Joel nahm eines in die Hand und rieb daran, bis das schwarze Eisen unter seinem Daumen wieder glänzte.

„Diese Zelle ist lange nicht benutzt worden." Das Schloss schepperte gegen die Eisenstäbe, als er es losließ. „Wie es scheint, gibt es hier gar keine Verbrechen."

„Zumindest keine, die einen dahergelaufenen Fremden etwas angingen, das ist mal sicher. Wir können unsere Probleme allein lösen."

Joel nickte. „Dann ist Gouverneur Marmaduke einem Irrtum erlegen. Ich will Ihre Zeit nicht länger in Anspruch nehmen. Wenn Sie mir erklären, wie ich zum Telegrafenbüro komme, werde ich ihm mitteilen, dass Sie meine Dienste abgelehnt haben, und dann verschwinde ich wieder." *Und kehre nach Texas zurück, wo die Leute wenigstens normal sind,* hätte er gern hinzugefügt. Wenn es ihm nur möglich wäre, nach Texas zurückzukehren.

Bürgermeister Walters rümpfte die Nase. „Sie können mir nichts vormachen, Deputy Puckett. Das ist ein netter Versuch, mich in Zugzwang zu bringen, aber ich habe die vergangenen zwanzig Jahre hier nur deshalb überlebt, weil ich einen Hinterhalt erkenne, wenn ich vor ihm stehe. Nein, Sie werden dem Gouverneur keinen Vorwand liefern, Truppen herzuschicken. Ein Gesetzeshüter ist schon schlimm genug, aber ich denke, wir werden schon mit Ihnen klarkommen." Er öffnete eine Schreibtischschublade. Die Messingschlüssel, die er Joel zuwarf, funkelten in der Sonne.

Joel fing sie auf und verstaute sie in seiner Jackentasche, ohne den Blick von dem Mann abzuwenden. „Das ist also mein Büro. Und wie steht es mit meinem Fortbewegungsmittel?"

Der Bürgermeister lächelte. „Ihr Pferd wartet draußen."

Joel nickte erneut. Wenn Gott gewollt hätte, dass er sich zu Fuß fortbewegte, hätte er keine Pferde erfunden. Joel setzte seinen Hut wieder auf und ging nach draußen. Der Bürgermeister folgte ihm. Das Fell des schwarzen Pferdes glänzte in der Sonne. Es war offensichtlich gut gepflegt und gut genährt und warf den Kopf hoch.

Walters griff nach oben und umklammerte das Sattelhorn. Er stieß sich von der Pferdestange ab, um einen Fuß in den Steigbügel zu stellen – den falschen Fuß. Das schwarze Pferd schüttelte den Kopf. Joel konnte ihm nur zustimmen. Dieser Mann hatte wirklich von nichts eine Ahnung.

„Was machen Sie da?" Joel versuchte, das nervöse Pferd zu beruhigen, bevor es den Bürgermeister abwarf.

Schweiß überzog das Gesicht des Bürgermeisters. Joel bezweifelte, dass er jemals auf diesem Pferd gesessen hatte – oder überhaupt auf einem Pferd –, aber es gelang ihm tatsächlich, sich festzuhalten, bis er den richtigen Fuß in den Steigbügel gestellt hatte. Unter äußerster Kraftanstrengung schwang er sich in den Sattel.

Joel hatte die Zügel bereits gelöst und legte sie widerstrebend in die ausgestreckte Hand des Bürgermeisters. „Wo wollen Sie mit meinem Pferd hin?"

Der Bürgermeister konnte nicht sofort antworten, weil er erst einmal zu Atem kommen musste. Er lächelte schadenfroh. „Das ist nicht Ihr Pferd. Das da ist für Sie."

Joel blickte sich um, aber er sah kein anderes Tier außer dem Pony.

„Sie machen wohl Witze", sagte er. „Das geht nicht."

„Tut mir leid." Der Bürgermeister riss regelrecht an den Zügeln. Das schwarze Pferd rührte sich nicht.

„Sehen Sie …" Joel ging zu dem Pony und schwang sein

Bein über seinen Rücken. „Dieses Pferd ist zu klein für mich." Er zwängte seine Füße in die Steigbügel. „Meine Knie sind im Weg."

Der Bürgermeister trieb dem Pferd seine Fersen in die Flanken und schaffte es endlich, das Tier dazu zu bringen, sich in Bewegung zu setzen. „Wie schade. Damit können Sie vermutlich kaum mit den ‚Bald Knobbers' mithalten, oder?"

Joel ließ seine Beine an den Seiten herunterhängen, und seine Zehen berührten den Boden, während er zusah, wie Bürgermeister Walters davonritt. Auf diesem Tier war er eine Witzfigur.

In Texas hatten die Verbrecher Joel gefürchtet und die Bewohner der Stadt hatten ihn respektiert. Doch dann hatte er mit seiner Weigerung, eine der Töchter der Stadt zu heiraten, das Missfallen seiner Vorgesetzten erregt, und damit war sein Schicksal besiegelt gewesen.

Joels Ziel war, eines Tages Sheriff zu werden, und um dieses Ziel zu erreichen, war er bereit, Überstunden zu machen und alle Mühen auf sich zu nehmen. Ihm blieb keine Zeit, um ein Mädchen zu werben. Da er mit drei Schwestern aufgewachsen war, scheute er vor der Ehe zurück. Frauen waren gleichbedeutend mit Lärmen und Keifen, und damit wollte er nichts zu tun haben, sehr zum Kummer der eifrigen Mütter in Blackstone County. Niemand war entschlossener als texanische Mütter, die auf der Jagd nach einem passenden Ehemann für ihre Prinzessinnen waren. Ihre vereinten Bemühungen, ihm Fesseln anzulegen, waren gescheitert. Und schließlich hatte eine der jungen Damen zu unehrenhaften Methoden gegriffen.

Die Ohren des Ponys zuckten und schließlich legte es seine Ohren an. Das Tier war nicht nur klein, sondern auch bösartig. Joel stieg ab und band die Zügel los, während er darüber nachdachte, wie es zu dieser Katastrophe hatte kommen können.

Als Joel an jenem Abend vor einem Monat losgeritten war, weil er die Meldung erhalten hatte, dass ein Buggy verunglückt sei, hatte er keine Ahnung gehabt, dass man ihn in eine Falle locken wollte. Am darauffolgenden Morgen war Blount im Büro des Sheriffs erschienen und hatte gefordert, dass Deputy Puckett seine Tochter Mary heiraten sollte. Joels Proteste verhallten ungehört. Sheriff Green stand vor seiner Wiederwahl und konnte keinen Skandal gebrauchen. „Heirate das Mädchen“, hatte er Joel befohlen, „und dann zurück an die Arbeit.“

Joel hatte sich geweigert und damit seine Karriere und seinen guten Ruf zerstört. Der Sheriff hatte sich dazu herabgelassen, Joel von diesem Posten in den fernen Ozark Mountains zu erzählen, aber nur wenn Joel Stillschweigen über die neue Anstellung bewahrte. Natürlich kannten seine Eltern seinen Aufenthaltsort, aber falls die Familie Blount erfuhr, dass er seinen Stern nicht abgegeben hatte, würden sie schäumen vor Wut. Sie waren weiterhin außer sich darüber, dass sie durch ihre Ränke nicht nur einen potenziellen Schwiegersohn verloren, sondern auch den Namen ihrer Tochter beschmutzt hatten.

Schuld daran hatten sie allein, aber Joel musste dafür büßen. Warum hatte Gott das überhaupt zugelassen? Sollte Gott nicht für ihn kämpfen? Sollte Gott nicht all diejenigen beschützen, die unter falschen Anschuldigungen litten? Und warum hing er jetzt in diesem hinterwäldlerischen Kaff fest und war auf dieses erbärmliche Tier angewiesen?

Allein durch Willenskraft gelang es Joel, sich zu beruhigen. Sein Blick streifte umher. Hier in Pine Gap bot sich ihm ein neuer Anfang. Niemand wusste, was in Texas geschehen war, und die Leute in Texas wussten nichts von Pine Gap. Er hatte seine Lektion gelernt und wusste um die Gefahren, die weibliche Machenschaften in sich bargen. Es stimmte, er war hier nicht willkommen, aber er würde sich schon bald das Vertrauen der Leute verdienen, indem er diesem Unfug ein Ende bereitete. Bis dahin würde er sich in Geduld üben, seinen Blick auf Gott richten und sich so verhalten, dass niemand ihm etwas vorwerfen konnte.

Er musste hier Erfolg haben, denn eine andere Möglichkeit blieb ihm nicht.

Kapitel 8

Das Pony drehte seinen Kopf, um an Joels Knie zu knabbern, das sich unglücklicherweise in Reichweite seiner Zähne befand. Kein Wunder, dass das Tier missgelaunt war. Das kleine Ding war einfach nicht dafür gedacht, einen so großen Mann zu tragen. Er kam sich darauf lächerlich vor, aber welche Wahl hatte er schon? Hätte er sich stattdessen lieber an seinen Schreibtisch im Gefängnis setzen und das rassige Pferd bewundern sollen, das vor Bürgermeister Walters' Gemischtwarenladen angebunden war?

Joel hatte beschlossen, sich ein wenig umzusehen und sich mit den Stadtbewohnern bekannt zu machen. Der Vormittag war ins Land gezogen und der Sheriff war immer noch nicht aufgetaucht. Es war an der Zeit, ihn zu suchen und sich ihm vorzustellen.

Obwohl die Häuser dicht an der Straße standen, waren sie durch die Bäume schwer auszumachen. Selbst an den Stellen, die für eine Rasenfläche gerodet worden waren, wuchsen schon wieder junge Bäume nach und legten Zeugnis ab von der Widerstandskraft des Waldes. Hier eine freie Fläche zu bewahren, schien ein ständiger Kampf zu sein.

Als er den Stadtrand erreichte, erkannte er das Haus vom Vorabend wieder. Mrs Sanders wohnte dort, nicht wahr? Aber aus irgendeinem Grund hatte er gedacht, das Haus des Sheriffs läge in der Richtung, in die die Bande verschwunden war. Er ritt im Kreis und war nicht einmal sicher, ob er überhaupt die richtige Richtung eingeschlagen hatte. Wenn er nur wüsste, wem er vertrauen konnte.

Joel hatte nicht bedacht, wie schwer es sein würde, als Fremder in einer Stadt Fuß zu fassen. In Garber hatte er die Unruhestifter von klein auf gekannt, hatte gewusst, welche Viertel der Stadt gefährlich waren und bei wem man annehmen durfte, dass er die Wahrheit sagte. Hier würde es eine Weile dauern, bis er sich in dieser Hinsicht einigermaßen orientieren konnte.

Das Pony versuchte eigensinnig, an der Kreuzung nach links abzubiegen. Joel zerrte an den Zügeln, um es zum Stehen zu bringen. Das starrsinnige Tier wich ein paar Schritte zurück. Er lockerte die Zügel, als es seine Ohren anlegte. Es war erregt, aber das ging ihm nicht anders. Das Pferd tänzelte seitwärts, bockte und versuchte, ihn abzuwerfen.

„Nein, kommt nicht infrage." Er drückte seine Knie in den Rumpf des Tieres. Wenn dieses Bergpony allen Ernstes dachte, es könnte ihn abwerfen … Es buckelte erneut. Joel knirschte mit den Zähnen.

In diesem Moment erklang ein Kichern. Aus den Augenwinkeln erhaschte Joel zwischen den Bäumen die Silhouette einer Frau. Die Zügel glitten ihm aus den Händen. Das Pony stieg. Joel rutschte aus dem Sattel, stürzte aber nicht zu Boden, sondern wurde nach vorn geschleudert, als das Tier wieder mit allen Vieren auf dem Weg stand. Das Sattelhorn bohrte sich in seinen Magen.

Der Schmerz raubte ihm den Atem. Sein Magen krampfte sich zusammen, als er zur Seite kippte und zu Boden stürzte, der zum Glück nicht so weit entfernt war. Zusammengekrümmt lag er auf der Seite und schnappte nach Luft. Die Zügel hielt er fest umklammert. Ein Baumwollrock erschien in seinem eingeschränkten Blickfeld, darunter abgetragene braune Stiefel.

„Geben Sie mir die Zügel", forderte sie ihn auf.

Er hustete und hätte sich beinahe übergeben. Mit fester Stimme antwortete er: „Nein."

Die Stiefel bewegten sich. Der Rock schwang herum. „Wie Sie wollen."

Er rollte sich auf die Seite und richtete sich mühsam auf. Das Pferd tänzelte von ihm fort, mit wild verdrehten und berechnenden Augen. Joel zog es zu sich heran. „Wir sind noch nicht fertig miteinander." Er durfte nicht zulassen, dass das Pony den Sieg davontrug, sondern musste wieder in den Sattel steigen. Allein der Gedanke daran ließ ihn zusammenzucken, aber er hatte keine Wahl. Kein Bergpony würde einen Texaner besiegen. So lief das nicht.

Das Pferd warf den Kopf zurück, als er näher kam. Erneut zog er an den Zügeln, um es wieder zu sich zu ziehen, und schnell stellte er seinen Fuß in den Steigbügel. Blitzschnell schwang er das andere Bein über seinen Rücken und ließ sich langsam im Sattel nieder. Konzentriert hielt sich Joel auf dem Rücken des Tieres und gab ihm Raum, sich auszutoben. Das Pony war hinterhältig und eigensinnig, aber es besaß viel weniger Kraft als ein großes Pferd.

Mit zitternden Flanken versuchte das Pony auszubrechen. Sein Kopf sank nach unten. Seine Ohren beruhigten sich. Resignation legte sich über das Tier wie ein schwerer Mantel.

Es war geschafft. Joel streckte die Hand aus und streichelte seinen Hals, sprach beruhigend auf das Pony ein. Er hatte den Menschen vergeben, die sich gegen ihn versündigt hatten. Er hatte sogar die andere Wange hingehalten … sozusagen. Nicht dass er die Absicht hatte, dieses Pony zu behalten, aber sie mussten zu einer Einigung kommen.

Was die Frau betraf …

„Woher haben Sie dieses Pferd?", fragte sie.

Nachdem er sich überzeugt hatte, dass das Tier keine

Dummheiten mehr anstellen würde, stieg er ab. „Die Stadt ist verpflichtet, mir ein Pferd zur Verfügung zu stellen. Das ist vertraglich geregelt."

„Sieht so aus, als hätten Sie nur ein halbes bekommen. Aber Sie haben recht: Das ist wirklich sehr viel besser als so ein dummes Maultier." Sie wickelte ihren Mantel fest um sich, bevor sie die Hände in den Taschen vergrub. Das Blau des Mantels betonte die Farbe ihrer funkelnden Augen. „Wo wollen Sie hin?" Trockene Blätter segelten herab und landeten auf ihrem blonden Zopf, aber sie schien das nicht zu bemerken oder es war ihr gleichgültig.

„Ich bin auf dem Weg zu Sheriff Taney."

„Und wer hat Ihnen den Weg erklärt?"

„Ein Mann namens …" Er blickte nach rechts, dann nach links. „Man hat mich in die falsche Richtung geschickt?" Von hier oben wirkte die Stadt so unschuldig.

„So sind die Stadtbewohner eben. Im Gegensatz dazu werden Sie draußen im Wald schon erschossen, bevor Sie so nahe herangekommen sind, dass Sie ihnen eine Frage stellen können."

Das Pferd schlug mit dem Schweif. Der Waffenstillstand, den sie geschlossen hatten, wurde augenscheinlich gerade in Zweifel gezogen. Vielleicht musste er das Tier noch einmal bändigen, um ihm zu zeigen, wer hier das Sagen hatte. Aufgeben würde er jedenfalls nicht. Und diese Frau schien noch eigensinniger zu sein als das Pony.

„Ich habe hier eine Aufgabe übernommen. Wenn ich die Stadt nicht allein verlassen kann, wie soll ich denn dann eine Dame wie Sie beschützen?"

Er hatte mit Widerspruch gerechnet, stattdessen strahlte sie ihn an. Lachfältchen waren um ihre Augen zu sehen und zum ersten Mal fielen ihm die Sommersprossen auf ihrer Nase auf. „Das war perfekt", sagte sie. „Inspiriert und inspirierend."

Nicht die Antwort, die er erwartet hatte, aber bevor

Joel eine Erwiderung geben konnte, drang ein markerschütternder Schrei zu ihm herüber.

Joel wandte sich in die Richtung, aus der der Schrei gekommen war. Nicht von Mrs Sanders' Haus, wie er verblüfft bemerkte, sondern von weiter her. Der Weg mündete in eine breite Straße, doch bevor er aufsitzen konnte, war Betsy Huckabee schon ohne ihn losgerannt.

„Kommen Sie!", rief sie. „Das ist Katie Ellen. Ich zeige Ihnen den Weg."

Sie rannte über die gewundene Straße, schien alle Schlaglöcher vorauszuahnen. Noch ein Hilferuf und dazu die Stimme eines Kindes.

„Katie Ellen, ich bin gleich da", rief Betsy so laut, wie Joel noch nie eine Dame aus seiner Bekanntschaft hatte schreien hören.

Er vermied es, sich in den Sattel zu setzen, sondern blieb in den Steigbügeln stehen, was dem Pony gar nicht gefiel, aber es schien sich damit zufrieden zu geben, Betsy zu folgen. Die Straße führte zu einer großen Scheune, möglicherweise einem Auktionshaus, aber weit und breit war niemand zu sehen. Er zügelte das Pony, um sich zu orientieren, doch Betsy rannte an dem großen Tor vorbei zur Rückseite der Scheune. Er hielt nicht viel davon, überstürzt zu handeln. Was wäre, wenn das eine Art Hinterhalt war? Was wäre, wenn Raufbolde dort hinten auf ihn warteten? Niemand außer den Stadtbewohnern wusste, dass er sicher angekommen war. Er hätte einen Brief nach Hause schicken sollen, sobald er aus dem Zug gestiegen war, um seinen Eltern mitzuteilen, dass sie die lieben Menschen aus Pine Gap für seinen Tod verantwortlich machen sollten, sollte er sich zu Weihnachten nicht melden.

Zu spät.

Auf der Rückseite der Scheune erwarteten ihn jedoch keine Marodeure mit Kapuzen. Vielmehr lief eine hübsche, hochschwangere Frau mit einem Baby auf der Hüfte aufgeregt um einen Brunnen herum. Neben ihr beugte sich ein kleiner Junge mit ausgestreckten Armen über den Brunnenrand.

„Armes, armes Baby. Halte noch ein Weilchen durch."

Betsy warf ein Seil nach unten und zog es wieder hoch. Mit vor Furcht zusammengekrampftem Magen rannte Joel zum Brunnen, beugte sich über die Steinmauer und entdeckte ein durchnässtes, erschöpftes Kätzchen, den Grund für diesen ganzen Aufruhr.

„Ich wollte die Abdeckung ja wieder über den Brunnen legen, doch dann hast du mir gesagt, ich solle Pa helfen." Tränen schwammen in den Augen des Jungen.

Betsy starrte in den Brunnen und biss sich auf die Zunge. „Sobald der Eimer in die Nähe des Kätzchens kommt, drückt er es unter Wasser. Es kann nicht mehr lange durchhalten."

Joel hob den Fuß und zog seinen Stiefel aus.

Mit hochgezogenen Augenbrauen drehte sich Betsy zu ihm um. „Was machen Sie da?"

„Wenn Sie das lieber übernehmen wollen …"

„Nur zu."

Er warf den zweiten Stiefel von sich, löste seinen Revolvergürtel, und nach einem eindringlichen Blick in Betsys Richtung legte er ihn hinter sich auf den Boden. Nur ungern trennte er sich von seinen Waffen, die ihm einen gewissen Schutz boten, aber er hoffte, mit dieser Aktion Eindruck schinden zu können.

Barfuß warf er einen Blick nach unten in den Brunnen und erschauderte jetzt schon, aber da musste er nun durch. Betsy hatte Mutter und Sohn bereits herangewunken. Die Mutter legte das Baby auf den Boden und ergriff gemeinsam mit ihrem Sohn das Seil.

„Ob das Seil mein Gewicht hält?", fragte er, während er seine Füße über den Rand schwang.

„Es ist die Katze, um die ich mir Sorgen mache", erwiderte Betsy.

„Es gibt nur eine Seilwinde", erwiderte die andere Frau, „also steht das Maß der erforderlichen Kraft im Verhältnis eins zu eins."

Die Frau sprach in Rätseln … Joel beugte sich vor und ergriff das Seil. Die beiden Frauen und der Junge stolperten ein paar Schritte nach vorn, fanden dann aber ihr Gleichgewicht. Er durfte nicht zu lange unten bleiben. Ihre Kraft würde bald nachlassen.

Der Brunnen war tiefer, als er gedacht hatte, aber schließlich befanden sie sich auf einem Berg. Vorsichtig kletterte er nach unten, und erst jetzt fiel ihm ein, dass er vor seinem Abstieg die Welle des Brunnens hätte überprüfen sollen. Der erdige Geruch von feuchten Steinen intensivierte sich, während der blaue Himmel über seinem Kopf schrumpfte.

Als seine Zehen das Wasser berührten, zuckte er zusammen. Der Brunnen wurde aus einer Bergquelle gespeist und war eiskalt. Das Wasser schwappte über seine Knöchel und erreichte seine Knie. Er biss die Zähne zusammen und unterdrückte ein Wimmern. Am liebsten hätte er losgelassen und wäre ins Wasser gesprungen, um es endlich hinter sich zu haben, doch dann würde die Katze ganz sicher untergehen.

Er hielt sich mit einer Hand am Seil fest, knöpfte mit der anderen sein Hemd auf und packte das Kätzchen im Nacken. Das arme kleine Ding zitterte am ganzen Körper. Nun, das konnte er gut nachempfinden. Schnell verstaute er das Kätzchen in seinem Hemd. Nadelscharfe Krallen bohrten sich in seine Brust, bis das Kätzchen auf seinem Gürtel Halt gefunden hatte.

„Ich komme jetzt hoch", rief er.

Das Seil schwang leicht, während sich die Frauen bemühten, ihn hochzuziehen.

„Warten Sie“, rief er. „Ich klettere hoch.“

Er durfte nicht zulassen, dass ein kleiner Junge und zwei Frauen ihn aus einem Brunnen zogen. Joel griff Halt suchend nach der Welle, die den Flaschenzug hielt, und schwang seine Beine über den Brunnenrand. Dann hielt er sich am Rand fest, bis er sein Gleichgewicht wiedererlangt hatte, und endlich konnte er seine eiskalten Füße auf den Boden stellen.

Die Lippen des Jungen zitterten, obwohl er sich nach Kräften bemühte, die Fassung zu wahren. Sein Blick wanderte von Joels leeren Händen zum Brunnen, doch er brachte nicht den Mut auf, die Frage zu stellen, die ihm auf der Seele brannte.

Joel schob die Hand in sein Hemd und zog das zerzauste Tier heraus. Die Anspannung im Gesicht des Kindes löste sich, und sein Blick wanderte nach oben, als würde er ein Dankgebet zum Himmel schicken.

„So, da haben wir es. Unversehrt und in Sicherheit.“

Joel zuckte nicht zusammen, als das Kind sich auf ihn stürzte und die Arme um ihn schlang. Er wusste nicht, wie er reagieren sollte. Die Mutter strahlte ihn ebenfalls an.

Nun, Menschen, die ihm wohlgesonnen waren, konnte er gut gebrauchen. Wenn er dafür in einen Brunnen klettern musste, dann war das eben so.

Kapitel 9

Er hatte ein Kätzchen aus einem Brunnen gerettet. Allerdings wäre ein Kind besser gewesen. Betsy betrachtete ihren Neffen nachdenklich. Nein, sie konnte ihn nicht in den Brunnen werfen. Katie Ellen würde ihr bei lebendigem Leib die Haut abziehen. Aber sie schrieb ja Geschichten, daher war die Frage, wen Deputy Puckett gerettet hatte, von eher untergeordneter Bedeutung. Sie konnte Eduardo Picketts Abenteuer so erzählen, wie sie wollte. In ihrer Kolumne hatte er einfach ein kleines Mädchen gerettet, das so hübsch war wie eine Porzellanpuppe und singen konnte wie eine Nachtigall. Bei so etwas würden die Frauen doch ins Schwärmen geraten, nicht wahr? Betsy lächelte. Alles in allem hatte sich der Deputy an seinem ersten Tag recht gut geschlagen. Ihre Hauptfigur würde noch größere Heldentaten vollbringen, dafür würde sie sorgen.

Und erst sein Aussehen … Deputy Puckett streckte sein Bein zur Seite weg und schüttelte es aus. Natürlich wäre es auch nicht schlecht gewesen, wenn er von dem Seil abgerutscht und ins Wasser gefallen wäre. Das gäbe eine aufregendere Geschichte, aber sie würde mit dem arbeiten, was sie hatte.

Katie Ellen kam aus dem Auktionshaus und reichte Douglas einen Lappen, in den er das Kätzchen wickeln konnte. „Du meine Güte, ich wusste nicht, wie ich dieses Ding dort herausholen sollte“, sagte sie. „Ich bin übrigens Mrs Huckabee. Mein Mann Josiah arbeitet dort im Auktionshaus. Wie gut, dass Sie gerade zur rechten Zeit vorbeigekommen sind."

„Ich habe nur meine Arbeit getan", entgegnete Deputy Puckett mit einem Anflug von Stolz.

„Was für eine Arbeit?", fragte sie.

„Das ist der neue Deputy, auf den wir gewartet haben", erwiderte Betsy. „Er will Sheriff Taney unterstützen."

Katie Ellen machte ein langes Gesicht. Betsy hoffte nur, dass sie sich zusammenreißen würde. Wenn die „Bald Knobbers" in einer Parade über die Hauptstraße zögen, würde Katie Ellen am Straßenrand stehen und ihnen zujubeln. Nur sie konnten den Mord an ihrem Vater rächen, und sie empfand keinerlei Sympathie für einen Mann, der sich der Gruppe in den Weg stellen wollte.

„Mein Name ist Deputy Puckett", stellte er sich vor. „Ich nehme an, Sie sind mit Miss Huckabee verwandt?"

Betsy nickte, als Katie Ellen keine Antwort gab. „Onkel Fred hat Ihnen doch von Mr Watson erzählt. Das war Katie Ellens Pa."

Die Kiefermuskeln des Deputys spannten sich. „Mein Beileid."

Katie Ellen versteifte sich. „Vielen Dank, dass Sie Douglas' Kätzchen gerettet haben. Das wissen wir sehr zu schätzen."

Doch die Art und Weise, wie sie ihre Kinder vor sich hertrieb, machte deutlich, dass sich ihre Wertschätzung damit auch erschöpft hatte. Sie rief Betsy noch einen Abschiedsgruß zu, bevor sie mit einem Blick über die Schulter im Inneren der Scheune verschwand. Betsy brauchte nicht einmal das Quietschen der Angeln zu hören, um zu wissen, dass die Tore zugezogen wurden.

Eduardo legte seinen Pistolengürtel um und rückte ihn auf seinen Hüften zurecht. Dann hielt er die Hände vor sich, stand vollkommen reglos da, und bevor sie auch nur blinzeln konnte, hatte er schon die Waffen in den Händen. Wie machte er das? Es war, als wären die Waffen von selbst in seine Hände gesprungen. Ziemlich nützlich, wenn man von jemandem bedroht wurde, der vor einem stand. In den Bergen sah man allerdings die bösen Buben niemals kommen.

Diese Übung schien ihn zufriedenzustellen, denn er steckte die Revolver wieder in die Holster. Ein Seitenblick verriet ihm, dass sie ihn beobachtete. Er zupfte an seinem Ohrläppchen und räusperte sich. Hatte er sie so schnell schon wieder vergessen gehabt?

„Ich hätte gar nicht gedacht, dass Sie so tierlieb sind", überbrückte sie das Schweigen. „Es war sehr nett von Ihnen, dass Sie in diesen Brunnen gestiegen sind, um eine Katze zu retten."

„Mir ging es nicht darum, die Katze zu retten. Ich wollte den Brunnen retten. Wissen Sie, wie lange es dauert, bis man wieder aus einem Brunnen trinken kann, auf dessen Grund ein Tierkadaver liegt? Und wie lange in jedem Eimer Wasser Katzenhaare schwimmen?"

Nun, diese Bemerkung würde definitiv keinen Eingang in ihre Geschichte finden. Betsy verkniff sich den Hinweis, dass es eine Pumpe gab. Schon seit Jahren waren sie nicht mehr auf diesen Brunnen angewiesen.

„Trotzdem, so etwas weckt Sympathie bei den Leuten", fügte Betsy hinzu. „Wie wäre es, wenn ich an Auktionstagen Tiere in den Brunnen werfe und Sie sie retten? Dann wären Ihnen alle schrecklich dankbar."

Er schlenderte zur Ortsmitte. Nach einer Weile blieb er jedoch stehen. Das Wasser tropfte von seiner Kleidung und hinterließ dunkle Flecken auf dem Boden. „Haben Sie eigentlich vor, mir ständig nachzulaufen?" Er senkte den Blick, als er sich mit der Hand über das Kinn strich. „Es schickt sich nicht, mit einer alleinstehenden jungen Dame unterwegs zu sein. Das verstehen Sie doch sicher."

Nein, das verstand sie nicht. „Erstens bin ich keine

junge Dame, und zweitens macht sich hier niemand Gedanken über das, was ich tue. Was meinen Ruf angeht, gibt es hier keinen Mann weit und breit, für den ich mich jemals interessiert hätte. Ich bin immun gegen Männer, wie mein Onkel so schön sagt."

„Es geht nicht um Ihren Ruf, Ma'am. Ich versuche meinen Ruf zu schützen."

Betsy runzelte die Stirn. Wann würde dieser eigensinnige Mann sich endlich wie ein richtiger Held benehmen? Andauernd sagte er das Falsche.

„Ich weiß nicht, welchen Nutzen Ihnen meine Gesellschaft bringt", fuhr er fort. „Glauben Sie mir: Ich bin von Ihrer Schönheit sicher nicht verzaubert. Und von Ihren Manieren bin ich alles andere als verzückt, und ich persönlich würde lieber von einer Klippe stürzen und auf einem Kaktus landen, als dem Gerede einer Frau zuzuhören. Meine Gesellschaft wird Ihnen nichts bringen, und ganz sicher erwarte ich nicht, von Ihrer zu profitieren."

Sie merkte, dass sie ihn verblüfft anstarrte. Niemand hatte jemals so mit ihr gesprochen. Aus gutem Grund. Alle hier in der Gegend wussten, dass sie es ihnen mit gleicher Mühe heimzahlen würde.

„Ich bin so froh, dass Sie sich erklärt haben, Deputy. Es ist sehr rücksichtsvoll von Ihnen, mich davor zu bewahren, meine Zeit mit dem Versuch zu vergeuden, Sie mir zu angeln. Aber darf ich bitte etwas erklären: Ich bin vierundzwanzig Jahre alt. Ich sehe, dass Sie das Gesicht verziehen", sie wartete darauf, dass er protestierte, was er allerdings unterließ, „weil Sie wissen, dass ich damit das heiratsfähige Alter bereits überschritten habe. Es hat mich harte Arbeit gekostet, dieses Alter zu erreichen, ohne an einen Mann gefesselt zu werden. Manchmal musste ich unhöflich, unfreundlich und abweisend sein, um mir Verehrer vom Leib zu halten. Keine dieser Verhaltensweisen liegt in meinem Naturell. Da ich diese Gewässer durchschifft habe und sicher im Hafen angekommen bin, kann ich wieder die fröhliche, freundliche und gesellige junge Dame sein, die ich von Geburt an bin, und ich werde mich Ihnen gegenüber nicht anders verhalten."

„Ich sage doch nur, dass ich nicht –"

„Und außerdem …" Sie hielt inne, um ihm deutlich zu machen, dass er lieber schweigen und ihr zuhören sollte. „Außerdem bin ich frei und ungehindert durch diese Berge gestreift, seit ich laufen konnte. Mit fünf Jahren bin ich herumstreunenden Südstaatensoldaten entkommen und habe Hilfe geholt, als sie meine Eltern als Geiseln genommen hatten. Mit neun bin ich die ganze Nacht mit meinem Bruder Josiah auf Waschbärenjagd gewesen. Mit zehn habe ich mein Elternhaus verlassen, um nach dem Tod meiner Tante meine Neffen großzuziehen und Onkel Fred den Haushalt zu führen. Ich komme und gehe, wie ich will, wohin ich will und wann ich will. Diese Berge sind meine Heimat, und ich werde nicht strickend am Herd sitzen und Däumchen drehen, nur weil ein gut gekleideter texanischer Gesetzeshüter aus dem Zug gestiegen ist. Haben wir uns verstanden?"

So. Sie hatte alles gesagt, was sie sagen wollte, aber wenn sie gehofft hatte, ihn dadurch zu verärgern, wurde sie enttäuscht. Reglos stand er vor ihr und musterte sie eindringlich. Sein Gesicht zeigte keine Regung, weder Frustration noch Amüsement, und er machte auch keine Anstalten, versöhnlich auf sie einzuwirken, wie es Männer normalerweise Frauen gegenüber taten, wenn diese einen Wutanfall bekamen. Hatte sie wirklich gar keinen Eindruck auf ihn gemacht?

Schließlich schüttelte er missbilligend den Kopf. „Vielen Dank für die Predigt. Hatte ich schon erwähnt, dass ich lieber auf einem Kaktus landen würde, als dem Gerede einer Frau zuzuhören?"

Mit diesen Worten drehte er sich um und stapfte davon.

Das Pony bewegte sich ungefähr so geschmeidig wie ein Wagen mit rechteckigen Rädern, aber Joel merkte davon wenig, weil er in Gedanken bei dieser temperamentvollen Frau mit den blonden Haaren war.

Er hatte Miss Huckabee die Meinung gesagt. Aber das war auch dringend nötig gewesen, denn er wollte kein Risiko eingehen. Eigentlich war es ihm unangenehm gewesen, anzudeuten, sie könnte ein Auge auf ihn geworfen haben, aber da sie überall auftauchte, wo er sich aufhielt, musste es einmal ausgesprochen werden.

Könnte es sein, dass ihr Onkel, der Zeitungsmann, sie dazu angestiftet hatte? Aber wenn er ihm wirklich nachspionieren wollte, hätte er doch wahrscheinlich eine Person ausgewählt, die weniger auffällig war. Betsy Huckabee mit ihrem strahlenden Lächeln und ihrer Lebendigkeit faszinierte Joel. Sein Blick blieb an ihr hängen, egal, wie sehr er sich auch bemühte, ihn abzuwenden.

Joel erreichte eine Lichtung. Das abgemähte Gras war zu Heuhaufen zusammengerecht worden. Er fühlte sich wie ein Goldfisch in einem Glas. Zwischen den die Lichtung umgebenden Bäumen könnte sich eine ganze Gruppe von Banditen verstecken, ohne dass er es mitbekommen würde. In seiner Heimat gab es solche Wälder nicht, nur vereinzelt hier und da einen Baum. Hier dagegen könnte ein ganzes Regiment Aufstellung nehmen, ohne dass er es merken würde. Seit wann empfand er eine offene Lichtung als so bedrohlich?

Dass sein Pony nicht einmal einem Tropfen Sirup, der bei Kälte an einem Einmachglas herunterlief, entkommen konnte, trug auch nicht gerade zu seiner Beruhigung bei. Die Abneigung und das Misstrauen zwischen ihm und dem Tier beruhte auf Gegenseitigkeit. Sheriff Taney würde in Bezug auf die Pferdefrage sicher mehr Verständnis zeigen. Gesetzeshüter wussten, wie wichtig Respekt war, und niemand würde einen Deputy respektieren, dessen Knie beim Reiten seine Ellbogen streiften.

Miss Huckabee hatte ihn in diese Richtung gewiesen. Trotz ihrer Auseinandersetzung wirkte sie frisch und süß. In der Nachmittagssonne glänzten ihre Wangen wie ein roter Apfel. Vielleicht war diese Röte auf ihre kaum zu beherrschende Wut zurückzuführen, aber ihr Anblick hatte seine Laune dennoch verbessert.

Sie glaubte also, für den Charme eines Mannes unempfänglich zu sein? Joel biss die Zähne zusammen. Die Versuchung, ihr zu beweisen, dass sie irrte, war groß. Vielleicht war sie ja tatsächlich harmlos, aber in seinem Leben war kein Platz für eine Frau.

Er hatte die Bergkuppe erreicht und damit das Ende des Weges. Welche Richtung musste er jetzt einschlagen? Am Horizont waren keine Rauchwolken zu sehen, die ihm Orientierung geben könnten. Nun, wenn es keinen Weg gab, dann müsste er eben den Spuren folgen. Allerdings wusste er nicht, wohin sie ihn führen würden.

Nachdem er einige Minuten durch die Wildnis geritten war, stieß er auf einen Pfad, der kürzlich benutzt worden zu sein schien. Heruntergefallene Blätter trugen die Abdrücke von Pferdehufen, und er hoffte, dass die Reisenden auf dem Heimweg und nicht über Land unterwegs waren. Das Glück war ihm hold, denn in der Sole eines verborgenen Tals stieß er auf eine Hütte. Waschbärenfelle waren zum Trocknen an den Wänden der Hütte aufgespannt. In einem Baumstumpf steckte eine Axt und ein Ziegenbock starrte ihn von einem Holzstapel aus an.

„Hallo?“, rief Joel. Seine Nackenhaare richteten sich auf, aber nicht nur das verriet ihm, dass er beobachtet wurde. Sogar die Ziege blickte nervös zur Hütte hinüber. „Hallo? Ist jemand zu Hause?“

Er starrte so konzentriert auf die Haustür, dass er vor

Schreck zusammenfuhr, als ein schmächtiger Bursche aus dem Schutz der Bäume zu seiner Linken trat.

Joel stieg von seinem Pony. „Hallo. Ich bin Deputy Puckett. Können Sie mir den Weg zu Sheriff Taneys Haus erklären?“

„Ich bin Bo Franklin, und es fällt mir schwer zu glauben, dass Sie sind, wer Sie zu sein behaupten.“ Das Gesicht des jungen Mannes war schlecht rasiert. „Wenn Sie ein Deputy wären, dann hätten Sie doch merken müssen, dass vor Ihrer Nase ein Verbrechen begangen wurde.“

Der arrogante Tonfall des Mannes ärgerte Joel. Am liebsten hätte er ihm sein dämliches Grinsen aus dem Gesicht gewischt.

„Vor meiner Nase, sagen Sie? Und welches Verbrechen sollte das sein?“

Der junge Mann spuckte einen braunen Strahl Tabaksaft aus. „Jemand hat die Hälfte von Ihrem Pferd gestohlen.“

Joel verdrehte die Augen und blickte in den Himmel hinauf. *Herr, selbst du hattest ein anständiges Reittier, als du es brauchtest.* Doch dann fiel ihm ein, dass Jesus auf einem Esel geritten war, und sein Gebet verstummte.

„Und wo lebt Sheriff Taney jetzt?“

„Wenn Taney gewollt hätte, dass Sie ihn finden, hätte er Ihnen den Weg erklärt.“

„Verbringt Taney immer so viel Zeit damit, sich zu verstecken?“

Der junge Mann schob sein Kinn vor. Sein Körper schwankte, als wäge er seine Antwort genau ab. „Also gut, ich werde Ihnen erklären, wie Sie zu ihm kommen. Kurz hinter dem Bach da hinten teilt sich die Straße. Nehmen Sie die nördliche Abzweigung, dann kommen Sie noch vor dem Abendessen an Taneys Haus vorbei.“

Joel seufzte. Warum begriffen die Leute denn nicht, dass er ihnen doch wirklich nur helfen wollte? Dass er keinerlei Interesse daran hatte, sich in ihre Angelegenheiten einzumischen und das nur tun würde, wenn es sich nicht vermeiden ließ?

Wortlos stieg er auf sein Pony. Von diesem Bo Franklin schien keine Gefahr auszugehen, trotzdem blieb er wachsam.

„Was ist denn mit Ihnen los?“, fragte Bo. „Sie scheinen über unser Gespräch nicht allzu glücklich zu sein.“

Zum Glück hatte das Pony beschlossen, sich zu benehmen. Joel hatte keine Lust, vor diesem Mann auf dem Boden zu landen. „Ich kenne mich vielleicht in diesen Bergen nicht aus, aber ich merke es, wenn mich jemand an der Nase herumführen will. Wollen wir wetten, dass ich über den nach Süden führenden Weg zu Taney komme?“

Ein Lächeln umspielte Bos Lippen. Seine Augen zogen sich zu schmalen Schlitzen zusammen. „Tun Sie, was Sie nicht lassen können, Deputy. Sie werden keinen Menschen finden, den das weniger interessiert als mich.“

Kapitel 10

Wenn die Leute bei etwas so Einfachem wie der Wegbeschreibung zum Haus des Sheriffs schon so zugeknöpft waren, wie würden sie dann erst reagieren, wenn es um das Versteck eines Verbrechers ging? Joel kämpfte sich durch die niedrigen Zweige, die über den Weg hingen. Vor sich entdeckte er ein Windspiel aus an Drähten aufgehängten Blechbüchsen. Dieses Land gehörte jemandem, das verriet ihm das Bellen eines Hundes. Er hoffte nur, dass es tatsächlich das Haus der Person war, die er suchte.

Im Schutz der Bäume stand eine Holzhütte. Dieser Pfad war der einzige ungehinderte Zugang zu der Hütte. Ein grauhaariger Mann saß in einem Schaukelstuhl auf seiner Veranda und hatte ein Banjo auf dem Schoß.

„Sheriff Taney?", rief Joel.

„Ich habe schon auf Sie gewartet." Sein Schaukelstuhl stockte und er schnaubte. „Was um alles in der Welt reiten Sie denn da?"

Nie hatte sich Joel mehr gefreut, von einem Pferd absteigen zu können, als in diesem Augenblick. Joel band das Pony an einen Baum und ging zu Fuß weiter. Er nickte. „Ich dachte, alle Gesetzeshüter in den Ozarks reiten solche Tiere? Solche Ponys?"

„Woher soll ich das wissen? Wenn Sie hier sind, bin ich ja offenbar keiner mehr."

Joels Blick streifte die verkrümmten Hände auf dem Banjo und er fuhr respektvoll fort: „Ich bin Joel Puckett, Sir. Ich freue mich, endlich Ihre Bekanntschaft zu machen."

Taneys Blick wanderte von Joels großem Hut über sein Kavalleriehemd zu seinen Cowboystiefeln. „Na, Sie haben sich ja ganz schön herausgeputzt. Kein Wunder, dass man Ihnen ein Spielzeugpferd gegeben hat. Sie sind nichts anderes als ein hübsches kleines Puppenkind."

Noch nie war sich Joel seiner Jugend so schmerzlich bewusst gewesen. „Ich habe noch viel zu lernen, das ist wahr, aber ich habe vor, mein Bestes zu geben."

„Im Gegensatz zu mir? Wollten Sie das damit sagen?"

„Nichts liegt mir ferner –"

„Hören Sie zu, Junge. Sie glauben, die Sachlage zu kennen. Sie denken, Sie könnten die Bösen aufhalten und die Guten beschützen, aber so läuft das hier nicht. Diese Auseinandersetzungen schwelen schon seit Jahrzehnten. Sie haben eine lange Geschichte, und Sie werden sie nicht beilegen können, indem Sie sich einmischen und die erste Person aus dem Weg räumen, die aus der Reihe tanzt. Hier ist jeder auf sich selbst gestellt und den guten Jungs wird die Schuld in die Schuhe geschoben."

Was hätte Joel auch von dem Mann, den er ablösen sollte, anderes erwarten können? *Danke, dass Sie hergekommen sind und die Aufgabe übernommen habe, bei der ich versagt habe? Wie gut, dass Sie nur halb so alt sind wie ich und mir jetzt zeigen, wie ich meine Arbeit zu machen habe?* Das Büro von Gouverneur Marmaduke hatte ihn gewarnt, dass die Sheriffs Teil des Problems seien. Das war der Grund, warum man jemanden hinzuzog, der nicht Teil der örtlichen Gemeinschaft war. War Taney korrupt oder einfach nur unfähig und bequem?

„Ich bin für jede Unterstützung und alle Ratschläge dankbar, die Sie mir geben können, aber ich habe tatsächlich klare Vorstellungen von dem, was richtig und was falsch ist. Warum ein Mensch das Gesetz bricht, geht mich nichts an. Meine Aufgabe ist es, jegliche kriminelle Aktivität zu unterbinden und dafür zu sorgen, dass diejenigen, die gegen das Gesetz verstoßen, einem Richter vorgeführt werden."

Taney schüttelte langsam den Kopf. „Was haben sich diese Leute in Jefferson City nur gedacht? Sie schicken uns einen Jungen, um die Arbeit eines Mannes zu tun."

„Ich muss Ihnen da widersprechen." Joel hatte schon immer jünger ausgesehen, als er war, und nicht einmal der Bart sorgte dafür, dass er älter wirkte. „In einer Stadt mit einer ansehnlichen Einwohnerzahl habe ich mir den Rang eines Deputys erarbeitet. Ich hatte in Texas mit Mördern, Zugräubern, Viehdieben und einer Vielzahl von anderen Taugenichtsen zu tun."

„Das hier ist aber nicht Texas."

Das war ihm auch schon aufgefallen. „Ich will nicht prahlen, denn am Ende liegt mein Erfolg oder mein Versagen in Gottes Händen, aber ich wäre nicht hierhergekommen, wenn ich der Meinung gewesen wäre, dass ich mit dieser Aufgabe überfordert wäre. Ich würde mich freuen, wenn ich auf Ihre Unterstützung zählen könnte und nicht befürchten müsste, dass Sie gegen mich arbeiten."

Sheriff Taney schlug eine Saite auf seinem Banjo an. Der klagende Ton kroch Joels Rückgrat hinauf. Der Sheriff ignorierte ihn, stand auf und beugte sich über einen ziemlich ramponierten Banjokasten. Er zupfte ein loses Stück vom Innenfutter ab und rieb den mottenzerfressenen roten Samt zwischen den Fingern.

„Ich schätze, nachdem ich jetzt in die Wüste geschickt wurde, habe ich endlich Zeit, das Futter zu flicken."

„Sheriff, hier in der Gegend gibt es viele Leute, die großen Respekt vor Ihnen haben. Ich habe nicht die Absicht, daran etwas zu ändern. Es bleibt Ihnen überlassen, wie Sie meine Anwesenheit hier erklären. Sie könnten ja sagen, Sie wollten in Ihren wohlverdienten Ruhestand gehen, damit Sie –"

„Ich werde jedem erzählen, dass Sie mich um meinen Job gebracht haben! Dass diese dreckigen Politiker in der Hauptstadt der Meinung waren, ein Grünschnabel aus Texas könnte es besser machen als der von ihnen gewählte Gesetzeshüter. Das werde ich sagen. Und merken Sie sich meine Worte: Ihre Anwesenheit wird hier nichts als Ärger verursachen."

Joel verstand Sheriff Taneys Verärgerung, aber er betete immer noch, dass der Sheriff seine Haltung überdenken würde. Joel war nicht sein Feind und hätte dringend einen Verbündeten gebrauchen können.

„Von mir aus können Sie sagen, was Sie wollen. Ich für meinen Teil werde erklären, wie sich meiner Meinung nach der Frieden hier wiederherstellen lässt. Ich will nicht noch mehr Probleme haben."

Auf Joels Abschiedsgruß reagierte Taney nur mit einem mürrischen Knurren. Es wäre schön gewesen, wenn Taney sich bereit erklärt hätte, ihm zu helfen, aber hatte er wirklich gedacht, der Sheriff würde sich über seine Ankunft freuen?

Auf dem Rückweg in die Stadt wurde Joel bewusst, wie sehr er seine Eltern vermisste. Noch nie war er so lange von zu Hause fort gewesen. Und auch noch nie so weit. Wenn er ehrlich war, wunderte ihn das, denn noch vor wenigen Jahren hatte er sich darum bemüht, zu seiner liebevollen, aber manchmal auch allzu fürsorglichen Mutter auf Distanz zu gehen. Es war nicht leicht, sich als Deputy den Respekt der Menschen zu erwerben, wenn die eigene Mutter immer noch in aller Öffentlichkeit ihr Taschentuch anleckte und ihm das Gesicht säuberte. Wann immer er konnte, war er ihr aus dem Weg gegangen. Im Uhrenladen seines Vaters hatte er allerdings häufiger vorbeigeschaut. Allein das Wissen, dass sie in der Nähe waren, dass er nach Hause kommen konnte und seine Ma immer ein Stück Kuchen für ihn hatte, war ein großer Trost. Es versüßte ihm sogar ihre Klagen darüber, dass er sich immer noch keine Frau gesucht hatte.

Doch hier gab es diesen Trost nicht. Allerdings wusste er, dass sie an ihn dachten. Die Vorstellung, dass sie am Tisch saßen, die Köpfe über ihr Abendessen gebeugt … Er wusste, dass sie für ihn beteten, und dieser Gedanke war sehr tröstlich. Warum Gott seine Gebete nicht erhört hatte, war eine andere Sache, aber er würde sich alle Mühe geben, seine Eltern nicht zu enttäuschen. Er würde ihr Vertrauen und das des Staates Missouri nicht enttäuschen.

Ein Schuss ließ sein Pferd erschrocken zusammenzucken. Das Pony hatte Angst vor Schüssen? Joel neigte den Kopf zur Seite und lauschte auf die Echos, die von den Bergen widerhallten. Schließlich gelangte er zu dem Schluss, dass der Schuss aus dem Tal in der Nähe von Bo Franklins Haus gekommen war. Kurz überlegte er, ob er nicht schneller vorankäme, wenn er das Pferd trug, doch dann drückte er seine Fersen in die Flanken des Tieres und preschte los.

Die Sonne versank gerade hinter dem Berg, und die Dämmerung setzte bereits ein, doch es war noch hell genug, um zwei Männer erkennen zu können, die vor Franklins Hütte standen. Schießpulvergeruch hing noch in der Luft, als Joel vom Pferd abstieg. Im schwindenden Licht des Tages konnte er erkennen, dass sein neuer Freund Bo seine Flinte auf einen gehörnten Besucher richtete, der die Hände erhoben hatte.

„Wenn du mich erschießt, wirst du das bereuen." Der schwarze Sack über seinem Kopf dämpfte die Worte des Besuchers.

Als er näher trat, strichen Joels Fingerspitzen über den Griff seines sechsschüssigen Revolvers. „Was ist hier los, Bo?" Er würde alles Vieh in Texas darauf verwetten, dass der „Bald Knobber" eine Waffe bei sich trug.

„Habe diesen Kerl hier auf meinem Land erwischt. Und dieses Reisigbündel auf meiner Veranda lässt keinen Zweifel daran, was er vorhat."

Da man auch ihm ein Reisigbündel vor die Füße geworfen hatte, war Joels Neugier geweckt.

Er ließ Bo, dem der Schweiß auf der Stirn stand, nicht aus den Augen, und wandte sich an den „Bald Knobber". „Was sollen diese Äste?"

Der Mann straffte die Schultern und richtete sich auf. „Ihr Freund Franklin hat die Fallen von Caesar Parrow geplündert. Diese Waschbärenfelle an seiner Wand gehören ihm nicht."

Der Lauf von Bos Gewehr begann zu zittern.

„Das mag ja so sein", erwiderte Joel, „aber Sie hätten mit dieser Anschuldigung zu mir kommen und keine Stöcke auf seine Veranda werfen sollen. Was wollen Sie denn mit Ihrer Aktion erreichen?"

„Das bedeutet, dass diese Kerle zurückkommen und mich auspeitschen werden, wenn ich nicht den Boden küsse, auf dem sie gehen", erwiderte Bo. „Das bedeutet es."

Der Maskierte verschränkte die Arme vor der Brust.

„Sie leugnen nicht, dass das eine Drohung war?", fragte Joel.

„Nein, Sir. Ich sorge dafür, dass Gerechtigkeit geübt wird, und dafür werde ich mich nicht entschuldigen."

Joel drehte sich zu seinem Pferd um. Wie gern hätte er mehr Zeit gehabt, sich einzuleben, bevor er in eine solche Situation geriet, aber Enttäuschungen waren für ihn ja nichts Neues. Er hoffte nur, dass seine Eltern im Augenblick für ihn beteten.

Aus seiner Satteltasche holte er ein Seil, dann drehte er sich um, und bevor einer der Männer erkennen konnte, was er vorhatte, hatte er den „Bald Knobber" zu Boden geworfen und drückte sein Knie in seinen Rücken. „Mister,

Sie stehen unter Arrest wegen des widerrechtlichen Betretens eines Grundstücks und weil Sie einem Bürger angedroht haben, ihm körperlichen Schaden zuzufügen."

„Lassen Sie mich los! Das können Sie nicht machen!"

„Das können Sie nicht machen", wiederholte auch Bo. Sein Gewehr war jetzt auf Joel gerichtet. „Wissen Sie, welchen Ärger ich bekomme, wenn Sie ihn verhaften?"

„Mit wem haben wir es hier überhaupt zu tun?" Nachdem er den Mann gefesselt hatte, griff Joel nach dem Sack.

„Lassen Sie ihm seine Maske!" Furcht schwang in Bos Bitte mit. „Ich werde die Felle zurückgeben. Ich wusste nicht, dass sie jemandem gehören."

„Keine Angst", erwiderte Joel. „Wenn Sie die Felle tatsächlich gestohlen haben, werden wir uns bei meinem nächsten Besuch damit beschäftigen, aber im Augenblick gilt meine Sorge ihm." Mit einem Ruck zog er die Kapuze ab.

„Onkel Pritchard?" Bo strich mit den Fingern durch seine Haare. „Oh nein. Ma wird mich umbringen."

„Ich würde mir keine Sorgen um deine Ma machen, du Idiot", zischte Pritchard. „Wenn ich im Gefängnis lande, weil mein bescheuerter Neffe Caesars Felle geklaut hat, dann wird dein Name auf der Liste eines jeden ‚Bald Knobbers' –"

„Hey!" Joel zerrte ihn auf die Beine. „Wegen solcher Drohungen stecken Sie doch in diesen Schwierigkeiten. Wiederholen Sie sie lieber nicht in meinem Beisein!"

„Ich will ihn nicht anzeigen!", rief Bo. „Lassen Sie ihn gehen. Sagen wir einfach, ich hätte ihn hierher eingeladen."

„Zu spät." Joel betrachtete sein Pferd. Wenn er zu Fuß mit dem Übeltäter in die Stadt lief, würde das immer noch einen besseren Eindruck machen, als wenn er ihn hinter dem Pony herzerrte.

„Habe ich dabei denn kein Wort mitzureden? Ich bin schließlich das Opfer", jammerte Bo.

„Er bedroht Sie und genau deshalb haben Sie Angst vor ihm."

„Nicht so sehr vor ihm. Sie kennen meine Ma noch nicht!"

Es war zum Schreien. Joel wickelte das Ende des Seils um das Sattelhorn. „Bis zur Stadt ist es nicht weit, und ich zweifle ernsthaft daran, dass der Richter besonders hart mit ihm umgehen wird, aber dies sind genau die Art von Vorgängen, die ich hier unterbinden will. Wir wollen nicht mehr daraus machen, als es ist."

Bo hob die Maske auf und drückte sie an seine Brust. „Ich werde deine Maske für dich aufbewahren, Onkel Pritchard. Ihr wird nichts geschehen, solange du fort bist."

Joel ging zurück und entriss Bo die Maske. „Ich nehme sie mit", erklärte er. „Als Beweisstück."

Schon nach so kurzer Zeit war ihm eine dieser Masken in die Hände gefallen, und er hatte das Gefühl, dass es nicht lange dauern würde, bis er mehr davon zu Gesicht bekäme.

Kapitel 11

„Betsy, Pa sucht nach dir."

Betsy blieb stehen und starrte ihren Vetter Scott an, der auf sie zukam.

Sein Gang erinnerte verdächtig an die Großspurigkeit eines Cowboys.

„Er will wissen, ob du diesen Deputy gesehen hast." Er hielt inne. „Was ist los?"

Los war, dass sie nun nie mehr mit dem Deputy sprechen konnte, was ziemlich unangenehm war, wenn man bedachte, dass ihre Artikel über ihn ihre Fahrkarte in die Unabhängigkeit sein sollten.

„Er wollte zu Sheriff Taney und müsste eigentlich jeden Augenblick zurückkommen. Es ist schon fast dunkel …" Ihre Worte verklangen, als sie hörte, wie jemand näher kam. Ein Pferd, müde Schritte.

„Geh nur", sagte sie zu Scott. „Ich werde mit ihm sprechen."

„Wäre es nicht sinnvoller, wenn ich mit ihm reden würde? So von Mann zu Mann, du weißt schon."

Ja, das wäre es bestimmt. Aber warum wollte sie dann Scott unbedingt loswerden?

„Geh", befahl sie ihm mit fester Stimme, genau wie früher, wenn sie wollte, dass der quirlige Zwölfjährige ihr gehorchte.

„Hast du dich etwa in ihn verguckt, Betsy? Denn wenn das so ist, hast du keine Chance. Jedes Mädchen von hier bis –"

Betsy wirbelte herum, die Hände in die Hüften gestemmt. Scott grinste sie an.

„Da kommt er schon. Los, ich will nicht, dass er sieht, wie ich hier mit dir quatsche ..." Und tatsächlich tauchte in diesem Moment der Deputy auf seinem kleinen Pony zwischen den Bäumen auf. Den vor Wut schäumenden und gefesselten Mr Pritchard zerrte er hinter sich her.

Scott pfiff leise und kratzte sich den Nacken. „Ooh, ich verschwinde mal lieber. Viel Glück." Mit diesen Worten rannte er davon.

Das musste ein Irrtum sein. Was tat er da mit Mr Pritchard? Betsy eilte auf ihn zu, um ihn aufzuhalten.

Deputy Pucketts Gesicht verzog sich. „Du meine Güte, Frau. Sie sollten aufhören, ständig wie aus dem Nichts vor mir aufzutauchen!"

Doch sie ignorierte ihn und wandte sich stattdessen an Pritchard. „Was ist los? Warum sind Sie gefesselt?" Sie drehte sich zu dem Deputy um. „Wissen Sie, wer das ist? Ihm gehörte früher das Auktionshaus, bevor Isaac Ballentine es übernommen hat. Jetzt verkauft er Samen. Sie sollten ihn nicht fesseln."

„Er hat gegen das Gesetz verstoßen. Alles andere interessiert mich nicht." Der Deputy trieb das erschöpfte Pony weiter auf das Gefängnis zu. Sein Gesicht war ausdruckslos.

Pritchard sollte gegen das Gesetz verstoßen haben? Betsy klopfte die Grashalme ab, die am Ärmel des gefesselten Mannes hingen. „Was redet er da?"

„Dieser junge Mann begreift es einfach nicht. Ich war in einer offiziellen Angelegenheit unterwegs, die vom Anführer autorisiert war."

Autorisiert? Er schien von einer offiziellen Mission der „Bald Knobbers" zu reden. „Nein, nein, nein." Betsy eilte an die Seite des Deputys. „Sie haben ihn verhaftet? Also, Sie verstehen es wirklich nicht." Und über die Schulter gewandt fuhr sie fort: „Verzeihen Sie ihm, Mr Pritchard. Er wird Sie freilassen, sobald –“

„Ich werde ihn nicht freilassen. Er hat einen unserer Bürger bedroht.“

„Es war nur Bo“, erklärte Pritchard.

Betsy winkte ab. „Ach, Bo? Hat er wieder Caesars Fallen geplündert? Ja, Bo zählt nicht. Er hat Sie doch nicht etwa aufgefordert, Mr Pritchard zu verhaften, oder?“

„Ich warte nicht ab, bis ein Mann, der bedroht wird, Anschuldigungen erhebt. Seine Verhaftung habe ich allein zu verantworten.“

Von allen dickköpfigen … „Nein, Sie verstehen nicht.“ Betsy stellte sich ihm in den Weg, doch mittlerweile war der Weg breiter geworden, und Deputy Puckett lenkte das Pferd um sie herum. „Das ist nicht richtig“, beteuerte Betsy. „Sie sollten sich das gut überlegen.“

Sie hatten das Gefängnis erreicht. Deputy Puckett stieg ab und band Pritchard vom Sattel los. Pritchard sträubte sich, als der Deputy die Tür öffnete und ihn wie einen Hund an einer Leine in die Hütte zerrte.

„Das werden Sie noch bereuen“, meinte er nur.

Betsy schlug sich mit der Hand an die Stirn. „Wie um alles in der Welt konnten Sie nur auf den Gedanken kommen, dass das eine gute Idee ist?“

Klirrend fiel die Zellentür hinter Pritchard ins Schloss. Mit einem Schnauben ließ er sich auf der Pritsche nieder und löste seine Fesseln. Deputy Puckett nahm an seinem Schreibtisch Platz und zündete eine Lampe an. Dann schlug er das Berichtbuch auf.

Betsy beugte sich vor und stützte die Ellbogen auf seinem Schreibtisch auf. „Ich habe doch versucht, es Ihnen zu erklären“, flüsterte sie. „Die ‚Bald Knobbers‘ haben einen Eid geschworen. Wenn man einen von ihnen festnimmt, legt man sich auch mit allen anderen an. Vielleicht sollten Sie sich die Sache mit Mr Pritchard lieber noch mal überlegen.“

Er blickte auf, und als er sie mit seinen grauen Augen ansah, wurden ihre Knie ganz weich. Er sah wirklich gut aus. Seine Augen strahlten sie unter den dunklen Wimpern so hell an, dass sie beinahe glaubte, er würde an nichts anderes in der Welt denken als an sie. Wenn es ihr gelänge, angemessen zu Papier zu bringen, welche Gefühle er in ihr auslöste, würde jede Zeitung im Land ihre Geschichten abdrucken.

Doch dann öffneten sich seine vollkommenen Lippen und er sagte: „Sie sind die aufdringlichste Frau, die mir je begegnet ist", und der Zauber war vorbei. Er klappte das Buch zu, erhob sich und machte zwei Schritte auf die Gefängniszelle zu, bevor er sich erneut zu ihr umdrehte. „Ich nehme das zurück. Sie sind die zweitaufdringlichste Frau, der ich je begegnet bin. Versuchen Sie um Himmels willen nicht, die Nummer eins zu werden."

Betsy kniff die Augen zusammen. Sie war nicht gern die Nummer zwei. Pritchards Mund zuckte. Die Szene schien ihn zu amüsieren, was mehr war, als von einem Mann, der in einer Gefängniszelle saß, zu erwarten war.

„Ich will Sie doch nur vor einem großen Fehler bewahren." Jetzt sprach sie mit Eduardos Rücken. „Sie sind neu hier, deshalb lassen sie vielleicht Nachsicht walten, aber dass Sie Mr Pritchard verhaftet haben, weil er seinem Neffen eine Lektion erteilen wollte, das war nicht gerade Ihr bester Schachzug."

Doch er hörte ihr nicht länger zu, sondern sagte: „Mr Pritchard, ich kenne mich hier noch nicht so gut aus, aber ich denke, dass Sie mir bei meinem Problem helfen können. Ich muss Sie einer Befragung unterziehen, bevor ich entscheide, ob ich Sie freilasse oder nicht. Aber ich kann keine Befragung durchführen, wenn eine mir feindlich gesinnte dritte Partei anwesend ist. Können Sie mir einen Rat geben, wie ich dieses Ärgernis loswerde, ohne die Bevölkerung noch weiter vor den Kopf zu stoßen?"

Betsy starrte ihn sprachlos an. Er meinte sie. Was es ihr wiederum erschwerte, länger in ihm den schneidigen Deputy zu sehen.

Pritchard rieb sich die Handgelenke, an denen er gefesselt gewesen war. „Die Leute hier kennen Betsy. Fügen Sie ihr nur keinen körperlichen Schaden zu. Das würden die Stadtbewohner Ihnen nicht verzeihen."

„Mr Pritchard!", keuchte sie.

„So hatte ich mir das schon gedacht." Deputy Puckett marschierte zur Tür und öffnete sie demonstrativ. „Vielen Dank, dass Sie sich um mein Wohlergehen sorgen, Miss Huckabee, aber im Augenblick steht leider Ihre charmante Person zwischen mir und meinem ersten erfolgreichen Einsatz in diesem Ort. Wenn Sie mir gestatten, meine Arbeit zu Ende zu bringen, werde ich Ihnen gern erklären, warum es Bürgern nicht gestattet ist, andere Bürger zu bedrohen, auch wenn beide zufällig verwandt sind."

„Es ist nicht die verwandtschaftliche Beziehung, die mir Sorge bereitet, sondern die Maske, die auf Ihrem Schreibtisch liegt. Das ist den Männern wichtiger als –"

„Geh nur, Betsy", forderte Pritchard sie auf. „Du kannst mir nicht helfen."

Ihr Blick wanderte zwischen den beiden Männern hin und her. Um Pritchard machte sie sich eigentlich keine Sorgen. Es würde sowieso schwierig werden, in Hart County zwölf Geschworene zu finden, die sich über die Anschuldigungen nicht vor Lachen schütteln würden. Ihm drohte also keine Gefahr. Nein, sie machte sich Sorgen um den Mann, der sich ihrer Hilfe ganz offensichtlich verschloss, sie aber dringend brauchte. Breitbeinig stand er an der Tür. Eine Hand lag am Türgriff, die andere an seinem Revolvergürtel.

„Sagen Sie nicht, dass ich Sie nicht gewarnt hätte", zischte sie. Wenn sie hier nicht willkommen war, na gut. Sie würde die Zeit sowieso lieber nutzen, um einen in jeder Hinsicht vollkommenen Helden zu entwerfen – einen Helden, wie es ihn nur in Romanen gab.

Betsy Huckabee stapfte wütend an Joel vorbei. Ihr Rücken war so gerade wie der Lauf eines Gewehres. Ihre Locken flatterten hinter ihr her wie der Schweif eines durchgegangenen Pferdes. Vielleicht wollte sie ihm ja wirklich helfen, aber Joel hatte auch so schon genug Probleme.

Er schloss die Tür und drehte sich wieder zu seinem Gefangenen um. „Ich entschuldige mich für den Mangel an Professionalität. Normalerweise würde ich meinen Gefangenen nicht vor der Befragung einsperren, aber es ging leider nicht anders. Ich konnte mich entweder um Sie oder Betsy Huckabee kümmern."

„Ich war ziemlich wütend auf Sie, aber jetzt tun Sie mir beinahe leid", sagte Pritchard. „Bei Betsy kann Ihnen niemand weiterhelfen. Sie bekommt eigentlich immer, was sie will, aber sie ist ein gutes Mädchen. Sie führt nichts Böses im Schilde."

Jede Frau konnte Schaden anrichten, oft, ohne es zu wollen.

Rasch schloss Joel die Tür auf und bedeutete Pritchard, auf dem Stuhl vor seinem Schreibtisch Platz zu nehmen.

Pritchard schüttelte seine Hände aus und lockerte seine Finger. „Keine Handschellen? Sie haben jetzt keine Angst mehr vor mir?"

„Hatte ich nie." Joel ließ sich auf seinen Stuhl sinken und blätterte die Seiten des Berichtbuchs durch. Es gab nur wenige Einträge in verblasster Tinte, aber schon seit Monaten gar nichts mehr. „Wenn ich diesen Aufzeichnungen Glauben schenken darf, hat es hier in der Gegend nicht viele Vorkommnisse gegeben."

Pritchard schnaubte. „Die Leute hier wissen, dass es reine Zeitverschwendung ist, sich an den Sheriff zu wenden."

„Nun, vielleicht wendet sich ihr Glück ja jetzt. Oder zumindest das von Bo Franklin."

Bei diesen Worten lehnte sich Pritchard auf seinem Stuhl zurück. Er wandte den Kopf, um durch das Fenster zu beobachten, wie sich die Bäume im Wind wiegten, während Joel mit seiner Befragung begann.

Pritchards Antworten waren offen und ehrlich, wenn nicht sogar freundlich, trugen aber nicht dazu bei, seine Unschuld zu beweisen. Und sie bestätigten Joels Vermutungen. Doch nachdem er ein paar Minuten mit Pritchard verbracht und ihm alle seine Fragen gestellt hatte, war Joel davon überzeugt, dass er keine Gefahr für die Gesellschaft darstellte, geschweige denn für seinen Neffen. Er nahm ihm das Versprechen ab, den Landkreis nicht zu verlassen, bevor er vor dem Richter erschienen war, und ließ ihn gehen.

Doch mittlerweile hatte Pritchard an der ganzen Sache Gefallen gefunden. Er zählte Bos Diebstähle auf und beschrieb seine Verbitterung darüber. Und es schien ihn zu freuen, dass Joel alle seinem Neffen zugeschriebenen Untaten genauestens festhielt. Und schließlich war Pritchard so guter Laune, dass er Joel noch einen Rat gab.

„Sie werden dieses Pony doch nicht behalten, oder?"

Joel blies die feuchte Tinte auf der Seite trocken, bevor er antwortete. „Wissen Sie, wo ich es gegen ein Pferd eintauschen könnte?"

Pritchard runzelte die Stirn und seine buschigen Augenbrauen zuckten. „Wenn Sie ein gutes Pferd zu schätzen wissen, dann müssen Sie sich an Jeremiah Calhoun wenden. Er wird Ihnen einen fairen Preis machen."

Den Namen hatte Joel schon einmal gehört. So sehr es ihm auch widerstrebte, sein eigenes Geld für ein Reittier auszugeben, das man ihm versprochen hatte, so wusste er doch, dass er gar nichts erreichen würde, bis er nicht ein Pferd hatte, das diesen Namen auch verdiente.

„Wo finde ich diesen Jeremiah Calhoun?"

„Auf seiner Farm." Pritchard kniff die Augenbrauen zusammen. „Aber allein werden Sie wohl nicht hinfinden. In einigen Tagen komme ich noch einmal in die Stadt. Dann besorge ich Ihnen einen Führer. Sie können sich auf mich verlassen."

Joel schickte ein schnelles Dankgebet zum Himmel. Was sich als Katastrophe hätte entpuppen können, hatte ihm einen Freund beschert.

Lässig erhob sich Pritchard. Er nahm die gefürchtete Maske vom Schreibtisch und ging zur Tür. Joel stellte sich ihm in den Weg.

„Die bleibt bei mir", erklärte er.

Pritchard schüttelte mitleidig den Kopf. „Der Richter wird an mir und diesem Dummkopf Bo wenig Interesse haben, aber Sie sollten Ihre törichten Vorhaben in Bezug auf die ‚Bald Knobbers' aufgeben."

„Ich möchte nicht, dass Sie noch mehr Probleme bekommen, und ich denke, das kann ich nur gewährleisten, wenn ich diese Maske behalte", sagte Joel.

„Ich fürchte, keine Maske der Welt wird Ihnen bei diesem speziellen Problem etwas nutzen, Deputy", versprach Pritchard, bevor er auf die Straße trat.

Kapitel 12

Betsy hielt Eloise auf ihrem Schoss und versuchte, ein paar Zeilen zu Papier zu bringen. Eine Woche war vergangen, seit sie die erste Folge ihrer Serie über den schneidigen Deputy eingesandt hatte. Zwei weitere Eingaben waren gefolgt. Das missgelaunte Pony hatte sich natürlich auf wundersame Weise in einen wilden Schimmel verwandelt, der noch nie zuvor geritten worden war. Nur der Gesetzeshüter mit den stahlgrauen Augen war in der Lage gewesen, ihn zu zähmen.

Betsy erschauderte. Wenn Deputy Puckett nur halb so umwerfend wäre wie der Mann, den sie erschaffen hatte … Außerdem war Deputy Eduardo viel netter. Er kommandierte sie nicht herum, sagte keine Dinge, die sie nicht hören wollte, und verdrehte ihr nicht die Worte im Mund. Zum Glück war sie ihr eigener Herr. Zumindest würde sie das sein, sobald sie Sissys Hütte den Rücken gekehrt hatte.

Sie drückte dem Baby eine Stoffpuppe in die Hand, die Doktor Hopkins' Frau Laurel für sie genäht hatte. Der Stoffkörper bebte, als Eloise gnadenlos darauf herumkaute.

Wie gerufen platzten Sissy und Scott durch die Tür in den Raum, begleitet von einem Wirbel trockener Blätter. Scott ließ die Vorräte auf den Tisch fallen. Die Tüte mit Bohnen kippte um und hätte beinahe ein Glas mit eingemachtem Okra vom Tisch geschoben. Er hastete hin, um es aufzufangen. Obwohl die Familie keinen Bissen entbehren konnte, begrüßte sie den Deputy fast jeden Abend an ihrem Tisch. Onkel Fred, Scott und Eduardo saßen plaudernd am Feuer, während die Frauen die Küche aufräumten und das Geschirr spülten. Aber dem Deputy Neuigkeiten zu entlocken war so schwierig, wie verbrannte Kartoffeln aus dem Schmortopf zu kratzen.

„Hallo, Schatz, Mama ist zu Hause." Sissy brachte in aller Eile Schal und Mantel weg, als wäre jeder Augenblick, den sie nicht mit ihrem Kind verbrachte, vergeudete Zeit.

Eloise hielt ihre Puppe umklammert und kuschelte sich in Sissys Arme. Endlich konnte Betsy sich um ihre Arbeit kümmern. „Amelia schläft noch." Sie erhob sich und nahm Stift und Papier mit. Da die Familie jetzt wieder zurück war, fand sie nur im Büro die Ruhe, die sie brauchte.

„Nicht so schnell", wandte Sissy ein. „Du hast dich die ganze Woche in diesem Büro vergraben. Ich möchte dich bitten, schnell für mich zu Walters' Laden zu laufen."

„Aber ihr kommt doch gerade von dort", protestierte Betsy. „Ich muss arbeiten."

„Zuerst einmal musst du diese Familie unterstützen. Die Vorräte sind knapp und vor uns liegt ein langer Winter. Ich habe gehört, wie Bürgermeister Walters sich darüber beklagt hat, dass in seinem Lagerraum furchtbare Unordnung herrscht. Vielleicht bekommen wir für deine Hilfe ja Mehl und Kaffee."

Wenn Betsy nach draußen gehen wollte, sorgte Sissy dafür, dass sie im Haus blieb. Und wenn sie vorhatte, ihre Gedanken zu Papier zu bringen, fand Sissy einen Vorwand, sie in die Stadt zu schicken. Begriff sie denn nicht, dass alle von Betsys Erfolg profitieren würden?

„Onkel Fred hat mich gebeten, für seinen Marktbericht die Zahlen vom Auktionshaus zu besorgen. Ich werde sie –"

„Erst wenn du bei Walters fertig bist." Sissy war unerbittlich.

Scott warf Betsy einen mitfühlenden Blick zu, während sie ihre Papiere zusammensuchte, um sie im Büro zu verstecken. Als sie den warmen Raum verließ, kroch die Kälte durch ihre dicke Wollbluse. Der kleine Ofen im Büro brannte den ganzen Tag, damit die Tinte nicht gefror, aber hier war es längst nicht so warm wie in der Küche der Hütte. Sie sollte sich lieber warm einpacken, wenn es draußen so kalt war.

Sie schob die Schublade zu, in der sie ihren Traummann verstaut hatte, eilte in die Hütte zurück und schnappte sich die nächstbesten Kleidungsstücke vom Kleiderständer – dieses Mal erwischte sie Scotts Strickmütze und Sissys Mantel. Die Hände tief in den Taschen vergraben, verließ sie das Haus. Wenn Sissy wüsste, wie wichtig ihre neue Geschichte war … Nun, das war ein weiterer Grund, warum sie unbedingt ausziehen und sich eine eigene Wohnung suchen musste.

Ein kalter Wind trieb die toten Blätter den Berg hinunter zum Marktplatz. Bürgermeister Walters' Laden befand sich links, das letzte Haus an der Straße, bevor der Berg so steil nach oben führte, dass es unmöglich war, eine Hütte zu errichten. Vor der Bank stand Doktor Hopkins' Wagen, zum Bersten erfüllt mit weiblicher Energie in Gestalt seiner Frau und den beiden Töchtern. Laurel Hopkins und ihre Mädchen winkten Betsy heran und konnten mit dem, was sie auf dem Herzen hatten, kaum warten, bis sie in Hörweite gekommen war.

„Du hättest sehen sollen, wie Phoebe deinen Vetter Scott angeschmachtet hat", berichtete Anna. „Als er vorbeiging, hätte sie beinahe Bürgermeister Walters' Milchregal umgeworfen."

Phoebe verbarg ihr Gesicht hinter ihren Händen.

Ihre Mutter lachte. „Wenn du Scott unbedingt sehen

willst, brauchst du nicht abzuwarten, bis du ihm zufällig im Laden über den Weg läufst. Betsy findet bestimmt einen Vorwand für einen Besuch bei den Murphys."

Die Hopkins-Mädchen interessierten sich für den schmächtigen Scott? Betsy musste lächeln. „Du kannst mich jederzeit besuchen, Phoebe. Bring Karamellbonbons mit. Die isst er am liebsten."

„Ich habe ihn nicht angeschmachtet!", protestierte Phoebe. „Ich habe nur nicht aufgepasst, wo ich hinlaufe."

„Weil du zu ihm hingeschaut hast", johlte Anna.

Laurel verdrehte die Augen. Anscheinend hatten die Mädchen eine ziemliche Szene gemacht. Doch der arme Scott hatte es nicht einmal bemerkt. Ja, die Hopkins-Mädchen würden bestimmt bald zu Besuch kommen.

„Betsy", sagte Laurel, „ich habe gehört, dass der neue Deputy endlich eingetroffen ist. Bist du ihm schon begegnet?"

Beide Mädchen hörten sofort auf zu streiten und beugten sich über den Rand des Wagens. „Ist er jung? Wie sieht er aus?"

Sofort standen ihr die Beschreibungen aus ihren Geschichten vor Augen. *Vornehme Stirn, eindringlicher Blick, dunkle* – nein. Das würde sie nicht sagen. „Er ist ganz passabel für einen Texaner."

Phoebe ballte ihre Hände zu Fäusten und jubelte, während Annas Augen aufleuchteten.

„Um es einmal ganz deutlich zu sagen, Mädchen", ermahnte ihre Mutter sie, „ihr müsst euch besser beherrschen." Doch Laurel wirkte genauso erfreut wie ihre Töchter.

Sie versuchten, ihr noch weitere Informationen zu entlocken, aber Betsy schrieb lieber über ihren Helden, als mit anderen Mädchen über ihn zu sprechen.

„Habt ihr eingekauft?", fragte Betsy.

„Ja", erwiderte Phoebe.

Laurel rutschte nervös auf ihrem Platz herum. Sie war genauso ungeduldig wie ihre Töchter. „Wir sind mit dem Wagen in die Stadt gefahren, um Vorräte einzukaufen, aber Bürgermeister Walters wollte Newton noch wegen einer Angelegenheit konsultieren. Jetzt müssen wir warten und der gute Doktor wird vermutlich nicht einmal einen Rabatt auf unseren Einkauf aushandeln."

Der arme Doktor Hopkins. Ständig wurde er von Leuten angesprochen, die einen kostenlosen medizinischen Rat von ihm haben wollten.

„Wenn Bürgermeister Walters Doktor Hopkins so lange aufhält, werde ich dem Doc mal vorschlagen, mit ihm über einen Rabatt zu sprechen", versprach sie. „Der Bürgermeister scheint ja viel Geld zu haben, wenn er sich dieses prächtige schwarze Pferd leisten konnte."

Betsy verabschiedete sich und eilte in den Laden. Mrs Helspeth war beim Einkauf, doch von Bürgermeister Walters keine Spur. Betsy nickte der alten Frau zu.

„Er ist hinten im Lagerraum", erklärte ihr diese.

Der Lagerraum. Sissy hatte gesagt, dass dort ihre Hilfe benötigt wurde.

Betsy schlüpfte hinter die Theke und betrat durch die Schwingtür das Vorratslager. Liegende Fässer waren an der Wand gestapelt. An die Fässer schlossen sich die Kisten an und danach kamen schwere Säcke mit Mehl, Zucker, verschiedenen Bohnensorten. Sie bildeten eine Mauer aus Jute, hinter der sie den Kopf eines Mannes erkennen konnte.

„Ich kann mir nicht erklären, warum ich ein Reisigbündel bekommen habe!" Sie erkannte Doktor Hopkins' Stimme und ihr Herz setzte einen Schlag aus. „Laurel und die Mädchen halten das für einen Schabernack, aber ich bin mir nicht so sicher. Darum bin ich heute in die Stadt gekommen. Ich habe Sheriff Taney gebeten, mich hier zu treffen."

Die „Bald Knobbers" hatten es auf Doktor Hopkins

abgesehen? Waren denn alle verrückt geworden? Das konnte nicht stimmen. Doktor Hopkins stand auf der richtigen Seite des Gesetzes. Und man tat sich keinen Gefallen, wenn man den Mann bedrohte, der einem eines Tages das Leben retten konnte.

„Wen hast du denn verärgert?“, fragte Bürgermeister Walters.

„Du kannst mir glauben, dass ich bei den Mädchen sehr genau nachgefragt habe. Sie schlagen schon mal über die Stränge, aber sie meinen es nicht böse. Doch keine von ihnen kann sich diese Warnung erklären. Wenn Fowler ein bisschen Rückgrat besäße, würde er persönlich mit mir reden.“

Die Stimmen der Einkaufenden drangen durch die Wand zu ihnen herüber. Betsy könnte sich bemerkbar machen, aber natürlich würde sie mehr erfahren, wenn sie das nicht täte. Die junge Frau duckte sich und fand einen sichereren Platz bei den Kisten, die ihr mehr Schutz boten, falls Doktor Hopkins sich einmal zu den Säcken umdrehen sollte.

Doch in diesem Augenblick erklang eine Stimme hinter ihr und sie sprang erschrocken auf. „Betsy Huckabee? Was machst du da?“

Sheriff Taney. Sie brauchte sich nicht umzudrehen, um zu wissen, wer sie in Bürgermeister Walters' Lagerraum beim Lauschen ertappt hatte. Doktor Hopkins spähte über die Säcke und grinste.

„Ich weiß gar nicht, warum du dich versteckst. Du kannst auch gern herkommen und zuhören“, erklärte Doktor Hopkins. „Das heißt, falls der Bürgermeister nichts dagegen hat.“

Walters stöhnte. „Mir ist das egal, solange du mich endlich von meinem Elend erlöst.“

„Du machst doch keinen Ärger, oder, Betsy?“ Sheriff Taney kam mit verschränkten Armen auf sie zu.

Betsy nahm Dinge wahr, die den meisten Menschen nicht auffielen. Die Art und Weise, wie jemand zusammenzuckte, wenn man von der Seite auf ihn zukam, oder nervös auf der Innenseite der Wange kaute, wenn er besorgt war, oder sich um einen ausdruckslosen Gesichtsausdruck bemühte, sodass man nicht einmal erraten konnte, was ihn beschäftigte. Sheriff Taney war zwar schon älter, aber er war so kräftig gebaut, dass er mit ihren Altersgenossen mithalten konnte. Zumindest bis ihm Miles Bullard abhandenkam. Über Nacht schien er da gealtert zu sein, war wortkarg und schweigsam geworden.

Doch an diesem Morgen wirkte er energiegeladen. Er hielt sich aufrechter, wachsamer. Da war ein Funke, der vorher nicht da gewesen war, und sie freute sich darüber. Sie hatte sich schon gefragt, wie sich die Ankunft des Deputys auf ihn auswirken würde. Aber offensichtlich tat die Atempause dem Sheriff gut.

Sie lächelte, wie es ältere Männer von jungen Damen erwarten, wenn sie geneckt werden. „Ärger? Ich habe keine Ahnung, was Sie meinen."

„Spionieren und so."

Sie folgte ihm um den Stapel Säcke herum und gesellte sich zu dem Doktor und dem Bürgermeister. „Es gibt hier nichts zu spionieren. Zumindest nicht in letzter Zeit."

„Ich kann gar nicht verstehen, warum du diesen Texaner nicht beobachtest. Um herauszufinden, was er vorhat", sagte Sheriff Taney. „Merkt euch meine Worte, er hat etwas zu verbergen. Ich spüre es, wenn ein Mann auf der Flucht ist, und dem hier knabbern die Hunde schon an den Fersen, das ist mal sicher."

Sie teilte seine Einschätzung. Deputy Puckett schien tatsächlich etwas zu verbergen.

„Ich habe nichts Verdächtiges bemerkt", erwiderte sie, „aber ich kann auch nicht behaupten, dass ich ihn besonders gut kenne." Allerdings hatte sie auch miterlebt, dass in Sheriff Taneys Amtszeit jede Menge Untaten begangen wurden, die keinerlei Konsequenzen nach sich zogen. Seltsam, dass er sich erst jetzt für Gesetzesbrecher interessierte.

Betsy konnte förmlich sehen, wie er sich verschloss. „Nun ja, ich denke, wir sollten ihm die Gelegenheit geben zu beweisen, was er kann. Das sind wir ihm schuldig", sagte Sheriff Taney. „Die Ergebnisse werden für sich sprechen."

Bürgermeister Walters saß auf einem Hocker neben dem Ofen und hielt seine rechte Hand. Sein Ärmel war bis zum Ellbogen hochgerollt. Betsy konnte nicht genau erkennen, welcher Art sein Leiden war, aber er schien sich mehr Gedanken um das zu machen, was immer da im Kessel kochte.

„Bürgermeister Walters", sagte sie, „Sissy meinte, Sie bräuchten hier Hilfe. Ich bin gekommen, um Ihnen anzubieten –"

„Warte, bis dieser verflixte Splitter raus ist", erwiderte er.

„Ich habe dir doch gesagt, es dauert nur eine Sekunde", meinte Doktor Hopkins. „Er sitzt nicht so tief."

„Es ist ja auch nicht deine Hand!", entgegnete der Bürgermeister. Und an Betsy gewandt meinte er: „Die Regale sind fast leer, und ich habe noch keine Inventur der neue Ware gemacht, aber mir ist heute nicht danach. Komm morgen wieder."

„Ja, Sir." Sie war nur froh, hier wegzukommen. Doch die nächsten Worte des Sheriffs ließen sie innehalten.

„Weshalb wollten Sie mich sehen, Doktor Hopkins?"

Betsy knirschte mit den Zähnen. Sie würde sich sogar draußen in einem Schneesturm verstecken, um dieses Gespräch mit anzuhören. Auf keinen Fall würde sie jetzt gehen.

Kapitel 13

Mit einer Zange holte Hopkins eine Pinzette und eine große Nadel aus dem kochenden Wasser.

„Was machst du da?", fragte Walters. „Willst du mir etwa ein Brandzeichen aufdrücken?"

„Ich lasse es ja abkühlen", erwiderte Doktor Hopkins. „Entspann dich."

Sheriff Taney wirkte genauso nervös wie der Bürgermeister. „Sie sagten, Sie wollten mich sprechen. Aber ich habe keine Lust, einen medizinischen Eingriff mitzuerleben."

„Ich kann reden, während ich ihn verarzte." Mit einem Lappen, der seine Hand schützte, hielt Hopkins die Pinzette und schwenkte sie in der Luft, um sie abzukühlen. „Es geht um ein Reisigbündel, das ich gestern auf meiner Veranda gefunden habe. Vermutlich ist das nur ein Schabernack, es sei denn, Miles Bullard ist wieder in der Stadt."

Nun, das war ein wichtiger Gedanke. Seit dem Sommer hatte niemand mehr Bullard gesehen, aber das hieß nicht, dass er nicht zurückgekommen war.

„Autsch!" Schweiß trat auf die Stirn des Bürgermeisters.

„Ich habe dich doch noch nicht einmal berührt", wandte der Doktor ein.

Sheriff Taney schäumte vor Wut. „Mal sehen, ob ich das richtig verstanden habe: Sie finden die Visitenkarte der ‚Bald Knobbers' auf Ihrer Veranda und wollen das Ihrem Feind Miles Bullard in die Schuhe schieben?"

„Die ‚Bald Knobbers' haben mit mir keine Rechnung offen", beteuerte Hopkins. „Warum sollten sie mir da Angst einjagen wollen?"

„Vielleicht weil Sie Bullard Schutz gewährt haben, nachdem er einen von ihnen erschossen hatte."

Es stimmte, Bullard war in Hopkins' Haus festgenommen worden, aber Betsy wäre nie auf die Idee gekommen, dem Doktor vorzuwerfen, dass er ihn medizinisch versorgt hatte. Das hatte auch Katie Ellen nicht getan und Stony war immerhin ihr Pa gewesen. Schließlich hatte Doktor Hopkins nicht versucht, ihn zu verstecken oder so etwas.

„Das tut bestimmt weh", jammerte der Bürgermeister.

„Leg deine Hand hier drauf und hör auf zu jammern." Doktor Hopkins breitete ein Tuch auf dem Tisch aus und legte Walters' Hand mit der Handfläche nach oben darauf. Dann beugte er sich mit der Nadel vor. „Wegen des Reisigbündels habe ich keine Angst", erklärte er. „Ich möchte nur wissen, was ich jetzt tun soll. Wenn es sich tatsächlich um eine Warnung handelt, dann würde ich schon gern wissen, weswegen."

„Ich würde Fowler fragen", riet Sheriff Taney. „Es gibt sonst keinen, der Reisigbündel verteilt."

„Ahhh …" Die Stimme des Bürgermeisters klang panisch.

„Sie quieken wie ein Ferkel", bemerkte Betsy. „Sie sollten Doktor Hopkins lieber einen Rabatt auf seine Einkäufe geben für die Mühe, die er sich hier mit Ihnen macht."

„Sicher, zehn Prozent. Nur holen Sie dieses Ding heraus."

„Ich habe es fast … beinahe", sagte Doktor Hopkins. „Da! Nur ein kleiner Splitter, mehr nicht. Siehst du?" Er zwinkerte Betsy zu, während er seine Pinzette an dem Tuch abwischte.

Betsy fand ja, dass er wahrscheinlich noch ein bisschen

mehr Rabatt bekommen hätte, wenn er ein bisschen weitergepuhlt hätte.

„Ich werde morgen vorbeikommen und Ihnen bei der Inventur helfen", erklärte sie. „Bis dahin haben Sie sich bestimmt von Ihrer Amputation erholt."

„Vorwitzige Göre."

Der Rest des Gesprächs interessierte sie nun nicht mehr. Morgen würde sie für den Bürgermeister arbeiten, aber sie brauchte jetzt dringend noch ein bisschen frische Luft, bevor sie nach Hause zurückkehrte. Wer wusste schon, welche Aufgaben dort wieder auf sie warteten?

Im Laden betrachtete sie die überschaubare Auswahl an Büchern, aber es waren keine neuen Titel darunter. Sie streichelte die rotbraune Katze, die im Schaufenster die Morgensonne genoss, während sie sich weiter zu den landwirtschaftlichen Geräten vorarbeitete. Vielleicht brauchte Pa eine neue Kelle? Aber andererseits hatte sie kein Geld dafür.

Während sie Sheriff Taney nachblickte, der gerade den Laden verließ, kratzte Betsy sich nachdenklich am Kinn. Ob wohl sonst noch jemand bemerkte, wie sehr sich der Sheriff verändert hatte? In der einen Minute wirkte er verbittert, in der nächsten voller Hoffnung. Vielleicht lag das ja am Alter.

Und was war mit dem plötzlichen Auftauchen des vermeintlich toten Ehemanns der Witwe Sanders? Irgendetwas stimmte hier nicht, und dass Hopkins ausgerechnet jetzt eine Drohung erhalten hatte, konnte kein Zufall sein. Hatte Sanders vielleicht etwas gegen Doktor Hopkins? Steckte er hinter der Drohung? Abgesehen von den allgemein bekannten Taugenichtsen wie Leland Moore und Miles Bullard gab es keine Menschenseele in Hart County, die für den Doktor nicht ihre beste Sau hergeben würde.

Betsy hatte ihren Mantel fest um sich gewickelt und

sich innerlich schon gegen den eiskalten Wind gewappnet, als sie Pritchard auf den Laden zukommen sah. Sie hielt ihm die Tür auf und trat zur Seite. Er schüttelte die heruntergefallenen Blätter aus seinen langen Haaren.

„Ich bin froh, dass Sie nicht mehr im Gefängnis sitzen", meinte sie grinsend. „Wie lange hat der Deputy Sie denn festgehalten?"

Pritchard runzelte die Stirn. „Nicht lange, aber ich muss vor dem Richter erscheinen, wenn er in die Stadt kommt." Er rümpfte die Nase. „Hör mal, Betsy, du wirst doch nicht verraten, zu welcher bestimmten Vereinigung ich gehöre, oder? Wir sind alle zur Verschwiegenheit verpflichtet worden."

„Keine Sorge, Mr Pritchard. Onkel Fred und ich sind sehr vorsichtig mit dem, was wir drucken. Und wir können ein Geheimnis wahren."

„Ich wusste doch, dass ich dir vertrauen kann, Betsy. Wenn nur dieser Deputy ..." Sein Blick wanderte zum Gefängnis und seine Augen verengten sich. „Dabei fällt mir ein, er hat mich vor ein paar Tagen gefragt, ob du ihm wohl einen Gefallen tun würdest."

„Ich?" Betsy legte die Hand auf ihre Brust. Ihr Herzschlag setzte aus. „Was will er denn von mir?"

„Er braucht jemanden, der ihn zu den Calhouns führt, und würde sich freuen, wenn du das übernehmen könntest, aber es muss noch heute sein. Uns Männern traut er nicht."

Betsy richtete sich noch etwas höher auf. Onkel Fred hatte sie sowieso gebeten, zum Viehmarkt zu gehen. „Ich muss sowieso in diese Richtung ..." Sie biss sich auf die Lippe. Deputy Puckett ignorierte sie grundsätzlich, wenn er zum Abendessen zu ihnen kam. Warum bat er sie jetzt um Hilfe? Höchst seltsam.

Pritchard grinste fast ein wenig anzüglich. Wenn sie es nicht besser wüsste, würde sie vermuten, dass er irgendwelche Hintergedanken hatte. „Das ist ja prima. Ich laufe schnell zum Gefängnis und schicke ihn zu dir."

Betsy strahlte. „Ich warte an der Kreuzung auf ihn." Aus irgendeinem Grund wollte sie nicht, dass Sheriff Taney sie zusammen sah. Es war eine Sache, romantische Geschichten über den Mann zu verfassen, die irgendwelche fremden Menschen weit entfernt in Kansas City lesen würden. Aber sie würde niemals Taney über den Deputy Bericht erstatten. Auch wenn der Deputy ziemlich störrisch war, kam es ihr einfach nicht richtig vor.

Sie erreichte den Stadtrand und verbarg sich in einer dichten Baumgruppe. Den Deputy zu erschrecken machte ihr Spaß. Sie fand es amüsant, wenn er zusammenzuckte und sich dann bemüht gelangweilt gab, als würde ihr plötzliches Auftauchen ihn überhaupt nicht interessieren. Eduardo war immer auf der Hut. Ihn konnte man nicht erschrecken. Bei Deputy Puckett war das anders, und das gefiel ihr. Ein wenig Unvollkommenheit konnte auch schön sein.

Die Baumgruppe befand sich gegenüber dem Haus der Witwe Sanders. Ganz plötzlich ertönte lautes Getöse. Zornige Stimmen drangen durch die mit Fensterläden verschlossenen Fenster. Betsy trat aus dem Wald und ging zum Zaun. Sie spähte die Straße entlang, aber von Deputy Puckett keine Spur. Leise schlich sie an das Haus heran. Es war wirklich ungewöhnlich, dass Sanders nach zwanzig Jahren Abwesenheit plötzlich wieder da war. Sie fand es beinahe unanständig von ihm, einfach ins Haus zu marschieren und seinen Platz als Mann der Witwe Sanders wieder einzunehmen. Ihrer Meinung nach hatte die Witwe Sanders bei dieser Angelegenheit doch ein Wörtchen mitzureden.

Erneut schepperte es laut im Inneren des Hauses und Betsys Sorge war größer als ihr Unbehagen. Sie klopfte an die Tür. „Mrs Sanders, sind Sie da? Was ist los?"

Leises Stimmengemurmel und dann Schritte an der Tür. Betsy trat zurück. Was sollte sie zu Sanders sagen? Normalerweise kümmerten sich die „Bald Knobbers" um solche Angelegenheiten. Sie war nur eine Frau, noch dazu allein, und wer wusste schon, wozu dieser Sanders fähig war?

Die Tür wurde so heftig aufgerissen, dass sie einen Windhauch spürte. Die Witwe Sanders erschien. Ihre Wangen waren gerötet. „Betsy? Was willst du?"

Betsy spähte über ihre Schulter, konnte aber nur einen umgekippten Küchenstuhl erkennen. „Ich dachte, ich hätte einen Hilferuf gehört. Alles in Ordnung?"

Die Frau rollte ihre Ärmel herunter. „Natürlich, Kind. Ich war nur etwas ungeschickt. Das ist alles."

Ungeschickt? Wie Bullards Frau?

„Und dieser Mr Sanders ist wirklich Ihr Mann?"

„Als er aus dem Krieg nicht nach Hause kam, habe ich gedacht, er sei umgekommen. Hab mich wohl geirrt. Nun, geh weiter. Ich hab zu tun." Mit diesen Worten schlug die Witwe Sanders oder vielmehr Mrs Sanders ihr die Tür vor der Nase zu.

Betsys Herz krampfte sich zusammen. Die Witwe war eine der stärksten Frauen, die sie kannte. Während und nach dem Krieg war es ihr gelungen, ihr kleines Haus ganz allein zu unterhalten. Sie hatte Pensionsgäste aufgenommen, um ihren Lebensunterhalt zu bestreiten. Und dann walzte ein Mann in das Leben, das sie sich aufgebaut hatte, und auf einmal krachte Geschirr gegen die Wände der kleinen Holzhütte.

Diese Neuigkeit würde sich herumsprechen. Es gab Menschen, die es sich zur Aufgabe gemacht hatten, Unrecht zu sühnen, und sie würde dafür sorgen, dass diese Leute davon erfuhren.

Betsy blieb abrupt stehen. Wenn sie den Verdacht hatte, dass jemand gegen das Gesetz verstieß, sollte sie sich dann nicht lieber an den Deputy wenden statt an Fowler? Zweifellos trug Eduardo hier die Verantwortung. Aber wem vertraute sie mehr? Fowler würde mit zwanzig Männern anrücken und Sanders zur Rede stellen. Getarnt durch ihre Masken würden sie nicht davor zurückschrecken, ihm deutlich zu machen, dass sie von seinen Übeltaten wussten. Sie würden sich nicht wegducken, wie sie es tat.

Aber der Deputy … nun, ihr Gefühl sagte ihr, dass auch er keine Scheu hatte, Klartext zu reden. Nein, er würde genau dieselbe Ansprache halten, auch wenn er keine zwanzig Männer im Rücken hatte. Ohne Maske, für jedermann zu erkennen.

Das durfte sie nicht zulassen. Fowler wäre die bessere Wahl. Deputy Puckett ging einer Gefahr nicht aus dem Weg, war aber allein.

Joel hatte fast eine Woche darauf gewartet, dass Pritchard sein Versprechen erfüllte. Eine Woche, in der er auf diesem bösartigen Pony reiten musste, das nicht einmal für ein Kind groß genug war. Er wollte dieses Tier endlich loswerden. Wie sehr hoffte er, dass Calhoun ihm dieses unangenehme Wesen gegen ein richtiges Reittier eintauschte! Sonst müsste er das Pferd auf Kredit kaufen. Das wäre allerdings eine Ausgabe, mit der er hier in den Ozarks nicht gerechnet hatte.

Sein Blick wanderte die Straße hinauf und hinunter, da er nicht so genau wusste, aus welcher Richtung die Person kommen würde, die ihm den Weg zu den Calhouns zeigen wollte. Er nahm an, dass sie von den Bergen vor der Stadt herunterkommen würde, da dieser Treffpunkt vereinbart worden war, aber aus dieser Richtung war niemand auf der Straße zu sehen. Er drehte sich um und fuhr zusammen.

Hinter ihm stand Betsy Huckabee, nicht einmal eine

Angelrute weit von ihm entfernt. Erschrocken taumelte er zurück.

„Hören Sie auf, mir nachzuschleichen“, fuhr er sie an. „Das ist gefährlich.“

Sie verdrehte die Augen, die unter der tief in ihre Stirn gerutschten Mütze kaum zu sehen waren. „Reden Sie von Ihrer Sicherheit oder von meiner?“

Er trat noch einen Schritt zurück, bevor er sich gefasst hatte. „Gehen Sie Ihrer Wege, Miss Huckabee. Ich habe eine wichtige Angelegenheit zu erledigen.“

„Nun, ich auch. Zum Beispiel ein Greenhorn zur Farm der Calhouns zu führen.“ Sie schob ihre Mütze zurück, sodass der selbstzufriedene Ausdruck auf ihrem Gesicht nicht zu übersehen war.

„Ich hab keine Ahnung, woher Sie wissen, dass ich –“

„Mr Pritchard meinte, Sie hätten ausdrücklich um meine Begleitung gebeten.“

Er neigte den Kopf zur Seite. „Doch nicht etwa der Mr Pritchard, den ich vor Kurzem verhaftet habe? Der Mr Pritchard, der zweifellos die Absicht verfolgt, mir das Leben schwer zu machen?“ Joel verschränkte die Arme. „Ich würde sagen, da hat er sich ein wenig übernommen.“

In diesem Augenblick durchzuckte ein scharfer Schmerz sein Hinterteil. Er tat einen Satz nach vorn und prallte beinahe gegen Betsy.

Die junge Frau schob ihn zurück. „Was soll das?“

Joel stieß ihre Hand fort, wirbelte herum und starrte das bösartige Pony an, dessen geblähte Nüstern und entblößten Zähne keinen Zweifel daran ließen, was passiert war. Joel rieb sich sein Hinterteil.

„Dieses verflixte Tier hat mich gebissen“, stieß er hervor.

„Das sehe ich.“ Der Grund für ihr Lachen war der Riss, den er gerade in seiner Hose bemerkt hatte.

Da es nun unmöglich war, ihr den Rücken zuzuwenden, drehte er sich wieder zu ihr um. „Zum Glück gibt es lange Unterhosen“, kommentierte er trocken.

Ihr Lächeln war so ansteckend wie die Windpocken, aber er hatte Übung darin, ernst zu bleiben.

„Ich würde sagen, Ihr Besuch bei Jeremiah Calhoun ist sogar sehr dringend“, sagte sie und nahm ihm die Zügel ab. „Das heißt, falls Sie noch eine andere Hose besitzen.“

„Dieses Pony gehört bestimmt den ‚Bald Knobbers‘“, brummte Joel, doch die Komik der Situation entging auch ihm nicht. Ihre Augen funkelten, als ihre Blicke sich trafen. Ein … kameradschaftlicher Blick, dem die Künstlichkeit fehlte, die er von Frauen erwartete. An den Abenden, an denen er am Tisch ihrer Familie gesessen hatte, war sein Respekt vor ihr gewachsen.

Um so mehr ein Grund, auf Distanz zu bleiben.

„Ich weiß nicht, was Pritchard zu Ihnen gesagt hat, aber ich hatte nicht um Ihre Begleitung gebeten“, sagte er.

Jetzt wurde ihr Blick hart. „Sie finden die Calhouns allein?“, fragte sie.

„Bestimmt gibt es noch jemand anderen, der in diese Richtung muss.“

Mit einer theatralischen Geste blickte sie zuerst in die eine, dann in die andere Richtung. Eine Woche hatte er schon gewartet. Wie lange könnte er noch durchhalten? Wie viele Verfolgungen könnte er nicht aufnehmen, wie viele Verhaftungen nicht vornehmen? Und wie viele Männer würden nun, da er dieser Bande in die Quere gekommen war, Jagd auf ihn machen?

Offensichtlich deutete sie sein Zögern als Einwilligung, denn sie machte sich daran, den Berg hinaufzusteigen. Sein Pony zerrte sie hinter sich her.

Ihr Stolz verbot es ihr, sich umzudrehen, doch Betsy war sicher, dass der Deputy ihr folgte.

Fast sicher.

Ziemlich sicher.

Ach, Quatsch, sie würde doch mal nachschauen. Unter dem Vorwand, nach dem störrischen Reittier zu sehen, warf sie einen Blick über die Schulter. Er hielt den Kopf gesenkt, während sie auf dem unebenen Bergpfad unterwegs waren, aber er folgte ihr in seinem neuen, gestärkten Kavalleriehemd und der Leinenhose, die im Gegensatz zu den schlabbrigen Reithosen, die die Männer hier bevorzugten, sehr eng anlag.

Er blickte auf und ertappte sie dabei, wie sie ihn musterte. Betsy drehte sich schnell wieder um. Falls es jemals eine Fortsetzungsreihe über ihren schneidigen Deputy geben sollte, dann brauchte sie mehr Material. Bisher hatte er nicht mehr getan, als ein Kätzchen aus einem Brunnen zu retten und einen Samenhändler zu verhaften, weil der seinem Neffen den Kopf zurechtgerückt hatte. Vermutlich hatte er in Texas größere Taten vollbracht. Vielleicht war jetzt ein guter Zeitpunkt, mehr darüber zu erfahren.

Sie blieb mitten auf dem Weg stehen und wartete. Er schien langsamer geworden zu sein, doch als ihm klar wurde, dass sie nicht weitergehen würde, trat er neben sie.

„Wir könnten uns ja auch ein wenig unterhalten“, meinte Betsy.

„Aber nur wenn Sie an meiner Seite bleiben“, erwiderte er. „Ich spüre einen sehr deutlichen Luftzug an meiner Rückseite.“

Er besaß also tatsächlich Humor, wenn auch sein Gesicht ausdruckslos blieb. Wenn sie den Mut hätte, ihn länger anzusehen, würde sie dann vielleicht sogar ein Augenzwinkern erhaschen? Aber er hatte sich zu sehr unter Kontrolle.

„Ich habe diese Berge noch nie verlassen.“ Betsy hob den Kopf und ließ ihren Blick über die Bäume zu beiden Seiten der Straße schweifen. „Wie ist Texas so?“

Eduardo atmete tief durch. „Ich kann nicht sagen, dass ich viel von dem Land gesehen habe. Es ist riesig. Seine Größe ist unvorstellbar, und ich glaube nicht, dass es jemanden gibt, der schon mal das ganze Land bereist hat.“

„Und wie ist Ihr Texas?“

Diese Frage schien das Eis zu brechen. Sein Gesicht entspannte sich, und er verwandelte sich beinahe in einen Menschen, den Betsy gern kennenlernen würde. „Mein Texas ist auf Garber begrenzt, eine recht weltoffene Stadt, in der der Handel blüht – Märkte, Vieh, Eisenbahn. Die Leute kommen von überallher. Und die Stadt liegt mitten in der größten Prärie, die Sie je gesehen haben. Daran schließen sich Ranches mit Tausenden Hektar Land an. Man kann viele Meilen weit sehen, und der Himmel ist so weit ...“

In seiner tiefen Stimme schwang Sehnsucht mit. Es war, als hätte er sie auf eine Reise mitgenommen. Ihr Herz setzte einen Schlag aus.

Und dann meldete sich ihre Neugier wieder. „Wenn Sie Ihr Land so sehr lieben: Warum um alles in der Welt sind Sie dann von dort weggegangen?“

Bei ihren Worten zuckte er zusammen. Sie hatte einen wunden Punkt getroffen, doch der Anblick des Reiters, der sich ihnen näherte, ließ sie alles vergessen.

Kapitel 14

Seine Nackenhaare stellten sich auf. Es war dieser Clive Fowler. Selbst allein und ohne Maske war er eine beeindruckende Erscheinung. Was wollte er wohl? Joel bemühte sich darum, gelassen zu wirken. Vielleicht war Fowler nur wegen einer geschäftlichen Angelegenheit in der Stadt, aber sein Anblick machte Joel nervös.

Ohne Fowler aus den Augen zu lassen, wandte er sich an seine Begleiterin. „Vielleicht sollten Sie zur Seite treten, Madam. Dieser Mann kommt möglicherweise in böser Absicht."

Ein Pfiff zerriss die Luft und strapazierte seine Trommelfelle. Betsy schwenkte die Zügel seines Pferdes über dem Kopf.

„Mr Fowler! Hier drüben."

„Was machen Sie da?", fragte Joel. „Ich pflege mich nicht in Anwesenheit einer Frau mit Verbrechern zu treffen."

„Er ist kein Verbrecher. Er ist ein gesetzestreuer Bürger." Sie winkte erneut, als Fowler auf dem Pfad vor ihnen auftauchte. „Oder vielleicht sollte ich sagen, ein Bürger, der dem Gesetz Genüge tut. Das ist noch besser."

In diesem Punkt waren sie nicht einer Meinung. Wie auch immer, diese Begegnung war unvermeidlich, und er sollte sich ihr lieber stellen und das Gespräch selbst in die Hand nehmen, bevor es aus dem Ruder lief.

„Mr Fowler", grüßte er, sobald sein Feind in Hörweite war, „sind Sie auf dem Weg in die Stadt?"

„Ich wollte mit Ihnen sprechen. Es geht um meinen Freund Pritchard. Wie ich höre, befindet sich etwas, das ihm gehört, in Ihrem Besitz." Fowler bewegte sich wie ein Zugpferd, langsam und bewusst, aber mit sehr viel Kraft.

„Nichts, das er noch braucht, nachdem ich nun hier bin."

Fowlers Mund zuckte. „Ist das so? Sie haben Bo Franklin immerhin nicht daran gehindert, Caesar Parrows Felle zu stehlen. Die Rückgabe des Diebesgutes hat Caesar Pritchard zu verdanken."

„Ich habe auch Bo einbestellt und einen Bericht geschrieben. Wenn der Richter in die Stadt kommt –"

„Der Richter?" Fowler spuckte Tabaksaft an den Straßenrand. „Der Richter ist genauso nutzlos wie Sheriff Taney."

„Ich hatte schon mit korrupten Richtern zu tun", erwiderte Joel. „Das wäre nicht das erste Mal."

„Ich sagte nutzlos, nicht korrupt. Wissen Sie, hier gibt es nicht nur Schwarz oder Weiß, wie Sie denken. Pritchard ist kein Krimineller, und er hat es nicht verdient, wie ein Verbrecher behandelt zu werden."

„Ein Krimineller ist jemand, der gegen das Gesetz verstößt. Widerrechtliches Betreten eines Grundstücks und Drohungen gegen einen Mitmenschen verstoßen gegen das Gesetz und Ihr Freund Pritchard hat sich zu beiden Vorwürfen bekannt. Ich halte nichts davon, gute Menschen einzusperren, und das ist auch der Grund, warum Pritchard wieder auf freiem Fuß ist, aber er muss wissen – alle müssen wissen –, dass sie, wenn sie ein Anliegen haben, damit zu mir kommen müssen. Sie sollten solche Dinge nicht selbst in die Hand nehmen."

Fowler durchbohrte ihn mit seinem Blick, doch als Joel nicht von seiner Meinung abwich, nickte er. „Ich glaube, dass Sie ganz in Ordnung sind, Junge. Aber Sie scheinen mit der Situation noch etwas überfordert zu sein. Wir sind keine Feinde. Machen Sie ruhig weiter, verfolgen Sie die Übeltäter, aber die Leute mit diesen Masken stehen auf Ihrer Seite – für den Augenblick."

Also, das war jetzt fair, dachte Betsy zufrieden. Clive gab dem neuen Deputy wenigstens eine Chance und vielleicht sollte sie das auch tun. Er würde doch bestimmt von den seltsamen Vorgängen im Haus der Sanders erfahren wollen, und natürlich auch von der Drohung, die Doktor Hopkins erhalten hatte.

„Es gibt etwas, das Sie wissen sollten." Betsy trat vor. Deputy Puckett wandte sich mit offensichtlichem Interesse zu ihr um. „Ich wusste nicht, wem ich davon erzählen sollte, aber da Sie nun beide hier sind, können Sie das vielleicht unter sich ausmachen." Sie erschauderte, während sie sich die Worte zurechtlegte, um die Begegnung zu schildern – das Geschrei, wie Möbelstücke umstürzten und wie mitgenommen die Witwe Sanders ausgesehen hatte. Beide Männer hörten aufmerksam zu und zeigten sich verstimmt, als ihr Bericht zu Ende war. „Und ich dachte, wenn es nicht Bullard ist, der seinen Schabernack mit Doktor Hopkins treibt, dann ist es vielleicht Mr Sanders."

„Doktor Hopkins?", fragte Deputy Puckett. „Was hat Doktor Hopkins damit zu tun?"

Fowler blickte sie an. „Ist Bullard wieder da?"

„Jemand hat dem Doktor gestern Abend ein Reisigbündel auf die Veranda geworfen", erklärte sie. „Er wusste gar nicht, womit er Sie verärgert haben könnte."

„Mich verärgert? Die ‚Bald Knobbers' haben diese Äste nicht bei ihm abgelegt. Wer hat dir davon erzählt?"

„Ich wollte Bürgermeister Walters aufsuchen, aber Doktor Hopkins war gerade dort. Da ich sie nicht stören wollte, habe ich hinter den Kisten gewartet." Sie senkte den Blick, denn sie war ziemlich sicher, dass die beiden

Männer nicht besonders erfreut waren und sich diese Gefühle in ihren Gesichtern spiegelten.

„Was wissen Sie darüber?" Das Halstuch des Deputys flatterte im Wind.

„Das war ich nicht", erwiderte Fowler. „Das kommt nicht von meinen Männern."

„Und Sie sind immer darüber informiert, wo sich Ihre Männer aufhalten? In jeder Minute?"

„Meine Männer handeln nicht auf eigene Faust, sondern nur auf Anweisung." Fowler zertrat mit der Ferse einen Dreckklumpen. „Und um zu beweisen, dass das nicht mein Werk ist, werde ich heute Abend einen Wachposten vor Doktor Hopkins' Haus aufstellen."

„Nein, auf keinen Fall", widersprach Deputy Puckett. „Sie sind einer der Hauptverdächtigen und deshalb werden Sie sich vom Haus des Doktors fernhalten. Vermutlich würden Sie mehr Probleme verursachen, als etwas bewirken."

Bei dem Wortgefecht schwang Betsys Kopf so schnell von rechts nach links, dass ihr beinahe schwindelig wurde.

Fowler schnaubte. „Nun, bestimmt wäre es hilfreich, nach Miles Bullard zu suchen. Vermutlich hat er nicht vergessen, dass Hopkins ihn nach dem Mord an Watson verraten hat."

Das war möglich, aber es gab noch einen anderen Verdächtigen, der nicht übersehen werden sollte. „Warum sollte Bullard jetzt zurückkommen? Falls hier ein Unruhestifter sein Unwesen treibt, dann würde ich auf Mr Sanders tippen. Waren er und Doktor Hopkins nicht zusammen im Krieg? Vielleicht hat Mr Sanders ja noch eine Rechnung mit ihm offen."

Jetzt hatte sie Deputy Pucketts Aufmerksamkeit. „Besteht denn eine Verbindung zwischen Doktor Hopkins und Sanders?"

„Es gibt zwischen allen, die hier leben, Verbindungen", erwiderte Betsy. „Allerdings habe ich keine Ahnung, warum Sanders so lange an seinem Groll hätte festhalten sollen. Aber andererseits wusste ich ja bis vergangene Woche auch gar nicht, dass er noch am Leben ist."

Fowler zuckte die Achseln. „Vor seiner Rückkehr hatten wir dieses Problem nicht. Er ist also derjenige, der mal ein Reisigbündel auf seiner Veranda finden sollte."

„Niemand sollte ein Reisigbündel auf seiner Veranda finden! Diese kindischen Drohungen müssen aufhören. Vielleicht haben sie früher einmal Wirkung gezeigt, aber jetzt sind sie nur noch lästig", erklärte der Deputy. „Sie und Ihre Leute verstecken sich hinter Ihren Masken. Ich werde heute Abend mit Sanders sprechen, persönlich, sobald ich bei Mr Calhoun mein neues Pferd abgeholt habe."

Fowler lachte. „Warum? Wollen Sie Bürgermeister Walters' Pony etwa nicht mehr reiten?"

„Das ist das Pferd des Bürgermeisters?" Deputy Pucketts Augen blitzten gefährlich.

Betsys Mund zuckte. Sie würde nicht grinsen. Ganz bestimmt nicht.

„Ein Vertreter des Staates hat den Rappen von Calhoun gekauft. Er wurde für den neuen Deputy bereitgestellt und bis zu Ihrer Ankunft in Walters' Obhut übergeben", erklärte Fowler. „Ich kann nicht glauben, dass Sie nicht darüber informiert wurden."

Der Deputy warf ihr einen wütenden Blick zu.

Sie zuckte die Achseln. „Ich wusste nichts davon. Ehrlich."

„Kommen Sie, wir kehren in die Stadt zurück." Er nahm Betsy die Zügel ab und drehte sich um.

„Was ist denn mit Ihrer Hose passiert?", rief Fowler.

Aber Eduardo wollte diese Frage nicht beantworten. Stattdessen sagte er: „Ich werde Sanders heute noch aufsuchen. Aber ich kann ihn nur in Haft nehmen, wenn ich einen triftigen Grund dafür habe. Wir brauchen mehr Beweise, bevor wir etwas unternehmen können."

„Das ist genau das Problem bei Männern wie Ihnen", rief Fowler. „Bei Ihnen muss alles auf dem Papier gut aussehen, und während Sie mit einem Block auf dem Schoß herumsitzen, sind wir unterwegs und beschützen unsere Stadt." Auf einen leisen Pfiff hin trabte Fowlers Pferd an seine Seite. Er stellte den Fuß in den Steigbügel und stieg mit der Anmut eines Berglöwen auf, dem noch nie eine Beute entkommen ist. „Kehren Sie ruhig nach Pine Gap zurück und machen Sie es sich in Ihrem schönen warmen Büro gemütlich. Ich gehe dorthin, wo es gefährlich ist." Mit diesen Worten wendete er sein Pferd und verschwand im dichten Gestrüpp.

Betsys Ohren wurden heiß. Wie würde ihr Held diese Abfuhr aufnehmen? Mit welcher heroischen Äußerung würde er sich verteidigen und die Ordnung wiederherstellen?

„Ich muss unbedingt diese Hose nähen." Er presste eine Hand auf sein Hinterteil, als er sich in Bewegung setzte und zurück in die Stadt marschierte.

Betsy brauchte einen Augenblick, um zu erkennen, dass er sie einfach stehen ließ, und einen weiteren Augenblick, bis sie den Entschluss gefasst hatte, dass diese zerrissene Hose niemals Erwähnung in ihrer Geschichte finden würde.

Als sie auf dem gewundenen Pfad die Bäume hinter sich ließen und die vereinzelt daliegenden kleinen Holzhütten in Sicht kamen, führte Joel das Pony an der kurzen Leine. Die Möglichkeit, dass es ihn vielleicht ein zweites Mal in sein Hinterteil beißen könnte, beunruhigte ihn zwar, aber wahrscheinlicher war, dass die ganze Stadt mitbekam, wie er mit einem großen Loch in der Hose über die

Hauptstraße ging. Das Pony war ein praktischer, wenn auch widerstrebender Schutzschild.

Genau wie die Frau an seiner Seite, die sich sputen musste, um mit ihm Schritt zu halten.

„Wollen Sie nicht lieber zuerst zum Gefängnis gehen?", fragte Betsy. „Ich dachte, Sie würden vielleicht die Hose wechseln wollen."

„Ich will ein Pferd", erwiderte Joel. „Das ist wichtiger."

„Sie haben vermutlich recht", sagte sie. „Sie sind sehr geduldig gewesen mit diesem Tier, Eduardo."

„Eduardo?" Er blieb abrupt stehen. Was redete sie denn da? „Wer ist Eduardo?"

Trotz des kalten Windes errötete sie bis an die Haarspitzen. „Niemand. Das heißt, keine reale Person. Ich kenne Ihren Vornamen nicht und in meiner Fantasie ... Ich meine, ich denke natürlich nicht mehr an Sie, als ich es sollte, aber es ist ziemlich lästig, Sie ‚Deputy Puckett' zu nennen, auch wenn ich nur mit mir selbst rede. Darum habe ich ..."

Je länger der Satz wurde, desto überraschter blickte er sie an. Sie hatte an ihn gedacht? Sie hatte sich nicht damit zufrieden gegeben, nur seinen Nachnamen zu kennen?

Betsy fächelte sich Luft zu. „Ich weiß jetzt also, dass Sie nicht Eduardo heißen. Das schränkt die Möglichkeiten ein, wenn ich beschließe, erneut zu raten."

„Ich heiße Joel", platzte er heraus, „Joel Puckett. Und wenn Sie mich gefragt hätten, hätte ich Ihnen gern meinen Vornamen genannt."

Es beunruhigte ihn, dass sie ihm besondere Beachtung geschenkt hatte. Andererseits freute es ihn aber auch, dass jemand in dieser Stadt mehr über ihn wissen wollte, sich mehr für ihn interessierte als für die Frage, wen er wohl als Nächstes einsperren würde.

Eigentlich hatte er ihr einen warnenden Blick zuwerfen wollen, aber das ging jetzt nicht mehr. Sein Blick wurde weicher. Sie hatte an ihn gedacht.

Gerade als sein Herzschlag sich beschleunigen wollte, fiel ihm ein, dass er etwas vergessen hatte, und er presste seine Hand wieder auf den Riss in seiner Hose. „Sie sollten lieber vor mir hergehen", sagte er. Und mit leiser Stimme fügte er hinzu, was nicht für ihre Ohren bestimmt war: „Wir wollen doch nicht, dass Sie neugierige Blicke auf etwas werfen, das Sie nichts angeht, Betsy Huckabee."

Kapitel 15

„Ich weiß nicht, ob Bürgermeister Walters heute nach einem Pferdehandel zumute ist." Als sie an die heiße Nadel und die Pinzette zurückdachte, rieb Betsy sich gedankenverloren über die Hand. „Er war heute Morgen bei Doktor Hopkins in Behandlung."

„Sein Gesundheitszustand interessiert mich nicht. Mir geht es allein um sein Pferd, beziehungsweise mein Pferd."

Sie schätzte, dass Deputy Puckett – Joel – durch den Biss des Ponys mehr Haut eingebüßt hatte als der Bürgermeister durch seinen kleinen Splitter, doch von ihm hörte man kein Gejammer. Sie wartete an der Tür, während Joel das Pony neben dem neuen Rappen festband.

Mit entschlossen vorgeschobenem Kinn marschierte er durch die Tür, als hätte er ein ganzes Regiment im Rücken.

Bürgermeister Walters sortierte gerade die Bohnen. Hinter der Theke wirkte er gar nicht so klein, aber das verdankte er nur der Rampe, die er für Gelegenheiten wie diese gebaut hatte, wenn er mit seinen Kunden auf Augenhöhe sein wollte. Oder wenigstens auf Schulterhöhe wie in diesem Fall.

„Ich bin hier, um mein Pferd zu holen." Joels Stimme zitterte kein bisschen. Betsy durchzuckte der Gedanke, dass Deputy Puckett ein gefährlicher Mann war, der einen gefährlichen Job ausübte. Er trug große Verantwortung und verdiente es, mit Respekt behandelt zu werden – trotz seiner zerrissenen Hose.

Bürgermeister Walters ließ abrupt die Hand sinken. Bohnen flogen in alle Richtungen davon. „Sind Sie sicher? Ich dachte, da Sie vermutlich nicht an Berge gewöhnt sind, wäre ein trittsicheres Pony vielleicht genau das –"

„Ich verlange die Herausgabe!", erklärte Joel. „Das ist keine Bitte. Und ich vermute mal, dass der Sattel ebenfalls mir gehört."

Walters beugte sich über die Theke. „Kein Grund, so gereizt zu reagieren. Ich habe es doch nur gut gemeint. Nehmen Sie das Pferd und alles ist wieder gut." Sein rundes Gesicht erblasste. Joel beugte sich über die Theke, ergriff seine verletzte Hand und schüttelte sie fest.

Betsy hielt die Hand vor den Mund, als die Knie des Bürgermeisters unter ihm nachgaben. Wenn nicht die Theke zwischen ihnen gewesen wäre, wäre er wohl zu Boden gesunken.

„Gut zu wissen, dass Sie auf meiner Seite stehen." Joel war etwas irritiert, als der Mann sich wand, um sich aus seinem Griff zu befreien.

„Meine Hand", keuchte er. „Sie tun mir weh."

Achselzuckend ließ Joel den Bürgermeister los, der über der Theke in sich zusammensank.

„Danke für Ihre Hilfe, Miss Huckabee", sagte Joel. „Wie es aussieht, brauche ich Ihre Dienste heute doch nicht mehr."

Betsy wollte ihn unbedingt auf einem stattlichen Pferd sehen, aber leider beraubte Postmeister Finley sie dieser Gelegenheit.

Wie gern wäre er jetzt in den Sattel gestiegen und losgeritten. Vielleicht wuschen ja ein paar Stunden auf einem guten Pferd alle Demütigungen fort, die er durch das Pony hatte hinnehmen müssen.

Doch vorher winkte der Postmeister ihn und Miss Huckabee zu sich und so überquerten Joel und Betsy den

Marktplatz und betraten das Postamt. Jetzt hatten alle Bewohner der Stadt die Gelegenheit, einen Blick auf seine zerrissene Hose zu erhaschen.

„Ich bin froh, dass ich Sie noch erwischt habe.“ Postmeister Finley bewegte sich langsam. Seine Stiefel schleiften über den Boden, als er zu den grob behauenen Behältern schlurfte, die an einer Wand nebeneinander aufgereiht standen. „Es wird aber auch Zeit, dass jemand etwas gegen diese Grobiane unternimmt.“

„Entschuldigung?“, fragte Joel.

„Sie haben Pritchard doch verhaftet, nicht wahr? Das ist ein guter Anfang. Sein Vater hat damals 1847 unseren Pflug gestohlen. Wir konnten ihn nie überführen, aber alle wussten es. Und sehen Sie sich nur Bo an. Der Apfel fällt nicht weit vom Stamm. Doch Pritchard reitet mit Fowler, also kann ihm niemand etwas anhaben. Na ja, genug davon. Es wird höchste Zeit, dass Sie diese ‚Bald Knobbers‘ ein für alle Male einsperren.“

„Hier wird niemand eingesperrt. Pritchard hat eine Verabredung mit dem Richter, aber –“

„Sie haben ihn laufen lassen?“ Finley lehnte sich an die Kästen. „Was um alles in der Welt hat Sie dazu veranlasst?“

„Das Gesetz. Ich kann einen Mann nur dann einsperren, wenn er verurteilt ist oder eine Gefahr darstellt.“

„Was hat das Gesetz damit zu tun? Sie haben ihn doch mit Maske angetroffen, richtig?“

Draußen wartete ein hervorragendes Pferd auf ihn, und er musste jetzt dieses Gespräch führen?! „Sie haben Post für mich?“

Finley war alles andere als erfreut über seine Reaktion, aber dieser Hinweis erinnerte ihn wieder an seine Pflichten. „Ich habe einen Brief für den Deputy und ein Telegramm für dich, Betsy.“

Betsy trat zur Seite. „Der Deputy hat sicher wichtige

Aufgaben zu erledigen", sagte sie. „Ich möchte ihn nicht warten lassen. Geben Sie ihm seine Post zuerst, dann kann er sich auf den Weg machen."

Finley schien ihre Worte jedoch nicht zu hören. Er nahm einen Stapel Briefumschläge aus einem Kasten und blätterte sie durch. Bei etwa jedem dritten Umschlag leckte er seinen Daumen an. Wer ihm wohl schrieb? Joel würde den Brief bestimmt nicht in Betsys Gegenwart lesen wollen.

„Hier ist es." Finley hielt ein gelbes Stück Papier auf Armeslänge vor sich und kniff die Augen zusammen. „Das hier ist für Betsy, kommt aus Kansas City."

Neugierig beugte sich Joel vor. „Haben Sie Familie in Kansas City?", fragte er.

Betsy biss sich auf die Lippe. Sie riss ihre Mütze vom Kopf, stopfte das Telegramm hinein, ohne auch nur einen Blick auf den Absender zu werfen, und zog sich die Mütze wieder über ihre zerzausten Haare. „Nichts Wichtiges", erklärte sie.

Dieses Mädchen war wirklich unberechenbar. „Zweifellos schicken Ihnen viele Menschen unwichtige Telegramme", kommentierte er trocken.

„Sie verrät mir nie, warum sie diese Briefe schreibt", sagte Finley. „Normalerweise sind es nur Briefe. Das hier ist, so weit ich mich entsinne, das erste Telegramm, das sie bekommt." Er beugte sich über die Theke so dicht zu ihm herüber, dass Joel die Zwiebeln in seinem Atem roch. „Ich glaube, sie hat einen Verehrer in Kansas. Jemand, in den sie sich verliebt hat. Vermutlich schreibt sie Briefe wie eine feine Dame und hält ihn damit zum Narren."

Betsy senkte den Blick. Joel warf einen Blick auf ihr abgetragenes Kleid und den viel zu großen Mantel und konnte sich nicht zurückhalten. „Es gibt keinen Grund, so über Miss Huckabee zu sprechen", erklärte er. Wer war dieser Postmeister schon, dass er sich über sie lustig machte?

Die Augen der jungen Frau blitzten und in ihrem Grinsen lag eine gewisse Schärfe. „Was ist mit Deputy Pucketts Brief? Wo ist er?", fragte sie den Postmeister.

Joels Kehle schnürte sich zusammen, als er den Brief sah. Die Handschrift war so schnörkelig, sie konnte nicht von einem Mann stammen. Es war auch nicht die Handschrift seiner Mutter. Wer sonst –

Betsy riss ihm den Umschlag aus der Hand. „Der ist definitiv von einer Dame. Aber sehen Sie nur! Die Adresse ist durchgestrichen und darüber steht: ‚Weiterleiten nach Pine Gap, Missouri'. Wer immer Deputy Puckett geschrieben hat, wusste nicht, dass er Texas verlassen hat."

Joel ergriff ihren rechten Arm. Doch schneller, als er gucken konnte, war der Brief in ihre linke Hand gewandert. Siegesgewiss wedelte sie außerhalb seiner Reichweite damit herum.

„Welche Dame hat ein so vertrautes Verhältnis zu Ihnen, dass sie Ihnen schreibt, aber gar nicht weiß, dass Sie die Stadt verlassen haben?", fragte sie.

„Geben Sie mir den Brief." Er schlang den Arm um ihren Körper und zog sie an sich, doch dann überlegte er es sich anders. So ging das nicht. Der alte Postmeister lachte, als sie sich aus seiner Umklammerung wand, aber es gelang ihr nicht, sich zu befreien. Joel riss ihr die Mütze vom Kopf.

„Ohhh!" Betsy wollte ihre Mütze packen, aber er war schneller.

Joel schwenkte sie hoch über seinen Kopf, und das Knistern verriet, dass er damit auch ihr großes Geheimnis erbeutet hatte. Sie strich sich die Haare aus dem Gesicht und stürzte sich auf ihn. Vergebens.

„Lassen Sie uns verhandeln", erklärte er. „Meinen Brief gegen Ihr Telegramm."

Wenn sie wüsste, wie gefährlich der Inhalt dieses Briefes für ihn war, würde sie alles geben, um ihn zu lesen.

Der Inhalt ihres Telegramms war vermutlich nicht annähernd so peinlich wie der seines Briefes.

Betsy zog einen Schmollmund. Sie ließ sich nicht gern austricksen. Mit zusammengekniffenen Augen starrte sie auf ihre Mütze, die er hoch über seinen Kopf hielt.

„Das ist bestimmt hochinteressant", sagte er. Er steckte seine Hand in die Mütze. „Da haben wir es ja."

„Also gut!" Sie drückte ihm den Brief in die Hand und entriss ihm ihre Mütze. „Ich habe doch nur Spaß gemacht."

„Das freut mich", bemerkte Finley. „Du willst bestimmt nicht, dass die ‚Bald Knobbers' hinter dir her sind, weil du den Frieden störst."

Mit grimmigem Blick wandte sich Postmeister Finley von den beiden ab. Joel fand diese Bemerkung alles andere als amüsant. Falls Fowler und Sheriff Taney herausfanden, was in diesem Brief stand oder besser gesagt, was vermutlich in diesem Brief stand, würden sie sich freuen, einen Weg gefunden zu haben, den unbequemen Deputy loszuwerden.

Zum Glück hatte auch Betsy ein Geheimnis.

Kapitel 16

Mit schwingendem Rock rannte Betsy nach Hause. Die Mütze hielt sie in der Hand. Sie musste unbedingt dieses Telegramm lesen.

Die Tür knallte gegen die Wand, als sie ins Haus platzte. Sissy fuhr erschrocken zusammen und ließ ihre Näharbeit sinken. „Du bist schon wieder da? Hast du Bürgermeister Walters' Lagerraum aufgeräumt?"

Die Welt barg so viele Abenteuer, aber Sissy wollte sie unbedingt in einen Lagerraum verbannen. Oh, was würde Betsy nicht alles dafür tun, endlich ein eigenes Zuhause zu haben! Vielleicht war ja die Nachricht, die dieser Umschlag enthielt, der erste Schritt zur Verwirklichung dieses Zieles.

„Ist Onkel Fred im Büro?" Betsy ging zur Bürotür. „Ich schaue mal, ob er mich braucht."

„Was ist mit Bürgermeister Walters?" Manchmal gelang es Betsy, Sissys Fragen einfach zu ignorieren. Heute leider nicht.

Betsy seufzte. „Ich soll morgen zu ihm kommen. Heute war ihm nicht danach."

„Morgen? Bist du sicher?"

Um Himmels willen! Betsy war vierundzwanzig Jahre alt, aber solange sie nicht in ihren eigenen vier Wänden lebte, war an ein selbstbestimmtes Leben nicht zu denken.

Betsy öffnete die Tür einen Spalt. „Ich werde morgen im Laden arbeiten. Heute will ich sehen, ob Onkel Fred mich braucht." Und nur zur Sicherheit rief sie: „Onkel Fred? Ich komme."

„Komm nur herein", antwortete er. „Hast du die Zahlen des Auktionshauses zusammengestellt?"

Betsy warf Sissy ein entschuldigendes Lächeln zu und verschwand im Büro. Onkel Freds Ärmel waren bis zu den Ellbogen hochgerollt. An diesem Tag wurde nicht gedruckt, aber er behauptete steif und fest, mit aufgerollten Ärmeln schneller schreiben zu können. Sein Stift flog über den Block, während er sich Notizen machte. Er hielt inne, leckte den Finger an, um ein Wort auszuradieren, dann fuhr er fort. Er blickte Betsy nicht an, als sie antwortete.

„Ich hatte keine Gelegenheit dazu. Es war so viel los." Sie nahm ihre Mütze ab. „Du wirst nicht glauben, was passiert ist."

Der Blick durch seine verschmierte Brille heftete sich auf den Umschlag, den sie aus der Mütze zog. „Was ist das?"

„Bisher habe ich nur Antwortbriefe erhalten. Das ist das erste Telegramm. Sie würden mir doch kein Telegramm schicken, um mir mitzuteilen, dass meine Arbeit abgelehnt wurde, oder?" Sie war viel zu aufgeregt und wusste nicht, ob sie es schaffen würde, den Umschlag aufzureißen.

Onkel Fred zupfte an seinem Ohr. „Du willst also für die Konkurrenz arbeiten?" Aber in seiner Stimme schwang Stolz mit. „Wer sind eigentlich diese *sie*?"

„Der ‚Kansas City Star'. Oh, ich kann ihn nicht aufmachen." Sie wollte ihm den Umschlag in die Hand drücken.

Freds Blick wurde weicher. „Weißt du was, Betsy? Wenn das ist, was ich glaube, dass es ist, dann hast du dir gerade den Traum erfüllt, den ich immer hatte. Doch ich hatte nie den Mut, ihn mir zu erfüllen. Das ist dein großer Augenblick, und ich werde mich schön da raushalten. Ich werde Sissy ablenken, damit du in aller Ruhe dein Telegramm lesen kannst." Mit einem Kuss auf ihre Stirn wandte er sich ab und verschwand im Haus. Sie blieb allein zurück.

Betsy ging zu ihrem Bett. Die Strohmatratze knarzte, als sie sich darauf niederließ. Wenn die Zeitungsleute ihre Geschichte nicht wollten, würde sie es eben noch mal probieren, aber selbst wenn sie realistisch war, musste sie zugeben, dass ein Telegramm ein sehr gutes Zeichen war.

Mit zitternden Fingern öffnete sie die Klappe des Umschlags und zog das cremefarbene Blatt heraus. Der Absender war der *Kansas City Star* und in dem Telegramm stand:

Kaufen zwei Ihrer Manuskripte. Weitere Artikel über die Entwicklung der Lage unverzüglich schicken. Bedingungen sind per Post an Sie unterwegs.

Das war alles? Betsy ließ das Telegramm sinken. Keine eloquenten Ergüsse über die spannende Geschichte, wie der schneidige Deputy das Mädchen aus dem Brunnen gerettet hat? Sie war beleidigt. Aber die Geschichte hatte ihnen doch offensichtlich gefallen, denn sonst würden sie sie nicht kaufen, richtig? Und sie sollte mehr schicken.

Langsam ging ihr auf, was sich gerade ereignet hatte. Eine Zeitung in Kansas City würde ihre Geschichten veröffentlichen. Und sie bekäme Geld dafür.

Wenn das nicht unglaublich war.

Aber was bedeutete „Entwicklung der Lage"? Sie glaubten doch nicht etwa, dass diese Geschichten zu hundert Prozent der Wahrheit entsprachen, oder? Bei der Einsendung ihres Manuskripts hatte sie keinen Zweifel daran gelassen, dass diese Geschichten für den Damenteil der Zeitung bestimmt waren. Eine fiktionalisierte Fortsetzungsreihe, die nicht für bare Münze genommen werden durfte. Sollte sie in einem weiteren Schreiben noch einmal darauf hinweisen?

Betsy drückte das Telegramm an ihre Brust. Was könnte schlimmstenfalls passieren? Einige Leser im fernen Kansas City könnten glauben, ein Kind sei in einen Brunnen gefallen, obwohl es nur ein Kätzchen war. Welchen Schaden könnte das anrichten? Vermutlich würde ihr Artikel sowieso nur im Damenteil erscheinen. Auf der anderen Seite: Wenn sie jetzt darauf hinwies, dass ihre Geschichten der falschen Rubrik zugeordnet wurden, würde die Zeitung die Zusammenarbeit mit ihr vielleicht einstellen. War sie bereit, ein solches Risiko einzugehen?

Weitere Geschichten waren bereits in der Post und auf dem Weg zur Redaktion in Kansas City. Nachdem die Sache nun ins Rollen gekommen war, durfte sie sie auf keinen Fall vermasseln. Die Geschichten entsprachen zum großen Teil der Wahrheit. Es war ja nicht ihre Schuld, wenn sie missverstanden wurden.

Sie musste dringend ihre in aller Eile hingekritzelten Notizen und Ideen ordnen und den Zeitungsleuten in Kansas City weiteres Material liefern, solange noch Interesse bestand. Joels Gespräch mit Sanders würde hoffentlich eine gute Geschichte hergeben. Falls Miles Bullard tatsächlich zurückgekehrt war, um sich an Doktor Hopkins zu rächen, würde auch das einige Seiten füllen, aber sie wollte nicht, dass jemand verletzt wurde. Wichtig war, dass der schneidige Deputy jedes Mal angeritten kam und wieder für Ordnung sorgte. Das würde die Verkaufszahlen in die Höhe treiben.

Und sie verwendete ja sowieso keine realen Namen. Nicht dass das wichtig wäre. Niemand in Pine Gap oder Texas würde diese Zeitung zu Gesicht bekommen. Onkel Fred war der Einzige in der Stadt, der die Zeitung abonniert hatte. Sie müsste nur dafür sorgen, dass die Exemplare als Packpapier für Fisch verwendet wurden oder um einen Hasenstall damit auszulegen, bevor jemand die Gelegenheit hatte, sie auszuleihen.

Apropos Onkel Fred …

Betsy sprang auf und eilte in die Küche. Wie sie erwartet hatte, stand Onkel Fred am Tisch und war genauso ungeduldig wie sie.

Ein Blick auf sie, und sein Gesicht leuchtete auf und verzog sich zu einem strahlenden Lächeln. „Ich wusste gar nicht, dass du etwas eingeschickt hast."

Dafür gab es mehrere Gründe, aber sie würde den einfachsten zuerst nennen. „Ich hatte Angst, dass der Artikel abgelehnt würde, und was hätte das dann gebracht?"

„Du musst mir zeigen, was du geschrieben hast."

Sie schüttelte den Kopf. „Es ist wirklich nichts Wichtiges. Nur eine Geschichte über das Leben hier in Pine Gap. Nichts Besonderes."

„Worum geht es?" Sissy stach ihre Nadel in den Stoff. Amelia klammerte sich an ihren Rock. Während Onkel Fred ihr die Situation erklärte, hielt sie Amelia die Ohren zu. „Du schreibst doch nicht etwa über die ‚Bald Knobbers', oder? Es gibt bereits viel zu viele Fremde, die sich für unsere Angelegenheiten interessieren. Da sollten wir nicht noch weiteres Interesse auf die Männer lenken."

Onkel Fred las das Telegramm bereits zum dritten Mal. Was genau stand darin? Wurde der Deputy erwähnt?

Betsy kniete nieder, um Amelia die Nase zu putzen. „Was ich schreibe, entspringt zu mehr als der Hälfte meiner Fantasie. Onkel Fred weiß, dass nach Seite zwölf eher sensationslüsterne Serien abgedruckt werden. Die Berichterstattung über tatsächliche Ereignisse steht weiter vorn."

„Das gefällt mir trotzdem nicht", erwiderte Sissy.

„Blödsinn!", fuhr Onkel Fred sie an. „Ich bin sehr stolz auf sie. Stell dir vor, die Arbeiten meiner Nichte wurden von einer großen Zeitung in Kansas City angenommen. Das ist unglaublich."

Es gab nichts Schöneres, als einen Erfolg mit Menschen zu teilen, die das Beste für einen wollten. Obwohl Betsy sich nach einem eigenen Zuhause sehnte, bedeutete das nicht, dass Onkel Fred ihr nicht viel bedeutete. Sie hatte genauso viel Zeit mit ihm verbracht wie mit ihrem Pa, aber die Zeiten waren schwierig. Sie war im Weg.

So schwer der Abschied auch werden würde, es war für alle das Beste, wenn sie endlich auszog.

Kapitel 17

Die Sonne war noch nicht hinter dem Berg versunken, doch Joels Tag war schwärzer als jeder andere Tag, den er bislang hier verbracht hatte. Er lag auf seiner Pritsche, stemmte seine Füße gegen die Querstange der Zelle und hatte die Hände hinter dem Kopf verschränkt.

Warum verfolgte sie ihn immer noch?

Er hätte Mary Blounts Brief sofort zerreißen und nicht das Risiko eingehen sollen, dass ihn hier jemand zu Gesicht bekam. Wie hatte er ihn überhaupt erreicht? Wer hatte ihn weitergeleitet? Sheriff Green? Nach der Adresse auf dem Umschlag zu urteilen wusste Miss Blount nicht, wo er war oder was er tat. Und aus ihren Drohungen entnahm er, dass sie sein Leben zerstören würde, wenn sie erfuhr, wo er sich aufhielt.

Schon zum zweiten Mal.

Joel starrte auf die Schatten, die die Gitter an die Wand malten. Die Zellentür stand offen, doch er fühlte sich trotzdem gefangen. Als Mary Blount ihre Anschuldigungen erhoben hatte, hatte man ihm mitgeteilt, wenn er sie nicht heiraten wolle, dann gäbe es nur eine Lösung: Er musste ohne großes Aufsehen verschwinden. Also hatte er diesen Job angenommen, aber ihre Drohungen verfolgten ihn weiterhin. Sie war besessen von dem Wunsch, dass er für ihre gescheiterten Pläne bezahlte, und hielt an ihren heimtückischen Lügen fest. Schlimmer noch, sie schien unbedingt seinen Aufenthaltsort in Erfahrung bringen zu wollen … als würde dadurch irgendeine Beziehung zwischen ihnen entstehen. Joel erschauderte. Was konnte ein Mann von Ehre schon gegen eine rücksichtslose Frau unternehmen? In so vieler Hinsicht waren ihm die Hände gebunden.

Entschlossen stellte er seine Füße auf den Boden und ging zum Kleiderständer. Dort zog er zögerlich das Blatt Papier aus der Tasche seines Mantels.

… egal, wo Sie sich herumtreiben, Sie werden niemals die Scham abschütteln können, mich in eine solche Situation gebracht zu haben. Ich, die ich nur Ihr Bestes im Sinn hatte. Ich, die ich Ihnen vor allem Zufriedenheit und die Glückseligkeit eines Heims bringen wollte. Beweist mein Bemühen, Sie an jenem Abend allein zu treffen, nicht, dass ich Sie mehr als jede andere verdient habe? Und wie haben Sie mir meine Bemühungen gedankt? Sie haben meinen Ruf zerstört und sich vor Ihrer Pflicht gedrückt …

Er knüllte das Blatt zusammen und warf es in den Abfalleimer. Wie sehr wünschte er, seine Probleme genauso einfach abschütteln zu können. Er flehte Gott an, ihn von dem Zorn und der Verbitterung zu befreien, aber an den meisten Tagen hatte er das Gefühl, es wäre am besten, wenn er alles vergessen würde. Es half, wenn er sich auf seinen Job hier konzentrierte, aber die Erinnerung an das Unrecht, das ihm widerfahren war, lauerte unablässig am Rande seines Bewusstseins.

„Ich bin frei", flüsterte er. „Ich habe keine Schuld." Das stimmte. Wenn er es sich immer wieder vorsagte, würde er es auch am Ende irgendwann glauben. Er musste sich auf seine Arbeit konzentrieren und jetzt endlich den Mann aufsuchen, der in derselben Nacht angekommen war wie er und irgendetwas zu verbergen hatte. Genau wie er.

Als er daran dachte, endlich sein Pferd satteln zu können, besserte sich Joels Laune beträchtlich. Niemand hatte seinen Brief gelesen. Niemand wusste, wer ihn geschrieben hatte oder warum, und niemand außerhalb von Garber würde den Blounts seinen Aufenthaltsort verraten. Der einzige Vorteil dieses Lebens am Rande der Zivilisation war der, dass er weit fort war, außerhalb von Marys Reichweite.

Joel seufzte auf, als er, ohne entdeckt zu werden, das Haus der Murphys hinter sich gelassen hatte. Betsy war ganz anders als die Frauen, die er kannte. Sie war nicht zimperlich und etwas … speziell wie seine Schwestern. Und ihr Lebensinhalt bestand auch nicht darin, sich einen Mann zu angeln. Er fing an, Betsys Gesellschaft zu genießen, und das machte ihm Angst. Hatte seine Wachsamkeit nachgelassen?

Als er das Haus der Sanders erreicht hatte, band er sein Pferd am Zaun fest. Von außen wirkte alles friedlich und sehr aufgeräumt. Auf sein Klopfen hin öffnete ihm eine Frau mittleren Alters. Sie strich sich eine Haarsträhne aus der Stirn und musterte ihn misstrauisch.

„Was wollen Sie?“, fragte sie. Sie erinnerte ihn an einige Rancherfrauen in Garber, bei denen das Geld knapp war und die ihren Männern bei der Arbeit halfen. Tagsüber verrichteten sie Männerarbeit und abends kochten sie das Abendessen und putzten das Haus.

„Mrs Sanders, ich weiß nicht, ob Sie sich an mich erinnern. Ich bin Deputy Puckett. Ist Mr Sanders da?“

„Ja.“

Stiefelschritte ertönten auf der Treppe zum ersten Stock und Sanders kam nach unten. War er gewalttätig? Das konnte er nicht sagen, allerdings wirkte er nervös. Sanders hatte etwas zu verbergen, so viel war sicher.

„Guten Abend, Mr Sanders.“ Joel streckte seine Hand aus, und Sanders ergriff sie, wenn auch etwas zögerlich. „Würden Sie bitte kurz zu mir nach draußen kommen?“

„Worum geht es?“ Mrs Sanders trat dazwischen. „Gibt es irgendetwas, das ich wissen müsste?“

Sanders wandte den Blick von seiner Frau ab. Er kratzte sich am Hinterkopf. Was auch immer er in Erwägung ziehen mochte, dem ängstlichen Blick nach zu urteilen, den seine Frau ihm zuwarf, schien sie ihn für fähig zu halten, es auch auszuführen. Obwohl Joel bei jeder Begegnung mit einem Verdächtigen darauf vorbereitet war, sich zu verteidigen, veranlasste Sanders' Verhalten ihn zu ganz besonderer Wachsamkeit.

„Geh rein, Della. Das betrifft dich nicht.“

Sie folgte seiner Aufforderung, wenn auch widerstrebend. Mit einem fragenden Blick auf ihren Mann schloss sie die Haustür.

Sie schlenderten in den Garten, und Joel bedeutete Sanders, auf einem dicken Baumstumpf Platz zu nehmen. Er selbst ließ sich auf einem Stuhl mit hoher Rückenlehne nieder.

„Sie haben zu Mrs Sanders gesagt, unser Gespräch würde sie nicht betreffen.“ Joel stützte die Ellbogen auf seine Knie. Er gab sich entspannt. „Würden Sie mir sagen, wen es dann betrifft?“

Sanders verzog das Gesicht. „Ich bin nicht sicher, ob ich verstehe, was Sie meinen. Woher soll ich denn wissen, was Sie auf dem Herzen haben?“

„Wie wäre es, wenn wir zuerst einmal der Frage nachgehen, warum Sie hier sind. Die Leute hier in der Gegend wundern sich darüber, warum Sie so lange weggeblieben sind.“

„Das geht sie gar nichts an.“ Seine dicke Nase rötete sich in der kühlen Abendluft.

„Vielleicht nicht. Wie wäre es dann mit einer Antwort auf die Frage, weshalb Sie zurückgekommen sind? Geht das jemanden etwas an?“

Sanders schnaubte. „Erst tun Sie so, als wäre es ungehörig, dass ich so lange weggeblieben bin, dann wollen Sie wissen, warum ich zurückgekommen bin. Entscheiden Sie sich, Deputy."

„Dann lassen Sie uns über Ihr Verhalten seit Ihrer Rückkehr reden. Wie kommen Sie mit Ihrer Frau aus?"

„Sie hat sich nicht beklagt, oder?"

Die typische Antwort eines Menschen, der seine Frau misshandelte.

„Nein, hat sie nicht."

„Dann beklage ich mich auch nicht."

Immer wieder kam es vor, dass starke Frauen zu stolz waren zuzugeben, dass sie Hilfe brauchten, und schwiegen.

„Es wurde mir zugetragen, dass aus Ihrem Haus Streit zu hören war", erklärte Joel. „Lautes Geschrei, zertrümmerte Möbel, Krawall. Kommt Ihnen das bekannt vor?"

Sanders Gesicht verschloss sich. Joel erkannte, dass er hier nichts mehr erfahren würde. Sanders hatte etwas zu verbergen, aber steckte wirklich er hinter den Drohungen gegen Doktor Hopkins?

„Mr Sanders, Ihnen wird nicht gefallen, was ich Ihnen jetzt sage, aber ich hoffe, Sie sind vernünftig genug, mich anzuhören." Joel lockerte seine Finger. „Wie Sie seit Ihrer Ankunft in Pine Gap sicherlich mitbekommen haben, ist es schwierig, den Frieden im Ort zu erhalten, und Ihr Verhalten trägt nicht unbedingt dazu bei."

„Mein Verhalten? Ich hab doch gar nichts getan."

„Nicht? Ich habe den Eindruck, dass sich hier durchaus jemand nicht richtig verhält."

Sanders senkte den Blick. Falls er sich etwas hatte zuschulden kommen lassen, dann schien ihn das zumindest zu betrüben. Das war doch schon mal was … aber es reichte nicht. „Mein Vorschlag wäre, dass Sie einige Zeit von Ihrer Frau getrennt verbringen."

„Ich bin doch lange genug fort gewesen, oder?"

„Das kann ich nicht beurteilen, aber hat sich das Leben Ihrer Frau seit Ihrer Rückkehr verbessert?“

Sanders schloss die Augen.

Joel redete weiter. „Es gibt noch ein anderes Problem, über das ich mit Ihnen sprechen wollte. Kennen Sie Doktor Hopkins?“

„Newton Hopkins? Natürlich kenne ich ihn. Wie ich höre, trifft er meine Frau regelmäßig.“

Joel sog langsam die Luft ein. War das eine arglose Bemerkung gewesen oder war diese Aussage vielleicht der Grund dafür, dass Sanders einen Groll gegen Doktor Hopkins hegte?

Betsy hatte recht. Hier lag mehr im Argen, als auf den ersten Blick zu erkennen war.

Kapitel 18

Onkel Freds alte, unförmige Arbeitshandschuhe schützten ihre Hände vor Splittern, allerdings erschwerten sie ihr auch das Hantieren mit den Kannen. Es war nicht ihre Lieblingsbeschäftigung, aber durch diese Arbeit trug sie zum Lebensunterhalt der Familie bei, darum konnte sie sich nicht weigern. Und da Walters sie mit Grundnahrungsmitteln bezahlte, reichte ihr Geld länger. Betsys größtes Problem war ihre Abhängigkeit von Sissy und Onkel Fred. Wie konnte sie sich weigern, ihnen zu helfen, wenn sie für ihre Kleidung und ihr Essen aufkamen?

Nachdem alle Kisten ausgepackt und alle Dosen in die Regale eingeräumt waren, steckte Betsy die Arbeitshandschuhe in den Bund ihres Rocks und nahm einen Jutesack von dem Stapel in der Ecke. Als sie damit den Laden betrat, stand Walters gerade zwischen den Ballen mit bunten Stoffen und stocherte mit einer Stricknadel in seinen Zähnen.

„Die Regale sind eingeräumt", erklärte sie. „Wie viel, sagten Sie, darf ich mitnehmen?"

„Ich habe dir dort drüben was zusammengepackt", erwiderte er und putzte die Stricknadel an seinem Hosenbein ab. „Ich danke dir für deine Hilfe. Jedes Mal, wenn ich diese rauen Kisten hochhebe, habe ich Angst, mir wieder einen Splitter einzufangen."

„Sagen Sie Bescheid, wenn Sie mich wieder brauchen." Sie nahm den Sack und packte die so dringend benötigten Lebensmittel hinein.

„Na, sieh mal an", sagte Walters, als die Tür geöffnet wurde und ein kalter Luftzug hereinkam. „Da ist er ja wieder, unser Gesetzeshüter."

Betsy erstarrte. Joel würde bestimmt wissen wollen, was in ihrem Telegramm gestanden hatte. Aber darüber wollte Betsy nicht sprechen. Eine Frage würde die nächste ergeben, und bevor man wusste, wie einem geschah, würde dieser neugierige Mann von ihrem schneidigen Deputy erfahren, und das durfte niemals geschehen.

„Bürgermeister Walters, ich brauche …" Seine Stimme verklang. In aller Eile verstaute Betsy die Lebensmittel in ihrem Sack. „Es tut mir leid", entschuldigte sich Deputy Puckett. „Ich hatte nicht gesehen, dass Sie bereits anderweitig beschäftigt sind."

„Kein Problem, es ist nur Betsy", erwiderte Walters.

Mit einem verächtlichen Grunzen schwang Betsy den Sack über ihre Schulter. Sie brauchte jetzt nicht mehr so zu tun, als sei sie unsichtbar. Entschlossen wandte sie sich zu ihm um. Joel zog die Augenbrauen und gleichzeitig auch die Schultern hoch und wirkte ausgesprochen verlegen.

„Guten Tag, Deputy Puckett." Seltsam, wie vertraut sein Name ihr bereits war.

„Guten Tag, Miss Huckabee." Wenn man ihn so hörte, hätte man nie gedacht, dass er noch am Tag zuvor mit ihr um einen Briefumschlag gekämpft hatte. Das war allerdings auch nicht ihr bester Augenblick gewesen. „Wenn Bürgermeister Walters nicht zu viel zu tun hat: Ich wollte ihn um seine Hilfe bei der Auswahl eines Wollstoffs bitten und ihn fragen, ob er mir eine Schneiderin nennen kann. Ich brauche eine neue Hose."

Betsy unterdrückte ein Lächeln. Warum hatte sie sich überhaupt vor ihm verstecken wollen?

„Dafür ist nicht zufällig das Pony verantwortlich, oder?" Walters rieb sich sein Hinterteil. „Mich hat es auch grundlos gebissen!"

„Laurel Hopkins näht selbst einen Sturm zusammen“, meinte Betsy. „Aber sie wählt das Material lieber selbst aus.“

Bürgermeister Walters nickte. „Sie ist sehr speziell, was die Stoffe angeht, in die sie ihre Nadel sticht. Sagen Sie ihr, was Sie wollen, und sie wird es Ihnen schnellstens anfertigen.“

Joel drehte einen Knopf an seinem doppelreihigen Hemd. „Vielen Dank für die Auskunft.“ Er hob grüßend die Hand, hielt dann aber inne. Der junge Mann betrachtete den Sack, den Betsy sich über die Schulter geworfen hatte. „Sind Sie auf dem Heimweg, Ma'am?“

Verhielt er sich nicht genauso, wie es von einem schneidigen Deputy erwartet wurde? Sie lächelte. „Der Sack ist nicht schwer.“

„Bürgermeister Walters“, sagte Joel, „würden Sie mir bitte einen Sack packen, der dieselben Dinge enthält wie der von Miss Huckabee?“

Walters nahm die Stricknadel aus dem Mund und legte sie zurück ins Regal. Nach kurzer Zeit überreichte er Joel einen Sack gleicher Größe.

„Entschuldigen Sie bitte, dass ich Sie habe warten lassen“, sagte Joel zu Betsy. Er trat zur Seite und hielt ihr die Tür auf. Betsy drückte sich an ihm vorbei. Was hatte er vor? In diesem Augenblick verhielt er sich genauso, wie eine Frau es sich erträumte. Galant nahm er ihr den Sack aus der Hand und warf ihn sich über die Schulter. Er band das Pferd los und zog es am Zügel hinter sich her.

„Haben Sie vor zu kochen?“, fragte Betsy.

„Mir ist gerade klargeworden, dass ich die Speisekammer der Murphys einmal auffüllen sollte, wenn ich weiterhin mit ihnen zu Abend essen will.“

„Sie waren schon seit ein paar Tagen nicht mehr zum Essen bei uns.“ Seit er diesen Brief bekommen hatte.

„Ja, aber so langsam habe ich Hunger“, sagte er.

„Oh, das ist es also." Betsy kniff die Augen zusammen. „Ich hätte wissen sollen, dass Sie nicht einfach nur freundlich sind."

„Ich bin freundlich, nur nicht zu jungen, alleinstehenden Damen."

„Ich habe Ihnen doch gesagt, dass ich nicht jung bin."

Kleine Grübchen zeigten sich auf seinen Wangen. Er lächelte doch wohl nicht etwa? „Ich bitte um Verzeihung, Ma'am. Ich muss immer gegen den Vorwurf ankämpfen, dass ich zu jung sei für meine Aufgabe, darum hätte ich es besser wissen und Sie nicht über denselben Kamm scheren sollen. Lassen Sie mich meine Bemerkung also korrigieren. Ich bin normalerweise nicht freundlich zu alleinstehenden Damen, die ungeachtet ihrer Erfahrung jünger sind als ich."

Sie runzelte die Stirn. „Ich weiß nicht, ob es mir lieber wäre, als ‚erfahren' bezeichnet zu werden. Meistens beinhaltet das –"

Ganz unvermittelt begann er zu pfeifen.

„Sie haben mich unterbrochen", schimpfte sie.

„Ich wollte einen Themenwechsel herbeiführen." Sein Gang war leichtfüßig und entspannt.

„Haben Sie mit Sanders gesprochen?"

Er seufzte. „Sie haben recht. Er verbirgt etwas."

Betsy blieb abrupt stehen. „Das habe ich ja gesagt."

„Allerdings. Erzählen Sie mir ein wenig von Mrs Sanders. Ist sie eine Frau, die sich in ungesetzliche Aktivitäten verwickeln lässt?"

„Nun, sie versucht, die Schiedsrichter bei den jährlichen Wettbewerben hier im Ort für sich einzunehmen, aber da geht es nur um den leckersten Kuchen, den schönsten Garten oder den wunderbarsten Quilt ... Sagen wir einfach, sie ist sehr ehrgeizig, aber sie würde nie das Gesetz brechen."

„Wie würde sie reagieren, wenn ihr Mann auf sie losginge?"

Betsy runzelte die Stirn. „Ich … ich weiß es nicht. Sie duldet gewöhnlich keinen Unfug. Ich kann mir nicht vorstellen, dass sie Schläge stillschweigend hinnimmt."

„Nun, ohne Beweise kann ich ihn nicht verhaften. Ich kann ihn nur im Auge behalten –"

„Sie meinen, Sie wollen die ganze Nacht vor seinem Haus sitzen und aufpassen, dass er nicht auf Doktor Hopkins losgeht?"

Joel warf ihr einen Seitenblick zu. „Eigentlich hatte ich genau das im Sinn. Und wenn Möbelstücke zertrümmert werden, wie Sie mir erzählt haben, werde ich einschreiten."

Als sie daran zurückdachte, zuckte sie zusammen. In ihrer Euphorie, bei der Aufklärung eines Verbrechens mitzuwirken, hatte sie vergessen, dass sich die Witwe Sanders möglicherweise in Lebensgefahr befand. Falls Sanders eine Bedrohung darstellte, wäre sie sehr dankbar für einen mutigen Mann an ihrer Seite.

Hatte sie seinen Brief vergessen, oder hoffte sie, dass ihm ihr Telegramm entfallen war? Vermutlich Letzteres, dachte Joel, aber er wollte keine schlafenden Hunde wecken. Falls Miss Huckabee zu neugierig wurde, müsste er ihr aus dem Weg gehen, und dieser Gedanke behagte ihm gar nicht. Betsy erwies sich als verlässliches Gegenüber für seine Theorien. Außerdem luden ihr Onkel und ihre Tante ihn immer wieder zum Essen ein. Da er im selben Ort gelebt hatte wie seine fürsorgliche Mutter, hatte Joel nie Grund gehabt, sich im Umgang mit Topf und Pfanne zu üben.

Als sie sich der Hütte der Murphys näherten, kam ihnen Fred entgegen. Er ging gebeugt, um sich gegen den Wind zu schützen.

Joel warf Betsy einen Seitenblick zu. „Ihr Onkel und Ihre Tante sind sehr nett", sagte er.

Betsy strahlte. „Und wie! Nach dem Tod von Tante Doris habe ich Onkel Fred geholfen, seine Jungen großzuziehen. Meine Eltern waren der Meinung, es würde mir guttun, in die Stadt zu kommen. Sie leben draußen in der Nähe der Calhouns und Hopkinsens."

„Ich würde sie irgendwann gern einmal kennenlernen." Diese Worte verblüfften ihn, aber es stimmte. Er mochte Fred, und es konnte bestimmt nicht schaden, die Bekanntschaft ihrer Eltern zu machen.

„Pa kommt ziemlich oft in die Stadt. Und mein Bruder Josiah auch. Alle sagen, Scott käme nach ihm." Nach kurzem Schweigen fügte sie hinzu: „Danke, dass Sie so nett zu Scott sind. Für ihn sind Sie der schlauste Mensch auf der Welt. Er ist schon fest entschlossen, ebenfalls Sheriff zu werden, aber Sissy will nicht, dass er auf Verbrecherjagd geht."

Bei ihren Worten wurde Joel ganz warm ums Herz. Als Junge war es sein großer Traum gewesen, den Stern zu tragen. Niemand hatte ihn davor gewarnt, wie schwierig dieser Beruf war. Dass man nicht nur Kugeln ausweichen musste.

„Scott scheint ein netter Junge zu sein", meinte er. „In einigen Jahren wird er alt genug sein, um –"

Von den Bergen kam Ärger auf sie zu. Ärger in Gestalt von Clive Fowler.

Betsy hielt inne. Joel stellte die Säcke mit den Vorräten ab, nur für den Fall.

„Sind Sie wieder hinter uns her?", fragte Betsy.

„Ja, allerdings." Die ausgefransten Säume von Fowlers Mantel flatterten im Wind. „Im Geiste der Zusammenarbeit bin ich hier, um zu berichten, dass bei Hopkins alles in Ordnung ist. Bislang ist kein einziges Haar heruntergefallen, von dem wir nicht wüssten."

„Ich hatte Ihnen doch gesagt, Sie sollten sich von ihm fernhalten." Joel wäre jetzt am liebsten auf sein Pferd gestiegen. Er hasste es, zu Fowler aufsehen zu müssen. „Sie mischen sich in Angelegenheiten ein, die Sie nichts angehen, und am Ende wird noch jemand erschossen", beharrte er unnachgiebig.

„Wir wissen, was wir tun", widersprach Fowler. „Wir haben unser Eigentum schon beschützt, da waren Sie noch gar nicht auf der Welt." Er blickte zu Betsy. „Fragen Sie das Mädchen. Zu wem kommt sie, wenn sie hört, dass es irgendwo Probleme gibt? Zu mir."

Das war ein Tiefschlag. Joel hätte gern geglaubt, dass Betsy ihn sowieso über die Drohungen gegen Doktor Hopkins hatte informieren wollen, aber insgeheim vermutete er, dass sie die ganze Zeit nach Fowler Ausschau gehalten hatte. Nun, sie würde lernen, ihm zu vertrauen. Er wusste, wie er in dieser Angelegenheit vorzugehen hatte.

„Ich werde heute Abend Wache halten", erklärte Joel.

„Beim Doktor?", fragte Fowler.

„Ich werde Sanders im Auge behalten", erwiderte Joel. „Wenn meine Vermutung stimmt, dann ist er unser Mann."

„Würden Sie Ihr Leben darauf verwetten?", fragte Fowler. „Denn Sie verlangen von Doc Hopkins, dass er das tut."

„Falls Doktor Hopkins glaubt, dass er in Gefahr ist, kann er seine Familie gern in die Stadt bringen", bot Joel an.

Betsy mischte sich nun ein. „Sie können bei uns bleiben. Es wird zwar etwas eng, aber Onkel Fred wird darauf bestehen."

Fowlers Nasenflügel bebten. „Und wenn Sie eine unangenehme Überraschung erleben?"

„Bisher ist nicht mehr passiert, als dass Doktor Hopkins ein Reisigbündel auf der Veranda gefunden hat. Das ist alles. Vielleicht war es Sanders, vielleicht war es

Bullard, vielleicht war es auch nur Schabernack. Oder es waren die ‚Bald Knobbers'." Joel hielt inne und wartete, wie Fowler reagieren würde. „Niemand ist verletzt oder bedroht worden, aber wenn Sie alle nachts herumschleichen, werden Sie früher oder später auf jemanden stoßen, der nicht begreift, dass Sie ein unbescholtener Bürger sind, und dann könnte es zu einem tödlichen Missverständnis kommen."

Fowler runzelte die Stirn. „Wenn Sie die Verantwortung übernehmen wollen, dann bitte. Ich sage den Jungs, dass die Sache jetzt in Ihren Händen ist."

Joel atmete tief durch. Vielleicht hatte Gott ihn ja erhört. Endlich schien er sich ihren Respekt zu verdienen.

Er musste unbedingt herausfinden, was Sanders verbarg. Das war der Schlüssel zu den unerklärlichen Ereignissen.

Kapitel 19

Dass Deputy Joel Puckett den Murphys beim Abendessen Gesellschaft leistete, war eine willkommene Abwechslung. Natürlich war er nicht gerade der Lebhafteste und löste mit seinen Gesprächsbeiträgen keine Heiterkeitsausbrüche aus. Nur selten huschte ein Lächeln über sein Gesicht und er spielte sich auch nicht mit abenteuerlichen Geschichten in den Vordergrund. Seine Freundlichkeit, die Art und Weise, wie er zuhörte, wenn kleine Begebenheiten erzählt wurden oder man sich gegenseitig neckte, machten ihn zu einem gern gesehenen Gast in ihrem Haus.

Und in den Augen der Anwesenden war er einfach vollkommen.

Onkel Fred und Sissy hatten unterdessen Besuch bekommen von den beiden Hopkins-Mädchen und ihrer Mutter Laurel. Das Gesicht der achtzehnjährigen Anna glich dem einer Porzellanpuppe, und sie war auch genauso hübsch, was Betsy überhaupt nicht gefiel. Ihre roten Lippen, die an Rosenknospen erinnerten, hatte sie zu einem perfekten Schmollen verzogen und ihre blauen Augen weit aufgerissen, als könnte ein Blinzeln die Wirkung zerstören. Die vierzehnjährige Phoebe beugte sich interessiert nach vorn, wann immer Joel eine Bemerkung machte. Die Hände auf ihrem Schoß gefaltet, stieß sie ihre Schwester mit dem Ellbogen an und zog die Augenbrauen in die Höhe, bevor sie sich wieder zurücklehnte. Anfangs waren sie traurig gewesen, als sie erfuhren, dass Onkel Fred Scott zu Betsys Eltern geschickt hatte, damit sie Platz für die Hopkins-Frauen hatten, doch dass Deputy Puckett mit am Tisch saß, hatte ihre Stimmung beträchtlich gehoben.

Ihre Mutter unterhielt sich besorgt mit Sissy und vertraute ihr an, dass sie Angst um ihren Mann hatte, der in dieser Nacht in ihrem Haus Wache halten wollte.

„Mir gefällt es auch nicht", erwiderte Sissy. „Diese ‚Bald Knobbers' hätten wissen müssen, dass ihre Methoden Konsequenzen haben."

„Was meinst du?" Laurel zupfte an der Stickerei ihrer Serviette, bis sie sich aufzulösen drohte.

Onkel Fred schüttelte den Kopf. „Reg sie doch nicht unnötig auf. Übrigens gibt es auch gute Neuigkeiten. Erzähle es ihnen, Betsy." Er grinste voller Stolz.

Alarmiert schüttelte Betsy den Kopf. „Nein, lieber nicht. Das interessiert doch niemanden." Betsy begann, den Tisch abzuräumen.

Aber Onkel Fred gab nicht so leicht auf. „Du lieber Himmel, Betsy. Du kannst das doch nicht wirklich für dich behalten wollen?"

„Du hast doch hoffentlich noch niemandem davon erzählt, oder?" Ihr Herz klopfte laut, während sie auf seine Antwort wartete. Aus seinem Gesichtsausdruck schloss Joel, dass dies mit dem Telegramm zu tun hatte, das sie vor ihm verbergen wollte. Seine Neugier war geweckt, während Phoebe Hopkins herzhaft gähnte.

„Kein Sterbenswort", beteuerte Fred.

„Dann belassen wir es dabei." Betsy stellte die Teller ins Spülbecken und nahm das heiße Wasser vom Herd. „Vermutlich wird ja doch nichts draus."

Joel nutzte diesen Augenblick, um mit Amelia „Backe, backe Kuchen" zu spielen. Überrascht, aber dankbar kratzte Betsy die Teller sauber, und das Gespräch schlug eine andere Richtung ein. Sissy und Laurel unterhielten sich über ihre Vorbereitungen für den Winter und den Überfluss oder Mangel in ihren Vorratskammern, während Onkel Fred und Joel über ereignisreiche Jagdausflüge sprachen, die sie unternommen hatten. Irgendwie fiel Betsy auf, dass ihr Gehör auf Joels Stimme eingestellt war. Jede seiner Bemerkungen wurde verstärkt, jede Äußerung kam klar und deutlich bei ihr an. Sie lächelte vor sich hin und nickte zustimmend zu dem Gesagten, obwohl sie nicht mit am Tisch saß. Seine Stimme dröhnte, wenn er mit Onkel Fred sprach, wurde weicher, wenn er sich dem jüngsten Mitglied der Familie zuwandte.

Irgendwann war Amelia auf Joels Schoß geklettert, denn als Betsy sich umdrehte, um nach ihr zu sehen, lag das Kind in seinem Arm. Amelias blonde Locken breiteten sich an seiner Brust aus, während sie zufrieden schlief.

Der Anblick brachte eine Saite in Betsys Herz zum Klingen, die noch nie gezupft worden war. Irgendetwas an der Szene kam ihr so … richtig vor, aber sie konnte nicht genau sagen, was. Obwohl es eigentlich ein ganz alltäglicher Anblick war, berührte er sie sehr.

Sie merkte nicht, dass sie innegehalten hatte und zum Tisch starrte, bis Sissy sie anstieß. „Es ist spät geworden. Die Mädchen haben sich bereits auf den Dachboden zurückgezogen. Würdest du Amelia ins Bett bringen?“

Betsy nickte, während sie das Geschirr aufeinanderstapelte und das Geschirrtuch aus der Hand legte. Irgendwie gelang es ihr, den kleinen Raum zu durchqueren und zu Joel zu gehen, aber sie wusste nicht mehr, wie sie dorthin gekommen war. Er wartete darauf, dass Onkel Fred seinen Satz zu Ende brachte, bevor er sich zu ihr umdrehte, aber so hatte Betsy noch mehr Zeit, die angenehme Wärme in ihrem Inneren zu genießen, die sie empfand. Amelias Kopf bewegte sich bei jedem seiner Atemzüge sanft. Ihre blassen Fingerchen lagen auf seiner sonnengebräunten Hand. Sie wirkte so winzig. Er sah so –

„Nimmst du sie jetzt oder nicht?", fragte Onkel Fred.

Betsy blinzelte. Joel beäugte sie aufmerksam. Was hatte sie sich nur dabei gedacht, diesen Mann anzustarren, der da in ihrer Küche saß? Er selbst verhielt sich doch wie immer.

Joel drehte sich leicht zur Seite, damit sie ihm das Kind besser abnehmen konnte. Betsy streckte die Arme aus, doch obwohl sie die Kinder versorgte, seit sie zehn Jahre alt gewesen war, hatte sie Mühe, ihm die Kleine abzunehmen. Sie musste sich an ihn lehnen, ihre Arme zwischen Amelias warmen Körper und den seinen schieben …

Er roch so gut. Du lieber Himmel, er roch wirklich gut. Und dann, gerade als sie die Arme um das Mädchen gelegt hatte und sie hochnehmen wollte, besaß er die Unverfrorenheit, Amelia über die zerzausten Haare zu streichen und Betsy ins Ohr zu flüstern: „Sie hat Ihre Locken."

Betsy hätte das arme Kind beinahe fallen gelassen. Ihre Kehle schnürte sich zusammen, als er ein letztes Mal über den Kopf der Kleinen streichelte. Und als sie mit Amelia im Arm den Raum verließ, folgte ihr sein Blick, blieb an ihrem Zopf und den Strähnen hängen, die sich daraus gelöst hatten.

Sie musste hier weg. So etwas war ihr noch nie passiert.

Betsy eilte in Onkel Freds und Sissys Zimmer und legte das Kind in sein Bett. Bevor sie auch nur den Spiegel an der Wand erreicht hatte, hatte sie ihren Zopf bereits gelöst und sich eine Bürste geschnappt. Den ganzen Tag hatte sie in Bürgermeister Walters' Laden geschuftet. Sie war müde, niedergeschlagen, sie musste ihre Gedanken ordnen. Dieser Mann dort unten war doch ein ganz gewöhnlicher Mann. Sie verwechselte ihn mit dem Mann aus ihren *fiktiven* Berichten. Er war nicht der schneidige Deputy. Den schneidigen Deputy gab es gar nicht. Was es allerdings gab, war eine kleine

Hütte, die aus allen Nähten platzte, weil zu viele Menschen darin lebten. Was es gab, war ein Redakteur aus Kansas City, der weitere Geschichten von ihr wollte. Sie durfte nicht zulassen, dass die rührseligen Gefühle für den Deputy sie plötzlich daran hinderten, ihre Träume zu verwirklichen.

Entschlossen flocht sie ihre Haare zu einem festen Zopf. Und außerdem wickelte sie ihn auf ihrem Kopf noch zu einem Knoten zusammen. Zufrieden betrachtete sie ihr Werk im Spiegel. Streng, ohne Schnickschnack, alles ordentlich. Aber der feste Knoten ließ ihre blauen Augen größer wirken und die Kraftanstrengung hatte ihre Wangen rosig gefärbt.

Ihre Lippen verzogen sich frustriert. Sie mochte aussehen wie eine liebeskranke Jungfer, aber ihr Verstand funktionierte noch. Genau wie ihr Stift. Sie sollte sich jetzt lieber an die Arbeit machen und den nächsten Artikel schreiben, bevor sie den Mut verlor.

Als sie die Küche betrat, kam es ihr so vor, als hätte Joel auf sie gewartet. Sie konnte seinen Gesichtsausdruck nicht deuten, war aber entschlossen, keinen weiteren Gedanken an ihn zu vergeuden. Stattdessen legte sie die Hand auf den Mund und gab vor zu gähnen.

„Ich bin müde. Gute Nacht."

Falls ihre plötzliche Müdigkeit ihn verwirrte, so ließ er es sich nicht anmerken. Vielmehr erhob er sich sofort und begann, sich bei Onkel Fred dafür zu entschuldigen, dass er viel zu lange geblieben sei. Betsy verschwand mit einer Lampe im Büro und hörte sich Onkel Freds Beteuerungen, das mache ihm doch gar nichts aus, gar nicht mehr an.

An ihrem Schreibtisch nahm sie einen Stift und ihren Block zur Hand und machte sich an die Arbeit. Betsy hatte entdeckt, was ihrem Gesetzeshüter fehlte – eine Unvollkommenheit. Jeder Held brauchte einen kleinen

Makel. Eduardo war mutig, klug, charmant und gut in seinem Job. Aber eine Schwäche musste er haben, und das waren … die Frauen.

Nach kurzem Nachdenken begann Betsy, eine Fortsetzungsfolge zu schreiben, in der die hübsche Tochter eines Schwarzbrenners den Deputy durch eine Hinterlist in sein Unglück stürzte und beinahe sein Untergang gewesen wäre. Es fühlte sich gut an, Eduardo eine kleine Schwäche zu verpassen. Auch wenn Joels Integrität ihn vor Fehlern, die Eduardo begehen würde, bewahrte, fehlte ihm dessen unwiderstehlicher Charme. Das musste sie sich immer wieder in Erinnerung rufen. Kein Mensch war vollkommen.

Deputy Pickett saß auf seinem stattlichen weißen Ross und beobachtete, wie sich das barfüßige Bergmädchen über einen Brombeerstrauch beugte. Ihre offenen Haare flossen wie ein Seidenvorhang über ihren Rücken. Mit dunkel gefärbten Fingern strich sie sie zurück. Als sie ihn herankommen sah, entglitt der Beerenkorb ihren Händen. Ihr süßer Schatz verteilte sich in dem hohen, smaragdgrünen Gras. Er hoffte, dass sie stark sein würde. Gleichzeitig stellte er sich aber innerlich darauf ein, sie in die Arme zu schließen, wenn er ihr die traurige Nachricht überbrachte.

Betsy hob das Blatt an, blies die Tinte trocken und schob es unter die Schreibunterlage. Auf Zehenspitzen schlich sie zum Fenster und spähte hinaus auf die Straße. Nein, er hatte sich noch nicht verabschiedet. Offenbar unterhielt er sich immer noch mit Onkel Fred. Mit einem zufriedenen Nicken eilte sie zum Schreibtisch zurück und holte das Blatt wieder hervor.

Das letzte Wort war noch nicht vollständig getrocknet gewesen, als sie das Blatt unter die Schreibunterlage geschoben hatte. Die Tinte war etwas verwischt, aber sie überschrieb das Wort noch einmal und fuhr da fort, wo sie aufgehört hatte.

„Miss Gibson, ich fürchte, ich bringe schlechte Nachrichten."

Tränen traten ihr in die Augen, aber mit dem ihrer Familie eigenen Mut ergriff sie das Wort. „Versprechen Sie mir nur, dass Sie mich niemals verlassen werden, Eduardo. Alles andere kann ich ertragen."

Betsy brach ab. Ihre Neugier siegte. Sie musste einfach noch einmal aus dem Fenster schauen. Dieses Mal wurde sie belohnt. Der Mann mit dem Cowboyhut hatte sich in Bewegung gesetzt, doch er hatte die falsche Richtung eingeschlagen. Er ging nicht zum Gefängnis, sondern bergauf ... zur Hütte der Sanders.

Betsys Atem beschleunigte sich. Richtig. Er hatte gesagt, er wolle Sanders' Haus im Auge behalten und aufpassen, dass er sich heute Nacht nicht wegschlich.

Während sie über ihre Möglichkeiten nachdachte, rubbelte sie nachdenklich an dem Tintenfleck an ihrem Daumen. Wenn sie noch mehr Zeit mit ihm verbrachte, gerieten ihre Gefühle am Ende noch mehr in Aufruhr. Auf der anderen Seite musste sie seine Nähe suchen, damit ihre Geschichten authentisch blieben. Und vielleicht müsste sie ja tatsächlich jede freie Minute mit ihm zusammen sein, um ihm nicht zu verfallen. Denn nur so könnte sie seine Fehler entdecken. Damit sie ihn und seinen Charakter realistisch einschätzen konnte.

Wie auch immer, Angst hatte Betsy noch nie von einem Abenteuer abgehalten, und ganz gewiss würde sie an diesem Abend nicht damit anfangen.

Kapitel 20

Joel lehnte sich an einen abgebrannten Baumstumpf und streckte seine Beine aus. Das Grundstück hatte er bereits inspiziert. Durch die Hintertür gelangte man zu der hinter dem Haus verlaufenden Schlucht, aber wenn Sanders gar nicht merkte, dass er unter Beobachtung stand, hatte er keinen Grund, sich wegzuschleichen. Schritte waren auf dem Teppich aus getrocknetem Laub zu hören. Joel würde also mitbekommen, wenn jemand über das Grundstück lief. Er hatte eine sehr gute Wahrnehmung und ihm entging so schnell nichts.

Zumindest hatte er das angenommen, bis er sich umdrehte und Betsy Huckabee entdeckte, die kaum drei Meter von ihm entfernt unter einer Zeder kauerte.

„Was machen Sie –" Er brach ab, bevor er noch lauter wurde und die ganze Welt wissen ließ, dass er da war. Außerdem brauchte er seine Stimme nicht zu erheben, weil sie näher kam. „Sie können nicht hierbleiben", flüsterte er.

„Warum nicht? Das ist schließlich nicht Ihr Grundstück." Ihr Atem bildete in der Kälte kleine Rauchwölkchen. Sie ließ sich neben ihm nieder und drückte ihm eine Feldflasche in die Hand. „Kaffee", erklärte sie. „Ich bin auf alles vorbereitet."

Die Wärme, die nun durch seine Handschuhe drang, war willkommen, Betsy allerdings weniger. „Solche Unternehmungen sind nichts für Sie. Ich bin in meiner Eigenschaft als Deputy hier. Sie müssen sich da raushalten."

„Ich bin ganz offiziell als Reporterin hier. Pressefreiheit und so."

Er entspannte sich etwas. Betsy lebte im Kreis ihrer Familie und Freunde. Sie war nicht hier, um ihm Gesellschaft zu leisten. Aber was für eine Art von Berichterstattung meinte sie? „Ich wollte Sie schon nach Ihrer Arbeit für Ihren Onkel fragen", sagte er. „Was genau tun Sie für ihn?"

Sie zog sich die Wollmütze über die Ohren. „Ich setze die Artikel und helfe ihm an Tagen, an denen gedruckt wird. Meine Stärke ist die Beschaffung von Routineinformationen. Sie wissen schon, Preise für Vieh und Feldfrüchte, Wetterberichte, solche Sachen."

„Wenn Sie sich nicht gerade hinter Kisten verstecken und andere Leute belauschen?", flüsterte Joel.

„Normalerweise bekomme ich nichts Wichtiges mit."

„Normalerweise?" Er drehte den Kopf, um sie besser ansehen zu können. „Wie oft schnüffeln Sie denn herum?"

Sie biss sich auf die Lippe. „Es ist nicht so, dass ich es darauf anlege, andere zu belauschen. Aber die Menschen neigen dazu, sehr laut zu sprechen, wenn ich in der Nähe bin."

„In einem Versteck."

Sie zuckte die Achseln. „Gelegentlich."

Bei ihren Worten krampfte sich sein Magen zusammen. Begriff sie denn nicht, wie gefährlich das werden konnte? „Hören Sie, falls Mr Sanders oder irgendjemand anderes aus diesem Haus kommt, werden Sie in Deckung bleiben. Haben Sie verstanden?"

Betsys Augen weiteten sich. „Heißt das, dass ich hierbleiben kann?"

„Habe ich denn eine Wahl?"

Sie grinste ihn an. „Danke."

Und auf einmal lag ihre Hand auf seiner. Joel erstarrte, und plötzlich erinnerte er sich wieder daran, wie eine ganz ähnliche Situation sein gesamtes Leben verändert hatte. Wie eine Frau den Plan geschmiedet hatte, seinem Ruf zu schaden.

Aber Betsy zerrte nur an der Feldflasche. „Der Kaffee", sagte sie. „Könnte ich einen Schluck haben? Mir ist kalt."

Joel reichte ihr die Flasche. Er dachte an ihre Begegnungen in der Hütte, im Beisein ihrer Familie. Sie unternahm keine Annäherungsversuche. Sie mischte sich nicht in das Gespräch ein oder forderte seine Aufmerksamkeit. Sicher, sie wollte über alles informiert sein, aber er war nicht so eitel zu glauben, dass sie sich zu ihm hingezogen fühlte. Er beobachtete, wie sie die Feldflasche an die Lippen setzte, einen Schluck Kaffee trank und sich den Mund mit der Oberseite ihres Handschuhs abwischte. Betsy Huckabee hatte kein Interesse an ihm als Mann. Sie hatte sich ja kaum überwinden können, ihm das Kind abzunehmen, während er sich Gedanken darüber machte, ob Betsy früher wohl genauso niedlich gewesen war wie die Kleine.

Hatte Mary Blount seine Einstellung zu Frauen für alle Zeit verdorben? Vielleicht war es höchste Zeit, dieses Debakel hinter sich zu lassen und Miss Huckabee eine Chance zu geben?

Sie zitterte, und die Blätter unter ihr raschelten, doch dann drang ein anderes Geräusch durch die klare, kalte Nacht. Eine erhobene Stimme, ein lautes Krachen, und Joel sprang auf.

„Sie bleiben hier", befahl er Betsy. Er drückte sie wieder zu Boden, als sie sich erheben wollte. „Niemand darf erfahren, dass Sie auch hier sind." Sicher, er musste Mrs Sanders schützen, aber Betsy zu beschützen war ebenfalls seine Aufgabe.

Er stürmte durch das Gebüsch und hastete auf die Veranda. Seine Stiefel polterten auf den Holzbrettern und der Lärm im Haus verstummte. Würde Sanders versuchen, durch die Hintertür zu verschwinden? Nein, stattdessen öffnete der Mann die Haustür und lugte hinaus, noch bevor Joel anklopfen konnte.

„Ich dachte, ich hätte jemanden gehört", sagte er.

„Wo ist Ihre Frau?" Joel ballte die Fäuste. Wenn nötig, würde er auch vor körperlicher Gewalt nicht zurückschrecken.

Sanders warf rasch einen Blick nach hinten. „Sie ist gerade nicht in der Verfassung, zur Tür zu kommen."

„Ich komme jetzt rein", sagte Joel mit fester Stimme.

Sanders ließ Joel widerspruchslos eintreten.

„Mrs Sanders." Joel ließ den Herrn des Hauses nicht aus den Augen, warf aber einen flüchtigen Blick zur Küche. Jemand hatte den Suppentopf an die Wand geworfen. Ein Blechteller lag auf dem Boden. Er vernahm ein Schluchzen und schließlich kam Mrs Sanders zum Vorschein. Ihre von grauen Strähnen durchzogenen Haare hatten sich aus dem Knoten gelöst. Tränenspuren zogen sich über ihre Wangen.

Sie schniefte und ergriff mit zitternder Stimme das Wort. „Er wollte weggehen, und ich fand, er solle lieber hierbleiben."

Joel versuchte, den Gesichtsausdruck des Mannes zu deuten. Sanders wich beharrlich seinem Blick aus. „Wo wollten Sie denn hin?"

„Ich brauchte nur mal frische Luft."

Das Dumme am Lügen war, dass man oft dabei ertappt wurde, und meistens wussten die anderen sofort, dass man log. In diesen Bergen machte niemand um Mitternacht einen Spaziergang. Nur wer nichts Gutes im Schilde führte, war um diese Uhrzeit noch draußen unterwegs.

„Ich kann Ihnen frische Luft verschaffen – auf dem Weg zum Gefängnis", erklärte Joel. „Was halten Sie davon, wenn Sie sich dort etwas abkühlen?"

Sanders warf seiner Frau einen eindringlichen Blick zu, aber es schwang darin keine Drohung mit. Eher eine

Entschuldigung. Er stöhnte. „Warum nicht? Ich kann genauso gut dorthin gehen wie anderswohin."

Mrs Sanders rollte ihren Ärmel herunter. Vermutlich, um eine Wunde zu verbergen. „Sie brauchen etwas Gesellschaft", sagte Joel. „Ich könnte einen Ihrer Nachbarn schicken – Miss Huckabee zum Beispiel."

„Nein, bitte nicht. Ich möchte allein sein." Sie hob den Teller vom Boden auf und stellte ihn auf den Tisch.

„Sagen Sie Bescheid, wenn Sie reden möchten", forderte Joel sie auf.

Sie deutete zur Tür, aber Joel ließ Sanders den Vortritt. Er zog seinen Mantel an und schlüpfte in seine Stiefel.

Mit einem letzten Blick durch den Raum machten sie sich auf den Weg in die Stadt. Als Joel die Mütze entdeckte, die sich in den Zweigen des Azaleenbusches unter dem Fenster verfangen hatte, war er nicht erstaunt. Doch von Betsy keine Spur.

Kapitel 21

An Schlaf war jetzt nicht zu denken. Die Uhr auf dem Kaminsims hatte noch nicht Mitternacht geschlagen, aber es war bereits so viel passiert. Sanders hatte mit seiner Frau gestritten.

Joel war zum Haus geeilt und dazwischengegangen, zumindest ging sie davon aus. Sie hatte im Gebüsch gehockt und sich langsam zum Fenster vorgearbeitet, als alles passiert war.

Und jetzt stand sie wieder am Fenster, allerdings im Büro, und wartete, ob er noch einmal zu ihr käme. Sie war ihm und Sanders zum Gefängnis gefolgt, jedoch mit gewissem Abstand. Von ihrem Gespräch hatte sie nichts mitbekommen.

Hoffentlich kam Joel bald vorbei, um ihr zu erzählen, was passiert war. Sonst verlor sie noch den Verstand.

Ein Schatten war auf der Straße zu erkennen. Ihr Verstand war gerettet.

Betsy öffnete die Tür zum Büro. Das Licht fing sich in seinem Stern. Als er stehen blieb, ergriff sie ihn am Ärmel und zog ihn ins Büro.

„Wagen Sie ja nicht, auch nur daran zu denken, wieder zu gehen, ohne mir zu erzählen, was passiert ist!"

„Es ist spät. Ich wusste nicht, ob Sie noch wach sind." Seine Wangen waren gerötet.

Betsy schloss die Tür hinter ihm und bedeutete ihm, zu dem kleinen Ofen zu kommen. Das Licht erhellte den Raum nur spärlich und ließ ihn kleiner wirken als bei

Tageslicht. Joel zog seine Handschuhe aus und hielt die Hände an den Ofen.

„Dieses Ding gibt nicht viel Wärme ab", sagte er. „Und Sie schlafen hier?"

„Es ist nicht so schlimm. Ich trage …" Sie durchzuckte der Gedanke, dass es sich für eine Dame vielleicht nicht schickte, über ihr Nachtgewand zu reden, doch sie wollte nicht ihrer Familie Schuld an der Not geben. „Es ist das Beste, das Onkel Fred und Sissy für mich tun können."

Er suchte ihren Blick und ein warmes Gefühl breitete sich in ihr aus. Genau wie früher am Abend, als er Amelia im Arm gehalten hatte.

„Ich bin stolz auf Sie", sagte er schließlich.

Stolz? Also, wenn dieses Gespräch in einer ihrer Geschichten vorkäme, hätte er etwas anderes gesagt.

„Ich verstehe nicht."

„Andere würden klagen. Sich gekränkt fühlen. Aber Sie denken nur das Beste über Ihre Familie."

Betsy runzelte die Stirn. „Wie könnte ich etwas anderes tun?"

Er hatte genug gesagt. Jetzt lag ihm ein anderes Thema auf dem Herzen.

„Ich muss Ihnen etwas gestehen." Er starrte in die Flammen. Die Schatten tanzten auf seinem Profil, das eines Helden würdig war. „Da bin ich nun mit dem Vorsatz nach Pine Gap gekommen, jedem ohne Vorbehalte zu begegnen, doch Sie beurteile ich nach dem Verhalten einer Ihrer Geschlechtsgenossinnen. Dafür möchte ich mich entschuldigen."

Dieses Gespräch über ihn und sie und ihre Beziehung – wie immer die aussehen mochte – war seltsam erregend, aber gleichzeitig machten sich auch Gewissensbisse in ihr breit. Als sie ihren ersten Artikel über den Deputy aus Texas verfasst hatte, war er ein Fremder für sie gewesen. Aber was, wenn Joel ihr Freund würde? Betsys Blick wanderte zu ihrem Schreibtisch, und sie atmete auf, als sie sah, dass ihr Block nicht offen herumlag.

„Ich nehme Ihre Entschuldigung an", erwiderte sie schließlich. „Als Sie sagten, Sie würden lieber in einen Kaktus fallen, als einer Frau zuzuhören, meinten Sie eigentlich gar nicht mich?"

„Das habe ich gesagt?" Er zuckte zusammen, als Betsy nickte. „Ich kenne einige recht angenehme Kakteen, aber ich würde lieber mit Ihnen Umgang haben, als in einen von ihnen hineinzufallen."

Das war das Netteste, das je jemand zu ihr gesagt hatte. Was ein schlechtes Licht auf ihre Verwandten warf, aber diese hielten nicht viel von sentimentalem Gerede. Sie hingegen wurde mit jedem Schlag ihres Herzens gefühlsduseliger. Betsy schüttelte den Kopf.

„Außerdem", fuhr er fort, „sehe ich ja, dass Sie alle kennen und über alles informiert sind, was hier geschieht. Das könnte sehr nützlich sein und mir meine Aufgabe erleichtern. Das ist der eigentliche Vorteil."

Mit diesen Worten erstickte er jede Hoffnung, dass er vielleicht eine Schwäche für sie hatte, wieder im Keim. Na gut, wenn er wollte, dass sie ihm bei seiner Aufgabe half, dann brauchte sie auch kein schlechtes Gewissen zu haben, dass sie sich seiner in gewisser Weise auch bediente.

„Wenn ich dadurch meiner Stadt dienen kann, Deputy."

„Da gibt es etwas, das mir Sorgen bereitet, abgesehen davon, dass Sie eine Frau sind und so, und das ist Ihre Arbeit für die Zeitung. Sehen Sie, zu Hause weiß kaum jemand davon, dass ich hier eine Aufgabe übernommen habe. Ich weiß ja nicht, welche Verbreitung die Zeitung Ihres Onkels findet …"

„Sie wird nur in Hart County gelesen", erklärte sie. „Und Onkel Fred druckt nichts, das umstritten ist." Aber Joels Fragen zogen neue Fragen nach sich. Wovor versteckte er sich? Gab es vielleicht einen dunklen Punkt in der Vergangenheit ihres schneidigen Deputys? War Joel Puckett wirklich sein richtiger Name?

„Das heißt also, dass nichts von dem, was ich sage oder tue, in der Zeitung Ihres Onkels stehen wird?“, fragte er.

Betsy lächelte. So gern sich Onkel Fred auch ihre Berichte anhörte, er weigerte sich standhaft, irgendetwas zu drucken, das von Interesse sein könnte. Aus diesem Grund war sie auch gezwungen, ihre Geschichten nach Kansas City zu schicken. Und Kansas City war ziemlich weit von Pine Gap entfernt.

„Ihr Name wird nur dann in der Zeitung von Pine Gap auftauchen, sollten Ihre eingelegten Gurken auf dem örtlichen Fest einen Preis gewinnen oder Sie an einer von Mrs Rineharts Teepartys teilnehmen.“ Betsy hob die Hand zum Schwur. „Abgesehen davon wird Ihr Name auf keiner Seite auftauchen, die in Pine Gap gedruckt wird, und eine in Pine Gap gedruckte Zeitung wird sich niemals nach Texas verirren.“

Er atmete erleichtert auf. „Dann werden wir uns gegenseitig helfen können, denke ich.“

Endlich war es so weit. „Wann werden Sie mir von Mr Sanders erzählen?“, fragte sie. „Ich bin sehr geduldig gewesen.“

„Auf dem Weg zum Gefängnis hat er kein einziges Wort gesagt.“

„Aber Sie haben ihn eingesperrt?“

„Er ist freiwillig mitgekommen. Wirkte irgendwie resigniert.“

In diesem Augenblick wurde die Tür zwischen dem Büro und der Hütte geöffnet. Onkel Freds Augenbrauen zogen sich über seinem Brillenrand zusammen, als er sie entdeckte. „Deputy Puckett? Ist es nicht etwas spät für einen Besuch?“

Betsy unterdrückte ein Lachen. Der gut aussehende

Deputy Puckett würde ihr doch niemals einen Besuch abstatten.

Aber Joel lachte nicht. Sein Gesicht war ernst geworden. „Ich entschuldige mich, Mr Murphy. Ich kam gerade vorbei, und …“

Was sollte er sagen? Dass sie nach draußen gestürmt und ihn am Ärmel ins Haus gezogen hatte?

„… habe noch Licht gesehen.“

Onkel Fred nickte langsam. „Es ist dunkel draußen, kommen Sie doch bitte in die Hütte hinüber.“

„Ja, Sir!“ Beinahe hätte er salutiert.

„Mrs Sanders hat Sie gesucht, aber ich habe ihr versichert, dass Sie nicht hier seien.“

Mrs Sanders? Betsy eilte zur Tür, riss sie auf und rannte auf die Straße. „Mrs Sanders“, rief sie. „Mrs Sanders!“

Eine schmächtige, in eine Decke gehüllte Gestalt blieb stehen, drehte sich um und kam den Berg wieder herauf.

Betsy trat einen Schritt zurück und prallte gegen Joel. Er hielt sie fest. Seine warmen Hände auf ihrer Schulter gefielen ihr. Er ging der Frau entgegen und begleitete sie den restlichen Weg zur Hütte. Dieses Mal trat er durch die Hüttentür ein. Sissy und Laurel hatten sich noch nicht zurückgezogen, sondern saßen leise plaudernd bei einer Tasse heißem Tee.

Onkel Fred entschuldigte sich. „Ich wusste nicht, dass er da war, sonst hätte ich es Ihnen gesagt.“

„Deputy Puckett war bei Betsy?“ Sissy warf Laurel einen nervösen Blick zu, die munter geworden war wie ein Bluthund, der eine Spur aufgenommen hatte.

„Ich dachte, sie sei zu Bett gegangen“, bemerkte Laurel.

Offenbar würden sie Betsy am liebsten in Sanders’ Nachbarzelle einsperren. Sie taten ja, als hätte sie ein schweres Verbrechen begangen. War ihnen denn immer noch nicht klar, dass sie kein Interesse daran hatte, sich einen Mann zu angeln?

Mrs Sanders tätschelte Onkel Freds Arm. Sie schniefte und hielt sich das Taschentuch an die Nase, als sie das Büro betrat.

„Bleib hier, Betsy", sagte Onkel Fred.

„Wenn Sie nichts dagegen haben", wandte Joel ein, „ich brauche sie."

Betsys Herzschlag beschleunigte sich. Hier im Haus hatte sie immer das Gefühl, im Weg zu stehen, aber Joel brauchte sie.

Bevor Onkel Fred etwas dazu sagen konnte, legte sie tröstend den Arm um Mrs Sanders, führte sie zu ihrem Bett und ließ sich neben ihr nieder.

Sobald Onkel Fred die Tür geschlossen hatte, ließ sich Joel auf einem Stuhl nieder und beugte sich vor. „Was kann ich für Sie tun?", fragte er, als sie einmal einen Augenblick lang nicht schluchzte.

„Es geht um Mr Sanders. Ich wollte nichts sagen ... wusste nicht, wie Sie reagieren würden ... aber ich kann es nicht länger für mich behalten."

Betsy beugte sich vor, um Mrs Sanders ins Gesicht blicken zu können. Sie war immer eine tatkräftige und starke Frau gewesen, doch seit Sanders' Rückkehr war sie gealtert. Ein weiterer Beweis dafür, dass er schuldig war.

„Ich wusste die ganze Zeit, dass er noch lebt. Nach dem Krieg habe ich Witwenrente beantragt, und das Kriegsministerium teilte mir mit, er sei nicht gefallen. Seine Bezüge wurden nach Kalifornien geschickt." Sie knetete ihr Taschentuch in den Händen. „Ich habe ihm geschrieben, aber er hat nicht geantwortet. Ich habe darüber nachgedacht, zu ihm zu fahren, aber wie sollte das gehen? Und was wäre, wenn er mich nicht mehr wollte?" Sie ballte die Hände zu Fäusten. „Ich wusste nicht, was ich tun sollte, darum habe ich einfach verbreitet, er sei gestorben. Im Laufe der Zeit fingen die Leute an, mich Witwe Sanders zu nennen, und so fühlte ich mich auch. Alles war besser, als zugeben zu müssen, dass mein Mann mir weggelaufen war."

Betsy war noch zu klein gewesen, um sich an Einzelheiten zu erinnern. Als sie in die Stadt gezogen war, um Onkel Fred zu unterstützen, wurde die Frau von allen nur „Witwe Sanders" genannt. Sie war noch jung für eine Witwe, aber sie ließ sich nicht unterkriegen. Und so fragte niemand nach ihrem verstorbenen Mann.

„Und als er zurückkam …" Mrs Sanders atmete tief ein. Sie warf Betsy ein entschuldigendes Lächeln zu. „Als er zurückkam, war ich nicht gerade begeistert, ihn zu sehen. Wo hatte er gesteckt? Mit wem war er zusammen gewesen?"

Joel nickte. „Das sind berechtigte Fragen. Was hat er dazu gesagt?"

„Er hat alle möglichen Geschichten erzählt und die meisten haben kein gutes Licht auf ihn geworfen. Aber ich wollte ihm nicht zuhören. Ich dachte nur daran, was die Leute denken würden. Dass sich alle wundern würden. Und dass er mich in eine solche Situation gebracht hatte. Was blieb mir anderes übrig, als ihn wieder aufzunehmen? Aber ich war davon nicht gerade begeistert."

„Und als Sie Mr Sanders gesagt haben, was Sie empfinden, ist er gewalttätig geworden?", fragte Joel.

Sie rieb ihre Knöchel. „Das versuche ich Ihnen ja zu erklären. Er ist nicht gewalttätig geworden, sondern ich."

Joel richtete sich auf. Er steckte die Hände unter seine Achseln. „Erzählen Sie weiter."

„Ich habe die Beherrschung verloren, habe ihn angebrüllt, ihn mit Gegenständen beworfen. Ich kann froh sein, wenn ich noch Geschirr in der Küche habe, das zusammenpasst. Und er hat das einfach hingenommen. Hat mir versichert, wie leid es ihm tut, dass er so viele Jahre vergeudet hat. Und er hat mir gesagt, dass er nicht länger mit der Schuld leben könnte und zurückgekommen sei, um die bittere Pille zu schlucken." Sie schlug sich auf die Brust. „Damit meinte er mich. Ich bin die bittere Pille, die er schlucken muss, nehme ich an?"

Joel drehte den Kopf. „Wollen Sie mir damit sagen, dass er nie die Hand gegen Sie erhoben hat?"

Sie schob ihr Kinn vor. „Niemals, und das muss ich ihm hoch anrechnen. Jeder, der sich über den Lärm beschwert hat, hat nur mich gehört. Es tut mir leid, dass ich das nicht sofort richtiggestellt habe, als Sie gekommen sind, um ihn zu holen. Ich dachte, er würde Ihnen die Wahrheit sagen. Aber vermutlich hätten Sie ihm nicht geglaubt."

„Er hat kein Wort gesagt." Joel scharrte mit dem Fuß über den Boden. „Ich habe ihn gefragt, aber er hat mir keine Antwort gegeben."

„Gar nichts?" Sie schüttelte den Kopf. „Er hat mir in Walters' Laden sogar neues Geschirr gekauft." Ihre Tränen begannen erneut zu fließen. „Warum musste er zurückkommen und dann so nett sein?"

Er hatte ihr Geschirr gekauft und Hopkins vermutlich gar nicht bedroht. Geistesabwesend tätschelte Betsy Mrs Sanders' Hand, aber ihre Gedanken wirbelten durcheinander. Wenn Sanders tatsächlich ein reumütiger Ehemann war, würde er dann Doktor Hopkins bedrohen?

Eine Glocke ertönte, verstummte und läutete erneut. Betsy sprang auf. „Die Feuerglocke." Sie stürzte gemeinsam mit Joel auf die Straße, Onkel Fred trat im gleichen Augenblick aus der Hütte.

„Feuer!" Scott preschte auf einem ungesattelten Pferd durch die Stadt und verbreitete den Alarm, während Isaac Ballentine die Glocke läutete. „Feuer auf dem Berg. Bei Doktor Hopkins!"

Laurel begann zu schreien. Ihr Gesicht verzog sich vor Schmerz, und Onkel Fred versuchte, sie aufzufangen, als ihre Knie unter ihr nachgaben. Betsy half, Laurel in die Hütte zu schaffen. Sie hatte sie kaum durch die Tür gebracht, als Joel auf seinem Pferd an der Hütte vorbeigaloppierte.

„Warten Sie auf mich!“, rief Betsy.

Aber er schien genauso erschüttert zu sein wie Laurel. Wortlos trieb er sein Pferd an, auf den Feuerschein am Horizont zu, und preschte den Berg hinauf, als würden die Flammen an seiner Haut lecken.

Kapitel 22

Ihm war ein weiterer Fehler unterlaufen.

Dicht über den Hals des Pferdes gebeugt, galoppierte Joel den schmalen Pfad entlang. Er musste Scott einholen, bevor dieser den Abzweig erreichte und Joel die Orientierung verlor. Bei diesem Tempo konnte er sich nicht auf die Unebenheiten des Weges vorbereiten, aber das Pferd war trittsicher, und Joel wusste, wie man sich im Sattel hielt. Was gut war, denn im Dunkeln konnte er kaum etwas erkennen. Und er sah eigentlich nur eines vor sich: das verängstigte Gesicht von Laurel Hopkins.

Sein Magen zog sich zusammen. Was war passiert? Wie konnte er angesichts seines Versagens Fowler gegenübertreten? Und was war mit Mrs Hopkins und ihren Töchtern? Er hatte alle enttäuscht. Aber das Leben eines Menschen stand auf dem Spiel, und das war viel wichtiger als Joels guter Ruf.

Der Ritt schien ewig zu dauern. Es kam ihm so vor, als sei er noch nie so schnell geritten, und doch hatte er das Gefühl, viel zu langsam zu sein. Eine Kurve folgte der nächsten, doch das Ziel war immer noch nicht in Sicht, und das, obwohl die Farm von Doktor Hopkins nicht weit von der Stadt entfernt lag.

Endlich bogen sie von der Straße ab, und die beiden kämpften sich durch so dichtes Buschwerk, dass Joel den Weg nicht mehr erkennen konnte. Schließlich waren sie auf etwas unterwegs, das man kaum noch als Trampelpfad bezeichnen konnte.

Welches Unheil hatte Doktor Hopkins wohl heimgesucht, während Joel damit beschäftigt gewesen war, einen unschuldigen Mann hinter Gitter zu bringen?

Eine kühle Brise kam vom Berg herab und brachte den Geruch von Rauch mit sich. Durch die dicht stehenden Bäume drang ein Lichtschimmer, der stetig heller wurde, und schließlich waren laute Rufe zu hören. Links von ihnen kamen plötzlich zwei weitere Männer über einen Felsvorsprung herangaloppiert. Joel schrak zusammen, bis ihm klar wurde, dass auch ihr Ziel die Hütte von Doktor Hopkins war. Scott warf einen Blick über die Schulter zurück auf die Reiter und galoppierte weiter zu der Lichtung, auf der sich die Farm von Doktor Hopkins befand.

Die Holzhütte stand in Flammen. Einige Männer drückten mit dicken Stangen gegen die Wände. Diese sollten nach innen einstürzen, denn sonst würden sie den Berg hinuntergleiten und die Männer in Gefahr bringen, die sich weiter unten darum bemühten, die Scheune zu retten.

Joel sprang von seinem Pferd und band die Zügel in sicherer Entfernung vom Feuer an einem Baum fest.

„Die Scheune scheint noch zu stehen." Worauf wartete Scott? Dass er die Führung übernahm?

Joel drängte seine Selbstzweifel zurück. Dafür war später noch genügend Zeit. Hier wartete Arbeit auf ihn.

Die größte Gruppe Männer hatte eine Eimerkette zur Scheune gebildet, deren Tore ebenfalls Feuer gefangen hatten. Den hohen Steinmauern drohte keine Gefahr, aber wenn das Dach oder das darin gelagerte Heu in Brand geriet, wäre das Gebäude nicht mehr zu retten. Zwei mutige Männer auf Leitern nahmen die gefüllten Wassereimer entgegen und verteilten ihren Inhalt auf dem Dach, damit das Feuer sich nicht ausbreitete. Andere versuchten, die Flammen an den Toren zu ersticken, bevor das Vieh im Stall in Panik geriet.

„Wo ist Hopkins?“, rief Joel dem Mann zu, der ihm am nächsten stand.

Dieser drehte sich um. Der Schweiß lief ihm in Strömen über das rußverschmierte Gesicht. „Ein prima Zeitpunkt, um sich Sorgen um ihn zu machen“, antwortete er kurz angebunden. „Wenn Sie uns unseren Job hätten machen lassen, dann wäre das hier nicht passiert.“

„Ich fühle mich bereits schlecht. Nichts, was Sie sagen, kann das verschlimmern. Hat Hopkins es geschafft?“

Wasser schwappte über den Rand eines Eimers, als der Mann diesen mit besonderer Wucht in die Arme des nächsten Mannes in der Reihe drückte. „Er steht auf der Leiter und versucht, seine Tiere zu retten, die wegen der Dummheit eines dickköpfigen texanischen Deputys in Gefahr sind.“

Gott sei Dank, er war nicht verletzt. Wenn Doktor Hopkins am Leben war, dann könnten sie später reden. Jetzt musste Joel erst einmal tatkräftig mithelfen, um so viel wie möglich zu retten.

Eine Gestalt hob sich von den anderen Männern ab. Im Schein der zornig lodernden Flammen war Clive Fowlers eindrucksvolle Silhouette deutlich zu erkennen. Er stand mit in die Hüften gestemmten Händen vor den brennenden Toren. Joel stellte sich innerlich auf weitere Vorwürfe ein, als er auf ihn zuging.

Ohne sich umzudrehen, knurrte Fowler: „Diese Tore geben einfach nicht nach. Erst wenn sie stärker beschädigt sind, können wir sie öffnen, und dann wird es zu spät sein.“

Die Vorderseite der Scheune stand in Flammen. Die Tore schienen mit Petroleum oder einer anderen brennbaren Flüssigkeit getränkt worden zu sein, so zornig wütete das Feuer. Doch wie sollten sie jetzt die Tiere retten?

Die Tore waren durch eine durch zwei Griffe geschobene Holzstange gesichert, damit die Tiere nicht entkommen konnten. Wenn sie nur näher herankämen, sodass sie die Stange herausziehen könnten!

Joel rannte zu seinem Pferd und holte sein Seil. Er hatte nie als Cowboy gearbeitet, aber seine Fertigkeiten beim Lassowerfen waren ihm schon das eine oder andere Mal sehr nützlich gewesen. Als er zurückkam, beäugte er den Riegel aufmerksam. Das hervorstehende Stück war nicht groß und der Abstand zum Tor minimal. Vielleicht war das doch keine so gute Idee gewesen.

Aber jetzt war es zu spät. Die Männer gaben die Eimer nicht länger weiter, sondern hatten ihre Aufmerksamkeit auf ihn gerichtet. Auch das Quietschen der Wasserpumpe verstummte. Joel starrte den Holzriegel an, bis seine Augen brannten. Entschlossen maß er die richtige Länge Seil ab. Langsam hob er den Arm und ließ es über seinem Kopf kreisen.

„Jetzt ist nicht der richtige Zeitpunkt für Ihre Tricks." Trotzdem trat Fowler zur Seite.

Das Lasso flog durch die Luft, klatschte gegen die Scheune und fiel zu Boden. Joel knirschte mit den Zähnen.

„Na, das ist doch was, oder?", schnaubte Fowler. „Weitermachen, Männer", brüllte er.

Joel zog das Lasso heran. Ein Ende war bereits am Glimmen, und er verbrannte sich die Finger, als er die Schlaufe neu band. Dieser Versuch war misslungen, aber er würde nicht aufgeben. Wieder ließ er das Seil über seinem Kopf schwingen. Wie gut, dass sie das Interesse verloren hatten. Er wollte nur eines: diese Tore öffnen, bevor die Tiere im Inneren der Scheune verletzt wurden.

Dieses Mal blieb die Schlaufe am äußersten Rand der Stange hängen. Mit einer schnellen Bewegung seines Handgelenks sorgte Joel dafür, dass das Seil weiter in die Mitte rutschte, und mit einem festen Ruck zog sich die Schlinge zu.

Ohne auf die ihn anstarrenden Männer zu achten, begann er, die Stange durch die Halterungen zu ziehen. Er musste sich beeilen, bevor das Seil durchbrannte.

„Die Tore sind frei", brüllte Clive schließlich.

Die Männer eilten vor, um sie aufzureißen und das Heu in der Scheune vor dem brennenden Holz zu schützen. Joel zog mit der Stange, die immer noch in einem der Griffe hing, das zweite Tor auf. Sofort stürmten Männer in die Scheune und scheuchten die Ziegen, die beiden Kühe und einen Ochsen hinaus. Andere sprengten Wasser auf den Boden, um die Funken zu ersticken, die ihren Weg ins Innere der Scheune gefunden hatten. Zum Schluss eilte Scott Murphy mit einem Pferd und einem Maultier ins Freie. Er hatte den Tieren Satteldecken über die Köpfe geworfen.

„Zu schade, dass Sie mit Ihren tollen Tricks nicht auch das Haus retten konnten", meinte Fowler. Die Flammen spiegelten sich in seinen Augen. „Zu schade, dass uns die Hände gebunden waren, sodass wir die Unsrigen nicht beschützen konnten."

Was konnte er darauf antworten? Diese Bürde lag auf seinen Schultern. Diese Demütigung hatte er verdient.

„Dafür wird jemand bezahlen", versprach er.

„Aber nicht Sanders? Oder vielleicht war es ja Pritchard? Noch ein ach so gefährlicher Mann, den Sie in letzter Zeit eingesperrt haben. Wie gut, dass diese Berge nun, nachdem Sie da sind, sicher sind."

Was sollte Joel darauf entgegnen? Er wandte sich ab, um Doktor Hopkins zu suchen, das eigentliche Opfer dieses nächtlichen Teufelswerks.

Obwohl es schon weit nach Mitternacht war, hatte keiner außer den Kindern Schlaf finden können. Onkel Fred hatte sein Pferd gesattelt und war losgeritten, nachdem er Betsy sehr eindringlich daran erinnert hatte, dass es ihre

Pflicht war, bei Sissy, Laurel und den Mädchen zu bleiben. Hätte er sie nicht angewiesen, die Tür zu verriegeln und das Gewehr griffbereit zu halten, wäre ihr vermutlich nicht bewusst gewesen, dass auch ihnen Gefahr drohte. Aber falls es jemand auf Hopkins abgesehen hatte, könnte er auch zu ihnen kommen, und Onkel Fred wusste, dass Betsy darauf vorbereitet wäre.

Die junge Frau hockte sich vor den Ofen, um einen Holzscheit aufs Feuer zu legen. Die Flammen leckten gierig an der neuen Nahrung. Das tanzende Licht zog sie in seinen Bann. Was ging dort wohl gerade vor sich? War Doktor Hopkins gesund? Würden sie seine Leiche in der Hütte finden? Sie erschauderte. Solche Gedanken durfte sie nicht zulassen. Nicht jetzt, wo es ihre Aufgabe war, die anderen Frauen zu trösten.

Bestimmt waren Pa und Josiah da, um zu helfen. Und Jeremiah. Er würde wissen, was zu tun war. Und Joel …

Sie presste die Hand auf den Mund. Wäre das alles auch passiert, wenn Joel ihren Anschuldigungen gegen Sanders keinen Glauben geschenkt hätte? Aber andererseits handelten sie nur nach bestem Wissen und Gewissen.

Aber das reichte nicht.

Sissy trat ans Fenster. „Sie sind da!" Sie schob den Riegel zur Seite und riss die Tür auf. Laurel eilte an ihre Seite.

Doktor Hopkins trat ein und nahm seine Frau in die Arme. Schluchzend musterte sie ihn von seinem mit Asche bedeckten Kopf bis zu den angesengten Schuhen. „Bist du … Ist alles in Ordnung? Du bist doch hoffentlich nicht verletzt, oder?"

„Ich bin erschöpft, aber nicht verletzt."

Sissy liefen Tränen über die Wangen. Sie hatte das Schlimmste befürchtet. „Was ist mit dem Haus und der Scheune? Konntet ihr das Feuer löschen?"

Hopkins' Blick richtete sich in die Ferne. „Wir haben die Tiere und den größten Teil der Scheune retten können."

„Aber das Haus …" Laurels Hände zitterten. „Wie groß ist der Schaden?"

„Es ist zerstört", sagte er. „Das Haus ist vollständig abgebrannt. Ich hatte Angst, mich ins Freie zu retten, bevor Hilfe kam. Ich wusste ja nicht, ob draußen noch jemand auf mich wartet. Und als die Männer dann kamen, war es zu spät. Niemand konnte mehr ins Haus gehen und irgendetwas retten."

Seine Mädchen brachen in Tränen aus und er zog sie in seine Umarmung.

Betsys Blick glitt durch den Raum. Nichts von dem, was sich in der Hütte befand, gehörte wirklich ihr, aber sie konnte sich trotzdem nicht vorstellen, alles zu verlieren – angefangen von dem Stapel Zeitungen im Büro bis hin zu dem Besen, mit dem sie den Boden fegte.

Die Männer stanken nach Rauch. In diesem Augenblick trat auch Joel ein und blickte Laurel an. Man sah ihm an, dass er am liebsten woanders wäre.

„Mrs Hopkins, ich kann Ihnen gar nicht sagen, wie leid es mir tut. Wir werden denjenigen, der das getan hat, fassen. Und wenn ich nicht auf der Jagd nach den Schuldigen bin, werde ich Ihnen beim Wiederaufbau helfen."

Aber Laurel war nicht in der Lage zu antworten. Mit einem Schrei barg sie erneut ihr Gesicht an der Brust ihres Mannes. Anna tätschelte ihrer Mutter den Rücken und blickte Joel mit tränenfeuchten Augen an.

Sissy drückte Onkel Freds Hand. „Ich werde einige Betten umstellen, um Platz für den Doc zu machen." Er nickte zustimmend.

Betsy rückte den Tisch an die Wand und zog den alten Teppich vor das Feuer. Sie hätte ja ihr Bett zur Verfügung gestellt, aber niemand wollte im Büro schlafen. Dann half sie Sissy rasch, die Decken auf dem Boden auszubreiten. Doktor Hopkins schien am Ende seiner Kräfte zu sein. Er sah aus, als würde er jeden Augenblick zusammenbrechen.

„Ich habe immer wieder gefragt, ob jemand verletzt wurde, aber niemand wollte sich von mir versorgen lassen. Morgen früh werde ich zu Calbert gehen. Er hat sich ziemlich übel geschnitten. Kein Grund zur Sorge, Betsy, aber die Wunde muss gesäubert werden."

„Meine Ma wird bestimmt damit zurechtkommen", beruhigte sie ihn. „Machen Sie sich keine Sorgen um Pa."

„Wir sollten den Frauen jetzt etwas Ruhe gönnen", sagte Onkel Fred. Das war Betsys Stichwort.

Sie verabschiedete sich und zog sich in das Büro zurück. Erst jetzt fiel ihr auf, dass Joel bereits die Flucht ergriffen hatte. Der arme Mann. Sie war doch diejenige gewesen, die Sanders als Verdächtigen ins Spiel gebracht hatte. Joel hatte auf sie gehört und trug nun die Schuld an der Katastrophe. Eigentlich war er schlimmer dran als die Familie Hopkins. Alle würden ihnen helfen, aber Joels Versagen wäre Stadtgespräch. Man würde ihn beschimpfen, verspotten und verachten. Doc und Laurel hatten sich und ihre Familie. Joel hatte niemanden. Er war ganz allein.

Betsy war zwar in vielen Dingen ausgesprochen impulsiv, aber in Bezug auf Männer war sie nie ein Risiko eingegangen. Sollten doch andere ihr Herz auf der Zunge tragen, sollten andere die Aufmerksamkeit der Männer auf sich lenken. Betsy interessierte sich für andere Dinge.

Aber vielleicht gab es einen Mann, der an diesem Abend Zuspruch brauchte. Und wenn er sie zurückwies? Was wäre, wenn sie in seinen Augen zu dreist war? War er das Risiko wert, sich einen Korb zu holen?

Betsy traf ihre Entscheidung, legte sich einen Schal über ihre Schultern, blies die Lampe aus und schlüpfte durch die Tür nach draußen.

Kapitel 23

„Nichts für ungut." Sanders nahm Hut und Mantel. „Seien Sie nicht zu hart zu meiner Frau. Ich hätte Ihnen schon früher alles sagen müssen."

„Sie hatten Ihre Gründe." Joel legte seinen Hut auf den Schreibtisch. Wie gern hätte er Sanders versichert, dass alles gut war, aber dazu hatte Joel keine Kraft mehr. Er war zutiefst erschöpft.

„Das wird schon werden ...", fügte Sanders hinzu. „Wenn Della mir vergeben kann, dann werden Ihnen die Leute hier auch eine zweite Chance geben."

Aber er hatte keine zweite Chance verdient. Sie hatten keinen Grund, ihm zu vertrauen. Er hatte sie enttäuscht. Joel ließ sich auf seinen Stuhl sinken. „Es ist schon spät."

„Manchmal kann Gott nur in uns wirken, wenn wir erkannt haben, dass unsere Kraft nicht ausreicht", erklärte Sanders. „Passen Sie auf, dass dieser Schlag Sie Gott näherbringt und nicht von ihm weg."

Joel hatte sich doch auf Gott verlassen, oder? Warum hatte er dann versagt?

Sanders stand schweigend da und musterte ihn. Schließlich wandte er sich seufzend ab und verließ das Gebäude. Joel blieb allein im Dunkeln zurück.

Wenn er die Augen schloss, sah er wieder die tanzenden Flammen vor sich. Seine Überheblichkeit war schuld. Wäre er nicht so eigensinnig gewesen, könnte das Haus noch stehen. Er hatte es diesen Leuten hier mal zeigen wollen. Sie brauchten eine starke Hand. Mit Strenge würde er hier Ordnung schaffen und dann würden sie schon spuren. Sein Stolz hatte ihn überheblich werden lassen.

Und jetzt trug er die Verantwortung dafür, dass ein unschuldiger Mann sein Haus und beinahe auch sein Leben verloren hatte. Joel ließ den Kopf auf seinen Schreibtisch sinken. Was hätte er anders machen sollen? Musste man nicht das Gesetz befolgen? Hatte man nicht ihm die Aufgabe übertragen, dem Treiben der „Bald Knobbers" Einhalt zu gebieten? Er konnte doch nicht zulassen, dass sie das Gesetz in die eigene Hand nahmen! Doch wie sollte er den Menschen in der Stadt morgen gegenübertreten? Wie konnte er den Boden zurückgewinnen, den er bereits erobert und wieder verloren hatte?

Er lachte bitter auf. Boden erobert? Vor diesem Zwischenfall hatten sie ihn gemieden wie die Pest. Jetzt scherten sie sich noch weniger um ihn.

Es klopfte an der Tür. Joel hob den Kopf. Konnten sie denn nicht wenigstens bis zum Morgen warten, um ihn mit Verachtung zu strafen? Warum gönnten sie ihm denn nicht wenigstens eine Nacht Ruhe? Die Angeln quietschten, aber er rührte sich nicht. Er war zu erschöpft. Es spielte keine Rolle, ob ihm von dem unbekannten Besucher Gefahr drohte.

Und dann spähte Betsy um die Ecke. Joel war kein Mensch, der Gefühle zeigte, und er hätte nicht sagen können, was er beim Anblick ihres vorwitzigen Gesichts empfand – Verlegenheit darüber, dass er sie enttäuscht hatte? Verärgerung, dass er nicht in Ruhe in Selbstmitleid baden konnte? Oder Wärme, dass er ihr wichtig war und sie zu ihm kam?

Wortlos trat sie ein und schloss leise die Tür hinter sich. Sie nahm ihren Schal ab und hängte ihn an den Garderobenständer. Das einzige Licht im Raum fiel durch das Fenster, aber es reichte aus, dass er die Sorge in ihren Augen erkennen konnte.

„Sie sind voller Ruß", bemerkte sie.

Er wusste nicht, wo er anfangen sollte. Mit einer Rechtfertigung? Einer Entschuldigung? Dem Versprechen, es in Zukunft besser zu machen? Worte schienen bedeutungslos im Vergleich zu dem, was geschehen war.

Auf einmal hatte sie einen Lappen in der Hand und begann, seinen Hut abzuwischen. Woher der Lappen kam, konnte er nicht sagen. Aschewölkchen tanzten im Mondlicht.

„Sie sollten nicht hier sein", bemerkte er. „Es ist spät und wir sind allein." Eigentlich hätte er sie sofort wegschicken müssen. In seinem Leben war kein Platz für eine Frau, ganz bestimmt nicht für diese Frau, die lange, nachdem sich alle anderen schlafen gelegt hatten, zu ihm kam, um sich nach seinem Wohlergehen zu erkundigen. Aber wenn er seinen Überzeugungen entsprechend handelte, schien er seine Mitmenschen immer nur zu enttäuschen. Irgendwie war das, was er für richtig hielt, niemals das Richtige.

„Was wollen Sie morgen machen?" Jetzt klopfte sie seinen Mantel aus.

„Morgen? Ich kann nicht weitersehen als bis zu dieser Nacht."

„Weil es dunkel ist. Morgen wird es wieder hell sein. Keine Sorge."

Und was würde das Licht offenbaren? Die glimmende Asche dort, wo früher die Hopkins-Farm gestanden hatte?

„Wissen Sie", sagte Betsy, „solche Dinge passieren seit Generationen. Sie sind nicht schuld daran."

„Aber meine Aufgabe ist es, so etwas zu verhindern, und ich habe versagt." Er schüttelte den Kopf. „Nicht dass irgendjemand damit gerechnet hätte, dass ich Erfolg habe."

„Ich vielleicht schon."

Er blickte auf. „Entschuldigen Sie bitte, dass ich Sie enttäuscht habe."

Sie sah ihm in die Augen, bevor sie sich abwandte. „Sie bemitleiden sich selbst. Aber Sie werden darüber hinwegkommen. Wir brauchen Sie."

„Und Sie denken wirklich, dass auch die anderen mir verzeihen werden?", fragte er.

„Natürlich nicht. Clive wird Sie mit Verachtung strafen. Jeder ‚Bald Knobber' in der Gegend wird seiner Frau erzählen, was für ein Sturkopf Sie sind, und jedes Kind wird an der Tür lauschen und über Ihre Dummheit lachen."

Joel stöhnte. „Sie finden aber auch immer die richtigen Worte ..."

„Was ich sagen will, ist Folgendes: Sie haben gedacht, Sie könnten diese Aufgabe mit Bravour meistern. Aber das stimmt nicht. Das wissen Sie jetzt. Sie sind unten angekommen und nur Gott kann Ihnen wieder auf die Beine helfen. Und das will er auch tun."

Genau das hatte Sanders gesagt. Als die Sache in Garber geschehen war, hatte er befürchtet, seine Karriere sei damit zu Ende, doch dann bot sich ihm diese Stelle in Missouri. Aber konnte er darauf vertrauen, dass Gott noch einen anderen Weg für ihn bereithielt, wenn auch diese Tür wieder zufiele? Er war so müde. Und was war, wenn es für ihn keinen Neuanfang mehr gab?

Betsy nahm seine Feldflasche vom Schreibtisch, zog ein Taschentuch aus ihrem Mantel und goss etwas Wasser darüber. Er war zu niedergeschlagen, als dass ihn wirklich interessiert hätte, was sie nun vorhatte. Mit dem Fuß zog sie sich einen Stuhl heran und stellte diesen direkt vor ihn, so dicht, dass ihre Knie aneinanderstießen, als sie sich darauf niederließ.

Das Taschentuch war angenehm kühl auf seiner Stirn. Betsy beugte sich vor und strich über seine Haut, linderte die Anspannung und die brennenden Schuldgefühle des Versagens. Ganz unvermittelt wurde sich Joel ihrer Nähe bewusst. Ihr geschmeidiger Körper bewegte sich sanft, als sie das Tuch auffaltete und neu wieder zusammenlegte, um mit einer sauberen Stelle über sein Gesicht zu wischen.

Er war auf dem besten Weg, sich in sie zu verlieben. Er war dabei, alle Vorsätze über Bord zu werfen und sich in sie zu verlieben – in ihre Entschlossenheit, ihr freundliches, beschützendes Wesen. Betsy Huckabee hatte ihm das Herz gestohlen, und er wusste, er würde nie mehr derselbe sein. Er wusste dies mit derselben traurigen Gewissheit, die ihm sagte, dass er sich schon bald wieder auf die Suche nach einem anderen Ort machen müsste, an dem er sein Glück versuchen könnte. Hier in Missouri würde er keinen Fuß mehr auf die Erde bekommen. Er war am Ende, bevor er überhaupt angefangen hatte.

Sie hielt das Tuch erneut an die Feldflasche und kippte etwas Wasser darauf. Joel nahm ihr die Feldflasche aus der Hand. Das Mondlicht spiegelte sich in ihren Augen. Sie verfolgte jede seiner Bewegungen, als er die Flasche an die Lippen setzte, einen langen Schluck daraus nahm und sich mit dem Handrücken über den Mund wischte.

„Oh, Ihre Hände“, sagte sie.

Ein weiteres Mal strich sie ihm mit dem Tuch sanft über das Gesicht. Sie begann in der Mitte seiner Wange und glitt langsam nach unten. Sie war sogar noch näher an ihn herangerückt, stützte sich mit einer Hand auf seinem Knie ab, während sie seinem Wangenknochen folgte, über seinen Kiefer bis zu seinem Kinn strich und noch einmal zu einen Rußfleck zurückkehrte, den sie übersehen hatte.

Die Sorgenfalten, die sich in der Hütte in ihre Stirn gegraben hatten, waren verschwunden. Jetzt waren ihre Wangen gerötet, ihre Lippen voller. Sie wandte den Blick ab, als sie das Taschentuch erneut befeuchtete. Er krallte sich in seine Hosenbeine, um angesichts dessen, was als Nächstes kommen würde, die Beherrschung nicht zu verlieren.

Wäre es nicht Betsy gewesen, sondern eine andere Frau, hätte er sie hochkant hinausgeworfen. Aber Betsy war anders. Ihr Blick war nicht lauernd, als wäre er ihre Fahrkarte zu einem glücklichen Eheleben. Nein, er vertraute Betsy. Was immer zwischen ihnen war. Sie hatte keine Pläne geschmiedet. Hatte keine Freunde, die es zu beeindrucken galt. Keine Hintergedanken. Ihr ging es ausschließlich um ihn, und dafür liebte er sie.

„Sie sehen immer noch schlimm aus", bemerkte sie.

„Bringen Sie das in Ordnung", erwiderte er. „Bitte." War es falsch von ihm, ihre Fürsorge anzunehmen? Den Trost anzunehmen, den sie ihm anbot? Er hatte sich schon so oft geirrt, aber das hier fühlte sich nicht falsch an. Es fühlte sich eher nach Heilung an.

Als sie sich dieses Mal vorbeugte, lag ihre Hand auf seiner. Mit dem frisch getränkten Taschentuch in ihrer anderen Hand begann sie langsam, den Ruß aus seinem Bart zu reiben. Anschließend wischte sie über seine Oberlippe. Sie nahm sein Kinn in die Hand und drehte seinen Kopf zum Fenster hin, um besser sehen zu können. Ihre dichten Wimpern senkten sich, während sie ihr Werk begutachtete. Das Taschentuch folgte den Umrissen seiner Lippen und kehrte zurück zu einer Stelle in seinem Mundwinkel.

Jetzt hörte er ihren Atem, spürte ihn an seiner feuchten Haut. Es waren keine langsamen Atemzüge. Ihr Herz schien genauso schnell zu schlagen wie seins.

Das Tuch glitt ihr aus den Händen, und jetzt waren es ihre Finger, die ihn berührten. Er schloss die Augen. Zuerst zögerlich, dann etwas mutiger folgte sie der weichen Haut seiner Lippen, bis sie jede Stelle berührt hatte.

Joel öffnete die Augen. Sie sah ihn fragend an. Er legte die Hand in ihren Nacken und zog sie ein Stück zu sich, bis ihre Lippen sich trafen. Nur eine flüchtige Berührung. Ein süßer Vorgeschmack, der nicht annähernd ausreichte, aber mehr war, als er verdiente.

Er ließ sie los. Betsy lehnte sich zurück und betrachtete ihn. Sie faltete das nasse Taschentuch zusammen und strich es auf ihrem Knie glatt.

Joel schüttelte den Kopf, um den Nebel zu verscheuchen, der ihn einhüllte. „Ich durchschaue Ihre Pläne, Betsy. Dieser Kuss sollte dieses elende Exemplar von einem Mann aufheitern."

Sie rümpfte die Nase. „Ich bin sehr wählerisch, wenn es um den Mann geht, den ich küsse. Und ganz bestimmt küsse ich nicht jeden x-beliebigen Mann, das müssen Sie wissen." Sie erhob sich und griff nach ihrem Schal.

Er wollte nicht, dass sie ging, aber er erhob sich ebenfalls, um ihr zu helfen, ihn umzulegen. „Dann gehöre ich also zu den wenigen Glücklichen? Ich bin einer von einem Dutzend? Einer von zwanzig?"

„Sie sind einer von einem", erwiderte sie. „Der Einzige. Aber glauben Sie ja nicht, dass das etwas zu bedeuten hat. Es braucht schon mehr, um mich von den Füßen zu reißen."

Und mit einem frechen Augenzwinkern war sie verschwunden.

Kapitel 24

Betsy war schon immer eine Romantikerin gewesen. Bereits als kleines Kind gab es für sie nichts Schöneres, als mitzuerleben, wie sich ihre Eltern umarmten. Sie wusste das Strahlen in den Augen ihrer Mutter zu deuten, wenn ihr Pa ihr Wildblumen mitbrachte, und Betsy tanzte vor Freude, wenn er auch für sie welche gepflückt hatte. Im Laufe der Zeit hatte sie verschiedene Brautwerbungen miterlebt, darunter Jeremiah und Abigail sowie ihr Bruder Josiah und Katie Ellen – obwohl sie noch immer nicht verstand, was Katie Ellen an Josiah fand. Im Laufe der Jahre hatte sie erkannt, dass sie den Mann ihrer Träume in Pine Gap nicht finden würde. Deshalb hatte sie sich bereits jeden Mann angeschaut, der im Umkreis von hundert Meilen lebte. Und dass ein Fremder in diese kleine Stadt kommen würde, war höchst unwahrscheinlich gewesen.

Doch genau das war passiert.

Sie überarbeitete gerade ihren neuesten Artikel über den schneidigen Deputy. Seltsam, Joel war im wahren Leben ganz anders, als sie es sich vorgestellt hatte. Heldenhaft, ja, aber auch demütig, fürsorglich und mit einer Vielzahl anderer Attribute ausgestattet, für die Eduardo Pickett keine Zeit hatte – zumindest nicht, wenn er so viele Herzen brach, wie er Verbrecher hinter Gitter brachte. Zum Glück besaß Joel ein Gewissen.

Sie hielt die drei Seiten mit ihrer neuesten Geschichte in der Hand. Das würde Joel nicht gefallen. In ihrer Nähe verhielt er sich zurückhaltend, wie überhaupt in der Nähe aller Frauen. Es würde ihn traurig machen, wenn er mitbekam, dass er die Inspiration für Eduardo war. Aber was sollte sie tun? Sollte sie anfangen, Eduardo Joel ähnlicher zu machen, damit er nicht beleidigt war, oder sollte sie die Unterschiede noch stärker herausarbeiten, damit er keine Ähnlichkeiten erkannte? Wenn sie nicht das Geld gebraucht hätte, das sie für die Geschichten bekam, hätte sie ihre Kolumne vielleicht eingestellt, aber das ging nicht. Noch nicht. Sie hatte doch gerade erst angefangen.

Und sie würde nichts schreiben, das Joel schaden könnte. Sie würde schön für sich behalten, dass er einem Irrtum unterlegen war und nicht verhindert hatte, dass das Haus der Familie Hopkins in Brand gesteckt wurde. So etwas passte nicht zu einem Helden. In ihren Artikeln rettete er Haus und Scheune im Alleingang, und natürlich beschrieb sie genau, wie er mithilfe des Lassos den Riegel zur Seite gezogen hatte. Am Vortag hatte Josiah diese Begebenheiten in der Kirche bestimmt dreimal erzählt. Und ihr Besuch im Gefängnis … nun, in ihrem Artikel war es der schneidige Deputy, der die niedergeschlagene Frau tröstete, und nicht umgekehrt, aber trotzdem, das machte sich in der Geschichte gut.

Nach einem letzten Durchgang faltete sie die drei Blätter vorsichtig zusammen und steckte sie in einen Umschlag. Sie war nicht so naiv zu glauben, dass sie Joels Herz erobert hatte. Dieser Kuss änderte gar nichts. Nach wie vor kam er gern vorbei und plauderte mit ihr, aber nur, wenn es einen zwingenden Grund gab. Zum Beispiel, um ihr zu erzählen, wie sein Tag gewesen war – mit wem er gesprochen hatte, wohin er geritten war, was seine Vermutungen waren. Aber das bedeutete nicht, dass er sich in sie verliebt hatte. Sie musste damit rechnen, dass er in den nächsten Zug nach Texas stieg und sie ihn nie wiedersehen würde. Diese Artikel waren wichtig für sie.

Sie konnte sich nicht immer auf die Unterstützung ihrer Familie verlassen.

Heute war Montag – Auktionstag. Isaac Ballentine würde in etwa einer Stunde mit der Versteigerung beginnen. Onkel Fred würde seine Setzkästen gegen ein Rechnungsbuch eintauschen und im Auktionshaus aushelfen, und die Leute würden von überallher kommen, Vieh kaufen oder verkaufen und sich über die neuesten Neuigkeiten austauschen. Der Montag war für Betsy immer ein hektischer Tag, aber jetzt musste sie sich erst einmal um ihre Angelegenheiten kümmern.

Da sie auf keinen Fall mit dem frankierten Umschlag ertappt werden wollte, eilte sie zum Postamt, sobald sie sah, dass Postmeister Finley sein Postamt geöffnet hatte. Er hatte gerade den Wassereimer vom Vortag in das Blumenbeet geschüttet und mit frischem Wasser gefüllt, als sie näher kam. Er zog ein Taschentuch aus seiner hinteren Hosentasche und rieb seine Hände trocken, bevor er ihren Umschlag entgegennahm. Und dann pfiff er, wie er immer pfiff, wenn sie einen Brief aufgab.

„Immer noch derselbe Verehrer?" Er schwenkte den Umschlag.

Betsy zwang sich zu einem Lächeln. Wie gern würde sie ihm erzählen, dass sie einen Artikel an die Zeitung verkauft hatte, aber das durfte niemand wissen. „Ja, aber es soll niemand davon wissen."

„Bevor ich es vergesse: Die Zeitungen deines Onkels sind gestern Abend mit dem Zug gekommen – alle." Finley bedeutete ihr, ins Postamt zu kommen. Betsy wartete ungeduldig, dass er das Zeitungsbündel unter dem Schrank hervorzog. Hastig riss sie es ihm aus den Händen.

„Und da ist noch ein Brief!", rief er.

Sie steckte den Brief in ihren Rockbund, weil sie unbedingt zuerst die Zeitungen durchsehen wollte. Der

St. Louis Post and Dispatch, der *Philadelphia Record*, der *Boston Globe* … der *Kansas City Star!* Da war sie.

Hastig klemmte sie sich die anderen Zeitungen unter den Arm, faltete den *Kansas City Star* auseinander und eilte mit aufgeschlagener Zeitung zum Büro ihres Onkels zurück. Natürlich nichts auf der ersten Seite und natürlich würde sie auch im Nachrichtenteil nichts finden. Sie blätterte die Seite um und überflog die Artikel auf der letzten Seite. Gewöhnlich fand man die Beiträge für Frauen und die Fortsetzungsgeschichten im hinteren Teil, und genau dort hoffte sie, ihre Geschichte zu entdecken. Aber da war nichts. War ihr Beitrag gar nicht in dieser Ausgabe erschienen? Sie schlug die letzte Seite auf und arbeitete sich von dort aus nach vorn vor. Nichts. Und da war er, auf Seite 2! Mitsamt ihres Pseudonyms: E. M. Buckahee. Dann war ihr Artikel tatsächlich im Nachrichtenteil gelandet?

Wumms! Sie prallte gegen eine Wand aus Stein. Nein, nicht aus Stein, es war ein waschechter schneidiger Deputy, mit einem Körper aus Stahl. Schnell wie ein Wiesel faltete Betsy die Zeitung zusammen und klemmte sie sich unter den Arm.

„Was gibt es Neues?“, fragte er. Erst jetzt entdeckte sie Leland Moore, der schwankend neben ihm stand.

„Leland, schon um diese Zeit zu tief ins Glas geschaut?“, fragte sie. „Es ist doch gerade mal Vormittag.“

„Er ist auf dem Weg in die Ausnüchterungszelle, damit er die Auktion nicht stört“, erklärte Joel. „Was hat Sie so fasziniert, dass Sie mich nicht haben kommen sehen?“

„Sie sind doch in mich hineingelaufen!“

„Nein, ich bin vor Ihnen stehen geblieben.“

„Warum?“

In männlicher Verzweiflung verdrehte er die Augen. „Egal. Ich wollte Doktor Hopkins sagen, dass ich mich in verschiedenen Städten telegrafisch nach Bullard erkundigt habe. Mal sehen, ob er auch in einem anderen County mit dem Gesetz in Konflikt gekommen ist. Vielleicht kann ich ihn auf diese Weise aufspüren."

„Er wird doch schon gesucht. Meinen Sie nicht, dass Sheriff Taney die anderen Countys bereits über seine Flucht informiert hat?" Jetzt war es an Betsy, die Augen zu verdrehen. „Das hat er nicht getan, stimmt's?"

„Hat er vermutlich vergessen", erwiderte Joel. „Sind Sie heute in der Stadt?"

Betsy lächelte. „Schon möglich." Sie scharrte nervös mit den Füßen, während ihr Rock im Wind schwang.

„Vielleicht laufen wir einander mal wieder über den Weg." Das klang ja beinahe so, als würde er sich darauf freuen!

„Um Himmels willen", rief Leland, „würden Sie jetzt bitte mit Ihrem Turteln aufhören und mich irgendwohin bringen, wo ich meine Ruhe habe und mich hinlegen kann?"

„Dann kommen Sie mal …" Da war er wieder, der strenge Deputy. Wenn es um die Ausübung seiner Pflichten ging, duldete er keinen Aufschub. Im Weitergehen rief er Betsy über die Schulter zu: „Und passen Sie auf, wo Sie hintreten."

Er hatte gut reden. Wenn er gelesen hätte, was in dieser Zeitung stand, wäre er auch nicht bei der Sache.

Sie eilte ins Büro, wo sie die Zeitung ungestört lesen konnte. Ehrfürchtig strich sie mit der Hand über die Worte, die sie an genau diesem Schreibtisch verfasst hatte. Hier hatte sie sie zu Papier gebracht, und im fernen Kansas City waren sie gedruckt worden, und jetzt würden Menschen, die sie überhaupt nicht kannte, von dem gut aussehenden Gesetzeshüter lesen, der gekommen war, um in einer kleinen Stadt in Missouri für Ordnung zu sorgen. In der Ferne durften es ruhig alle lesen, doch in Pine Gap sollte das möglichst niemand zu Gesicht bekommen. Sie wühlte in Onkel Freds Schreibtisch, und als sie die Schere gefunden hatte, schnitt sie den Artikel aus. Zu schade, dass er auf der zweiten Seite stand. Jetzt war es nicht zu übersehen, dass aus der Zeitung etwas ausgeschnitten worden war.

Hastig legte sie die anderen Zeitungen übereinander. Ab und zu verkaufte Onkel Fred sogar eine davon, aber meistens las nur er sie zum Vergnügen, und manchmal seine Gäste, wenn er sie wegen ihrer letzten Tomatenernte interviewte. Niemand würde die Zeitung aus Kansas City vermissen, wenn sie nicht verfügbar war.

Mit einem letzten liebevollen Blick versteckte sie den ausgeschnittenen Artikel in ihrem Tagebuch und ihr Tagebuch in ihrem Schreibtisch. Erst jetzt fiel ihr der Brief wieder ein, den sie bekommen hatte.

Er kam aus Kansas City. Betsy blickte sich schuldbewusst im Raum um, ging sie zu ihrem Bett und riss den Umschlag auf. Er enthielt einen Scheck. Auf ihren Namen ausgestellt. Sie würde ein Bankkonto eröffnen. Genau das würde sie tun. Und sie würde diesen Scheck darauf einzahlen. Und sobald sie genügend Geld zusammenhatte, würde sie sich eine eigene Unterkunft suchen. Eine Beschäftigung in Pine Gap zu finden war eine Herausforderung, aber vielleicht würden ihre Geschichten ja weiter angenommen, dann hätte sie ausgesorgt.

In dem Brief gratulierte man ihr und bat sie um weitere Artikel. Was nicht darin stand, war eine Erklärung, warum ihr Artikel in der Nachrichtensparte erschienen war. Aber man informierte sie darüber, dass auch andere Zeitungen daran interessiert seien, ihre Artikel zu übernehmen.

Betsy erhob sich abrupt. Zeitungen außerhalb von Kansas City? Genau das hatte sie sich doch immer gewünscht, oder? Aber wegen Joel war das eine heikle Angelegenheit.

Sie wedelte nachdenklich mit dem Brief. Ja, genau das würde sie tun: Sie würde der Zeitung in Kansas City mitteilen, dass ihre Geschichten in Texas nicht veröffentlicht werden durften. Diese Einschränkung würde sie zwar um einige Honorare bringen und Joel würde auch nie erfahren, welche Opfer sie für ihn auf sich nahm, aber sie fühlte sich besser, wenn sie wusste, dass seine Familie ihre Geschichten nicht zu Gesicht bekäme.

Auf keinen Fall durfte er die literarischen Ergüsse in die Hände bekommen, die sie zu Papier gebracht hatte, und dem Irrtum unterliegen, sie sei bis über beide Ohren in ihn verliebt. Denn dann würde er sich aufplustern wie ein stolzierender Truthahn. Ganz besonders, nachdem sie ihn geküsst hatte. Das würde sie noch lange zu hören bekommen.

Seufzend steckte sie den Brief in den Umschlag zurück. Sie hatte schon viel zu lange über Joel nachgedacht. Vermutlich verschwendete er nicht halb so viele Gedanken an sie. Und ganz bestimmt machte er sie nicht zur Heldin irgendeiner romantischen Geschichte.

Nachdem es ihr gelungen war, die Gedanken an Joel wieder zurückzudrängen, öffnete Betsy die Tür. Und stand ihrer hochschwangeren Schwägerin Katie Ellen gegenüber.

„Wo ist dein Bruder?“ Katie Ellen verzog das Gesicht. Eine Hand lag auf ihrem Bauch, mit der anderen stützte sie sich am Türrahmen ab.

„Es ist Montagmorgen. Er wird wohl bei der Auktion sein.“

„Da ist er nicht. Ich habe ihm gesagt, dass es so weit ist, und er hat einfach die Flucht ergriffen wie bei den beiden anderen Malen auch.“

„Wo sind die Kinder?“

„Bei deinen Eltern. Aber ich bekomme jetzt dieses Baby und möchte, dass mein Mann in der Nähe ist, wenn es zur Welt kommt.“

Katie Ellen konnte sehr eigensinnig sein, wenn sie sich erst einmal etwas in den Kopf gesetzt hatte.

Betsy deutete auf ihr Bett. „Warte hier. Ich suche Josiah und Doktor Hopkins. Sissy und Laurel können sich um dich kümmern, während ich weg bin."

„Ich brauche keinen Doktor, ich brauche meinen Mann!" Katie Ellen schnappte nach Luft. Ihre Hand krallte sich in ihren Bauch, der größer war als eine Wassermelone und jeden Augenblick zu platzen drohte. „Ich habe ihm gesagt, dass heute der große Tag ist, aber er wollte nicht zu Hause bleiben, darum bin ich einfach zu ihm auf den Wagen gestiegen. Und wenn ich nicht schon vorher Wehen gehabt hätte, dann hätte ich sie auf der steinigen Straße ganz bestimmt bekommen. Das Fruchtwasser ist schon abgegangen und er hat sich trotzdem aus dem Staub gemacht."

Betsy hätte ihrem Bruder am liebsten den Hals umgedreht. „Du bist nicht in der Verfassung, auf der Suche nach ihm durch die Stadt zu laufen. Ich werde ihn holen –"

„Also gut, wenn er nicht hier ist, dann werde ich ihn eben suchen, und wenn das bedeutet, dass ich dieses Baby mitten auf der Straße bekomme, dann soll es eben so sein!"

„Katie Ellen, du bist sehr aufgebracht und durcheinander. Du musst tun, was für das Baby am besten ist."

„Das Baby will seinen Vater!" Katie Ellen stürmte auf die Straße zurück und machte sich auf den Weg zum Marktplatz.

„Um Himmels willen", murmelte Betsy. Katie Ellen machte sich zum Narren, und es war Betsys Aufgabe, die Familienehre zu schützen. Sie durfte nicht zulassen, dass ihr neuer Neffe oder ihre neue Nichte auf der Straße zur Welt kam. Und darum jagte sie ihrer Schwägerin nach. „Josiah ist bestimmt bei der Auktion."

„Ist er nicht. Ich habe nachgesehen."

„Wo willst du eigentlich hin?"

„Ich weiß es nicht. Ich will nur …" Katie Ellen hielt inne und krümmte sich.

„Wir müssen Doktor Hopkins holen." Betsy blickte suchend über den Marktplatz und überlegte, wo Katie Ellen ihr Kind zur Welt bringen könnte. In der Gefängniszelle gab es eine Pritsche. Eine andere Idee hatte sie nicht. „Lass uns zum Gefängnis gehen." Sie ergriff Katie Ellens Hand und zog sie mit sich. „Wenn Josiah nicht dort ist, schicken wir ihm den Deputy hinterher."

Als sie durch die Tür platzten, hob Joel verwirrt den Kopf. Ein Blick auf Katie Ellen, und er begann zu stottern. „Nein, nein, das ist nicht der richtige Ort –"

„Machen Sie sich auf die Suche nach Doktor Hopkins!", unterbrach Betsy ihn. „Er müsste eigentlich bei der Auktion sein. Schaffen Sie meinen nichtsnutzigen Bruder herbei. Wir dürfen doch nicht zulassen, dass er den ganzen Spaß verpasst."

„Ja, Ma'am." Er wirbelte herum.

Leland Moore rüttelte an den Gitterstäben seiner Zelle. „Sie können mich doch nicht mit diesen Frauen allein lassen. Haben Sie Erbarmen."

Joel schnappte sich die Schlüssel und öffnete die Zellentür. „Heute keinen Whisky mehr, verstanden? Und jetzt verschwinden Sie von hier und lassen Sie die Frauen tun, was getan werden muss."

Katie Ellen war mehr als glücklich, sich auf der Pritsche niederzulassen. „Ich hätte dieses Gebäude nicht betreten, wenn Sheriff Taney noch hier wäre. Dieses unnütze Stück –" Sie erhob sich erneut und lief herum.

„Ich kann nicht glauben, dass das Kind meines Bruders hinter Gittern zur Welt kommen wird", sagte Betsy, „aber es sollte mich auch eigentlich nicht wundern." Sie brauchte den Doktor, sie brauchte Josiah, sie brauchte Leinentücher, und vor allem musste ihre Schwägerin sich endlich beruhigen.

Das war doch nicht zu viel verlangt, oder?

Kapitel 25

Einerseits gelang es ihm nicht, Verbrecher in die Zellen zu stecken, andererseits war er nicht in der Lage, die Frauen davon fernzuhalten. Joel machte sich auf den Weg zur Auktion, und er war sich der verächtlichen Blicke, die ihm folgten, nur allzu deutlich bewusst. Natürlich hatte er die Suche nach dem Schuldigen noch nicht aufgegeben und schloss auch die Möglichkeit nicht aus, dass es einer von den „Bald Knobbers" gewesen war, aber er brauchte Zeit. Sich ein paar Tage im Wald zu verstecken, war kein Problem. Aber früher oder später würde der Schuldige herauskommen, und dann würde er feststellen, dass er sich die falsche Gegend für seine Untaten ausgesucht hatte.

Bis dahin war es Joel Aufgabe, einen widerspenstigen Vater ausfindig zu machen. Er betrat die Auktionsscheune durch die breiten Tore und drängte sich durch die Menschengruppen in eine Art Arena. Der Pferch in der Mitte und die um ihn herum angeordneten Stände erinnerten ihn an eine kleine Rodeoarena. Isaac Ballentine saß auf dem Podest vor einer alten Waage. Den Auktionshammer hielt er in der Hand. Als er Joels Blick auffing, wandte er sich schnell ab. Schuldgefühle oder einfach nur Abscheu, weil so ein netter Kerl wie der Doktor sein Haus verloren hatte? Unbeirrt drängte sich Joel weiter durch die Menge.

„Ich suche Josiah Huckabee." Er hatte Isaac angesprochen, aber alle Umstehenden verstummten.

„Ist er auch ein gefährlicher Verbrecher, den Sie einsperren wollen?"

Nach den Lachsalven zu urteilen sprach der anonyme Zwischenrufer vielen aus der Seele.

„Zuerst Pritchard, dann Leland Moore. Kein Wunder, dass Josiah in Schwierigkeiten steckt, wenn er Umgang mit so gefährlichen Menschen pflegt."

Leland trat vor. Er grinste betrunken und winkte, als sein Name genannt wurde.

Isaacs traurige Augen wirkten beunruhigt. „Josiah müsste eigentlich draußen sein, Deputy. Gehen Sie durch die Seitentür dort drüben, dann werden Sie ihn sicher gleich sehen."

Draußen blickte Joel sich suchend um und entdeckte Josiah, der gedankenverloren inmitten einer Schar von Kälbern stand und ihnen auf den Rücken klopfte. Genau wie Betsy vermutet hatte: Er versteckte sich. Schuldgefühle standen ihm ins Gesicht geschrieben. Die Ähnlichkeit zwischen ihm und seiner kleinen Schwester war nicht zu übersehen.

„Sie wissen, warum ich Sie suche?"

„Ich werde mich hüten, einen Grund zu nennen, wenn ein Gesetzeshüter eine solche Frage stellt."

„Sie brauchen keine Angst zu haben, dass ich Sie einsperre. Im Gefängnis wimmelt es in diesem Augenblick vor Frauen, und einer von ihnen geht es momentan nicht besonders gut."

Josiah zupfte an seiner Hutkrempe. „Ich habe ihr gesagt, sie soll zu Hause bleiben."

„Sie will aber, dass Sie bei ihr sind."

„Sie braucht mich nicht. Das ist unser drittes Kind und sie wird sehr gut ohne mich klarkommen."

Aufgrund seiner Berufserfahrung konnte Joel Menschen recht gut einschätzen. Josiah kam aus einer guten Familie.

Er brauchte nur einen kleinen Schubs in die richtige Richtung.

„Ich habe Sie mit Ihren Kindern beobachtet, und ich erkenne einen stolzen Vater, wenn ich einen sehe."

Josiah nickte. „Ich tue alles für sie, aber das da, das ist Frauenarbeit. Ich weiß nicht, warum sie so hartnäckig darauf besteht, dass ich dabei bin."

„Wie verhält sich Ihre Frau normalerweise, wenn sie Angst hat?"

„Angst? Katie Ellen hat niemals Angst, wirklich. Manchmal steht sie nur im Weg herum und lässt mich einfach nicht in Ruhe. Bei Gelegenheiten, wo sie eigentlich ängstlich sein müsste …"

„Könnte es vielleicht sein, dass sie Sie nur deshalb nicht aus den Augen lässt, weil sie Angst hat?"

Josiah stellte den Fuß, den er auf einer Querstange abgestellt hatte, auf den Boden. „Sie hat nie gesagt, dass sie Angst hat."

„Würde sie das zugeben?"

„Nicht um alles auf der Welt."

Joel beobachtete, wie Josiah über das Problem nachdachte. Manchmal waren die Menschen, die einem am nächsten standen, besonders schwer zu verstehen, aber Josiah versuchte es wenigstens.

„Sie ist im Gefängnis, haben Sie gesagt?" Josiah knabberte auf seiner Lippe herum und schlug gedankenverloren mit der Peitsche auf die Rücken der Kälber. „Wenn Sie wirklich der Meinung sind, dass sie Angst hat, dann sollte ich bei ihr sein, nicht wahr? Es ist doch nicht verkehrt, wenn ein Vater bei der Geburt seines Kindes mit dabei ist." Er zuckte die Achseln. „Bei meinen Kühen habe ich doch auch geholfen."

„Dann tun Sie es jetzt für Ihre Frau", pflichtete Joel ihm bei.

Josiah nickte und machte sich auf den Weg zum

Gefängnis. Es tat gut, gelegentlich auch mal etwas richtig zu machen, aber nicht alle sahen das so.

„Na, haben Sie wieder einen entwischen lassen?" Der alte Sheriff stand plötzlich vor ihm. Er hatte das Gespräch mit angehört. „Sie sollten diesen Josiah verfolgen. Er ist sowieso kein richtiger Verbrecher, also stehen Ihre Chancen gar nicht so schlecht, dass Sie ihn fassen."

Joel ignorierte den Seitenhieb. „Kann ich Ihnen irgendwie helfen?"

„Das bezweifle ich. Es sei denn, wir würden einen Jahrmarkt organisieren und bräuchten einen Kunstreiter oder Lassowerfer, dann wären Sie vielleicht willkommen. Aber was richtige Männerarbeit angeht ..."

Sheriff Taney hatte also von seinem Lassowurf während des Brandes gehört? Er hätte wissen müssen, dass derjenige, der diese Geschichte erzählt hatte, sie zu seinen Ungunsten ausgeschmückt hatte. „Die Ermittlung ist noch nicht abgeschlossen –" Da entdeckte er den Mann, nach dem er gesucht hatte. „Doktor Hopkins!", rief er. Hopkins kam auf sie zu. Er wirkte gealtert und zutiefst erschöpft.

„Ich glaube nicht, dass der Doktor mit Ihnen sprechen will", merkte Sheriff Taney an. „Nicht, nachdem Sie zugelassen haben, dass sein Haus abbrennt."

„Deputy Puckett trifft keine Schuld daran, dass mein Haus abgebrannt ist." Doktor Hopkins stellte seine Arzttasche auf dem Zaun ab. „Er kann nicht überall zugleich sein."

„Ich weiß, wer dafür verantwortlich ist." In diesem Augenblick kam Fowler auf seinem prächtigen Pferd angeritten. Sein Hemd spannte sich über seinem muskulösen Oberkörper. „Schuld daran ist Miles Bullard."

Sheriff Taney tat diese Vermutung mit einer Handbewegung ab. „Was sollte Miles Bullard denn gegen Doktor Hopkins haben?"

„Ich denke nicht, dass er es wagt, nach Hart County zurückzukommen“, winkte auch der Doktor ab. „Nicht, wo ihn hier eine Mordanklage erwartet. Aber ich habe auch noch andere verärgert. Caesar Parrow ist ziemlich wütend geworden, als ich seiner Ziege nicht helfen konnte, die in ein Erdloch gefallen war. Ich habe also durchaus Feinde.“

„Caesar ist nicht Ihr Feind. Bullard ist derjenige, der hinter Ihnen her ist“, beharrte Fowler.

„Und warum sollte er ein Reisigbündel hinterlassen? Das ergibt doch keinen Sinn.“

„Denken Sie an meine Worte, Doktor“, sagte Sheriff Taney. „Es gibt nur eine Gruppe, die so etwas tut. Sie wissen genau, wer dafür verantwortlich ist.“ Und mit einem wütenden Blick in Fowlers Richtung verschwand er.

Der Sheriff hielt also Fowler für den Schuldigen, Fowler glaubte, es sei Bullard, und Hopkins war der Meinung, es könnte auch die Vergeltung für eine Ziege sein, die in einem Erdloch ihr Leben ausgehaucht hatte. In der Zwischenzeit hatte sich Joels Büro in ein Geburtszimmer verwandelt.

„Doktor Hopkins“, sagte Joel, „würden Sie bitte zum Gefängnis gehen –“

„Sie wollen mich befragen?“, fragte Doktor Hopkins.

„Nein, es geht um Mrs Josiah Huckabee. Sie könnte Ihre Hilfe gebrauchen.“

„Im Gefängnis?“ Doktor Hopkins grinste verschmitzt. „Ich bin schon unterwegs.“

„Und Sie brauchen sich gar nicht die Mühe zu machen, dem Deputy von Ihren Problemen zu erzählen“, sagte Fowler. „Ich werde denjenigen finden, der Ihr Haus angesteckt hat, und ihn zur Rechenschaft ziehen.“

Joel wartete, bis Doktor Hopkins gegangen war, bevor er Fowler korrigierte. „Das dürfen Sie nicht.“

„Ich bitte Sie nicht um Erlaubnis. Ich weise nur auf das

Offensichtliche hin, da Sie für meinen Geschmack eine Spur zu langsam sind. Wir haben es auf Ihre Art probiert. Wir haben uns zurückgehalten und deshalb hätte ein Mann beinahe sein Leben verloren. Sie können nicht von uns verlangen, dass wir noch einmal stillhalten. Während Sie Verstecken gespielt haben, haben wir Informationen gesammelt, und wir glauben zu wissen, wo Bullard Unterschlupf gefunden hat. Und aus lauter Herzensgüte mache ich Ihnen ein Angebot, das Sie nicht ablehnen können. Sie können mit den ‚Bald Knobbers' reiten und mit von der Partie sein, wenn wir ihn seiner gerechten Strafe zuführen."

Joel dachte nach. Wenn es das Gesetz nicht gäbe, wenn es keinen Gouverneur gäbe, dem gegenüber er Rechenschaft abzulegen hatte, wenn er Entscheidungen nur nach ihrer Zweckmäßigkeit zu treffen hätte, dann würde er keinen Augenblick zögern. Es war nicht sehr wahrscheinlich, dass diese Männer den Schuldigen stellten und ausreichend Beweise für eine Verurteilung gegen ihn vorbringen könnten. Durch dieses Angebot könnte er sein Gesicht wahren und in dieser Hinsicht war es ein sehr großzügiges Angebot. Aber wenn er es annahm, verstieß er gegen seine Prinzipien. Was wäre, wenn es zu einer Auseinandersetzung käme und der Täter dabei den Tod fände? Was wäre, wenn die Bande außer Kontrolle geriete?

„Sie sind kein Vertreter des Gesetzes und Miles Bullard wurde noch nicht vor Gericht gestellt."

Fowler warf den Kopf in den Nacken und lachte. „Sie sind wirklich witzig, Deputy. Wir beide wissen doch, dass Bullard niemals vor Gericht stehen wird, wenn ich diese Sache dem Gesetz überlasse. Die Familie Hopkins wird sich länger verstecken oder sogar die Gegend verlassen müssen."

Wenn jemand wusste, wie weh es tat, seine Heimat verlassen zu müssen, dann war es Joel. „Es gibt Regeln, an die ich mich halten muss, Clive. Sie mögen nicht zweckmäßig sein, und sie könnten meinem Erfolg im Weg stehen, aber wenn ich gegen diese Regeln verstoße, dann habe ich versagt. Ich finde Ihr Angebot zwar großzügig, und Sie haben es mir in gutem Glauben unterbreitet, aber ich kann es nicht annehmen."

„Gut gesprochen, Deputy. Hoffen wir nur, dass Ihre hochtrabenden Moralvorstellungen nicht den Tod eines Menschen zur Folge haben."

„Wenn Sie wissen, wo sich Bullard versteckt hält, dann sagen Sie es mir doch! Ich würde mich sofort auf den Weg machen, um ihn zu verhaften." Joel hasste es, so im Dunkeln zu tappen.

„Aber Sie würden ihn nicht finden. Ist Ihnen schon mal der Gedanke gekommen, dass ein einzelner Mann einer solchen Aufgabe gar nicht gewachsen ist?"

Joel atmete tief durch. Er musste die „Bald Knobbers" an ihrem Vorhaben hindern, ganz besonders, wenn die Möglichkeit bestand, dass sie hinter dem Brandanschlag steckten, wie Sheriff Taney angedeutet hatte. „Wenn in dieser Stadt Ruhe einkehren soll, dann müssen alle mithelfen, das stimmt. Aber ich werde niemanden auffordern, sich in Gefahr zu bringen."

„Hier zu leben war schon vor dem Krieg gefährlich. Wir haben hier schon ums Überleben gekämpft, bevor Sie alt genug waren, diese hübschen Revolver zu polieren, die Sie an Ihrem Gürtel tragen. Wenn Sie hier überleben wollen, müssen Sie lernen, zuerst loszuschlagen. Warum kümmern Sie sich nicht um Leland und die anderen Trunkenbolde hier in der Stadt und überlassen die Berge uns?"

Mit diesen Worten wendete er sein Pferd und ritt langsam zu einer Gruppe von Männern, die das Gespräch neugierig verfolgt hatten.

Joel kam sich vor wie ein kleiner Junge, der zu Hause bleiben musste, während die Erwachsenen auf die Jagd gingen. Er kletterte über den Zaun und machte sich auf den Weg in die Stadt. Vielleicht war er wirklich zu nichts anderem gut, als Familienfehden zu schlichten, angetrunkene Bürger einzusperren und für überdrehte Ehefrauen vermisste Ehemänner zu suchen. Nein, in Texas hatte er hartgesottene Verbrecher gejagt. Er wusste also, dass er dieser Herausforderung gewachsen war, aber in Texas war auch klar gewesen, wer die bösen Jungs waren. In Garber zogen die Menschen nicht abends in Verkleidung los, um ihre Mitmenschen zu bedrohen. Das hier war viel komplizierter als der Umgang mit Taugenichtsen.

Aber wenn die „Bald Knobbers" losziehen wollten, mussten sie über Informationen verfügen. Er würde ihnen folgen – genau das würde er tun. Nach Einbruch der Dunkelheit würde er sich im Wald auf die Lauer legen und den Bandenmitgliedern folgen. Er wusste ja, dass sie es nicht für notwendig hielten, ihre Einsätze geheim zu halten.

Er hatte das Gefängnis fast erreicht, als ihm bewusst wurde, dass er dort in eine recht peinliche Situation hineinplatzen könnte. Wie lange dauerte so eine Geburt? Joel kratzte sich am Kinn. Ob er sein Büro an diesem Tag noch einmal nutzen konnte? Durch die Eisenstäbe am Fenster sah er Menschen, die sich bewegten, dann Lichtschein, als die Hintertür geöffnet wurden. Da er sich für mögliche Neuigkeiten interessierte, ging er um das Haus herum und traf auf Betsy, die an der Wasserpumpe stand. Als ihre Augen bei seinem Anblick aufleuchteten, vergaß er schlagartig alle Beleidigungen von Fowler.

„Wie um alles in der Welt haben Sie Josiah dazu gebracht herzukommen?" Mit kräftigen Bewegungen betätigte sie den Pumpschlegel.

„Der einzige Unterschied zwischen einem normalen Menschen und einem Helden ist der, dass der Held erkennt, was zu tun ist, bevor es zu spät ist." Er schob sie zur Seite und füllte den Eimer. „Und dann hat er den Mut, loszuziehen und es zu tun."

Betsy lehnte sich zurück und betrachtete ihn aufmerksam. „Das macht wirklich einen Helden aus?"

„Und noch etwas anderes: Ein Held kehrt immer zur Dame seines Herzens zurück." Joel hob den Eimer hoch. Er freute sich über ihr beherztes Lächeln. Wenn er auf der ganzen Welt nur ein freundliches Gesicht sehen könnte, dann wollte er ihres sehen. „Wie geht es Ihrer Schwägerin?"

„Sollte ihr jetzt jeden Augenblick besser gehen. Doktor Hopkins hat mich losgeschickt, um noch mehr Wasser zu holen, und ich gehe mal davon aus, dass Sie den Eimer nicht für mich ins Haus tragen wollen."

Sein Blick wanderte zum Eimer und wieder zurück zu ihrem grinsenden Gesicht. „Ich glaube nicht, dass Sie meine Hilfe brauchen."

„Nachdem Josiah jetzt da ist, geht es uns allen besser."

In diesem Augenblick ertönte im Gefängnisgebäude ein lauter Schrei. Joel verzog das Gesicht. „Würden Sie mir wohl meinen Revolvergürtel, die Satteltasche und mein Gewehr nach draußen bringen? Ich bin ziemlich sicher, dass ich nicht hineingehen möchte."

„Sie wollen weg?" Betsy zog eine Augenbraue in die Höhe. „Was ist los?"

„Nachdem Sanders nun entlastet ist, ist Fowler fest davon überzeugt, dass sich Bullard hier in der Gegend aufhält. Sie reiten heute Nacht." Sein nervöser Blick wanderte zum Gefängnis und er senkte die Stimme. „Ich will sehen, ob ich etwas in Erfahrung bringen kann. Vermutlich bin ich zum Abendessen nicht da."

„Kann ich mitkommen?"

„Wenn wir zusammen unterwegs sind, ist die Gefahr, entdeckt zu werden, viel größer. Ich werde Ihnen morgen alles berichten. Ich verspreche es."

Sie biss sich auf die Lippe. Diese Lippe hatte einmal für den Bruchteil einer Sekunde auf seinen gelegen. Aber sie war eine Dame, und er konnte eine Dame nicht einfach so küssen, wenn ihm der Sinn danach stand. Und im Augenblick stand ihm der Sinn danach, und es war ein sehr angenehmer Gedanke. Vielleicht nur ein flüchtiger Kuss. Denn schließlich wartete eine gefährliche Mission auf ihn …

Ein Baby schrie. Betsys Augen leuchteten auf. Sie nahm ihm den Eimer ab und ihre Finger berührten sich ein paar kostbare Augenblicke lang. „Ich werde Ihnen Ihre Sachen bringen. Seien Sie vorsichtig."

Beinahe hätte er sich verbeugt. „Herzlichen Glückwunsch zu Ihrem neuen Neffen oder Ihrer neuen Nichte", sagte er. „Geben Sie dem Baby einen Kuss von mir."

Nach dem verlegenen Blick zu urteilen, mit dem sie ihn bedachte, hatte auch sie den Kuss nicht vergessen.

Nachdem das Baby während seines Bades nur geschrien hatte, hatte es sich nun endlich an der Brust seiner Mutter beruhigt, die das Gefängnis gewissermaßen übernommen hatte.

„Hier ist es so unordentlich", schimpfte Katie Ellen. „Sobald das Baby schläft, werde ich jede Spur dieses lausigen Taney aus diesem Gebäude tilgen. Die Gesetzbücher liegen in heillosem Durcheinander auf dem Regal, und die Spinnweben sind so dicht, dass sie vermutlich einen Verbrecher besser daran hindern, aus den Fenstern zu steigen, als die davor angebrachten Gitterstäbe. Was muss Deputy Puckett nur von uns denken?"

Betsy zog die verschmutzten Laken von der Pritsche. Sie würde sie zu Hause waschen. Ja, was dachte Deputy Puckett denn von ihnen … von ihr, um genau zu sein? Seine Bemerkung, dass er den Umgang mit Frauen unerträglich fände, hatte er bereits zurückgenommen. Oder zumindest war er zu dem Schluss gelangt, dass sie nicht in diese Kategorie gehörte. Ein Lied summend, band sie die Laken zu einem losen Bündel zusammen. In Joel Pucketts Augen war sie definitiv eine Frau, und zum ersten Mal in ihrem Leben schätzte sie es, dass ihr ein Mann solche Aufmerksamkeiten erwies.

Es war höchste Zeit, nach Hause zu gehen. Sissy und Laurel würden Katie Ellens Baby sehen wollen, aber das bedeutete, dass Betsy auf die Mädchen aufpassen müsste, was im Grunde genommen gar keine schlechte Idee war. Betsy könnte sich ein wenig ausruhen, wenn die Kleinen Mittagsschlaf hielten. Sobald die Sonne unterging, würde sie losziehen. Sie konnte auf keinen Fall zu Hause in ihrem Bett liegen und schlafen, wenn die „Bald Knobbers" unterwegs waren.

Joel hatte vermutlich recht. Sie konnten nicht zusammen losziehen. Am liebsten wäre es ihr, wenn die Männer gar nicht mitbekamen, dass sie da war. Sie musste einfach die Geschehnisse aus erster Hand miterleben, dann hätte sie Stoff für einen neuen Fortsetzungsartikel. Noch ein paar Geschichten, dann hätte sie vielleicht genügend Geld zusammen, um eine Hütte zu mieten. Das wäre ein Anfang. Und vielleicht brachte sie ja etwas in Erfahrung, das Joel weiterhelfen würde. Es ging hier ja nicht nur um sie selbst. Joel brauchte ihre Hilfe; sie brauchte Stoff für einen Artikel. Auf diese Weise war beiden Seiten gedient.

Aber wenn sie entdeckt würde, würde man sie unverzüglich nach Hause schicken. Sie müsste sich verkleiden. Von ihrer Familie unbeobachtet, ging sie zu der schweren Kiste neben Joels Schreibtisch. An dem Tag, an dem Joel Pritchard verhaftet hatte, hatte sie dessen Maske gesehen, und sie hatte Grund anzunehmen, dass sie immer noch hier war.

Betsy stand mit dem Rücken zur Wand und schaute zu Katie Ellen hinüber, die ihr Baby stillte. Josiah strich ihr über die Haare und unterhielt sich leise mit ihr. Betsy beugte sich hinunter und hob vorsichtig den Deckel der Kiste an. Die Angeln quietschten, aber niemand achtete darauf. Lichtschein fiel auf ihren Inhalt und sofort entdeckte sie die Furcht einflößende Kapuze mit den schwarzen Hörnern und dem weiß umrandeten Mund. Unauffällig nahm sie sie heraus und steckte sie in ihr Bündel, bevor sie den Deckel wieder schloss.

Nervös trat sie an die Pritsche, um sich zu verabschieden, aber Josiah und Katie Ellen schenkten ihr keine Beachtung. Aufgeregt und nervös zugleich eilte Betsy nach draußen und machte sich auf den Heimweg. Onkel Freds zerschlissener Mantel würde ihr gute Dienste leisten. Scott war nicht zu Hause; sie konnte sich also eine seiner Hosen ausborgen. Das würde er gar nicht merken. In der Auktionsscheune würde sie sich ein Pferd ausleihen, und schon war sie bereit.

Sie hatte schon immer einmal mit der Gruppe reiten wollen. An diesem Abend würde sie die Gelegenheit dazu bekommen.

Kapitel 26

Es war gar nicht so leicht gewesen, wie er gedacht hatte. Falls die „Bald Knobbers" eine Zeit für ihr Treffen vereinbart hatten, schien Pünktlichkeit auf jeden Fall nicht ihre oberste Priorität zu sein. Alle paar Minuten verließ ein Mann die Stadt, und es war schwierig, ihm zu folgen, denn es bestand die Gefahr, dass unmittelbar nach ihm noch jemand kam.

Aber die Bäume waren sehr nützlich. In der Prärie fiel man zwangsläufig auf, aber hier konnte man sich abseits des Weges im Schutz der Bäume verstecken. Doch das konnten natürlich alle anderen auch.

Bisher hatte niemand in dieser speziellen Verkleidung die Stadt verlassen, was bedeutete, dass alle irgendwo im Wald anhalten und ihre Verkleidung anlegen würden. Er wünschte nur, sie würden sich beeilen. Dann wüsste er wenigstens, wem er folgen musste. Ein stämmiger Mann ritt gerade auf einem Maultier durch die Stadt. Er hatte es überhaupt nicht eilig, sondern trottete gemütlich daher. An der Kreuzung wagte sich Joel zwischen den Bäumen hervor. Er wollte dem Mann einen Vorsprung lassen, bevor er ihm folgte, aber zuerst musste er sich davon überzeugen, dass es nicht noch Nachzügler gab, die ihn ertappen konnten. Als er sich umdrehte, entdeckte er eine weitere Gestalt, die durch das Dunkel hastete. Er erstarrte. Die anderen waren ganz unbekümmert die Straße entlanggeritten, aber dieser Mann wollte nicht gesehen werden, und er war auf dem Weg zur Auktionsscheune.

Joel betete, dass die Hufgeräusche nicht seinen Standort verrieten. Er stieg auf und folgte dem Mann. Vor der Lichtung in der Nähe der Auktionsscheune blieb er stehen. Wo war der Mann abgeblieben? Es wäre töricht, auf die Lichtung zu reiten, bevor er das wusste, und Joel hatte bereits genügend Fehler gemacht. Ein Tor wurde geschlossen, Hufschlag ertönte, und unmittelbar vor ihm galoppierte eine maskierte Gestalt auf einem der Pferde vorbei, die bei der Auktion übrig geblieben waren. Bevor er Gelegenheit hatte, darüber nachzudenken, wer in der Stadt kein Pferd besaß, aber Zugang zu dem Vieh in der Scheune hatte, erkannte er, dass die Gestalt jetzt die verhasste Maske der „Bald Knobbers" trug.

Joels Pferd wieherte. Er drückte seinen Arm gegen seine Nüstern, aber der Reiter hatte nichts gehört. Er war zu sehr damit beschäftigt, sich im Sattel zu halten. Den Mann erkannte Joel nicht, die Maske dagegen schon. Bevor er aufgebrochen war, hatte er nicht noch einmal nachgeschaut, ob sie noch da war. Jemand hatte ihm Pritchards Maske unter der Nase gestohlen. Und der Mann auf diesem Pferd war definitiv nicht Pritchard.

Josiah Huckabee hatte am Nachmittag Gelegenheit gehabt, die Maske an sich zu nehmen, als seine Frau ihr Kind zur Welt gebracht hatte! Und er arbeitete in der Auktionsscheune, da war es logisch, dass er sein Pferd dort unterstellte. Joel setzte sich in sicherer Entfernung hinter dem Reiter in Bewegung.

Der Mond war aufgegangen, aber immer wieder schoben sich Wolken davor. Joel hoffte nur, dass er nicht entdeckt würde, bevor sie ihn zu Bullards vermeintlichem Versteck führten. In sicherer Entfernung folgte er Josiah. Einmal blieb der Mann ganz unvermittelt stehen und neigte den Kopf zur Seite. Die Hörner seiner Maske schwangen von einer Seite zur anderen. Hatte er etwas bemerkt? Josiah schien zu überlegen, welchen Weg er nehmen sollte, und wechselte dann überraschenderweise die Richtung. Joel hatte kaum Zeit, sein Pferd in ein Dickicht zu lenken, als Josiah ihm auch schon entgegenkam. Er ritt ein paar Pferdelängen auf Joel zu und verließ schließlich den Weg, um einem schmalen Bachlauf zu folgen. Es schien beinahe so, als würde Josiah den Weg zum Treffpunkt gar nicht kennen. Joel grübelte darüber nach, während er langsam über den Abhang ritt. Vielleicht gehörte Josiah ja gar nicht zu der Bande. Denn wenn er dazugehörte, besäße er ganz bestimmt eine eigene Kapuze. Aber warum schloss er sich ihnen jetzt an? Warum ausgerechnet an dem Tag, an dem sein Kind zur Welt gekommen war?

Bei seiner Ankunft war Joel sehr voreingenommen und mehr als nur etwas naiv gewesen. Er war davon ausgegangen, dass diese Leute Unruhestifter waren. Doch jetzt versuchte er, sich in ihre Lage zu versetzen. Wie würde er sich verhalten, wenn jemand seinen Vater oder einen seiner Angehörigen umgebracht hätte? Würde er den Täter nicht auch jagen, Stern hin oder her?

Der Wald lichtete sich. Sie hatten den Bald Knob erreicht, die Bergkuppe, auf der es keine Deckung mehr gab. Und der Grund, warum sich die Männer ausgerechnet hier trafen, war nachvollziehbar. Während Josiah aus dem Wald hervorbrach und langsam auf die versammelten Männer zuritt, war Joel dazu verurteilt, im Schutz der Bäume abzuwarten. Er lenkte sein Pferd von dem Pfad herunter, dem sie gefolgt waren, und schob sich so dicht an den Rand der Lichtung heran, wie er es wagte.

Zwanzig bis dreißig maskierte Männer hatten sich auf dem Berg zusammengefunden. Aus der anderen Richtung kamen noch zwei Männer auf sie zugeritten. Der Anführer winkte sie zu sich heran, aber Fowler war als Einziger leicht zu erkennen. Joel betrachtete einige der Pferde, aber da er wusste, dass ihr Fell mit Asche eingerieben worden war, konnte er nur raten. Nun, es lag nicht in seiner Absicht, diese Männer zu enttarnen. Er wollte eingreifen, bevor sie ihre Pläne ausführen konnten.

Von der anderen Seite des Berges kam Scott Murphy nähergeritten. Auch er hatte seinen Mantel auf links gedreht, trug aber keine Maske. Er zögerte, bis er Fowler entdeckte, dann trottete er weiter. Wussten sein Onkel und seine Tante, dass er sich fortgeschlichen hatte? Wenn, wären sie bestimmt krank vor Sorge. Aber Abenteuer und Heldentum lockten und einer solchen Verlockung konnte ein junger Mann nicht widerstehen. Das verstand Joel nur zu gut.

„Was willst du hier?“, fuhr Fowler ihn an.

Die Reiter verteilte sich und starrten ihn an, aber Scott rührte sich nicht. „Ich bin gekommen, um meinen Beitrag zu leisten. Ich reite heute mit euch.“

Joel hielt Ausschau nach Josiah. Würde er eingreifen? Aber er hatte sich unter die anderen schwarzen Kapuzen gemischt.

„Du hast deinen Beitrag bereits geleistet, Junge.“ Fowler war trotz Kapuze deutlich zu verstehen. „Dir haben wir es zu verdanken, dass wir sein Versteck gefunden haben.“

„Und Sie sollten die Informationen an den Deputy weitergeben“, erwiderte Scott. „Sie haben versprochen, nicht allein Jagd auf Bullard zu machen.“

Scott wusste, wo Bullard steckte? Scott war der Einzige, den Joel nicht befragt hatte. Und die einzige Person, die an ihn glaubte ... abgesehen natürlich von Betsy.

„Der Deputy hat eine Einladung bekommen. Es war seine Entscheidung, auf seiner Veranda sitzen zu bleiben und uns nicht zu begleiten. Du hast auf den falschen Mann gesetzt.“

„Das mag ja sein, aber ich werde Bullard trotzdem zur Rechenschaft ziehen wegen dem, was er Doktor Hopkins und Stony Watson angetan hat. Das sind auch meine Nachbarn.“

Scott war entschlossen, seinen Willen durchzusetzen, doch die Männer schienen über seine Anwesenheit nicht besonders glücklich zu sein und flüsterten miteinander. Schließlich meldete sich ein Mann in einer groben, selbst genähten Hose und einem Mantel, der mehr Löcher aufwies als Stoff, zu Wort. „Scott, wir alle sind deine Nachbarn und die von deinem Pa. Wir wollen ihn uns nicht zum Feind machen, aber wenn wir dich mitreiten lassen, dann wird genau das geschehen. Er wird sehr wütend auf dich sein und uns die Schuld geben." Die maskierten Männer nickten zustimmend. „Reite nach Hause, Scott, und komm wieder, wenn du älter bist. Du tust uns einen Gefallen, wenn wir uns nicht vor deinen Eltern verantworten müssen."

Das Gemurmel nahm an Lautstärke zu, und es wurde klar, dass Scott auf verlorenem Posten stand. Er ließ den Kopf hängen und schien die Männer, die zu ihm ritten und ihm auf den Rücken klopften oder ihm ein Wort der Ermutigung mit auf den Weg gaben, gar nicht zu bemerken. Kannte er die Leute, mit denen er redete? Joel hätte es gern gewusst, aber das war nicht sein wichtigstes Anliegen. Ihm ging es vor allem darum, Bullard zu erwischen, bevor die Männer seine Bestrafung selbst in die Hand nehmen konnten. Scott könnte ihm da weiterhelfen. Wenn er sich beeilte, konnte Joel um den Berg herumreiten und Scott auf der Südseite einholen. Er brauchte jetzt dringend sein Pferd.

Als Joel sich umdrehte, blickte er in den Lauf einer doppelläufigen Flinte.

„Hey, Leute", rief der maskierte Mann, der vor ihm stand, „seht mal, was ich gefangen habe."

Wie konnten sie diese Masken nur im Sommer tragen? Obwohl es draußen kalt war, fing sich ihr Atem unter der dicken Jute, und Betsy hatte das Gefühl zu ersticken. Vielleicht bekam sie aber auch deshalb zu wenig Sauerstoff, weil ihr Herz so raste. Scotts Auftauchen war in dieser Hinsicht wenig hilfreich. Egal, welche Geschichte sie sich auch ausdenken müsste, Betsy durfte nicht zulassen, dass Scott mit den „Bald Knobbers" ritt. Selbst wenn sie ihre Identität offenbaren müsste. Sie würde es tun, um ihren Vetter zu schützen. Zum Glück zeigte sich aber, dass das nicht nötig war.

Scott war gerade in dem Waldstück verschwunden, als von der anderen Seite der Lichtung ein Ruf ertönte. Noch ein Nachzügler? Betsy rückte ihre Kapuze zurecht, um besser sehen zu können. So viel zum geheimen Treffpunkt – jeder im County schien ihn zu kennen.

Doch als sie den Mann sah, der mit erhobenen Händen vor dem Gewehrlauf herlief, sank ihr Herz. Wie gut, dass sie nicht zusammen gekommen waren.

Fowler löste sich aus der Gruppe und ritt dem Mann entgegen. „Deputy Puckett, dann haben Sie also beschlossen, sich uns doch anzuschließen?"

„Wenn *anschließen* bedeutet, das Gesetz zu brechen, dann lautet die Antwort nein." Selbst wenn sie seine Stimme nicht erkannt hätte, Joels Profil war unverwechselbar – mit dem tief in die Stirn gezogenen Cowboyhut stand er breitbeinig wie ein Revolverheld vor Fowler. Wenn sie daran dachte, wie schnell er seinen Revolver gezogen hatte, dann war sie fest davon überzeugt, dass er in der Lage wäre, seine Waffen zu ziehen, wenn es sein müsste, und ein oder zwei Schüsse abzufeuern. Sie fragte sich, ob Clive wohl eine Ahnung hatte, wie gefährlich Joel war.

Natürlich wusste Clive das, und das machte ihr Angst.

„Und trotzdem sind Sie hier und spionieren uns nach. Hier in der Gegend haben wir für Spitzel nicht viel übrig."

Betsy umklammerte die Zügel, während sie ihre Möglichkeiten überdachte. Natürlich würde sie sich für ihn einsetzen, wenn es nötig wäre, aber würde es ihm helfen? Vielleicht sollte sie auf eine passende Gelegenheit warten, ihm zu helfen. Sie wünschte nur, Joel wüsste, dass unter den Männern jemand war, der auf seiner Seite stand, aber vielleicht wusste er das ja schon. Immer wieder blickte er in ihre Richtung, beinahe, als würde er mit ihr sprechen.

„Sie wissen, welches Amt ich bekleide, und mit diesem Amt ist eine bestimmte Verantwortung verbunden. Ich kann in dieser Angelegenheit nicht die Augen zudrücken, selbst wenn ich es wollte. Also, ich habe mich Ihnen gegenüber fair verhalten, dachte sogar, ich könnte Sie Freund nennen" – und jetzt gab es keinen Zweifel mehr daran, dass er sie ansprach –, „aber ob Freund oder Feind: Gesetz ist Gesetz, und meine Ehre gebietet es mir, dem Gesetz Genüge zu tun."

Aller Blicke hingen an Clive. Seine Männer würden ihm bedingungslos folgen. Würde Joels Vergehen ihm eine Tracht Prügel einbringen?

„Fesselt ihn." Clive deutete auf einen Ahorn am Rand der Lichtung. „Sobald wir unsere Aufgabe erledigt haben, werden einige von euch zurückkommen und ihn freilassen, falls ihr Lust dazu habt."

Sich zur Wehr zu setzen wäre zwecklos, darum fügte sich Joel und ließ sich unter dem Johlen der Männer an den Ahorn fesseln. Oben auf der Bergkuppe teilte Fowler seine Männer währenddessen ein wie ein Rancher seine Viehtreiber. Obwohl er nicht jedes Wort verstehen konnte – dazu saß er zu weit entfernt –, bekam er doch mit, dass einige Männer das Versteck ausgekundschaftet hatten und Hinweise gaben, wie sie sich ihm nähern sollten. Einige Männer hoben die Hände und meldeten sich freiwillig für bestimmte Aufgaben. In Gruppen ritten sie davon, auf unterschiedlichen Wegen, aber alle mit demselben Kojotenruf, den Joel bereits am Abend seiner Ankunft am Bahnhof vernommen hatte. Was könnte er nicht alles bewirken, wenn er so viele Männer zur Verfügung hätte! In Garber hatte Sheriff Green Schutztruppen gebildet, die aber nur in einem Notfall zum Einsatz kamen.

Die Kälte des Bodens kroch in Joel hoch. Was war der Unterschied zwischen einer Schutztruppe und dieser Bande, die hier agierte? Wenn Clive die Führung an Joel abträte, wäre es dann nicht dasselbe? Aber eine Schutztruppe war an Regeln und Gesetze gebunden. Diese Männer machten sich ihre eigenen Gesetze.

Fowler in seiner schwarzen Maske drehte sich ein letztes Mal zu Joel um. Wenn Joel nur seine Gedanken lesen könnte. Was hatte er mit Bullard vor? War es Fowler zuzutrauen, dass er den Mann kaltblütig erschoss? Joel hoffte, dass es nicht so war. Falls es in dieser Nacht einen Toten gäbe, müsste er die Hälfte der Männer des Countys wegen Mordes einsperren.

Statt Drohungen auszusprechen, hätte er lieber einen weiteren Versuch unternehmen sollen, Fowler davon zu überzeugen, dass sie auf derselben Seite standen. „Tun Sie nichts, das Sie morgen bereuen werden", sagte Joel „Gesetz ist Gesetz."

„Bleiben Sie ruhig da sitzen, und wir können uns über das Gesetz unterhalten, sobald die Aufgabe erledigt ist." Fowler grub die Fersen in die Flanken seines Pferdes, galoppierte über die Lichtung und wurde vom dunklen Wald verschluckt.

Die Hufschläge verklangen schnell und auch das Gejohle war verstummt. Er würde ihnen eine Stunde Zeit geben, und wenn er dann ihre Siegesrufe vernahm, würde Joel wissen, dass sie Erfolg gehabt hatten. Aber er würde keinesfalls eine Stunde tatenlos herumsitzen. Er musste sich befreien.

Joel zog seine Handschuhe aus und versuchte, den Knoten des Seils zu ertasten, das seinen Körper an den

Baumstamm band. So kam er nicht weiter. Er presste sich gegen den Stamm, doch die Spannung der Seile ließ nicht nach. Er saß fest, während in den Bergen gegen das Gesetz verstoßen wurde.

Sein Körper erstarrte, noch bevor ihm klar wurde, aus welchem Grund. Jemand stand links von ihm und beobachtete ihn. Mehrere ungünstige Möglichkeiten schossen ihm durch den Kopf: Hatte Fowler vor Zeugen vielleicht freundlich gesprochen, dann aber einen Handlanger geschickt, der Joel umbringen sollte? Oder war dieser Mann vielleicht ein Bergbewohner, der ein Hühnchen mit dem Deputy zu rupfen hatte?

Joel tat so, als hätte er seinen Besucher schon viel früher bemerkt, und sagte: „Sie sind fort. Worauf warten Sie noch?"

Der Mann stellte sich vor ihn. Als er die Kapuze erkannte, entspannte sich Joel ein wenig. Josiah. Doch, halt! Der Statur nach zu urteilen stand ein Junge vor ihm und kein ausgewachsener Mann. Dieser hockte sich neben Joel.

„Ich würde dem Mann, der mich gefangen genommen hat, gern in die Augen sehen", meinte Joel schließlich, als der Unbekannte ihn weiter schweigend betrachtete.

„Da es unter dieser stinkenden Kapuze höllisch heiß ist, habe ich nichts dagegen."

Joel riss die Augen auf. Das war nicht die Stimme eines Mannes.

Mit einem Ruck wurde die Kapuze heruntergerissen und blondes Haar quoll darunter hervor. „Ich hätte dieses Ding zuerst waschen sollen", meinte Betsy. „Ich hoffe nur, dass Pritchard keine Läuse hat, sonst bringe ich ihn um." Die Haare klebten an ihrer feuchten Stirn.

Betsy hatte ihm diese Kapuze also gestohlen. Ausgerechnet sie.

Aber jetzt war nicht der richtige Zeitpunkt für eine Strafpredigt.

„Ich war noch nie so froh, Sie zu sehen." Er lächelte sie auf eine Art an, die Frauen erfahrungsgemäß unwiderstehlich fanden. „Ich wusste nicht, wie ich hier wegkommen sollte."

„Wie kommen Sie denn auf die Idee, dass ich Sie losbinden werde?" Betsy steckte den Finger unter das Seil, das um seine Brust gewickelt war. „Vielleicht gefallen Sie mir ja gefesselt besser."

Kapitel 27

Joel lächelte sie zwar an, aber sie konnte nicht ergründen, was ihm gerade durch den Kopf ging. Und Betsy hatte auch keine Zeit, das Geheimnis zu ergründen. Dass sie ihn befreite, bedeutete, dass sie nicht mitbekam, was geschah, und damit vermutlich die beste Geschichte ihres Lebens verpasste. Sie überprüfte das Seil, das um seine Brust geschlungen war.

„Ich hätte nicht gedacht, dass Bo jemanden so gut fesseln kann, wo er doch so angetrunken ist."

„Das war Bo Franklin?" Joel wandte den Blick ab. „Ich dachte, er hätte selbst Ärger mit der Bande."

„Als Sie seinen Onkel verhaftet haben, hat er sich ziemlich schlecht gefühlt. Jetzt haben die beiden einen gemeinsamen Feind. Sie." Sie warf ihm ein bezauberndes Lächeln zu und er fühlte sich auch tatsächlich verzaubert.

„Wie schade, dass ich gefesselt bin", sagte er. „Mir ist gerade eingefallen, was ich jetzt gern tun würde." Sein Blick wanderte zu ihren Lippen, und sein Gesichtsausdruck war so gierig wie der eines hungernden Mannes, der nur wenige Zentimeter von dem Essen entfernt ist, das er nicht erreichen kann.

Verflixt noch mal. Die „Bald Knobbers" waren auf der Jagd. Sie konnte nicht hier herumsitzen und ihn die ganze Nacht mit Kuhaugen anstarren, so gern sie das auch tun würde. „Wo ist Ihr Messer? Ich schneide Sie los."

„Linker Stiefel."

Sie steckte ihre Hand in seinen Stiefel und zog das Messer aus dem Schaft. Vorsichtig setzte sie es an seiner Brust an und wollte das Seil durchtrennen, doch er protestierte.

„Nicht dort. Lieber an meinen Händen."

„Warum?"

„Ich habe meine Gründe. Außerdem ist das ein gutes Seil."

Ach ja. Das Lasso. Sie beugte sich vor und griff hinter ihn. Ihre Wange passte genau in seine Halsbeuge. Sie atmete tief seinen Geruch ein und hätte sich am liebsten an seine warme Haut gekuschelt. Ihm schien es wie ihr zu gehen, denn auch er hielt ganz still. Betsy erkannte, dass sie auf diese Weise seine Hände nicht erreichen konnte. Bedauernd erhob sie sich und lief um den Baum herum. Dort hockte sich hinter ihn und durchtrennte das Seil, das um sein Handgelenk gewickelt war.

„Ich hatte nicht mit Ihrem Auftauchen gerechnet", sagte sie.

„Das hatte ich auch anders geplant." Das Seil glitt zu Boden. Nachdem seine Hände jetzt frei waren, wickelte Joel es auf. „Ich wäre lieber in meinem Versteck geblieben."

„Das wäre mir auch lieber gewesen. Mir hat nämlich niemand Beachtung geschenkt", sagte sie. „Vermutlich waren alle so mit ihrer eigenen Verkleidung beschäftigt, dass sie sich die anderen nicht besonders aufmerksam angeschaut haben."

Joel erhob sich und wickelte das Seil vom Baum. Es war wirklich ein gutes Seil. Er würde es mitnehmen.

Betsy hob ihre Maske vom Boden auf. „Lassen Sie uns gehen. Sie wollen zu Parrows Höhle. Scott glaubt, dass Bullard dort ist. Es ist ein altes Schwarzbrennerversteck. Ich kann Sie hinführen."

Joel ergriff ihr Handgelenk. Dieses lästige Sehnen war wieder da. In ihrer Nähe konnte er einfach nicht klar denken.

„Ich hatte doch gerade gesagt, es gäbe etwas, das ich gern tun würde", erklärte er.

Betsy winkte ab. „Sie wollten mich nur überreden, Sie loszubinden. Danke, dass Sie daran denken, aber es ist wirklich nicht nötig. Wir müssen uns beeilen."

„Sie sind ein großes Risiko eingegangen, um mich zu befreien, Betsy. Und bevor wir gehen, muss ich mich noch angemessen bei Ihnen bedanken."

Seine unergründlichen grauen Augen zogen sie in ihren Bann. Der Kuss war schön gewesen, aber sie war ziemlich sicher, dass er ihr noch aussagekräftigere Worte als „schön" entlocken könnte, wenn sie ihm die Gelegenheit dazu gab. Ein ganzes Nachschlagewerk voll anderer Worte.

„Sie werden den Mann geschnappt haben, bevor wir auch nur –" In diesem Augenblick trat er auf sie zu, und Betsy fiel schlagartig kein Grund ein, warum sie nicht in den Armen dieses umwerfenden Mannes liegen sollte.

Mit einer Hand strich er ihre Haare zurück, aber darüber hinaus schien er nicht so genau zu wissen, was er tun sollte. Er hielt inne, starrte auf ihre Lippen. In seinen Augen las sie Entschlossenheit, aber er schien nicht viel Übung zu besitzen. Langsam beugte er sich vor und presste seinen Mund auf ihren. Betsys Körper vibrierte, als die Wärme in ihrer Brust durch ihre Adern jagte und die Kälte aus ihren Fingerspitzen vertrieb. Es war ein guter Anfang, aber sie hatten jetzt keine Zeit dafür. Sie konnten nicht einfach hier herumstehen und –

Er drückte sie gegen den Baumstamm und küsste sie erneut, und eines musste sie ihm lassen: Er lernte schnell. Sie vergaß alles andere und genoss das Gefühl, von ihm gehalten zu werden – seine Kraft, seine Zärtlichkeit. Er küsste sie, als habe er eine Mission zu erfüllen, und falls er vorhatte, sie zu küssen, bis sich alles um sie drehte und sie nicht mehr wusste, wo oben und wo unten war, dann machte er seine Sache gut.

Joel stöhnte, als würde ihn etwas beunruhigen. Sie versuchte, ihn weiter an sich zu ziehen, aber da war immer noch dieses Seil zwischen ihnen, und egal, wie sehr sie sich auch wand, sie konnte ihn nicht dazu bringen, es fallen zu lassen. Er legte seine Arme um sie. Gut, denn ihre Knie wurden weich, und ihre Beine waren kaum noch in der Lage, sie zu tragen. Ihre eigenen Arme lagen schwer auf seinen Schultern.

Seine Hände glitten zu ihren Schultern und über die Arme zu ihren Händen. Seine Küsse wurden langsamer, als er diese hinter den Baumstamm führte und dort festhielt. Allmählich wurde sich Betsy sehr deutlich ihres Körpers bewusst und wie sehr sie sich an ihn presste, doch noch zwei andere Gedanken gingen ihr durch den Kopf.

Der eine war, dass ihr nicht gefiel, dass er ihre Hände festhielt. Sie war nur ungern jemandem so ausgeliefert.

Und der zweite war, dass dieses verflixte Seil wirklich im Weg war.

Er hatte aufgehört, sie zu küssen. Stattdessen blickte er über ihre Schulter, während er sich gleichzeitig hinter ihrem Rücken an etwas zu schaffen machte.

Es war das Seil und es war um ihre Handgelenke gebunden.

„Willst du mich etwa fesseln?“ Sie wollte einen Schritt vortreten, musste jedoch feststellen, dass sie sich nicht bewegen konnte.

„Das will ich nicht nur, meine Liebe, das ist mir bereits gelungen.“

„Was?!“ Da ihr Herz sowieso schon raste, dauerte es nicht lange, bis sie auf hundertachtzig war. Sie wand sich, wollte ihre Hände aus seinem Griff befreien, aber sie waren hinter ihrem Rücken festgebunden, und es gelang ihr nicht. Bevor sie wusste, wie ihr geschah, war sie gefesselt – so fest, wie ein Gentleman eine Dame ihrer Meinung nach nicht fesseln sollte.

„Wir haben keine Zeit für so etwas", sagte sie. „Ich habe dir doch gesagt, wir müssen uns beeilen, wenn wir sie einholen wollen."

„*Wir* gehen nirgendwohin, und wenn ich mich darauf verlassen könnte, dass du auf mich hörst und in die Stadt zurückkehrst, dann wäre das hier nicht nötig gewesen."

„Du hast das mit Absicht gemacht?"

Natürlich. Von dem Augenblick an, in dem sie neben ihm gekniet hatte, hatte er gewusst, was er tat. Die sehnsüchtigen Blicke, die verführerischen Küsse – er hatte sie bloß an der Nase herumgeführt. Wenn es ihr gelingen würde, eine Hand zu befreien, würde sie ihm zeigen, wie sie darüber dachte.

„Du solltest dich schämen."

Seine Augen blitzten und ein gefährliches Lächeln umspielte seine Lippen. „Ich würde mich vielleicht wirklich schlecht fühlen, wenn das hier nicht wäre." Er hielt Pritchards Kapuze hoch. „Du hast meine Sachen durchwühlt und mir diese Maske gestohlen, nicht wahr?"

„Eigentlich gehört sie der Stadt Pine Gap, da du sie ja während eines offiziellen –"

„Keine Entschuldigungen. Ich habe schon viel zu viel Zeit vergeudet."

„Vergeudet?!" Sie zerrte an den Seilen und bat Gott, ihr die Kraft Simsons zu schenken, damit sie ihre Fesseln lösen konnte. Am liebsten hätte sie diesen Mann in Stücke gerissen. Leider erhörte Gott ihre Bitte nicht, sondern ließ zu, dass dieser Schuft im Wald verschwand und hoch zu Ross noch einmal zurückkehrte. „Hör auf, dich so dagegen zu wehren."

Wie konnte er es wagen, so stolz dazusitzen! Wenn sie ihm nicht geholfen hätte, dann würde er immer noch gefesselt am Baum hocken und sich zum Narren machen.

„Vergiss nicht, ein Held kehrt immer zur Dame seines Herzens zurück", sagte er.

„Das kannst du dir sparen.“ Sie wandte sich ab, um ihm zu zeigen, dass das Gespräch beendet war, doch als er sein Pferd ohne ein weiteres Wort in Bewegung setzte, fiel ihr doch noch etwas ein. „Du brauchst nicht wiederzukommen, denn vermutlich bekomme ich eine Lungenentzündung, Frostbeulen, vielleicht sterbe ich und werde von einem Bären gefressen, der seinen Winterschlaf unterbricht, und das nur, weil du mich hier allein gelassen hast.“

Er würde nicht zurückkommen. Sie stampfte mit dem Fuß auf. Was für ein hinterhältiger Mistkerl! Und dabei stellte sie ihn in ihren Artikeln immer als einen so netten Menschen dar, dass die meisten Frauen von Kansas City in diesem Augenblick vermutlich in ihrem Bett lagen und von ihm träumten.

Wenn sie nur wüssten …

Kapitel 28

„Ich hätte wissen müssen, dass Bo einer solchen Aufgabe nicht gewachsen ist, wenn er betrunken ist", sagte einer der maskierten Männer.

Joel würde ihm keinesfalls verraten, wie er entkommen war.

Ihn quälte die Frage, was sie mit Betsy anstellen würden, falls sie davon erfuhren. Oder was sie von ihr halten würden. Er wollte nicht noch einmal dem Ruf einer Frau Schaden zufügen.

„Wo steckt er?" Joel ritt zum Eingang der Höhle.

In diesem Moment trat Fowler hinaus ins Mondlicht. In seiner Hand hielt er eine leere Petroleumdose. „Er ist wieder in der Gegend." Fowlers verschwitzte Haare klebten an seinem Kopf. „Bestimmt hat er uns bemerkt und die Flucht ergriffen. Aber seine Sachen hat er zurückgelassen. Bullard ist schuldig, warum hätte er sonst fliehen sollen, anstatt sich der Anklage zu stellen?"

„Und Sie glauben nicht, dass seine Angst vielleicht berechtigt war angesichts der Tatsache, dass Ihre Gruppe Jagd auf ihn macht?", fragte Joel.

„Was ist denn so verkehrt daran, einem Mann mal den Kopf zu waschen, wenn er es verdient hat?"

„Aber das Gesetz legt fest, wann er es verdient hat und welche Strafe gerecht ist."

„Sie und Ihr Gesetz. Eines Tages werden Sie erkennen, dass ein Mann selbst für sein Recht kämpfen muss, egal, was in den Gesetzbüchern steht. Er kann sich nicht darauf verlassen, dass irgend so ein Regierungsvertreter seine Kämpfe für ihn austrägt."

Auch wenn Joel mittlerweile verstand, dass die Zustände in Missouri sich von denen in Texas unterschieden, wusste er, dass es einen besseren Weg gab. „Aber manchmal geht das schief, und das Haus eines unschuldigen Mannes steht in Flammen, weil er nicht mit den Konsequenzen gerechnet hat."

Fowler runzelte die Stirn. „Wir waren ja vorbereitet, aber Sie hatten uns versprochen, dass Sie sich um ihn kümmern würden. Wenn Sie sich nicht eingemischt hätten –"

Joel hob die Hand, um ihn zu unterbrechen. „Und vielleicht hätte ich ihn heute geschnappt, wenn Sie mich nicht gefesselt hätten."

„Wir haben Ihnen nichts getan." Aber Fowlers Stimme hatte etwas von ihrer Großspurigkeit verloren.

Joel nutzte seinen Vorteil und fuhr fort: „Aber Sie haben mich in meiner Arbeit behindert. Ein solches Vorgehen wird mit einer Gefängnisstrafe geahndet, und wenn ich befürchten muss, dass das noch einmal passiert, werde ich Sie in Haft nehmen."

Lange Sekunden verstrichen. In der kalten Luft konnte Joel die Hitze, die Fowler abstrahlte, beinahe spüren. Schließlich entspannten sich seine Schultern.

„Ich bin nicht Ihr Feind, Deputy", erklärte Fowler. „Ich habe das nur getan, weil ich Angst hatte, Sie würden ihm zur Flucht verhelfen." Joel protestierte, doch er fuhr unbeirrt fort. „Ich weiß, Sie hätten es vielleicht nicht mit Absicht getan, aber trotzdem wären Sie im Weg gewesen. Und Sie stimmen mir doch sicher zu, dass ich nicht auf der Seite der Gesetzesbrecher stehe."

„Aber Sie verstoßen selbst gegen das Gesetz."

„Ich verstoße also gegen das Gesetz, um dem Gesetz Geltung zu verschaffen? Dann sollte man vielleicht das

Gesetz ändern." Fowler blickte zum Himmel. „Es ist spät. Ich reite jetzt nach Hause und gehe zu Bett. Eine gute Nacht noch."

Joel trat zur Seite und sah zu, wie Fowler und die anderen „Bald Knobbers" über die Bergkuppe verschwanden. Warum war Fowler nur so vernünftig? Warum nur klang das, was er sagte, so edel? Joel fühlte sich mit seinen spitzfindigen Vorschriften beinahe schon kleinkariert. *Ihr dürft die bösen Buben nicht jagen, weil ihr das Stückchen Metall nicht besitzt, das euch dazu autorisiert?*

Und was bedeutete dieses Stückchen Metall? In Joels Fall bedeutete es, dass er aus einer guten Familie stammte und seine Eltern Freunde hatten, die ihn für diese Aufgabe empfohlen hatten. Es bedeutete aber auch, dass seine Autorität durch das Wort einer jungen Dame zunichte gemacht werden konnte und das Wort der Freunde seiner Eltern auf einmal gar kein Gewicht mehr besaß. Hätte Sheriff Green in seiner Empfehlung die Situation nicht erklärt und hätte der Gouverneur von Missouri nicht dringend einen unparteiischen Gesetzeshüter gesucht, dann besäße Joel jetzt denselben Rang wie Fowler, nämlich gar keinen. Und was würde er an Fowlers Stelle tun?

Joel ritt langsam zum Bald Knob zurück. Er gähnte herzhaft. Die Kälte ließ ihn erschauern. Wie gut, dass Betsy diesen Mantel anhatte, sonst würde sie sicher frieren. Die Vorstellung, dass er sie gleich wieder in die Arme nehmen konnte, vertrieb die Kälte aus seinen Gliedern. Vielleicht konnten sie sich aneinander wärmen, aber dazu wäre sie gewiss nicht zu bewegen. Sein Verhalten ihr gegenüber war falsch gewesen, und wenn sie nur halb die Frau war, die er in ihr vermutete, dann würde ihn seine Entscheidung teuer zu stehen kommen.

Als er die Lichtung erreichte, hielt er Ausschau nach Unruhestiftern, denen es vielleicht nicht gefiel, dass er frei war, aber es war niemand zu sehen. Niemand außer einer anbetungswürdigen Frau, die am ganzen Körper zitterte und vor Wut schäumte.

„Du hättest mir wenigstens meine Kapuze wieder aufsetzen können, dann wäre mein Kopf warm gewesen." Wütend starrte sie ihn an.

„Ich wollte doch nur dein Bestes."

„Du hast mich meiner Freiheit beraubt, und jetzt deutest du auch noch an, ich sei so einfältig, dass du mich nur auf diese Weise daran hättest hindern können, mir selbst Schaden zuzufügen? Du greifst meine Person an und beleidigst auch noch meine Intelligenz?"

„Wo hast du gelernt, so gut mit Worten umzugehen?", fragte er, während er von seinem Pferd stieg. „Wirfst du immer so mit Worten um dich, wenn du verärgert bist?"

„Ich bin nicht nur verärgert, sondern zutiefst erzürnt."

Trotz ihres Zorns lehnte sie scheinbar entspannt am Baum. Vielleicht war sie bereits erschöpft von dem Versuch, sich von ihren Fesseln zu befreien, aber er hatte das Gefühl, dass sie wieder ausgesprochen lebhaft sein würde, sobald sie frei wäre.

Er trat hinter den Baum und löste den Knoten. Sanft wickelte er das Seil von ihrem Handgelenk und zuckte zusammen, als er sah, welche Spuren es auf ihrer zarten Haut hinterlassen hatte. „Es tut mir wirklich sehr leid, Betsy." Am liebsten hätte er sanft darüber gerieben, aber das wäre vermutlich nicht besonders klug. „Ich werde es wiedergutmachen."

Anschließend band er sie vom Baum los, und sobald sie frei war, sprang sie auf. Joel zuckte zusammen und rechnete ganz fest mit einer schallenden Ohrfeige. Doch stattdessen stürmte sie an ihm vorbei und stieg auf sein Pferd.

Das einzig Berechenbare an Betsy war ihre Unberechenbarkeit.

Eine Sekunde später, und er hätte die Zügel nicht mehr erwischt. „Wo willst du hin?"

„Lass mich los. Du hast kein Recht, mich aufzuhalten."

Er hielt die Zügel um so fester und packte mit der anderen Hand das Zaumzeug. „Du sitzt auf meinem Pferd. Warum nimmst du nicht dein eigenes Pferd?"

„Weil deines schneller ist und ich nicht will, dass du mich einholst."

Aber er hatte sie bereits gefangen und würde sie nicht loslassen. „Betsy, es tut mir wirklich leid, dass ich dich fesseln musste, aber du musst etwas begreifen: Wenn wir Freunde sein wollen, musst du meine Autorität respektieren. Wie kann ich dir vertrauen, wenn du Beweismittel aus meinem Besitz entwendest? Wie können wir miteinander auskommen, wenn du hinter meinem Rücken mit der Gegenseite konspirierst?"

Waren ihre Augen wegen der Kälte gerötet oder hatte sie geweint?

„Ich dachte, du wolltest mich küssen, aber stattdessen –" Sie wandte ihr Gesicht ab. „Das ist vermutlich nicht wichtig." Obwohl ihr Tonfall ihm etwas anderes sagte. „Wichtig ist, dass ich herausfinde, wer auf der anderen Seite des Berges einen Schuss abgegeben hat."

Machte sie Witze? Sie wischte sich mit dem Ärmel ihres Mantels über die Nase. War das alles eine List, um es ihm heimzuzahlen?

„Sehr witzig", erwiderte er. „Und jetzt gibt mir mein Pferd."

Seufzend stieg sie ab. „Aber ich meine es ernst. Ich habe wirklich einen Schuss gehört."

Er stopfte das Seil in seine Satteltasche. „Dir ist nichts geschehen, du bist nicht verletzt, also denk dir nicht irgendwelche –"

„Das ist kein Spaß, Joel." Und sie wirkte tatsächlich ernst. „Vor etwa dreißig Minuten … aus der Richtung, in der meine Eltern wohnen."

Sein Blut rauschte in seinen Ohren. Vor dreißig Minuten? „Liegt Hopkins' Farm in dieser Richtung?"

Sie gab keine Antwort, sondern rannte einfach los.

„Wo willst du –" Sie wollte ihr Pferd holen, und er tat gut daran, sich in den Sattel zu schwingen.

Gemeinsam ritten sie los. Sie führte ihn über Hohlwege, die er für unpassierbar gehalten hätte. In rasendem Tempo kämpften sie sich einen Steilhang hinunter, setzten über einen schmalen Bachlauf und folgten dem engen Tal bis zu den Eisenbahnschienen. Die Schienen gaben Joel Orientierung. Nichts war so verwirrend wie die endlosen gewundenen Pfade der Berge. Hier gab es keine Wege, die in gerader Linie nach Norden, Süden, Osten oder Westen führten, sondern nur verschlungene Pfade, sodass man am Ende nicht mehr wusste, wo man war.

Schließlich mündete der Pfad in einen breiteren Weg, der zu einer richtigen Straße führte, auf der sogar ein Wagen fahren konnte. Sie folgten der Straße bis zum Flussbett. Die Hufe ihrer Pferde klapperten über eine Holzbrücke und auf der anderen Seite hielt Betsy inne.

Es war sehr kalt geworden. Ihr Atem stand in Rauchwolken vor ihrem Mund. „Ich weiß nicht genau, wo es war", sagte sie. Die Straße verzweigte sich auf dieser Seite des Flusses, wand sich in unterschiedliche Richtungen um den Berg. Sie spähte aufmerksam in die Dunkelheit. „Wir könnten uns aufteilen."

„Nie im Leben. Lieber würde ich dich hier festbinden und auf diese Weise in Sicherheit bringen."

„Ich würde sagen, gerade hier wäre ich in Gefahr." Sie zupfte an dem weiten Mantel, den sie bis zum Kinn hochgezogen hatte, und schließlich entschied sie sich für eine Richtung.

Die Straße verengte sich wieder und die Zweige zerrten erfolglos an Joels Mantel. Ein umgestürzter Baum versperrte ihnen schließlich den Weg. Sie stiegen ab, verließen die Straße und kämpften sich über einen schmalen Abhang. Abseits der Straße entdeckte er Spuren.

„Dieser Baum liegt noch nicht lange dort. Hier sind Spuren. Da ist uns jemand zuvorgekommen."

Betsy erschauderte.

Er löste den Verschluss an seinem Holster. Die Kälte spürte er nicht mehr. „Bist du sicher …?"

„Du willst mich doch nicht allen Ernstes zurücklassen!"

„Wohin führt diese Straße?"

„Sie führt über Fowlers Land zur Rückseite von Hopkins' Haus."

„Wenn du mit deiner zeitlichen Einschätzung recht hast, dann hatte ich Fowler gerade erreicht, als der Schuss fiel."

Sie schauderte erneut. „Vielleicht war jemand auf Waschbärenjagd." Aber beide wussten, dass sich in einer Nacht, in der die „Bald Knobbers" unterwegs waren, niemand im Wald herumtreiben würde.

Vorsichtig schlichen sie weiter, behielten beide Straßenseiten im Blick, und immer wieder blieben sie stehen, damit Joel Spuren untersuchen konnte.

„Im Wald ist es normalerweise nicht so still", bemerkte Betsy.

„Es ist fast Morgen."

Die Dämmerung war noch nicht angebrochen, aber der Mond schien hell genug, dass sie einen Schatten erkennen konnten – den Schatten eines reiterlosen Pferdes.

Kapitel 29

Instinktiv trat Betsy näher an Joel heran. Er war angespannt, rührte sich aber nicht.

„Hallo?“, rief er.

Das Pferd kam auf sie zu. Im Mondlicht, das durch die blätterlosen Äste fiel, war zu erkennen, dass niemand im Sattel saß. Die Zügel hingen herunter und es wieherte leise.

„Ist da jemand?“ Seine Stimme wurde von einem Felsabhang zurückgeworfen, aber er bekam keine Antwort. „Kennst du das Pferd?“

Betsy umklammerte seinen Arm. „Es kommt mir bekannt vor, aber ich kann es gerade nicht einordnen.“

„Bleib hier.“ Er legte seine Hand auf ihre, bevor er sie von seinem Arm schob und seinen Revolver zog.

Sie sollte hierbleiben? War er verrückt? Doch dann dachte sie an die eine Stunde, die sie gefesselt auf dem Berg verbracht hatte, und beschloss, diese Diskussion auf später zu verschieben. Sie würde bleiben, wo sie war.

Langsam ging er auf das verängstigte Pferd zu. Selbst im Dunkeln konnte er erkennen, wie groß seine Angst war. „Schsch … ruhig.“ Mit ausgestreckter Hand ging er langsam weiter auf das Tier zu, bis er sein Zaumzeug zu fassen bekam. Joel steckte seinen Revolver ins Holster und strich über den feuchten Hals des Tieres. „Dieses Pferd ist ganz verschwitzt“, sagte er. „Da hatte es jemand aber sehr eilig.“

Unwillkürlich warf Betsy einen Blick über die Schulter.

Falls hier jemand unbedingt wegwollte, dann hielt er sich unter Umständen immer noch in der Nähe auf – hinter einem Baum oder einem Felsbrocken versteckt. Aber so gefährlich die Situation auch war, sie war lieber hier als woanders.

Joel hockte sich neben das Pferd. Es roch nach feuchter Erde. Oder hatte er vielleicht noch etwas anderes entdeckt? „Betsy", sagte er, „holst du mir bitte die Streichhölzer aus meiner Satteltasche?"

Betsy löste die Schnalle an der Satteltasche und ertastete eine Tüte Dörrfleisch, einen Kompass und ein Messer in einer Scheide. Schließlich fand sie den wasserdichten Behälter mit den Schwefelhölzern. Mit dem Messer schnitt sie in aller Eile einen vertrockneten Ast von einem Nadelbaum, schob einige heruntergefallene Tannennadeln zusammen, zündete ein Streichholz an und hielt es an die Tannennadeln. Anschließend legte sie noch einige Tannenzapfen darauf, und sobald das Feuer in Gang gekommen war, hielt sie den vertrockneten Zweig an die noch jungen Flammen. Schon hatte sie eine Fackel, die heller brannte als Mrs Rineharts Kronleuchter.

Vorsichtig trat sie auf Joel zu. Er packte ihren Arm und drückte ihn sanft herunter.

An einer Stelle waren die auf dem Boden liegenden Blätter feucht, während alle anderen toten Blätter trocken waren. „Was ist das?", fragte sie.

Sie hockten sich hin, um besser sehen zu können, und Joel strich mit dem Finger über einen Stein. Als er ihn ins Licht hielt, sah er die tiefrote Farbe.

Ihr Magen krampfte sich zusammen. Früher hatte sie Fowler über alles informiert, was ihr verdächtig vorgekommen war, aber in diesem Fall zählte jeder zum Kreis der Verdächtigen, und so konnte sie nur Joel vertrauen.

„Darf ich?", fragte er.

Sie reichte ihm die Fackel. Nachdem sie das Pferd an

einen Apfelbaum gebunden hatte, folgte sie Joel, sehr vorsichtig, um nicht auf irgendein Beweisstück zu treten. Die Wolken schoben sich wieder vor den Mond, und die Dunkelheit legte sich über alles, was nicht von der Fackel erleuchtet wurde.

Joel ging nach vorn gebeugt und langsam. Alle paar Meter hielt er inne und schwang die Fackel in einem weiten Bogen unmittelbar über dem Boden. Der Tannengeruch belebte ihre Sinne, aber die Helligkeit der Fackel schmerzte in ihren müden Augen. Sie wandte den Blick ab.

Nachdem Joel die Lichtung abgesucht hatte, trat er an den Rand der Schlucht. Dort kniete er nieder und suchte nach Spuren. Er nickte ernst, als würde er eine Frage beantworten, die sie gar nicht gestellt hatte. Schließlich hielt er die Fackel über den Abgrund. Betsy konnte ihre Neugier nicht länger zähmen. Vorsichtig trat sie neben ihn, blieb aber einen Meter vor dem Rand der Schlucht stehen. In Texas gab es vielleicht keinen Steinschlag, doch sie kannte die Gefahr nur zu gut.

„Siehst du etwas?“, fragte sie.

„Nein“, erwiderte er. „Eigentlich müsste dort etwas sein, aber es ist zu dunkel. Ich kann nichts erkennen.“ Bildete sie es sich nur ein oder klang er enttäuscht? „Ich werde nach unten klettern, um mir einen Überblick zu verschaffen.“

Er wollte gerade vorsichtig hinunterklettern, als ein leises Stöhnen ihn und Betsy veranlasste, einen Schritt zurückzutreten.

„Es kommt von irgendwo da vorne“, sagte Betsy und deutet auf einen Pfad.

Leise schlich Joel weiter.

Erneut war ein Stöhnen zu vernehmen. Betsy blieb stehen. Dies war eine Situation, in der sie sich lieber im Hintergrund hielt. Diesen Teil durfte ihr schneidiger Deputy gern allein erledigen.

Das Blätterrascheln verstummte. Nur Stille. Sollte sie nach Joel rufen? Sich davon überzeugen, dass es ihm gut ging? Bevor sie eine Entscheidung treffen konnte, erklang seine Stimme.

„Hier liegt ein verletzter Mann. Ich möchte ihn lieber nicht bewegen. Du muss in die Stadt reiten und ein paar Männer holen. Gute Männer, die vertrauenswürdig sind."

Betsy erschauderte. Gute Männer, die vertrauenswürdig waren? Wusste sie denn noch, wem sie vertrauen konnte?

Ihre Füße waren wie festgewachsen. War es Bullard oder hatte Bullard vielleicht wieder einmal auf Menschen geschossen?

„Wer ist es?", fragte sie. „Ich muss es wissen, bevor ich losreite."

Selbst aus der Entfernung hörte sie Joels schweren Atem. „Ich möchte dich nicht beunruhigen."

„Ich muss es wissen. Ich würde mir schreckliche Sorgen machen –"

„Es ist der Sheriff. Er wurde angeschossen und er ist mehr tot als lebendig. Darum musst du dich beeilen."

Der Sheriff? Betsy öffnete den Mund, doch sie wusste nicht, was sie sagen sollte. Da war nur Enttäuschung über die Männer, denen sie vertraut hatte. Und Zorn. Brennender Zorn.

„Ich werde Hilfe holen. Die Stadt ist zu weit entfernt. Mein Pa, Jeremiah, Caesar – ihre Farmen liegen näher."

„Dann reite dorthin. Und bleib dann lieber bei den Frauen zurück. Dies wird eine schaurige Angelegenheit."

Vor Tagesanbruch könnten die Männer nicht hier sein. Sheriff Taney brauchte aber dringend Hilfe. Sie würde zu Jeremiah reiten und ihn bitten, ihrem Pa Bescheid zu geben. Danach würde sie sofort in die Stadt reiten und Doktor Hopkins holen. Zum Glück übernachtete er bei Onkel Fred.

Während ihr Pferd die Wege entlanggaloppierte, konnte sie nur an eines denken: Hopkins sollte den Mann verarzten, der Bullard hatte entkommen lassen? Könnte er trotzdem tun, was ihm sein Eid vorschrieb?

Und was war mit ihr? Das hier war keine harmlose Drohung mehr, wie sie sie in ihren Geschichten beschrieb, sondern tödlicher Ernst. Selbst wenn sie die Einzelheiten verschwieg, hätte sie nicht das Herz, diese Geschehnisse als Unterhaltung zu vermarkten.

Kapitel 30

Am nächsten Morgen spürte Betsy eine tiefe Unruhe in sich. Die „Bald Knobbers" hatten in ihren Augen immer für Abenteuer und Freiheit gestanden. Sie behaupteten, sich für Gerechtigkeit einzusetzen, und Betsy hatte ihnen gern Glauben geschenkt. Selbst wenn sie die Klagen der Menschen kannte, die bestraft wurden. Aber jetzt war auf Sheriff Taney geschossen und Doktor Hopkins' Haus in Brand gesteckt worden. Diese Reisigbündel auf seiner Veranda waren keine leere Drohung gewesen.

Doch wer steckte hinter dieser Drohung? Und wer hatte auf den Sheriff geschossen? Bullard oder ein wohlmeinendes Mitglied der Schutztruppe, das den Sheriff mit dem Verbrecher verwechselt hatte? Wenn nur Taney wieder zu Bewusstsein käme und ihnen sagen könnte, was geschehen war.

Bevor Tante Sissy sie zum Frühstück rief, hatte Betsy ihren Artikel bereits fertiggestellt. Ganz anders als in ihren früheren Artikeln ging es in diesem um finstere Ungerechtigkeit und Frustration. Dieselbe Frustration, die sie in Jeremiahs Gesicht gesehen hatte, als er sein Pferd gesattelt hatte. Die Verbissenheit von Doktor Hopkins, der ohne Sattel losritt, um Sheriff Taney zu helfen. Die Traurigkeit in Onkel Freds Augen, als er die Kerze entzündete und Tante Sissy sagte, sie solle wieder zu Bett gehen. Das Leben eines Menschen stand auf Messers Schneide und sein Blut klebte an den Händen eines anderen Mannes.

Und ganz anders als in ihren früheren Geschichten schrieb sie jetzt die Wahrheit über ihren schneidigen Deputy. Er war immer noch Eduardo Pickett. Sie konnte seinen Namen nicht mehr ändern, aber er stand vor realen Problemen und machte nicht allein Jagd auf Übeltäter und stieg auch nicht länger schönen Frauen nach. Er war dem Deputy, den sie kannte, viel ähnlicher, und sie fand die realistische Beschreibung seiner Person noch gewinnender als die Fälschung.

Betsy faltete das Manuskript zusammen und steckte es in einen Umschlag. Aber was war mit dem Versprechen, das sie Joel gegeben hatte? Die junge Frau stopfte den Umschlag in ihren Rockbund, bevor sie die Hütte betrat, wo Tante Sissy gerade Haferbrei austeilte. Onkel Fred schlief noch. Im Grunde genommen hielt sie ja ihr Versprechen. Joels Name wurde in dem Artikel nicht erwähnt, und der Artikel würde Pine Gap nicht erreichen, doch sie wusste, dass er damit trotzdem nicht einverstanden wäre. Warum wollte er nicht, dass seine Heldentaten bekannt wurden? Obwohl sie es nicht verstand, kam ihr die Einsendung dieses Artikels wie Verrat vor. Aber irgendwie war gerade dieser Artikel sehr wichtig. Weil er die Wahrheit enthielt.

„Ich verstehe diese Männer einfach nicht." Tante Sissy stellte eine Schale Haferbrei vor sie auf den Tisch. „Mir ist noch nie so ein selbstsüchtiges Verhalten untergekommen."

„Selbstsüchtig?" Betsy starrte sie verblüfft an. „Warum?"

„Sie tun so, als wollten sie den Menschen helfen, aber eigentlich wollen sie nur ihren Spaß haben. Sie wollen sich einen Namen machen, anstatt es den Behörden zu überlassen, die Ordnung wiederherzustellen."

Der Brief in Betsys Rockbund knisterte, als sie sich vorbeugte. *Tut nichts aus Eigennutz oder um eitler Ehre willen,* hieß es schon in dem Brief an die Philipper. Aber sie war ja gar nicht eigennützig. Wenn sie eine Anstellung hätte, würde sie damit ihrer Familie helfen. Der Platz und das Essen waren jetzt schon knapp, und wenn die Kinder größer würden, würde alles nur noch schlimmer werden.

Und jetzt – jetzt wollte sie in ihrer Fortsetzungsgeschichte der Traurigkeit, die sie empfand, Ausdruck verleihen. Alle sollten erfahren, wie es war, unter Menschen zu leben, die keine Achtung vor dem Leben anderer hatten, sondern nur so taten, als ginge es ihnen um Gerechtigkeit.

Aber würde ihre Geschichte nun helfen oder schaden? Und was war mit Joel?

Noch vor Tagesanbruch war Sheriff Taney in eine der Gefängniszellen gebracht worden. Den alten Junggesellen in seine abgelegene Hütte zu bringen war keine gute Idee. Hier in der Stadt konnte er viel besser versorgt und bewacht werden.

Betsy hatte seither nicht mehr mit Joel gesprochen. Als sie an den Baum gefesselt dagesessen hatte, hätte sie Joel am liebsten einem Rudel Wölfe zum Fraß vorgeworfen. Doch sie sehnte sich auch nach seinen Küssen und danach, in seinen Armen zu liegen. Er brachte sie vollkommen durcheinander. Vielleicht hatte er ja wirklich Angst, dass ihr etwas zustieß. Um ganz ehrlich zu sein: Wenn sie schon gefesselt wurde, wäre es gar nicht so übel, wenn sie mit Küssen und Umarmungen dafür entschädigt wurde.

Betsy stopfte sich den Umschlag in den Mantel und eilte zum Postamt. Dicke Wolken hatten sich vor die Sonne geschoben.

Ihr war aufgefallen, dass Deputy Puckett seine Haltung ihr gegenüber verändert hatte. Wo er früher unhöflich und ablehnend gewesen war, verhielt er sich nun, als empfände er durchaus etwas für sie. In der Zeit, die sie miteinander verbracht hatten, hatte er sie immer beschützt, hatte sie über die neuesten Entwicklungen in Kenntnis gesetzt und mit ihr sogar über seine Pläne gesprochen. Und sie merkte, dass das Neuland für ihn war. Normalerweise hielt er lieber Abstand zu Frauen.

Würde sich das ändern, wenn er von ihren Artikeln erfuhr? Wann war der Punkt erreicht, an dem sie Gefahr lief, mehr zu verlieren, als sie gewinnen könnte?

Langsam ging sie weiter. Die Müdigkeit der schlaflosen Nacht hing ihr noch in den Gliedern. Wie würde ihr Leben in einem Jahr aussehen? Sie wünschte sich ein eigenes Zuhause. Sie wollte ihre Flügel ausbreiten und aus dem Schatten ihrer Tante, ihres Onkel und all der Menschen treten, die sie nach wie vor wie ein Kind behandelten. Aber galt das auch für Joel? War es möglich, dass zu ihrer Zukunft ein unverschämt gut aussehender Deputy gehörte? Waren seine Gefühle für sie echt? Oder hatte er schon in Texas eine Menge Frauenherzen gebrochen?

Postmeister Finley stellte seine Kaffeetasse ab, als sie eintrat. „Du meine Güte, du bist heute aber schon früh auf. Alle anderen scheinen auszuschlafen. Muss eine hektische Nacht gewesen sein.“ Sie suchte nach den verräterischen Schatten unter seinen Augen, ein Hinweis auf heimliche nächtliche Aktivitäten, fand sie aber nicht. Natürlich nicht. War Bullard nicht sogar sein Vetter? Dann hatte er natürlich für die Bande nicht viel übrig.

Sie zwang sich zu einem Lächeln und hoffte nur, dass er ihre blutunterlaufenen Augen nicht bemerkte. „Ich möchte einen Brief aufgeben.“ Es hatte keinen Zweck, ihren Entschluss jetzt noch zu ändern. Joel würde sowieso nie davon erfahren.

Er nahm das Kuvert entgegen, hielt es auf Armeslänge von sich und kniff die Augen zusammen. „Wieder an die Zeitung in Kansas City? Du schreibst denen aber ziemlich oft, nicht?“

Bevor sie sich eine gute Entschuldigung für ihren Briefwechsel ausdenken konnte, sprach er schon weiter. „Du hast wirklich einen Verehrer in diesem Zeitungsbüro, oder?“ Er wackelte mit seinen buschigen Augenbrauen. „Dein Onkel hat dich einem richtigen Reporter vorgestellt und spielt jetzt Amor?“

„Sie kennen mich doch, Mr Finley. Ich jage den Jungs hinterher, seit ich laufen kann.“

„Jetzt nimmst du mich aber auf den Arm.“

Doch bevor er weitersprechen konnte, drehte sie sich auf dem Absatz um und verließ das Postamt. Sie hatte ihren Fuß gerade auf die Straße gesetzt, als sie ihren Namen hörte.

„Betsy! Hu-hu, Betsy!“ Phoebe Hopkins winkte ihr zu. Sie saß auf ihrem Maultier. „Du hast so lange geschlafen, dass wir nicht mehr auf dich warten wollten.“

Betsy musste zweimal hinsehen, denn entweder hatte sie Halluzinationen, oder Phoebe hatte zwei Köpfe. Sie sollte wirklich nach Hause gehen und noch ein wenig Schlaf nachholen. Doch beim zweiten Blick sah sie, dass hinter Phoebe ihre Schwester Anna saß und den Kopf auf ihre Schulter gelegt und die Arme um ihre Taille geschlungen hatte.

„Hast du ihn heute Morgen schon gesehen?“

Betsy trat näher. „Wen?“

„Eduardo.“

Ihr Herzschlag stockte. Sie konnte sich nicht erinnern, ihn in Gegenwart der Schwestern jemals so genannt zu haben. „Meint ihr Deputy Puckett?“

Phoebe drehte sich um und grinste Anna an, die im Sattel aufgeregt auf und ab hüpfte. „Mr Murphy hat uns erlaubt, seine Zeitungen zu lesen, solange wir bei euch wohnen. Und du glaubst nicht, was wir gefunden haben!“

Eine Vorahnung schnürte Betsy die Kehle zu. „Was denn?“

„Einen äußerst interessanten Artikel. Mutter hat uns gestern Abend nach dem Essen aus der Zeitung von Fayetteville vorgelesen, und dabei stieß sie auf einen Artikel, der von Deputy Puckett handeln könnte, wenn ich es nicht besser wüsste. Er spielte sogar in Pine Gap. Stell dir das nur vor!“

Das konnte nicht sein. „Die Zeitung von Fayetteville? Bist du sicher, dass es nicht die von Kansas City war?“

„Eigentlich wollten wir die Zeitung von Kansas City lesen, aber da hatte jemand irgendetwas ausgeschnitten, darum haben wir die von Fayetteville genommen.“ Anna quietschte. „Und er heißt tatsächlich Eduardo Pickett! Ist es zu glauben, dass sogar ihre Nachnamen ähnlich klingen?“

„Wie lautet eigentlich der Vorname unseres Deputys?“, fragte Phoebe. „Kennst du ihn?“

„Wie kommt ihr darauf, dass es in dem Artikel um ihn geht?“ Betsy hielt das Maultier am Zaumzeug fest. „Er hat doch gar kein Kind aus einem Brunnen gerettet, oder? Also kann er es nicht sein.“

Anna, die hinter ihrer Schwester saß, ergriff das Wort. „Dein Onkel schreibt viel besser, als ich es ihm zugetraut hätte. Wie er den schneidigen Deputy beschreibt – also, ich sehe ihn förmlich vor mir auf seinem weißen Pferd –“

„Deputy Pucketts Pferd ist aber schwarz“, unterbrach Betsy sie.

„Und mit diesem großen Hut und den Stiefeln und dem glänzenden Waffengürtel um die Taille. Und wie er lächelt …“ Sie runzelte die Stirn. „Aber ich kann mir nicht vorstellen, dass er deinen Onkel Fred so anlächelt, wie es in dem Artikel steht.“

Das war eine Katastrophe. Sicher, Betsy wusste, es kam manchmal vor, dass Artikel auch von anderen Zeitungen eingekauft wurden, aber sie hatte nicht damit gerechnet, dass das gerade mit ihren Artikel geschehen würde.

War ihr Onkel der Einzige in Pine Gap, der diese Zeitung bezog? Sie überlegte, wer sonst Angehörige in Arkansas hatte. Wer sonst hätte Grund, sich über das Tagesgeschehen in Fayetteville zu informieren?

„Wir müssen jetzt zur Schule", sagte Anna.

„Ja, vielleicht sehen wir ihn ja in der Pause. Bis später, Betsy", rief Phoebe. „Wenn du Eduardo siehst, dann grüße ihn von uns."

Betsy legte die Hand an ihre müde Stirn. Was hatte sie nur getan? Bis zum Abend wäre der ganze Schulhof voller kichernder Mädchen, die alle den bezaubernden Mann anhimmelten, den sie erschaffen hatte. Sie hatte einen Fehler gemacht, aber war es zu spät, den nächsten zu verhindern?

Entschlossen marschierte sie ins Postamt zurück. Sie brauchte nur eine Minute, um Postmeister Finley davon zu überzeugen, ihren Briefumschlag aus dem Postsack zu fischen. Allerdings war er nicht so leicht bereit, ihr diesen auch zurückzugeben.

„Sieht so aus, als hättest du deine Meinung geändert", sagte er. Der Umschlag baumelte zwischen seinen Fingern. Wenn sie jetzt ungehalten reagierte, würde er sich besonders viel Zeit lassen, bevor er ihn ihr zurückgab. Anstatt danach zu greifen, rieb sie über ihren Nacken.

„Ich kann mich einfach nicht entscheiden", erwiderte sie.

„Das ist genau dein Problem, Betsy. Wenn du mehr Interesse für die Jungen zeigen würdest, dann bekämst du bestimmt auch einen Mann ab. Da ist doch noch der schielende Carl –"

Er deutete zu Carls Farm und der Brief baumelte vor ihrer Nase. Schnell wie eine Klapperschlange riss sie ihm den Umschlag aus der Hand und trat vom Tresen zurück. „Vielen Dank, Mr Finley. Ich bin Ihnen sehr verbunden."

Finley war gar nicht erfreut, von einer Frau ausgetrickst worden zu sein, und mit einem verdrießlichen Schmollen zog er seine nun leere Hand zurück. „Auch gut. Dieser Verehrer in Kansas City hat vermutlich ebenfalls Bedenken in Bezug auf dich.“

Allerdings war es eher Betsy, die Bedenken hatte – vor allem, was ihre Artikelserie über Joel anging.

Wer sonst hatte schon davon gehört?

Kapitel 31

Joel stand an der Tür des Gefängnisses, die Hände vor dem Bauch verschränkt, als Josiah mit dem Baby im Arm das Gebäude verließ und Katie Ellen in den Wagen half.

„Ich wollte Sie nicht vertreiben", erklärte Joel, „aber einen verletzten Mann im Kinderzimmer zu haben, ist nicht gerade angenehm."

Josiah rümpfte die Nase und dieser Gesichtsausdruck erinnerte Joel verdächtig an Josiahs Schwester. „Haben Sie schon Nachricht von Fowler?"

„Nein. Haben Sie von ihm gehört?"

Josiah verstand sehr gut, was Joel in Wirklichkeit interessierte. „Ich war die ganze Nacht hier, Deputy. Bei meiner Frau und meinem Baby. Ich würde auch auf keinen Fall durch die Gegend streifen, während meine Mutter auf meine älteren Kinder aufpasst. Wenn sie herausfände, dass ich ihr die Kinder überlasse, während ich mich herumtreibe, würde sie mir bei lebendigem Leib die Haut abziehen."

„Sie haben meine Frage nicht beantwortet." Irgendjemand war verantwortlich und Joel durfte sich nicht dadurch bei seinen Ermittlungen behindern lassen, dass Josiah der Bruder von Betsy war.

„Sie vergeuden Ihre Zeit." Josiahs Blick wanderte die Straße hinauf zum Haus seines Onkels. „Weiß Betsy über Sheriff Taney Bescheid?"

Mit dem Baby im Arm, das mit seinen kleinen Händen seinen Ringfinger umklammert hielt, wirkte er wie die

Unschuld in Person. Joel nahm an, dass Josiah wirklich nichts von den nächtlichen Streifzügen seiner Schwester wusste.

„Allerdings. Ich werde heute Morgen mal nach ihr sehen."

„Warum sollten Sie nach Betsy sehen?"

Joel suchte seinen Blick, und ihm wurde klar, dass er sich nicht mit seinem Job herausreden konnte. Doch vor allem fürchtete er sich davor, dass man ihm unehrenhaftes Verhalten vorwerfen würde. Nach seinen Eskapaden in der vergangenen Nacht wollte er nun alles richtig machen. „Meine Absichten sind ehrenhaft ...", erklärte er.

Josiah pfiff. „Absichten in Bezug auf Betsy?" Sein Blick wanderte zu Katie Ellen, die es sich auf dem Wagensitz bequem machte, und er flüsterte ihm verschwörerisch zu: „Ich ziehe meinen Hut vor Ihnen, Deputy. Sie schrecken wirklich auch vor aussichtslosen Fällen nicht zurück." Dann wurde er wieder ernst. „Aber was Ihre Ermittlungen angeht: Es könnte durchaus sein, dass Ihnen die Antwort, die Sie finden, nicht gefällt."

„Meine Wünsche haben damit nichts zu tun. Ich darf einen Verbrecher nicht ungestraft davonkommen lassen."

„Josiah, es wird kalt." Katie Ellen zog sich die Decke über die Schultern. „Gib mir das Kind."

Josiah reichte ihr das Baby, sprang auf den Wagen, nahm die Zügel in die Hand und löste die Bremse. „Ich bete für Sie, Deputy – dafür, dass Sie diese Gewalttätigkeiten beenden können und viel Glück bei Ihrer anderen Mission haben."

Joel kehrte ins Gefängnis zurück. Wenn er die Männer festsetzen könnte, die für diese ungeheure Tat verantwortlich waren, wäre das von großem Nutzen. Er musste hier unbedingt Erfolg haben, sonst würde er keine Empfehlung bekommen und müsste seinen Beruf an den Nagel hängen. Das hier war vermutlich seine letzte Chance.

„Er kommt zu sich", rief Doktor Hopkins. Er saß an Sheriff Taneys Pritsche.

Joel eilte zu ihm. Sheriff Taneys Haut war über Nacht sehr bleich geworden und hatte jetzt einen unnatürlichen bläulichen Schimmer. Er stöhnte und wollte sich auf die Seite drehen, doch Doktor Hopkins hielt ihn fest.

„Bleiben Sie liegen, Sheriff. Sie sind verletzt. Bleiben Sie ganz still liegen", wies Hopkins ihn an.

Taney sank zurück. Schweißtropfen standen auf seiner Stirn. „Ich bin im Gefängnis?" Er leckte sich die Lippen. Joel reichte Hopkins einen Becher Wasser.

„Sie wurden angeschossen", erklärte Joel, während Hopkins ihm zu trinken gab. „Wir haben Sie zu Ihrem Schutz hierhergebracht." An den Doktor gewandt, fuhr er fort: „Ich glaube nicht, dass der Schuss in die Schulter ihn so außer Gefecht gesetzt hat."

„Sein ganzer Körper ist mit Kratzern und Wunden übersät. Sieht so aus, als hätte er auch Prügel bezogen. Haben Sie die Beule an seinem Kopf gesehen? Sie ist vermutlich der Grund dafür, dass er das Bewusstsein verloren hat", erläuterte Doktor Hopkins. „Denn sonst wäre er in der Lage gewesen, auf sein Pferd zu steigen und Hilfe zu holen, anstatt dort liegen zu bleiben und zu verbluten."

Nach einigen Schlucken stieß Sheriff Taney den Becher von sich. Er lag so reglos da, dass Joel schon befürchtete, er hätte wieder die Besinnung verloren. Doch als er die Augen öffnete und seinen kalten Blick auf Joel richtete, wusste der junge Mann, dass er durchaus bei Bewusstsein war. Vielleicht erinnerte er sich ja doch.

„Können Sie sich noch erinnern, was passiert ist, Sheriff Taney?", erkundigte Joel sich. „Haben Sie den Mann gesehen, der auf Sie geschossen hat?" In der Nacht war der Himmel streckenweise bewölkt gewesen, aber es war dennoch nicht ausgeschlossen, dass er in der Dunkelheit etwas gesehen hatte.

„Allerdings habe ich das", erklärte Sheriff Taney. „Es war Fowler. Er und seine Achtunddreißiger."

Joel zuckte zusammen, als hätte man ihm einen Schlag versetzt. Ihm war nicht mehr so übel gewesen, seit Blount bei Sheriff Green in Garber aufgetaucht war und Joels Stern eingefordert hatte.

„Er redet wirr. Das kommt von der Gehirnerschütterung", sagte Doktor Hopkins. „Wir wissen nicht mit Sicherheit –"

„Haben Sie die Kugel gefunden?", fragte Joel.

Doktor Hopkins nickte. „Das Kaliber stimmt."

„Und mit dem Schützen habe ich auch recht", brummte Sheriff Taney. „Und dieser Deputy hat nichts getan, um ihn daran zu hindern."

Hopkins warf Joel einen nervösen Blick zu. Erneut hielt er den Becher an Sheriff Taneys Mund, doch dieser hatte keinen Durst mehr. Sein faltiges, verwittertes Gesicht entspannte sich und seine Atmung verlangsamte sich.

„So ist es gut", sagte Hopkins. „Schlaf tut Ihnen gut." Nach einem letzten Blick auf den Verband an der Schulter des Sheriffs wandte er sich an Joel. „Geben Sie nichts auf das, was er sagt. Nach einer solchen Kopfverletzung kann er sich vermutlich gar nicht erinnern."

Fowler hätte nicht auf den Sheriff geschossen. Das passte nicht zu ihm. Außerdem hatte Fowler gar nicht auf den Sheriff schießen können. Joel war bei ihm und seiner Gruppe auf der anderen Seite des Berges gewesen, als Betsy den Schuss gehört hatte.

So weit Joel wusste, hatte der Sheriff in der Vergangenheit nichts gegen Fowler und seine Bande unternommen. Eigentlich hatte er gegen niemanden etwas unternommen. Joel verließ die Zelle, stellte sich ans Fenster und starrte auf die Berge. Hatte Fowler vielleicht doch Hopkins' Haus in Brand gesteckt und der Sheriff hatte Beweise dafür gefunden?

„Sprechen Sie mit Fowler, und hören Sie, was er zu sagen hat“, schlug Doktor Hopkins vor. „Der Sheriff ist verwirrt. Lassen Sie sich durch seine Aussage nicht durcheinanderbringen.“

Das war ein guter Rat, aber Joel nahm an, dass Taney sehr wohl klar denken konnte. Er hatte das richtige Kaliber genannt. Wenn Sheriff Taney die Waffe erkannt hatte, mit der auf ihn geschossen worden war, dann konnte er sich bestimmt auch an den Mann erinnern, der den Abzug betätigt hatte.

„Könnte man Bullard und Fowler verwechseln?“, fragte Joel.

Hopkins schüttelte den Kopf. „Nicht einmal, wenn's draußen stockfinster ist.“

„Wenn ich nur wüsste, wo Bullard steckt. Ich habe noch keine Antwort auf die Telegramme bekommen, die ich verschickt habe.“

„Sie haben telegrafisch Informationen über Bullard angefordert?“ Hopkins kratzte sich den Hinterkopf. „Ich sage Ihnen das nur ungern, aber Postmeister Finley ist mit Bullard verwandt. Es würde mich wundern, wenn diese Telegramme tatsächlich abgeschickt worden wären.“

Noch ein ihm feindlich gesinnter Stadtbewohner, den er sich vorknöpfen musste. Joel nahm seinen Stetson vom Schreibtisch. Er musste unbedingt Finley aufsuchen und Fowler befragen – aber zuerst wollte er Betsy besuchen. Keine Dame sollte Zeugin einer solchen Gewalttat werden. Er wollte ihr beistehen. Und außerdem hatte er sie mitten in der Nacht an einen Baum gefesselt. In dieser Hinsicht hatte er einiges gutzumachen, aber vor allem anderen wollte er sich einfach davon überzeugen, dass es an diesem Ort einen Menschen gab, dem er wichtig war. Jemanden, dem er vertrauen konnte, auch wenn alle anderen gegen ihn waren.

Er kam am Schulhof vorüber, als der Lehrer gerade zur

Pause läutete. Jungen stürmten zur Schultür, kleine Mädchen steckten ihre Puppen in ihre Jacken, und die großen Mädchen tuschelten hinter vorgehaltener Hand miteinander, als er näher kam. Alle Blicke wanderten zu einer großen, dunkelhaarigen Schönheit, die seit Kurzem bei den Murphys wohnte. Hopkins' Tochter nahm allen Mut zusammen und kam auf ihn zu. Genau die Art von Frau, die zu meiden er gelernt hatte.

„Guten Morgen, Deputy Eduardo", grüßte sie.

Wo hatte er diesen Namen schon einmal gehört? Irgendjemand hatte ihn schon einmal so genannt. Trotzdem, er war nicht so dumm, sich auf Ihre Neckerei einzulassen. „Ich heiße Deputy Puckett. Kann ich Ihnen behilflich sein?"

Die Mädchen kicherten, als sie ihnen einen triumphierenden Blick zuwarf. „Deputy Puckett, wir würden gern wissen, wann Sie Ihr weißes Pferd abgegeben haben. Ist es vielleicht in Texas geblieben?"

Das Herz blieb ihm stehen. Was wussten sie über Texas? Hatte er beim Abendessen eine Äußerung getan, die Fred und Betsy misstrauisch gemacht hatte? Oder vielleicht war Miss Hopkins auch einfach nur aus demselben Holz geschnitzt wie Mary Blount. Um so mehr ein Grund, diese Begegnung abzukürzen. Er musste sich um wichtigere Angelegenheiten kümmern.

„Ich besitze kein weißes Pferd." Er tippte grüßend an seinen Hut. „Guten Tag, Miss."

Joel konnte sehen, dass sie sich über diese Abfuhr ärgerte, aber sie riss sich zusammen und kehrte zu ihren Freundinnen zurück. „Guten Tag, Miss", wiederholte sie verächtlich. Die Mädchen brachen in schallendes Gelächter aus, sodass Joel noch einmal stehen blieb und sich umdrehte. Wussten sie denn nicht, dass es in der vergangenen Nacht zu einem schlimmen Zwischenfall gekommen war?

Frauen waren doch alle gleich. Seine Betsy war die einzige Ausnahme.

Seit wann war sie eigentlich *seine* Betsy? Vermutlich seit der Nacht, in der sie nach dem Feuer zum Gefängnis gekommen war. Er hatte einen Freund gebraucht, und sie war dieser Freund gewesen. Doch sie könnte noch so viel mehr für ihn sein. Noch nie war er einer Frau begegnet, die in ihm den Wunsch geweckt hatte, eine Familie zu gründen, aber bei Betsy war das anders.

Die weiße Wand des Zeitungsbüros schimmerte durch die Bäume. Gerade als Joel anklopfen wollte, schlenderte Betsy um das Gebäude herum. Als sie ihn erblickte, erblasste sie. Rasch verbarg sie die Hände hinter ihrem Rücken, doch er hatte den Briefumschlag bereits entdeckt.

Sie wirkte sehr mitgenommen, aber das war auch kein Wunder. In der vergangenen Nacht war sie durch die Berge geritten und an einen Baum gefesselt worden, sie hatte einen Verbrecher verfolgt und das Stöhnen eines schwerverletzten Mannes gehört. Wie gern hätte er sie in die Arme genommen und ihre Erschöpfung gelindert. War es richtig, so zu empfinden? Er erkannte, dass er nicht ruhen würde, bis sie eingestand, dass auch sie etwas für ihn empfand. Und er wollte sie nicht erst fesseln müssen, um diese Worte von ihr zu hören.

Er trat ihr in den Weg. Sie hielt inne. Ihren Blick hielt sie gesenkt, die Hände hinter dem Rücken verborgen.

„Wie geht es dir?", fragte er.

„Es war eine aufregende Nacht. Und dir?"

„Der heutige Tag wird nicht besser werden." Zumal sich ihr einziger Zeuge als nicht verlässlich erwiesen hatte. „Die gute Nachricht ist, dass es dem Sheriff besser geht. Doktor Hopkins meint, dass er wohl am Leben bleiben wird."

„Und hat er dir gesagt, wer auf ihn geschossen hat?" Betsy starrte ihn an. „Das hat er, oder? Wer war es?"

Joel schüttelte den Kopf. „Du musst dich noch ein wenig gedulden, Betsy. Gib mir etwas Zeit, und ich werde dir alles erzählen."

„Du hast gesagt, du wüsstest meine Gesellschaft zu schätzen und dass ich dir sehr geholfen hätte. Lass mich bitte mitkommen."

„Du kannst nicht mitkommen. Das ist gefährlich und wäre unverantwortlich."

„Ich bin selbst für mich verantwortlich." Sie verschränkte die Arme vor der Brust und Joels Blick fiel erneut auf den Brief. Noch mehr Geheimnisse? Aber heute gab es wichtigere Dinge.

„Betsy, ich will dir ja alles erzählen", sagte er, „aber du musst einfach gewisse Grenzen respektieren, denn sonst hilfst du mir wirklich nicht. Du tust viel zu oft einfach das, was du willst, ohne Rücksicht auf meine Position."

„Ich weiß, dass du der Deputy bist, aber ich verstoße doch nicht gegen das Gesetz! Du kannst mich doch nicht zwingen, zu Hause zu bleiben!"

„Die Gefahr ist zu groß. Wenn du bereit bist, mir in dieser Sache zu vertrauen, werden wir beide noch ganz andere Abenteuer erleben." Er beugte sich vor und suchte ihren Blick, den sie gesenkt hielt. „Andere viel verlockendere Abenteuer."

Sie knüllte den Brief in ihrer Hand zusammen. „Das mag ja für dich sehr gut klingen, aber du musst ja schließlich auch nicht in der Hütte einer anderen Frau leben und für die Familie der anderen Frau sorgen. Ich wünsche mir mehr!" Und mit einem Kopfschütteln fuhr sie fort: „Ich habe gestern Nacht kein Auge zugetan. Normalerweise bin ich nicht so empfindlich." Sie senkte den Kopf. „Entschuldige bitte."

Er nahm ihre Hand, die andere, die nicht den geheimnisvollen Brief hielt. „Alles wird gut. Ruh dich ein wenig aus, dann geht es dir bestimmt besser."

Sie drückte seine Hand, bevor sie sich abwandte. Seltsam, dass er sich ruhiger fühlte, nachdem er beruhigend auf sie eingewirkt hatte. Und wie seltsam, dass man einen Menschen wegschicken musste, weil man ihn liebte. Aber sobald er diese Angelegenheit geregelt hatte, würde er zurückkommen.

Denn ein Held kam immer zur Dame seines Herzens zurück.

Kapitel 32

Seit Tagesanbruch hatte der Wind aufgefrischt. Joel schloss die unteren Knöpfe seines Mantels, um sich vor der Kälte zu schützen, doch dann überlegte er es sich noch einmal und ließ ihn offen, weil er so schneller seine Waffen erreichen konnte. Er konnte spüren, wie sich nach den Ereignissen der Nacht die Stimmung in der Stadt verändert hatte. Joel fühlte sich wie erschlagen, sein Pferd war müde, aber an Schlaf war nicht zu denken.

Finley hatte die Telegramme tatsächlich nicht abgeschickt. Nur unter Androhung von Konsequenzen war er schließlich seinen Pflichten nachgekommen. Nicht dass Joel damit rechnete, Neues über Bullard zu erfahren, aber er musste alles versuchen.

Da Bullard weiterhin auf der Flucht war, herrschte eine gewisse Unruhe in der Stadt. Sheriff Taneys Anschuldigungen gegen Fowler trugen auch nicht gerade zu einer Verbesserung bei. Fowler selbst hatte sich noch nicht in der Stadt blicken lassen. Entweder war er untergetaucht, oder er hatte noch nicht mitbekommen, dass Taney ihn beschuldigt hatte.

Tatsächlich kam es Joel so vor, als seien alle untergetaucht, denn es war beinahe Mittag, und die einzigen Leute auf der Straße waren zwei Fremde, die vor dem Gefängnis auf ihn warteten. Männer aus der Stadt, ihrem Aussehen nach zu urteilen.

Der Mann, der neben der Tür stand, war sehr korpulent und stämmig. Er nahm seinen Hut ab und hielt ihn vor dem Bauch fest. Der Stern auf seiner Weste glänzte matt, als er auf Joel zutrat, der von seinem Pferd stieg.

„Ich bin Officer Harrison aus Gouverneur Marmadukes Büro. Sind Sie Deputy Puckett?"

Joel bejahte. „Möchten Sie hereinkommen?"

„Wir wollten bereits eintreten, doch der Doktor hat uns den Zutritt verweigert", erklärte Officer Harrison.

Zu Sheriff Taneys Schutz hatte er Doktor Hopkins angewiesen, niemanden hereinlassen. Trotzdem war Joel froh, dass wenigstens einer auf ihn hörte. „Er hat nur meine Anweisungen befolgt."

„Detective Cleveland", stellte sich der andere Mann vor, der auf der Bank saß. Er erhob sich. Er schien älter zu sein als der Officer, wirkte aber trotzdem jünger. Obwohl nicht übermäßig schlank, vermittelte er den Eindruck eines Mannes, der einschätzen konnte, woher der nächste Schlag kam, und schnell genug war, ihm auszuweichen. Und er hatte Joel nicht aus den Augen gelassen, seit dieser in Sicht gekommen war. Während der Officer über ihre Reise von Jefferson City nach Pine Gap plauderte, behielt ihn der Detective die ganze Zeit im Blick.

Joel gefiel es nicht, derart beäugt zu werden, ohne zu wissen, was gegen ihn vorlag. Er bat die Männer ins Haus und beschloss, Doktor Hopkins loszuwerden, bevor er mit ihnen über den Grund ihres Besuchs sprach. „Ich bleibe eine Weile bei ihm", sagte er an den Doktor gewandt und deutete auf Sheriff Taneys schlafende Gestalt. „Gehen Sie nach Hause, äh …" Nicht nach Hause. Hopkins hatte kein Zuhause mehr und er war schuld daran. „Gehen Sie zu Fred und ruhen Sie sich ein wenig aus."

Joel bot den Männern die beiden Stühle vor seinem Schreibtisch an und hoffte, dass Taney von ihrem Gespräch nicht erwachen würde.

Officer Harrison beugte sich auf seinem Stuhl vor. Es war offensichtlich, dass ihm etwas unter den Nägeln brannte. Detective Cleveland schien sich damit zufrieden zu geben, sich auf seinem Stuhl zurückzulehnen und alles zu beobachten.

Joel beschloss, das Unvermeidliche nicht länger hinauszuzögern. „Ich bezweifle, dass Sie diese weite Reise gemacht haben, um hier zu sitzen und mich anzusehen. Also, worum geht es?"

„Es ist noch ein wenig Papierkram zu erledigen", erklärte Officer Harrison. „Wir wurden darauf aufmerksam gemacht, dass uns bei Ihrer Einstellung einige Informationen fehlten. Und das möchten wir gern korrigieren."

Die Beiläufigkeit seiner Worte ließ Joel aufhorchen. Da stimmte etwas nicht. Die beiden hatten doch sicher nicht den weiten Weg auf sich genommen, damit er ein Formular unterschrieb? Joels Nackenhaare richteten sich auf. Irgendetwas stimmte hier ganz gewaltig nicht.

Der Detective bemerkte Joels Nervosität. Und Joel hatte das Gefühl, als hätte er nur darauf gewartet, eine Reaktion bei ihm festzustellen. Er lehnte sich auf seinem Stuhl zurück und griff nach einem Bleistift, täuschte eine Gelassenheit vor, die er nicht empfand. „Ihre Zeit ist sicher kostbar. Geben Sie mir diese Formulare."

Doch Officer Harrison zog kein Dokument aus der Tasche, sondern verschränkte die Hände auf seinem Knie. „Sie kommen aus Garber in Texas. Ist das richtig, Deputy Puckett?"

„Ja." Mittlerweile kribbelte Joels ganze Kopfhaut. „Sie finden die Empfehlung meines Vorgesetzten in meiner Akte."

„Allerdings. Das macht das Ganze ja so verwirrend. Sehen Sie, ein Bürger aus Garber ist auf uns zugekommen. Er behauptet, Sie seien für das Amt, das Sie bekleiden, nicht geeignet. Sie seien wegen Fehlverhaltens von Ihren Pflichten in Garber entbunden worden. Stimmt das?"

Die Worte hallten in Joels Ohren wieder. *Von Ihren Pflichten entbunden. Fehlverhalten.* Sein Herz sank. Das konnte doch alles nicht wahr sein.

„Deputy Puckett?“ Officer Harrison neigte den Kopf leicht zur Seite.

Joel blickte ihn an. „Es stimmt“, erwiderte er. Ja, er war von seinen Pflichten entbunden worden. Ja, man hatte ihm Fehlverhalten vorgeworfen. Ja, man hatte ihn für unwürdig befunden.

Der Detective und der Officer blickten sich an. „Deputy Puckett, können Sie uns erklären, warum Sheriff Green Sie für diesen Posten empfohlen hat, obwohl er Sie nicht weiterbeschäftigen wollte?“

„Warum hat sich Mr Blount mit Ihnen in Verbindung gesetzt?“, gab Joel zurück.

Interesse blitzte in Detective Clevelands Blick auf. Sie hatten nicht erwähnt, wer die Beschwerde eingereicht hatte.

„Mr Blount ging davon aus, dass Sie niemals wieder als Deputy arbeiten würden. Als er hörte, dass ein texanischer Deputy namens Puckett in Pine Gap in Missouri arbeitet, hat er bei uns angefragt, ob das stimmt.“

Wie konnte das nur passieren? Hatten seine Eltern sich verplappert? Joel hatte ihnen eigentlich sehr deutlich zu verstehen gegeben, was geschehen würde, wenn sie verrieten, dass er nach wie vor als Deputy arbeitete. Wer wusste sonst noch davon? Er hatte den Kontakt zu Freunden und Bekannten in Texas vollständig abgebrochen.

„Es stimmt“, erklärte Joel. „Ich wurde aufgrund der falschen Beschuldigungen von Mr Blounts Tochter von meinen Aufgaben entbunden. Und da es ein Wahljahr war und der Sheriff wiedergewählt werden wollte, wollte er möglichen Problemen aus dem Weg gehen. Darum hat er mich weggeschickt. Das war für ihn die einfachste Lösung.“

„Und doch hat er Sie uns empfohlen.“

„Weil die Anschuldigungen aus der Luft gegriffen waren“, wiederholte Joel. „Er wusste, warum ich in dieser Nacht mit Miss Blount zusammen gewesen war.“

Detective Cleveland zog die Augenbrauen in die Höhe. „Dann haben Sie also tatsächlich die Nacht mit ihr verbracht?“

„Und ich habe sie nicht angerührt!“, versicherte Joel.

„Sie hätten doch wissen müssen, dass Ihr Verhalten dem Ruf der Dame schaden würde“, betonte Detective Cleveland schneidend.

„Nicht mein Verhalten war das Problem!“

„Aber Sie verstehen doch sicher unsere Sorge“, erklärte Officer Harrison. „Wir haben Ihnen den Job gegeben, weil wir einen ehrenwerten Mann gesucht haben, der hier für Ordnung sorgt. Wenn Sie nicht der Mann sind, der Sie zu sein behaupten –“

Joel erhob sich. „Doch, der bin ich. Bleiben Sie hier in Pine Gap. Begleiten Sie mich. Ich würde mich über die Hilfe freuen. Bilden Sie sich ein eigenes Urteil über mich, aber bitte schicken Sie mich nicht wegen der Anklagen einer Dame weg, die jeder Grundlage entbehren. Ich habe bereits in Texas alles verloren, ohne dass man mich auch nur angehört hätte. Nehmen Sie mir jetzt nicht auch noch Missouri weg.“

Er konnte nicht weggehen. Nicht jetzt. Nicht wo er gerade erst Betsy gefunden hatte.

Officer Harrison warf Detective Cleveland einen Blick zu. Cleveland nickte. Harrison räusperte sich. „Wir nehmen Ihr Angebot an, Deputy Puckett. Zeigen Sie uns, was Sie hier in Pine Gap leisten, und wir werden dann entscheiden, ob Sie bleiben können.“

Joel blickte nachdenklich zum ehemaligen Sheriff, der verletzt in der Zelle hinter ihnen schlief, und dachte an das Haus des Doktors, das nun in Schutt und Asche lag. Eine Menge Arbeit wartete auf ihn.

Kapitel 33

Doktor Hopkins und seine Familie wohnten weiterhin bei den Murphys und Scott war aus Platzgründen immer noch in Betsys Elternhaus verbannt. Die junge Frau hatte damit gerechnet, ihn häufiger in der Stadt zu sehen, aber vermutlich sorgte ihr Vater dafür, dass er auf der Farm genug zu tun hatte – ein gerechter Tausch, wie sie fand, denn schließlich musste sie in Onkel Freds Haushalt auch mit anpacken. Sheriff Taney erholte sich im Gefängnis, und die beiden Männer von der Regierung waren geschickt worden, um Joel unter die Arme zu greifen. Das nahm sie zumindest an, da Doktor Hopkins erzählt hatte, die beiden seien ebenfalls Gesetzeshüter, und außerdem waren sie mit Joel unterwegs.

Diese Informationen hatte sich Betsy selbst beschafft, denn bis zu diesem Abend hatte Deputy Puckett ihr kein Sterbenswörtchen erzählt.

Betsy beobachtete ihn beim Essen. Sie hatte nach wie vor ihre Zweifel, ob sie bereit war, das zu tun, worum er sie gebeten hatte. Sie hatte immer ihre Freiheit gehabt, hatte kommen und gehen können, wann sie wollte, ohne irgendwelche Einschränkungen. Solange sie ihre Arbeiten erledigte und ihren Beitrag leistete, kümmerte sich niemand darum, was sie tat.

Doch er war anders.

Und so war Betsy in der Stadt geblieben, hatte sich nicht in der Nähe des Gefängnisses herumgetrieben und ihre Neugier im Zaum gehalten. Dass die Hopkins-Mädchen den Artikel kannten, hatte ihr einen Schrecken eingejagt, und sie wollte ihr Glück nicht überstrapazieren.

So wartete sie ab, während Joel sich mit Onkel Fred und Doktor Hopkins über die neuesten Entwicklungen austauschte. Normalerweise hätte es ihr ausgereicht, ruhig zuzuhören, doch jetzt wartete sie gespannt auf etwas, das nur für sie bestimmt war. Etwas, das sie betraf. Nicht nur alltägliches Geplauder am Abendbrottisch.

„Wieso sind diese Männer hier?", fragte Onkel Fred. „Sie trauen Ihnen nicht zu, dass Sie Ihren Job gut machen?"

Und wieder wandte sich das Gespräch ihren Besuchern zu, die bei Mr und Mrs Sanders Unterkunft gefunden hatten.

„Nun, sie kennen mich nicht", erklärte Joel, „und haben keinen Grund, mir zu vertrauen. Ich muss mich bewähren."

Aber warum interessierte sie das ausgerechnet jetzt? Und wenn sie daran zweifelten, dass er seinen Job gut machte, warum hatten sie ihn dann überhaupt eingestellt?

„Irgendetwas Neues von Bullard?", wollte Onkel Fred wissen.

„Noch nichts. Falls er sich tatsächlich in dieser Höhle versteckt hatte, dann ist er jetzt wieder auf der Flucht."

„Was sagt Fowler?", fragte Onkel Fred.

„Fowler hat mein Haus nicht in Brand gesteckt." Doktor Hopkins hielt beim Essen inne. „Er hat nichts gegen mich. Morgen will er sogar beim Wiederaufbau helfen."

„Aber Sheriff Taney behauptet, Fowler hätte auf ihn geschossen." Laurel blickte sich im Raum um. „Andererseits ist der Sheriff nur knapp dem Tod entronnen. Vielleicht ist er verwirrt."

„Ich werde morgen mit Fowler reden", erklärte Joel. „Vielleicht weiß er mehr."

Tante Sissy erhob sich. Sie hatte augenscheinlich genug

von diesem Thema. „Mädchen, wollen wir ein wenig spielen? Lasst uns ins Schlafzimmer gehen."

Sie reichte Betsy das Baby und nahm Amelia an der Hand. Phoebe und Anna, die beim Abendessen immer wieder versucht hatten, Joels Aufmerksamkeit auf sich zu lenken, rührten sich nicht, bis ein strenger Blick ihres Vaters sie zwang, den Raum den Erwachsenen zu überlassen.

Als Betsy aufblickte, stellte sie fest, dass Joel sie beobachtete. Sie spürte, wie sie errötete. Nur widerstrebend löste Joel den Blick von ihr und wandte sich ihrem Onkel zu, dem der Blickwechsel nicht entgangen war. Fragend schaute er sie an.

Onkel Fred und Doktor Hopkins unterhielten sich weiter, während Betsy mit ihrer freien Hand den Tisch abräumte. Joel trommelte mit den Fingern leise gegen seine Blechtasse. Er antwortete auf die Fragen, die er beantworten konnte, behielt aber vieles für sich, ganz besonders die Dinge, die seine neuen Begleiter betraf. Nachdem das Baby eingeschlafen war, legte Betsy es sanft in sein Bettchen und deckte es mit einer warmen Decke zu.

Als Betsy zurückkehrte, hängte Laurel gerade das Trockentuch auf und legte ihre Schürze ab. „Vielen Dank, Fred, dass du uns aufgenommen hast. Wir sind Scott sehr dankbar, dass er uns sein Zimmer überlassen hat. Richte ihm das doch bitte aus."

Joel erhob sich. „Ich weiß, es ist schon spät, aber wäre es Ihnen recht, wenn ich mich noch kurz mit Betsy unterhalte?", fragte er Onkel Fred.

Endlich. Darauf hatte sie schon den ganzen Tag gewartet!

Onkel Fred lehnte sich auf seinem Stuhl zurück und faltete die Hände über seinem ansehnlichen Bauch. „Geht es um eine offizielle Angelegenheit, die mit Ihrer Arbeit zu tun hat?"

„Nein." Joels Kehle war wie ausgedörrt, doch er scheute sich nicht, Onkel Fred anzublicken. „Bei diesem Besuch geht es um meine wachsende Bewunderung für Ihre Nichte."

Betsy starrte ihn fassungslos an. Hatte jemand unauffällig das Feuer im Ofen angefacht? Plötzlich war es so stickig und heiß im Raum.

Ihr Onkel lachte. „Natürlich, gern, und achten Sie darauf, dass Sie zu einer angemessenen Zeit wieder gehen."

Joel stieß die Tür zum Büro auf und trat zur Seite, um Betsy durchzulassen. Was hatte ihn veranlasst, vor ihrer Familie so offen zu sprechen?

„Ich kann kein Seil entdecken. Kennst du etwa noch andere Methoden, um mich zum Bleiben zu bewegen?", fragte sie.

„Ach, du bist doch gar nicht mehr böse auf mich", sagte er. „Komm." Joel legte seine Hand an ihren Arm, führte sie in das Büro und schloss die Tür hinter ihnen.

Er bewunderte sie und sprach das vor ihrem Onkel so offen aus? Unverzeihlich! Unbedacht! Unwiderstehlich!

Wenn Joel schon früher darauf geachtete hatte, einer Dame nicht zu nahe zu treten, so war er nun, da Detective Cleveland und Officer Harrison jeden seiner Schritte überwachten, noch vorsichtiger. Aus diesem Grund hatte er Betsys Onkel, ihrem Bruder, ihrem Vater und jedem anderen Mann deutlich zu verstehen gegeben, was er für Betsy empfand. Und vielleicht würde er es sogar ihr sagen, wenn sie es zuließ.

„Wie kommst du auf den Gedanken, dass ich mit dir reden will?", fragte Betsy. „Du warst in letzter Zeit recht verschwiegen und beim Abendessen hattest du nicht mal was Interessantes zu erzählen."

„Na ja, es geht ja nicht nur um das Essen, sondern um die äußerst angenehme Gesellschaft."

Betsy errötete und verzog ihren Mund zu einem Schmollen. „Wenn dir an meiner Gesellschaft gelegen ist, dann weißt du doch vermutlich auch, dass ich fast den ganzen Tag in diesem Raum herumgelaufen bin und beinahe einen Lagerkoller bekommen hätte. Es gab keinen Grund, bis zum Abendessen zu warten."

„Eigentlich ging es mir nicht um *deine* Gesellschaft, sondern um die der Hopkins-Schwestern. Sie sind der eigentliche Grund –"

Aber er konnte seinen Satz nicht zu Ende bringen. Betsy boxte ihn gegen die Brust – genau wie er gehofft hatte, denn das verschaffte ihm die Gelegenheit, den Arm um sie zu schlingen und sie an sich zu ziehen.

Schweigend umarmten sie sich, genossen die Gesellschaft des anderen und gaben sich dem Gedanken hin, dass sie vielleicht einen Menschen gefunden hatten, der zu ihnen gehörte. Betsy schmiegte sich in seine Arme, als hätten sich damit alle ihre Lebensträume erfüllt, und Joel betete, dass er ihr alles geben konnte, was sie brauchte. Sie besaß Ehrgeiz. Sie sehnte sich nach Abwechslung. Wäre sie bereit, das für ihn zu opfern? Für eine Familie?

Sie atmete tief durch und schnurrte beinahe. „Ich dachte, dass du deine Meinung vielleicht geändert hättest und mich doch nicht brauchst."

Er drückte sie noch fester an sich. „Ich brauche dich. Mir gefällt es, dass ich zu dir nach Hause kommen kann. Ich kann mir nicht vorstellen, meinen Tag zu beenden, ohne dich gesehen zu haben."

Betsy blickte verwirrt auf. Seine Worte verblüfften sie. „Aber du warst doch hier."

„Aber nicht *hier*." Er küsste sie auf die Stirn. „Danke, dass du dich aus diesem Schlamassel heraushältst. Ich möchte nicht, dass du verletzt wirst."

„Vergiss nicht", erwiderte sie, „ich kann schon selbst auf mich aufpassen."

„Wie wäre es, wenn du mir gestattest, für dich zu sorgen?" Und bevor sie etwas darauf entgegnen konnte, hob er die Hand. „Ich habe das Gefühl, dass wir kurz vor einem Durchbruch stehen. Der Sheriff wird sich wieder erinnern, Fowler kommt in die Stadt und die Suche nach Bullard ist immer noch im Gange."

Sie löste sich aus seinen Armen. „Wir sind jetzt allein. Warum erzählst du mir nicht, was diese Männer wirklich hier wollen?"

Joel fand die Maserung des Fußbodens plötzlich ausgesprochen interessant. „Diese Männer? Ich habe dir doch gesagt, dass sie nur meine Arbeit überprüfen wollen."

„Aber warum denn? Wenn sie sich darüber Gedanken machen, du könntest der Aufgabe nicht gewachsen sein, warum sind sie dann nicht früher gekommen? Wussten sie davon, dass Sheriff Taney angeschossen wurde?"

Joel wandte sich ab und richtete einige Zeitungsstapel im Regal. „Nein, davon haben sie erst hier erfahren."

„Hat jemand sie angefordert?", hakte sie nach.

Joels Magen krampfte sich zusammen. *Oh Betsy.* Er wollte nicht darüber reden. Er konnte es ihr nicht erzählen. Das wäre zu beschämend. Gedankenverloren nahm er eine Zeitung aus einem anderen Bundesstaat zur Hand und strich sie glatt. Irgendwann musste sie es ja erfahren. Er wusste nur noch nicht, wie er es ihr erklären sollte. Würde sie es verstehen?

„Was ist los, Joel? Du verschweigst mir doch etwas."

Betsy griff nach der Zeitung, die er in der Hand hielt, doch da fiel ihm etwas ins Auge. Es war sein Name, auf einer Seite, die herausgerutscht war. Er überflog den Artikel. Immer wieder tauchte sein Name in der Kolumne auf, aber irgendwie war es doch nicht sein Name.

„Deputy Eduardo Pickett?", fragte er.

Betsy kniff die Lippen zusammen. In ihre blauen Augen

trat … Er konnte nicht sagen, was es war. Angst? „Was? Wie kommst du darauf?“

Joel überflog die Kolumne und traute seinen Augen kaum. „Deputy Eduardo Pickett aus Pine Gap in Missouri.“ Er blinzelte verwirrt. „Und da steht, dass Deputy Pickett aus Texas kommt.“

„In einer Zeitung aus New Orleans?“ Betsys Hände zitterten, als sie sie an ihrem Rock abwischte. „Wie seltsam.“

Die Zeilen verschwammen vor ihren Augen und seine Stimme klang plötzlich weit entfernt. „In diesem Artikel steht, dass Deputy Pickett in Pine Gap die Aufgabe hat, eine Bande, die sich die ‚Bald Knobbers‘ nennt, zur Strecke zu bringen.“

„Das bist ja offensichtlich nicht du“, bemerkte Betsy.

„‚*… ein dunkelhaariger Adonis, der für seine Aufgabe so Feuer und Flamme war, dass er das Herz jeder Dame in Brand setzte, die ihn traf …*‘“ Joels Nacken rötete sich. Sein Kopf war tiefrot, seine Stimmung pechschwarz. „‚*… ihm galt der Neid eines jeden Mannes und die Liebe einer jeden Frau.*‘“

„Sieh nur, wie dunkel es draußen schon ist.“ Betsy trat ans Fenster. „Ich habe gar nicht gemerkt, dass es schon so spät geworden ist.“

Sein Abendessen lag ihm wie ein Stein im Magen. „Du hast mich kurz nach meiner Ankunft mal Eduardo genannt, oder? Du hast dich dann irgendwie herausgeredet, aber genau so hast du mich genannt.“

Sie zuckte die Achseln. „Das ist doch ein gängiger Name.“

„Und gestern haben mich die Mädchen auf dem Schulhof so angesprochen, und ich habe den Verdacht, dass sie das hier gelesen haben.“

Ihr Blick wanderte zur Hütte hinüber, in der die Hopkins-Schwestern sich aufhielten. „Ich glaube nicht, dass sie so etwas lesen würden“, meinte sie. „Warum sollten sie eine Zeitung aus New Orleans lesen?!“

„Aber sie haben es irgendwo aufgeschnappt. Hat mich Mrs Sanders deswegen gefragt, ob ich ein kleines Mädchen aus dem Brunnen gerettet habe?"

Moment mal. Diese Zeitung kam aus New Orleans. War es dann auch möglich, dass jemand aus Garber diesen Artikel gelesen hatte? Die Uhr schlug zehn, während er Betsy eindringlich musterte. Hastig schnappte er sich die Zeitung aus Fort Worth vom Stapel. Betsy stürzte sich ebenfalls darauf, aber gegen ihn hatte sie keine Chance. Knisternd blätterte er sie durch. Er musste zweimal hinsehen, bevor sich sein Mund grimmig verzog.

„Was weißt du darüber? Noch ein Artikel von Elisabeth M. Buckahee. Kennst du diese Frau zufällig? Ist ‚Betsy' nicht eine Koseform von ‚Elizabeth'?"

Er bekam ihre Antwort nicht mit, denn die nächsten Zeilen, die er las, waren zu ungeheuerlich:

Sie weinte jede Nacht in ihr Kissen, trauerte über die verlorene Zukunft, die sie für sich und den schneidigen Deputy geplant hatte, der sich mit ihrem Herz davongestohlen hatte. Sie hatte geahnt, dass eine Frau mit ihrem gemäßigten Temperament ihn niemals würde halten können. Sie musste dankbar sein für die Zeit, die sie miteinander gehabt hatten.

Ihm wurde regelrecht übel. „Was ... was ist das?" Er knüllte die Zeitung zusammen. „Das denkst du also über mich?"

„Nein, ganz und gar nicht." Sie erbleichte. „Das bist nicht du. Es ist nur eine Figur, die ich erfunden habe."

„Eine Figur, die meinen Job hat, die so aussieht wie ich und sogar beinahe meinen Namen trägt? Hast du denn nicht an die Konsequenzen gedacht? Das ist in der Zeitung von Fort Worth erschienen. Begreifst du denn nicht, was das bedeutet?"

Nach ihrem Gesichtsausdruck zu urteilen schien sie es wirklich nicht zu begreifen, aber allmählich wurde ihm alles klar.

„Ich habe gesagt, dass das nicht in Texas gedruckt werden darf, aber es war schon zu spät“, erklärte sie. „Und nachdem ich dich besser kennengelernt hatte, habe ich keine Artikel mehr an die Zeitung geschickt.“

Er wollte ihr gern Glauben schenken, aber dann entdeckte er etwas, ein Beweisstück, das er nicht ignorieren konnte. Wie gern würde er sich jetzt umdrehen und gehen – einfach davongehen und den letzten Rest ihrer Freundschaft bewahren, doch er musste die Wahrheit wissen.

„Betsy“, fragte er gefährlich leise und beherrscht, „da liegt ein Briefumschlag auf deinem Schreibtisch. Mit Briefmarke und Adresse. Ich kann die Adresse von hier aus nicht erkennen, aber dürfte ich einen Blick darauf werfen?“

Tränen traten in ihre Augen und liefen über ihre Wangen. „Bitte nicht“, erwiderte sie schließlich.

Er ließ die Arme sinken. „Eigentlich habe ich mich richtig schlecht gefühlt, als ich dich bat, dich aus allem herauszuhalten. Ich wollte dir nicht wehtun, aber du hattest in Wirklichkeit ganz andere Pläne, nicht wahr? Du brauchtest mich, um alles verdrehen und mich als Dummkopf darstellen zu können.“ Er schüttelte den Kopf. „Ich hätte es besser wissen müssen. Ich hätte nicht noch einmal einer Frau vertrauen sollen.“

Aber er hatte ihr vertraut und das hatte ihn erneut in Schwierigkeiten gebracht.

„Und ich hatte gedacht, du wärst anders“, rief er, als er hinausstürmte. Ein kalter Luftzug blähte seinen Mantel und ließ sein Herz gefrieren.

Kapitel 34

„Er weiß es! Er weiß alles über die Artikel!“ Betsy stellte den Setzkasten mit den Typen vor sich auf den Tisch. Die einzelnen Typenblöcke verschwammen vor ihren Augen. „Als ich den ersten Artikel geschrieben habe, war er doch noch ein Fremder für mich.“

Sie war sich bewusst, dass ihr Bruder nicht gerade ein mitfühlender Mensch war, aber sie hatte auch kein Mitgefühl verdient. Sie brauchte jemanden, der ihr zuhörte, dem sie beichten konnte, wie schlecht sie Joel behandelt hatte. Sie brauchte jemanden, der ihr darin zustimmte, dass sie alles vermasselt hatte, und ihr zu überlegen half, wie sie sich Joels Vergebung verdienen könnte.

Josiah setzte sich auf den Tisch. „Wie konntest du das für dich behalten? Deine Artikel werden im ganzen Land veröffentlicht und du hast nicht mal deinem Bruder davon erzählt?! Ich wette, du bist fast geplatzt.“

„Ich wollte es geheim halten, bis Deputy Puckett die Stadt verlassen hätte. Dann hätten wir alle herzlich darüber gelacht. Aber Joel hat nicht gelacht.“

Auf Josiahs Gesicht erschien dieses ärgerliche Grinsen, das ihr zu verstehen gab, dass große Brüder eben alles besser wussten. „Und irgendwann wurde aus Deputy Puckett für dich Joel. Es ist ziemlich schwierig, einem Freund zu erklären, warum du hinter seinem Rücken mit seinen Geschichten Geld verdienst, ganz besonders, wenn er dich ausdrücklich darum gebeten hat, seinen Namen aus der Zeitung herauszuhalten.“

„Er hat so getan, als hätte ich ihn irgendwie in Schwierigkeiten gebracht."

„Und mehr hat er dazu nicht gesagt?", fragte Josiah.

„Nur dass es Konsequenzen gehabt hätte. Mehr nicht." Aber ihre Worte konnten nicht annähernd beschreiben, wie enttäuscht er gewesen war oder welche Schuldgefühle sie quälten.

„Junge, Junge, Betsy. Wie wird Ma das verkraften? Und Pa wird die Welt nicht mehr verstehen."

„Ich kann Pa nicht unter die Augen treten", gestand sie. „Er und Scott sind eben in die Stadt gekommen und haben Onkel Fred abgeholt, aber ich habe mich im Hintergrund gehalten. Ich habe zwar keine Ahnung, weshalb sie hier sind. Ich hoffe nur, dass er hiervon nichts erfährt. Vermutlich würde er mich nach Hause mitnehmen."

„Ach, deshalb! Als ich in die Stadt kam, meinte ich, Pas Pferd vor dem Gefängnis gesehen zu haben." Josiah zuckte die Achseln. „Ich dachte schon, er hätte sich seine Schrotflinte unter den Arm geklemmt und würde jetzt dafür sorgen, dass seine Tochter den neuen Deputy heiratet, nachdem sie sich so lächerlich gemacht hat."

Betsy hätte ihrem Bruder am liebsten den Setzkasten an den Kopf geworfen. Eine Heirat? Freiwillig würde sich Joel vermutlich nicht mehr in ihre Nähe trauen. Tränen brannten in ihren Augen.

„Kopf hoch, Betsy", tröstete Josiah. „Er ist also böse auf dich. Na und? Nach diesem Schlamassel mit Sheriff Taney wird er vermutlich sowieso seine Taschen packen und nach Texas zurückkehren müssen. Wen interessiert schon, was er denkt?"

Aber die Worte, mit denen ihr Bruder sie trösten wollte, schmerzten umso mehr.

Joel warf die verbrannten Überreste seines Frühstücks durch die Hintertür des Gefängnisses nach draußen. An diesem Morgen hatte er nicht bei den Murphys gegessen. Das hätte er nicht ertragen.

Er stellte die verkohlte Pfanne auf den Ofen und lehnte seine Stirn an die Gitter der Zelle. Das kalte Eisen tat nach den quälenden Gedanken, mit denen er sich die ganze Nacht herumgeschlagen hatte, gut. Er musste sich wirklich endlich eine geeignete Unterkunft suchen. Da der Sheriff eine Zelle mit Beschlag belegt hatte, wäre Joel gezwungen, auf seinem Stuhl zu schlafen, falls sie Bullard fanden.

Joel strich sich mit der Hand durch die Haare. Er wünschte, er könnte alle Gedanken an Betsy aus seinem Kopf vertreiben. Die halbe Nacht hatte er an sie denken müssen und jetzt schleppte er sich durch diesen Morgen. Sie behinderte ihn bei seiner Arbeit, auch wenn sie gar nicht in der Nähe war.

Was hatte sie sich nur dabei gedacht, solche Dinge über ihn zu schreiben? Er griff nach den Zeitungen, die auf seinem Schreibtisch lagen. Woher nahm sie nur diese Ideen? Dass sie aus der Rettung einer Katze die Rettung eines Kindes machte? Durch ihre Geschichte wurde aus Pritchard ein gefährlicher Verbrecher, den er allein dingfest gemacht hatte. Und Fowler … nun, bei ihm brauchte sie nicht zu übertreiben. Aber durch ihre Worte verspottete sie Joel. Da er Betsy und ihre Spottlust kannte, konnte er sich gut vorstellen, wie sie gelacht hatte, als sie seine erfundenen Heldentaten beschrieb.

Korrekt war nur die Beschreibung seines Äußeren – dunkle Haare, nachdenklich blickende Augen, ausgeprägtes Kinn. Aber andererseits konnte sie sein Kinn unter dem Bart doch gar nicht erkennen. Die Zeitung raschelte, als er sie auf den Schreibtisch zurückwarf. Sein Blut kochte. Warum musste sie alles verderben? Eines Tages könnte er ihr vielleicht vergeben, aber jetzt konnte ihr nicht mehr vertrauen. Wenn er seinen Job behalten wollte, musste er auf Abstand gehen. Vielleicht sollte er aber auch tatsächlich alles hinschmeißen und weiterziehen.

Er hatte Mitgefühl für Betsy empfunden. So eine energiegeladene Frau, die noch bei der Familie ihres Onkels lebte und sich ganz offensichtlich nach mehr sehnte. Eigentlich sollte er stolz auf sie sein. Ihre Artikel waren eine bemerkenswerte Leistung.

Anfangs hatte sie ihm versichert, dass sie kein Interesse an einer Heirat hatte. Wenigstens da hatte sie ihm die Wahrheit gesagt, aber was war mit ihm? Würde sie auch dann mit ihm zusammen sein wollen, wenn es ihr nicht darum ging, Stoff für den nächsten Artikel zu sammeln? War ihr Lächeln wirklich für ihn bestimmt oder doch eher für Eduardo?

Er sollte jetzt besser in die Gänge kommen, bevor Sheriff Taney aufwachte und versorgt werden musste oder die Detectives auftauchten. Aber bevor er den Gedanken zu Ende gebracht hatte, vernahm er plötzlich Stimmen. Er trat nach draußen. Detective Cleveland und Officer Harrison kamen den Berg hinunter, gefolgt von einer kleinen Gruppe Reiter, zu der auch einige seiner Freunde gehörten.

„Guten Morgen, Deputy“, grüßte Officer Harrison ihn. „Sieht so aus, als bekämen Sie Besuch.“

Das Leder der Sättel knarzte, als Fred und Scott Murphy abstiegen. Joel wusste gar nicht, dass Scott wieder in der Stadt war oder warum Fred zu Pferd kam, wo er doch nur ein kleines Stück die Straße hinauf wohnte, aber er schien an diesem Morgen schon einen längeren Ritt hinter sich zu haben. Sie besprachen sich mit einem ihm unbekannten Mann aus den Bergen, der mit ihnen zusammen gekommen war, bevor sie die Stufen hinaufstiegen.

Scott wirkte sehr klein zwischen den beiden Männern. Es war, als wäre er seit ihrem letzten Zusammentreffen geschrumpft. Er legte ungefähr so viel Begeisterung an den Tag wie ein Verurteilter, der vor seinem Galgen steht. Ein Blick in Freds grimmiges Gesicht, und Joel war klar, dass es hier nicht um irgendwelche Nebensächlichkeiten ging. Die drei standen vor ihm, und Fred hatte die Hand auf die Schulter seines Sohnes gelegt. Die Falten in seinen Augenwinkeln hatten sich vertieft, und er sah aus, als hätte er in der Nacht nur mit Mühe einen Sturm überlebt. Scotts Gesicht war so bleich wie Knochen in der Wüste.

Fred mied den Blickkontakt mit Detective Cleveland und Officer Harrison. „Deputy Puckett, können wir irgendwo privat sprechen?"

Der Detective runzelte die Stirn. Officer Harrison brummte missbilligend. „Wir sind Gesetzeshüter, Sir. Wir sind verpflichtet, alle Angelegenheiten dieses Deputys mit anzuhören."

Aber Joel kannte die eigensinnigen Bergbewohner mittlerweile sehr gut. Fred würde nicht mit den anwesenden Herren reden. Erst am Vorabend hatte Joel erklärt, dass er Zuneigung für Betsy empfand. Auch wenn sich die Situation mittlerweile geändert hatte, könnte er sich darauf beziehen und Fred so die Zeit geben, die er brauchte, um seine Angelegenheit zu klären.

„Meine Herren", sagte Joel, „dieses Gespräch ist privater Natur. Die Dame, um die ich werbe, ist Miss Betsy Huckabee und gehört dieser Familie an. Das hier sind ihr Onkel und ihr Vetter." Dann deutete er auf den bärtigen Mann, der ihn wütend musterte. „Und dieser Herr ist …"

„Betsys Pa", brummte er und seine verwirrend blauen Augen richteten sich fest auf Joel.

Joel wich einen Schritt zurück. Vielleicht war es doch keine so gute Idee, sich auf eine Verwandtschaft mit den Murphys zu berufen. „Ja, dies ist Betsys Pa. Es handelt sich also um ein privates Gespräch."

Doch als Joel den überraschten Blick des Detectives

bemerkte, wurde ihm klar, dass der unerwartete Besuch eines strengen Vaters ihre Meinung über ihn vielleicht doch nicht so günstig beeinflussen würde. Und vielleicht war Huckabee ja gekommen, um ihn wegen etwas zur Rede zu stellen, das Betsy ihm erzählt hatte? Nun, Joel würde das hinnehmen müssen, aber ganz bestimmt nicht vor diesen Regierungsleuten.

Der Detective trat neben Joel. „Sie sagen, diese Miss Huckabee sei eine Freundin von Ihnen? Wo können wir sie finden?"

Joel würde ihnen auf keinen Fall verraten, wo Betsy zu finden war, schon gar nicht vor ihren Verwandten, die ihn anstarrten.

Der Detective erkannte, dass er hier keine Hilfe zu erwarten hatte, und wandte sich an Officer Harrison. „Ich denke, wir kommen auch allein klar. Lassen Sie uns gehen."

Huckabee und Fred traten zur Seite, um sie vorbeizulassen, und sobald sie fort waren, versetzte Fred Scott einen Stoß. Zögerlich setzte sich Scott in Bewegung, und vermutlich zum ersten Mal schien er sich nicht zu freuen, Joel zu sehen.

„Deputy Puckett, ich bin hier, um mich zu stellen." Scott zerrte an dem Tuch, das er sich um seinen Hals gebunden hatte. „Ich habe einen ‚Bald Knobber' getötet."

Kapitel 35

„Da kommen die Detectives", sagte Josiah und blickte durchs Fenster nach draußen. „Haben wir nicht bereits genug Ärger am Hals?"

Und zu allem Unglück blieben sie vor dem Zeitungsbüro stehen. Josiah riss die Tür auf, bevor die Männer klopfen konnten, und ließ Betsy dadurch wenig Zeit, sich zu sammeln.

„Guten Morgen, meine Herren. Wie kann ich Ihnen helfen?", erkundigte er sich.

Der stämmige Officer musterte Josiah von oben bis unten, doch sein Partner blickte Betsy an. Warum war sie nicht nebenan in der Hütte verschwunden? Im Augenblick war sie nicht in der Stimmung, mit einem dieser Regierungsleute zu reden.

„Ich bin Officer Harrison. Man sagte mir, dies sei das Zeitungsbüro." Er stand halb in der Tür, als wolle er dafür sorgen, dass sie offen blieb, falls Josiah auf die Idee kommen sollte, sie ihm vor der Nase zuzuschlagen. Und seinem Gesichtsausdruck nach zu urteilen, hatte man ihm schon viele Türen vor der Nase zugeschlagen.

Josiahs Blick wanderte bedeutungsvoll über die Druckerpresse, die Setzkästen und die Zeitungsstapel. „Jetzt, wo Sie es sagen: Das ist tatsächlich das Zeitungsbüro!", rief er. Ihr Bruder war schon immer ein kleiner Aufrührer gewesen und diese Neigung hatte sich im Laufe der Jahre noch verstärkt.

Betsy machte sich so klein wie möglich und drückte sich

an die Wand, als der andere Mann sich ihnen als Detective Cleveland vorstellte. Er hatte ihr keine so große Beachtung geschenkt wie der Officer. Während der Officer munter über das Wetter plauderte, behielt der Detective sie im Auge. Sein Blick wanderte von ihren zerzausten Haaren über ihre tintenverschmierte Schürze zu ihren geschwärzten Fingern und schließlich zu ihrem Schreibtisch. Er hatte sich ein Urteil über sie gebildet und schien bereits herausgefunden zu haben, was bisher niemandem in Pine Gap gelungen war – dass Betsy nicht nur Informationen für Onkel Fred sammelte und die Setzkästen vorbereitete.

Der Detective hob die Hand und Officer Harrison verstummte. Als er das Wort ergriff, sprach er Josiah an, doch sein Blick war auf sie gerichtet. „Sie kennen nicht zufällig eine Miss Elizabeth M. Buckahee, oder?"

Josiahs Mund verzog sich, und er warf den beiden Männern einen treuherzigen Blick zu, wie immer, wenn er bluffte. „Ich kenne niemanden dieses Namens. Ehrlich. In Pine Gap gibt es keine Buckahees." Aber dadurch würden sie nur wenig Zeit gewinnen. Es hatte keinen Zweck, das Unausweichliche aufzuschieben.

Ihre Schürze umklammernd, ergriff Betsy das Wort. „Hier gibt es keine Buckahees, aber mein Name ist Huckabee. Sie sprechen wohl von meinem Pseudonym."

Josiah trat zwischen sie. „Sie hat nichts Unrechtes getan. Wenn Sie nicht wollten, dass wir uns über diesen Deputy lustig machen, dann hätten Sie ihn nicht herschicken sollen. Er ist hier wie ein Fisch an Land –"

„Miss Huckabee steckt nicht in Schwierigkeiten. Eigentlich sind wir von ihrer Arbeit sogar beeindruckt und möchten mehr erfahren. Sehr viel mehr." Der Detective zog sich einen Hocker heran, stellte ihn vor Betsy und ließ sich darauf nieder. Mit verschränkten Armen sagte er schließlich: „Also, Miss Huckabee, wie viel von Ihren Geschichten entspricht der Wahrheit?"

Ihre Kehle schnürte sich zusammen. „Meinen Geschichten? Nun, ich habe sie jedenfalls nicht auf die zweite Seite der Zeitung von Kansas City gesetzt. Ich hatte sie als eine fiktive Fortsetzungsreihe eingereicht …"

„Kansas City? Ich bin sicher, die Leser in Kansas City sind beeindruckt, aber es war das Interesse in den anderen Bundesstaaten, das uns auf den Plan gerufen hat."

„Auf den Plan gerufen? Was meinen Sie damit?"

„Ihre Artikel haben eine brisante Sachlage zu unserer Kenntnis gebracht", erklärte der Officer, „und wir sind hergekommen, um uns einen Überblick zu verschaffen. Es tut mir leid, das zu sagen, aber wir haben festgestellt, dass die Lage sogar noch schlimmer ist, als von Ihnen beschrieben."

Betsy schloss die Augen. Sie waren also tatsächlich wegen ihrer Artikel hier. Kein Wunder, dass Joel so wütend war.

„Was soll denn so schlimm sein?", fragte Josiah. „Die Lage hier ist so gut wie schon seit Jahren nicht mehr."

„Ich verstehe das sehr wohl", erklärte Detective Cleveland, „aber die Bewohner von Missouri und eigentlich der ganzen Nation nicht. Nachdem wir Miss Huckabees fesselnde Berichte über einen Deputy mit Namen Pickett gelesen haben, fragen wir uns natürlich, ob diese Berichte über das Verhalten von Deputy Puckett der Wahrheit entsprechen."

„Nein", erwiderte Betsy. „Deputy Pickett existiert nur auf dem Papier."

„Aber es gibt bemerkenswerte Ähnlichkeiten", wandte Detective Cleveland ein. „So viele, dass Personen, die Deputy Puckett aus Texas kennen, aufmerksam wurden."

Betsy hätte sich am liebsten unter ihrem Bett verkrochen und wäre nie wieder hervorgekommen.

„Es ist aber nicht Deputy Puckett", sagte sie. „Wenn Sie ihn kennen würden, wüssten Sie –"

„Aber Sie waren mit ihm zusammen, und wir haben Ihre Beschreibung gelesen.“

Als selbst ihr großer Bruder beunruhigt wirkte, wusste sie, dass sie in Schwierigkeiten steckte.

„Sie sollten nicht alles glauben, was Sie lesen“, meinte sie schwach.

„Unser Fehler war, dass wir seine Vergangenheit nicht überprüft haben, bevor wir ihm diese Aufgabe übertrugen. Wie es scheint, wird Deputy Puckett vorgeworfen, eine Dame in Verruf gebracht zu haben. Er ist nicht freiwillig nach Pine Gap gekommen. Er musste Texas verlassen.“

Der Raum begann sich um sie zu drehen. Betsy ließ sich auf einen Stuhl sinken. Joel und eine andere Dame? Allein bei dem Gedanken daran wurde ihr übel. War Joel fähig, eine Frau auszunutzen?

„Ich bin sicher, da liegt ein Irrtum vor“, erwiderte sie.

„Nein, das ist kein Irrtum. Er hat eingeräumt, dass er wegen einer solchen Beschuldigung seinen Posten aufgeben musste. Aber wir müssen wissen, ob ein weiteres Vergehen vorliegt.“

Die Männer beobachteten sie genau, aber sie hatte nicht die Kraft, ihr Entsetzen zu verbergen. Konnte das der Wahrheit entsprechen? Falls er wirklich nur eine Frau erobern wollte, hatte er es richtig angefangen – seine grüblerische Art, seine gewinnende Persönlichkeit, sein Charme, als er sie an einen Baum gefesselt und dann zurückgelassen hatte. Bereits zweimal hatte er sich Freiheiten herausgenommen – er hatte Betsy das Gefühl gegeben, etwas Besonderes zu sein. War alles nur eine Täuschung gewesen? Was für ein Mann hatte Spaß an solchen Spielchen?

Ein Mann, der stolz und arrogant war. Ein Mann, der vorgab, weibliche Gesellschaft zu scheuen, um jegliches Misstrauen zu zerstreuen. Ein Mann, der nicht die Absicht hatte zu bleiben und der sich nahm, was er bekommen konnte, und sich keine Gedanken um die Zukunft machte.

Hatte sie sich tatsächlich in einen solchen Mann verliebt?

„Wenn meine Schwester zu der Angelegenheit nichts weiter zu sagen hat, sollten Sie sich jetzt verabschieden." Josiah hielt ihnen die Tür auf.

Ihre Gedanken wirbelten durcheinander, und sie bekam kaum mit, wie die Tür ins Schloss fiel. Kannte sie Joel Puckett überhaupt? Hatte sie sich nicht von Anfang an darüber gewundert, warum er eine so undankbare Stellung angenommen hatte? Wie er über Texas gesprochen hatte und seine Liebe zu seiner Heimat – hatte das Betsy nicht veranlasst, sich zu fragen, warum er überhaupt fortgegangen war? Wenn man ihn von seiner Aufgabe entbunden hatte, dann musste es Zeugen für den Vorfall geben. Zweifellos hatte er nicht aufgrund einer haltlosen Anschuldigung seine Stellung verloren. Hatte er wirklich einer Dame seine Aufmerksamkeit aufgezwungen? Sie schlang die Arme um sich. Eine solche Vorstellung war zu schlimm. Was könnte ihn veranlassen, so etwas Verachtenswertes zu tun?

Josiah hockte sich vor sie hin. „Hör auf und denk nach, Betsy. Klingt das nach dem Mann, den du kennst?"

„Ich will nicht, dass er es ist", erwiderte sie. „Wie kann ich wissen, was wahr ist, wenn ich die Wahrheit nicht ertragen könnte?"

„Du *kannst* sie ertragen. Du *musst* sie ertragen", sagte er. „Du bist ein kluges Mädchen. Denk doch mal darüber nach: Kann das, was diese Männer gesagt haben, wirklich wahr sein oder nicht?"

War das von Bedeutung? Joel würde sowieso nie wieder mit ihr sprechen. Aber Josiah hatte recht. Sie musste die Wahrheit erfahren. Betsy begann, die Hinweise aufzuzählen. „Er vermisst sein Zuhause, verhält sich so, als wäre er ungern weggegangen. Ich glaube nicht, dass er freiwillig hergekommen ist."

Josiah nickte. „Gut. Weiter."

„Er hat gleich zu Anfang gesagt, dass ich seinen Namen nicht in der Zeitung nennen sollte. Er wollte nicht, dass Geschichten über ihn nach Texas dringen."

Josiah zuckte zusammen, sprach aber mit fester Stimme weiter. „Wenn das stimmt, musst du ihn darauf ansprechen. Was noch?"

„Und dann sein Verhalten, als er hier ankam ... Er hat mir gesagt, ich solle mich von ihm fernhalten. Als ich sagte, ich hätte keine Angst um meinen guten Ruf, meinte er, er hätte aber Angst um seinen Ruf."

„Dann würde ich sagen, dass Deputy Puckett einen Skandal hinter sich hat. Die Frage ist: War er schuldig?"

Selbst wenn er unschuldig war: Von einer so entsetzlichen Anschuldigung würde er sich nie wieder reinwaschen können.

Kapitel 36

Jede Faser von Joels Körper war angespannt. Scott wollte einen „Bald Knobber“ getötet haben? Warum hätte er das tun sollen? „Kommt rein. Ich bin gespannt, was du zu sagen hast.“

Fred nickte und schob den Jungen vor sich her. Sobald sie das Haus betreten hatten, schloss Joel die Tür hinter ihnen und setzte sich an seinen Schreibtisch.

Scott blickte über die Schulter zurück zu seinem Vater und erschauderte. Er vergrub die Hände in seinen Hosentaschen und stand mit hochgezogenen Schultern vor ihm, gleichzeitig scharrte er mit dem Fuß. Nach einer Ewigkeit, wie Joel fand, sprach er mit gepresster Stimme weiter. „Ich wollte ihn ja nicht umbringen.“

„Wen wolltest du nicht umbringen?“, fragte Joel.

„Ich weiß es nicht“, erwiderte Scott.

Unzählige Fragen wirbelten in Joels Kopf durcheinander, aber sie mussten warten. Er wollte den Jungen erst einmal nur anhören.

„Weiter“, forderte er ihn auf.

„Ich wollte mit den ‚Bald Knobbers‘ reiten, aber Fowler hat mich nach Hause geschickt. Er meinte, ich wäre ihnen keine Hilfe.“ Er warf einen flehenden Blick über die Schulter zurück, doch sein Onkel sah ihn nur eindringlich an. „Also bin ich zurück zu Onkel Calbert geritten. Dabei habe ich extra Umwege in Kauf genommen, weil ich dachte, dass Bullard bestimmt nicht die Hauptstraße nimmt und so wenigstens die Möglichkeit besteht, dass er mir über den Weg läuft. Also bin ich durch den Wald geritten. Ich wusste zwar nicht, was ich tun würde, falls ich ihm begegnen sollte. Aber ich fand es aufregend, mit dabei zu sein." Seine Brust hob und senkte sich. „Als ich zu dem umgestürzten Baum kam, hätte mir klar sein müssen, dass ich in eine Falle getappt war. Ich war gezwungen, von meinem Pferd zu steigen, und das hätte mir eine Warnung sein sollen, aber ich war so aufgeregt und dachte nur daran, dieses Hindernis zu überwinden und weiterzureiten. Ich wäre nie auf den Gedanken gekommen, dass einer von den ‚Bald Knobbers' im Gebüsch hockt. Und dann hatte er mich plötzlich am Kragen."

„Moment mal", wandte Joel ein, „sprichst du von der Nacht, als die ‚Bald Knobbers' unterwegs waren? Der Nacht, in der ich dich auf dem Dewey Bald gesehen habe?"

„Genau", bestätigte Calbert Huckabee. „Als er nach Hause kam, hat er mir gebeichtet, was passiert ist. Wir waren nicht sicher, was wir von dieser Geschichte halten sollen, aber dann dachten wir, dass Sie davon erfahren müssen."

„Ja, aber erst Tage später. Wenn das so wichtig war, denken Sie nicht, dass Sie schon früher hätten kommen sollen?"

„Er war verletzt und wir mussten nachdenken", erklärte Calbert.

Fred hielt den Blick gesenkt. „Ich habe erst heute Morgen davon erfahren."

Von Calbert war keine Entschuldigung zu erwarten, das war Joel sofort klar. Er hatte getan, was er für richtig hielt, und jemand, der nicht verstehen konnte, warum er über seine Entscheidung erst einmal nachdenken musste, hatte keine Entschuldigung verdient.

Joel kniff die Lippen zusammen und wandte seine Aufmerksamkeit wieder Scott zu. „Er hat dich also am Kragen gepackt …“

„Er hat mich am Kragen gepackt und ich habe gelacht. Warum sollte ich vor einem ‚Bald Knobber‘ Angst haben? Ich hatte ja nichts verbrochen.“

„Woher weißt du, dass es sich um ein Mitglied dieser Gruppe gehandelt hat?“

„Er trug eine Maske“, erwiderte Scott.

War es Bullard gewesen? Joel dachte kurz nach. Bullard verkleidete sich als „Bald Knobber“ und beging Verbrechen, die er dann seinen Feinden in die Schuhe schob? Diese Theorie war nicht ganz abwegig.

„Dein Angreifer hatte dich also am Kragen“, wiederholte Joel. „Und wie ging es weiter?“

„Ich dachte, er macht bloß Spaß. Dann hab ich ihn gefragt, ob sie Bullard schon gefunden haben. Doch dann hat er ein Messer gezückt. Und erst in diesem Augenblick ging mir ein Licht auf. Ich hatte die Gruppe doch gerade erst auf dem Berg getroffen, wie konnte dieser Kerl dann vor mir hier sein? Als er mir das Messer dann an die Kehle gesetzt hat, wusste ich, dass ich in Schwierigkeiten stecke. Zuerst habe ich mich nicht gewehrt. Ich ließ mich von ihm zum Rand der Schlucht zerren, weil ich solche Angst hatte. Er hat mich gefragt: ‚Sind sie hinter dir, Junge? Kommen sie hier entlang? Falls das so ist, hast du Pech gehabt.‘

Mein Hals hat plötzlich gebrannt, und ich konnte spüren, dass er mich geschnitten hatte, denn mir lief schon Blut in mein Hemd. Und dann ging mir auf, was er vorhatte. Es war egal, was ich jetzt sagen würde, denn er würde mich auf jeden Fall umbringen. Und deshalb habe ich meinen Revolver gezogen und ihm in die Brust geschossen.“ Er erblasste und sein Gesicht verzerrte sich. Mit einem Kopfschütteln sprach er schließlich weiter. „Seine Augen. Ich konnte sie unter der Maske erkennen.

Auf einmal war seine Angst größer als meine. Er hielt mich immer noch fest, aber das Messer hatte er fallen gelassen, und er hat seine Hand auf seine Brust gepresst. Und überall war Blut ..." Scott senkte den Kopf. „Er wollte sich seine Maske herunterreißen und dann war er plötzlich verschwunden. In die Schlucht hinabgestürzt."

Fröhliche Rufe drangen vom Schulhof zu ihnen herüber. Scotts Altersgenossen warteten auf den Beginn des Unterrichts. Joel würde Scott gern Glauben schenken, aber seine Geschichte passte nicht zu dem, was sie bereits wussten.

„Du warst also auf dem Pfad unterwegs, auf dem der umgestürzte Baum lag? Dort wurde auch Sheriff Taney angegriffen. Und er behauptet steif und fest, Fowler hätte auf ihn geschossen."

„Es war aber nicht Fowler, der meinen Jungen festgehalten hat", warf Fred ein.

„Denken Sie allen Ernstes, der Junge hätte eine Chance gehabt, seine Waffe zu ergreifen, wenn Fowler ihn am Kragen gepackt hätte?", fragte Calbert.

„Zeig mir deinen Hals", forderte Joel den Jungen auf.

Mir ungelenken Bewegungen löste Scott den Schal um seinem Hals, unter dem ein Verband zum Vorschein kam. Er versuchte, den Knoten daran zu öffnen. Vergebens. Joel griff nach seinem Messer, doch als er die Waffe sah, zuckte Scott zusammen. Schweißperlen traten auf seine Stirn. Joel lehnte sich zurück und hob abwehrend die Hände.

„Schon gut, Junge." Fred legte ihm beruhigend die Hand auf die Schulter. „Er will nur den Verband aufschneiden."

Es war unklug gewesen, das Messer zu ziehen, aber falls er einen Beweis brauchte, dass Scott um sein Leben gefürchtet hatte, so hatte er ihn gerade erhalten. „Soll dein Pa das lieber übernehmen?"

„Machen Sie nur."

Den Verband aufzuschneiden dauerte nur wenige Augenblicke, aber so, wie Scott den Atem anhielt, hätte man meinen können, es sei eine jahrelange Qual gewesen. Scott wickelte schließlich den Verband ab, der bereits nach den ersten Schichten blutdurchtränkt war. Schließlich kam sein Hals zum Vorschein. Als Joel den Mull abriss, verzog Scott das Gesicht.

Der Schnitt war nicht tief. Konnte er auch nicht sein, denn der Junge lebte ja noch. Aber er war ihm mit einer scharfen Klinge zugefügt worden. Aus Erfahrung konnte Joel sagen, dass dies die Tat eines Menschen war, der dem Opfer Angst einjagen wollte.

Er blickte Scott tief in die Augen. Eine spontane Reaktion bekam man nur einmal. Falls Scott seine Aussage noch einmal abänderte, dann jetzt, also musste er diese Frage stellen.

„Könnte es sein, dass du dir die Verletzung selbst zugefügt hast?“

Scott zuckte zurück, als hätte er ihn geschlagen. „Was?! Ich soll mir selbst das Messer an die Kehle gesetzt haben? Warum sollte ich so was Dummes tun?“ Seine Fassungslosigkeit konnte nicht gespielt sein. Joel musterte Fred und Calbert, um zu sehen, ob ihre Reaktion sich mit der Geschichte deckte. Nein, es war offensichtlich, dass keiner von ihnen hinter dieser Verletzung steckte.

Calbert erhob sich und nahm ein eingepacktes Bündel aus seiner Jackentasche. „Ich bin zu der Stelle gegangen, an der es passiert ist, und habe in der Felsspalte tatsächlich das Messer gefunden.“

Joel wickelte das Taschentuch auseinander und nahm das Messer in die Hand. Das war nicht das Messer eines Mannes – nicht wirklich. Viel zu klein. Damit konnte man weder ein Tier häuten noch ein Seil durchtrennen. Mit dem Daumen überprüfte er die Schärfe der Klinge. Scharf wie ein Rasiermesser. Oder wie ein Skalpell.

„Wenn das alles war …“ Calberts Blick wanderte zur Tür.

„Setzen Sie sich“, forderte Joel ihn auf. Und wegen Huckabees Alter und teilweise auch, weil er zufällig Betsys Vater war, korrigierte er sich: „Bitte nehmen Sie Platz.“

Joel wandte sich an Scott. „Bist du sicher, dass der Mann, auf den du geschossen hast, in die Schlucht hinabgestürzt ist?“

„Ja, Sir. Ich sah ihn unten liegen, als ich mich auf den Heimweg gemacht habe.“

„Als ich dorthin kam, habe ich niemanden mehr angetroffen“, fügte Calbert. „Nur das Messer habe ich gefunden.“

Joel erhob sich und ging zur Hintertür, während er über die Ereignisse nachdachte. Ein Mann hatte Sheriff Taney angegriffen, hatte ihn verletzt liegen gelassen und war dann auf Scott losgegangen, als der zufällig vorbeikam? Hatte Bullard vorgehabt, als „Bald Knobber“ verkleidet seinen Feinden den Mord am Sheriff in die Schuhe zu schieben, und dann war Scott in seine Falle getappt? Wie auch immer, der Schuldige war entkommen, und zurückgeblieben waren ein verängstigter Junge und ein verletzter Gesetzeshüter.

Er musterte die drei Männer, die vor ihm saßen. Der arme Fred war totenbleich, Calbert saß mit versteinerter Miene auf seinem Stuhl und Scott zitterte am ganzen Körper wie Espenlaub.

„Ich bin kein Richter, müssen Sie wissen.“ Diese Rede hatte er mehrmals von Sheriff Green gehört, aber er hätte nie damit gerechnet, sie schon so bald selbst halten zu müssen. „Ich werde die Beweise dem Staatsanwalt vorlegen, und er wird entscheiden, ob du vor Gericht gestellt wirst oder nicht. Aber soweit ich sagen kann, gibt es keinerlei Hinweise, die dafür sprechen, dass du jemanden ermorden wolltest.“

Als er dies hörte, zuckte Scott zusammen. „Es war Notwehr. Er hat mir das Messer an die Kehle gehalten." Er deutete auf den blutigen Schnitt. Seine Augen waren vor Angst weit aufgerissen.

Joel fuhr fort: „Aber es wurde keine Leiche gefunden. Keine Leiche, kein Mord. Doch natürlich werde ich selbst noch einmal alles absuchen."

„Und was ist, wenn Sie dieses Mal eine Leiche finden?" Fred beugte sich vor.

„Angesichts von Scotts Verletzung wäre es schwierig nachzuweisen, dass sein Leben nicht in Gefahr war."

„Und was bedeutet das?", fragte Calbert.

„Es bedeutet, dass Scott eine Aussage machen und in allen Einzelheiten beschreiben muss, was passiert ist. Alle anderen Beweise, die sich vielleicht in Ihrem Besitz befinden", er warf Calbert einen eindringlichen Blick zu, „müssen Sie mir aushändigen, auch den Revolver."

„Ich … habe die Waffe fallen gelassen", erklärte Scott. „Und liegen gelassen."

„Ich habe sie gefunden, als ich noch mal dort war", erklärte Calbert. Als Scott und Joel ihn schockiert anblickten, fuhr er fort: „Aber natürlich habe ich sie dem Jungen nicht zurückgegeben."

„Sie müssen sie mir aushändigen." Zum Glück hatte also der Übeltäter den Sheriff nicht mit Scotts Zweiundzwanziger niedergeschossen. „Ich werde die Beweismittel den Behörden übergeben, und dann müssen wir abwarten, was dabei herauskommt."

Scott wand sich auf seinem Stuhl. „Und bis wir vom Staatsanwalt hören …?"

Joel zog seine Schreibtischschublade auf und holte das in Leder gebundene Berichtsbuch heraus. „Angesichts der Tatsache, dass du aus freien Stücken hergekommen bist, denke ich, können wir darauf vertrauen, dass du in der Gegend bleiben wirst, für den Fall, dass wir noch weitere Fragen haben."

„Sie meinen, ich kann nach Hause gehen?“ Scotts Augen füllten sich mit Tränen. Sein Kinn zitterte, und es fiel ihm schwer, sich verständlich zu machen. „Ich hatte solche Angst. Ich dachte, es sei schon schlimm gewesen, dass der Mann mich umbringen wollte. Aber das stimmt nicht. Egal, was ich in jener Nacht getan habe, es kommt mir so vor, als müsste ich noch immer dafür büßen.“

Der kleine Junge, der auf der Jagd nach Abenteuern gewesen war, gehörte der Vergangenheit an. Er hatte seinen Wunsch, anderen zu helfen, teuer bezahlt, aber das war ihm hoffentlich eine Lehre.

„Und genau deshalb wollten dein Pa und Miss Sissy nicht, dass du mit den ‚Bald Knobbers‘ reitest“, sagte Joel. „Und aus genau diesem Grund hat dich Fowler in jener Nacht nach Hause geschickt. Einige Dinge sollte ein Junge einfach nicht erleben.“

Calbert hob den Kopf. Das Licht fing sich in den silbernen Strähnen an seiner Schläfe, während er Joel eindringlich musterte. „Und wie alt sind Sie noch mal?“, fragte er.

Auf einmal fühlte sich Joel viel jünger, als er tatsächlich war. Er schob das Berichtsbuch zu Scott hinüber. „Schreib in deinen eigenen Worten auf, was passiert ist. Und denke daran, dass du die Ereignisse wahrheitsgetreu schildern musst, denn falls diese Sache vor Gericht kommt, wird diese Aussage als Beweis gelten.“

„Wird es denn zu einer Gerichtsverhandlung kommen?“, wollte Fred wissen.

„Wenn wir gleich von Anfang an alles offen legen, sollte es keine Probleme geben. Sag einfach die Wahrheit, dann wird alles gut.“

Aber bei ihm war es anders gewesen. Er hatte Sheriff Green die Wahrheit gesagt, als man ihn beschuldigt hatte, Miss Blount zu nahe getreten zu sein, aber dem Sheriff war seine Wiederwahl wichtiger gewesen. Dafür hatte er Joel geopfert.

Zum Glück trug dieses Mal Joel die Verantwortung dafür, dass alles mit rechten Dingen zuging. Scott würde nicht dasselbe Schicksal erleiden wie er.

Kapitel 37

Scott und seine Angehörigen waren zu Calberts Haus in den Bergen zurückgekehrt. Fowler hatte versprochen, in die Stadt zu kommen und sich zu den Anschuldigungen zu äußern, und Sheriff Taneys Wunden waren so gut verheilt, dass er verlegt werden konnte. Natürlich konnte Joel Fowler nicht befragen, wenn Taney hinter ihnen in einer Zelle lag, obwohl das sicher einen gewissen Unterhaltungswert gehabt hätte. Zum Glück hatten sich Mr und Mrs Sanders bereit erklärt, die Pflege des Sheriffs zu übernehmen.

Aber es konnte eine Weile dauern, bis er wieder auf den Beinen war. Stöhnend richtete sich Taney auf und hielt seine Schulter, während Mrs Sanders die in seiner Zelle verstreut herumliegenden Verbandsmaterialien aufsammelte. Taney schwankte und Sanders eilte zu ihm. Der Sheriff war noch sehr schwach, und es gelang ihm nur mithilfe von Mr und Mrs Sanders, zur Tür zu schlurfen.

„Wir halten Sie auf dem Laufenden, Deputy", versprach Sanders. „Hoffentlich ist er bald wieder bei Kräften."

Joel hoffte nur, dass sein Erinnerungsvermögen zurückkehrte und er dann den Mann, der auf ihn geschossen hatte, identifizieren könnte. Fowler konnte es auf jeden Fall nicht gewesen sein.

Wie es der Zufall so wollte, kehrten Detective Cleveland und Officer Harrison genau in dem Augenblick zurück, in dem Fowler in die Stadt ritt. Die drei Männer musterten sich misstrauisch. Joel schüttete gerade einen

Eimer schmutziges Wasser auf die Straße. Jetzt war die Zelle, die Taney gerade verlassen hatte, wieder aufgeräumt und sauber. Er begrüßte Fowler. Dieser brummte einen Gruß, marschierte an ihm vorbei und ließ sich auf dem Stuhl vor Joels Schreibtisch nieder.

„Na los, stellen Sie mir Ihre Fragen", forderte Fowler ihn auf. „Wir alle wissen, dass ich weder Hopkins' Haus in Brand gesteckt noch auf Taney geschossen habe. Taney hat sich den Kopf angeschlagen und weiß nicht, was er da redet. Das ist alles."

Und Joel war geneigt, ihm zuzustimmen, doch er musste sorgfältig ermitteln, ganz besonders in Gegenwart der beiden Männer, die hinter seinem Schreibtisch standen.

„Sie haben sich also in jener Nacht nicht in der Nähe dieser Schlucht aufgehalten?", fragte Joel

„Sie wissen doch genau, wo ich mich aufgehalten habe", erwiderte Fowler. „Ich habe Sie an einen Baum gefesselt und mich dann auf den Weg zu Parrows Höhle gemacht. Dafür habe ich jede Menge Zeugen."

„Moment mal." Officer Harrison trat um den Schreibtisch herum und baute sich vor Fowler auf. „Haben Sie gerade gesagt, Sie hätten Deputy Puckett gefesselt?"

Detective Cleveland nahm Platz, zog einen Block heraus und machte sich Notizen.

Joel hätte Fowler in diesem Augenblick am liebsten geohrfeigt. „Damit werden wir uns später beschäftigen. Im Augenblick geht es mir ausschließlich darum zu erfahren, ob die Anschuldigungen des Sheriffs der Wahrheit entsprechen."

„Das tun sie nicht", erklärte Fowler. „Ich habe dreißig Zeugen, die bis spät in jener Nacht mit mir zusammen waren. Ich habe nicht auf ihn geschossen."

„Geben Sie mir eine Liste dieser Zeugen", forderte Joel ihn auf.

„Ich fürchte, das ist ein Problem", gestand Fowler. „Ich werde doch den Behörden nicht die Namen meiner Waffenbrüder verraten."

Joel klopfte mit seinem Stift auf den Schreibtisch. „Nennen Sie wenigstens einen Namen."

Fowler lehnte sich zurück und verschränkte die Arme. „Sie haben doch gar nichts in der Hand, Deputy. Lassen Sie mich Ihnen bei Ihrer Ermittlung helfen. Haben Sie Zeugen?"

„Nur den Sheriff, und er behauptet, Sie wären es gewesen."

„Irgendwelche Spuren?", fragte Fowler. „Von dem Schützen?"

„Die einzigen Spuren, die wir identifizieren konnten, stammen von Sheriff Taneys Pferd."

„Mit welchem Kaliber wurde auf ihn geschossen?"

„Mit einer Achtunddreißiger."

Fowler winkte ab, als würde er eine lästige Fliege vertreiben. „Hier besitzen viele Leute eine Achtunddreißiger."

„Ziehen Sie Ihr Hemd aus", forderte Joel ihn auf.

Fowler zuckte zurück. „Ich weiß zwar nicht, wie Befragungen in Texas durchgeführt werden, aber wir hier ziehen es vor, angezogen zu bleiben."

„Der Angreifer muss verletzt sein", erklärte Joel. „Also, haben Sie irgendwelche Verletzungen?"

Ohne zu zögern, begann Fowler, seine Kleidung abzulegen. Als er damit fertig war, staunte Joel nicht schlecht über die Narben auf seiner Brust und dem Rücken.

„Wie gesagt", meinte Fowler, „hier geht es rau zu."

„Was bezwecken Sie damit?", unterbrach Detective Cleveland die beiden. „Hat der Sheriff sich etwa daran erinnert, dass er den Verbrecher gestellt und irgendwie verletzt hat?"

„Nein, ich habe heute Morgen Kenntnis von einem weiteren Verbrechen erhalten", erklärte Joel. „Scott Murphy ist hier aufgetaucht und hat mir berichtet, dass er in derselben Nacht an derselben Stelle angegriffen wurde. Er behauptet, auf seinen Angreifer geschossen zu haben."

Fowler runzelte die Stirn. „Scott wurde von demselben Mann angegriffen?"

„So sieht es jedenfalls aus. Und es ist ihm gelungen, auf den Angreifer zu schießen, der daraufhin in die Schlucht gestürzt ist. Aber Scotts Waffe ist eine Zweiundzwanziger, keine Achtunddreißiger."

„Da irren Sie sich, Deputy", widersprach Fowler. „Als er in jener Nacht mit uns reiten wollte, hatte er die Achtunddreißiger seines Onkels dabei. Sie steckte in seinem Gürtel. Ich habe sie genau gesehen …"

Officer Harrison klatschte in die Hände. „Dieser Murphy hat gestanden, auf einen Mann geschossen zu haben, und wir haben einen verletzten Sheriff? Damit scheint der Fall doch geklärt zu sein. Dieser Murphy hat gelogen – er wurde gar nicht angegriffen. Er war auf Verbrecherjagd und hat die Nerven verloren."

„Murphy ist kein Mann, er ist nur ein Junge", korrigierte Fowler ihn. „Und vergessen Sie nicht, dass Miles Bullard immer noch auf freiem Fuß ist, und der ist ein berüchtigter Mörder."

Detective Cleveland ließ sich auf der Schreibtischkante nieder. „Ich habe da eine andere Theorie, Deputy Puckett." Er mustere Fowler eindringlich.

„Nur raus damit", brummte Fowler.

„Ich denke, Scott Murphy und Mr Fowler sind Komplizen. Ihnen ist sicher aufgefallen, dass sich Mr Fowler erst gestellt hat, nachdem Murphy Zeit hatte, uns seine Geschichte aufzutischen. Er will uns einreden, dass nicht Mr Fowler auf den Sheriff geschossen hat, sondern ein anderer Verbrecher … einer, der jetzt verletzt und auf der Flucht ist. Aber wo steckt dieser Mann? Er wurde nicht gefunden."

„Scott Murphy hatte keinen Grund, für mich ein falsches Geständnis abzulegen", sagte Fowler. „Ich habe ihn weggeschickt, als er sich uns anschließen wollte."

„Und auf diese Weise will er sich Ihrer Gunst versichern", führte der Detective weiter aus. „Zweifel wecken an dem, was passiert ist, Taneys Aussage erschüttern, und, falls nötig, die Schuld auf sich nehmen. Da er noch nicht erwachsen ist, wird das Gericht vermutlich ein mildes Urteil fällen."

Fowler kochte vor Wut. Officer Harrison und Joel schickten sich an, im Notfall einzugreifen.

„Ich bin nicht auf Sheriff Taney losgegangen", erklärte Fowler. „Ich habe nicht auf ihn geschossen, und ich habe keine Ahnung, was Scott Murphy erlebt hat. Ich verstecke mich doch nicht hinter Kindern, sondern stehe selbst für mich ein."

„Außerdem", wandte Joel ein, „war Fowler mit mir zusammen."

„Es gibt noch eine dritte Möglichkeit", sagte Detective Cleveland. Joel begann, seine quengelnde Stimme zu hassen. „Vielleicht ist Mr Fowler ja tatsächlich unschuldig. Vielleicht hat Scott Murphy tatsächlich auf eigene Faust gehandelt. Dann ist er derjenige, der es auf Doktor Hopkins abgesehen hat. Er hat sich als ‚Bald Knobber' verkleidet, um nicht erkannt zu werden. Sheriff Taney hat ihn gestellt, und er hat auf ihn geschossen, um flüchten zu können. Der Sheriff wurde von einem ‚Bald Knobber' angeschossen, und Scott behauptet einfach, er sei es nicht gewesen, sondern habe auf einen Verbrecher geschossen."

Joel wandte sich wütend zu ihm um. „Scott Murphys Familie und die von Doktor Hopkins sind nicht verfeindet. Im Augenblick wohnen sie sogar unter einem Dach. Außerdem hat Scott Alarm geschlagen, als Hopkins' Haus in Flammen stand."

„Und wer zuerst die Feuerglocke läutet, könnte auch der Brandstifter sein", beharrte Detective Cleveland. „Wir allerdings haben den Fehler gemacht, dass wir die Befragung von Scott Murphy Ihnen überlassen haben. Wir sollten ihn sofort herholen."

„Weswegen? Uns liegt seine Aussage doch vor."

Detective Cleveland strich sich mit der Hand über die Stirn und warf dem Bericht, der auf dem Schreibtisch lag, einen verächtlichen Blick zu. „Wir brauchen unbedingt ein Fortbewegungsmittel. Wo können wir Pferde bekommen?"

„Sprechen Sie mit Bürgermeister Walters." Fowler knöpfte sein Hemd zu. „Er besitzt ein nettes Pferd, das er Ihnen sicher gern ausleiht, wenn der Preis stimmt."

Das Pony? Perfekt. Joel hoffte nur, dass es in Beißlaune war.

„Ich verstehe immer noch nicht, warum wir den Jungen herholen sollten", wandte Joel ein. „Er wird ganz bestimmt nicht flüchten. Schließlich lebt seine Familie hier."

Detective Cleveland ignorierte ihn und wandte sich an Fowler. „Wo finden wir diesen Mann mit den Pferden?"

„Das ist der Gemischtwarenhändler auf der anderen Straßenseite. Sagen Sie ihm einfach, Sie wollen das Sheriff-Pferd. Dann weiß er schon Bescheid."

Mit einem langen Blick auf Joel verließen die beiden Männer das Gefängnis. Auf dem Weg zum Gemischtwarenhändler steckten sie die Köpfe zusammen und besprachen sich.

Fowler schüttelte den Kopf. „Wir hätten den Murphy-Jungen bei uns behalten sollen, anstatt ihn nach Hause zu schicken. Ich habe den Eindruck, dass diese beiden den Fall unbedingt schnell abschließen wollen."

„Die Wahrheit wird ans Licht kommen. Nicht einmal sie können einen Unschuldigen ins Gefängnis bringen."

„Da wäre ich nicht so sicher. Es sind schon eine Menge Schuldiger frei gekommen."

„Wir müssen auf das Gesetz vertrauen", sagte Joel.

„Das verspricht ja eine arbeitsreiche Nacht zu werden", brummte Fowler.

Joels Herzschlag beschleunigte sich. „Sie halten sich da raus!"

„Ich soll alles Ihnen überlassen? Kommen Sie, Deputy. Ich glaube nicht, dass Sie das wirklich wollen. Sie wissen, dass Scott Hilfe braucht – und Sie können nicht helfen, weil Sie sich an das Gesetz halten müssen. Bei uns ist das anders. Wir können mehr erreichen."

„Clive …" Joel schluckte. „Wir haben hier schon viel erlebt, und bislang sind wir gut miteinander ausgekommen. Aber bitte hören Sie auf mich, wenn ich sage, dass Sie sich nicht einmischen dürfen. Glauben Sie mir, sonst wird ein ganzer Trupp Soldaten hier aufmarschieren und Ihnen auf die Finger sehen."

Fowlers Gesicht verhärtete sich. „Wir müssen eingreifen! Begreifen Sie denn nicht, was die vorhaben? Auf Sheriff Taney wurde geschossen, und Scott räumt ein, dass er auf einen Mann geschossen hat. Zu welcher Schlussfolgerung werden die wohl kommen?"

Seit Scott seine Geschichte erzählt hatte, ging Joel dieser Gedanke schon durch den Kopf. Natürlich war diese Schlussfolgerung naheliegend, aber die Angelegenheit war komplizierter. Scott würde Dr. Hopkins' Haus niemals in Brand stecken. Und Scott würde sich nicht als „Bald Knobber" verkleiden.

Steckte vielleicht mehr dahinter? Sagte Scott wirklich die Wahrheit oder sehnte er sich so sehr danach, ein „Bald Knobber" zu werden, dass er etwas Unvernünftiges getan hatte? Was war, wenn der Sheriff ihn für Fowler gehalten und versucht hatte, ihn zu verhaften? Was war, wenn Fowler nicht die ganze Wahrheit sagte?

Das, was er jetzt tun musste, tat er nur sehr ungern, aber er hatte keine andere Wahl. Joel trat einen Schritt zurück. Dabei stieß er den Stuhl um, aber noch bevor dieser auf dem Boden aufschlug, hatte Joel bereits den Revolver in der Hand.

„In die Zelle", forderte er Fowler auf.

Dieser hob die Hände und warf ihm einen kalten Blick zu. „Machen Sie sich nicht lächerlich, Puckett. Wir wollen Scott doch beide schützen. Meine Männer und ich könnten ihn da rausholen."

„Ich darf das nicht zulassen. Gehen Sie in die Zelle."

„Sie werden eh nicht auf mich schießen." Fowler ließ die Hände mit einer Beiläufigkeit sinken, die überzeugend wirkte. „Ich habe nichts verbrochen."

„Finden wir's doch raus. Ich will wirklich nicht auf Sie schießen, aber ich werde es tun." Er hatte schon früher auf einen Menschen geschossen, allerdings nicht auf jemanden, für den er so große Hochachtung empfunden hatte wie für Fowler. „Ich werde Ihnen ins Knie schießen oder vielleicht in den Fuß. Ich werde tun, was in meiner Macht steht, um Ihr Leben zu retten, denn dieser Harrison wird nicht zögern, Sie zu erschießen. Gehen Sie in die Zelle."

Joel war davon überzeugt, dass das, was er tat, richtig war, und Pine Gap konnte keinen weiteren Verlust verkraften. Vor Wut schäumend marschierte Fowler schließlich in die Zelle. Mit gezogenem Revolver folgte Joel ihm und schlug die Tür hinter ihm zu.

„Sie wollen ihnen also ein Opferlamm präsentieren, ja?", schnaubte Fowler. „Sie geben ihnen Scott und hoffen, dass sie dann von hier verschwinden?"

Joel schwieg. Fowler hatte die Wahrheit erstaunlich gut getroffen.

Kapitel 38

Was war los? Ihr Pa, Onkel Fred und Scott waren aus dem Haus gestürmt, ohne sich die Mühe zu machen, ihr und Sissy zu erklären, wohin sie wollten oder wann sie zurückkämen.

Mit dem Baby auf der Hüfte legte Betsy die Stirn an die Fensterscheibe. Sie war krank vor Sorge. Krank vor Ungewissheit. Sie wollte mit Joel ins Reine kommen. Sie wollte sich bei ihm für die Zeitungsartikel entschuldigen, aber jetzt quälte sie eine noch viel größere Sorge.

Wenn sie die Uhr nur zurückdrehen könnte. Wenn die Schuldgefühle und Zweifel sie doch nicht so quälen würden. Entsprachen die Anschuldigungen gegen Joel der Wahrheit? Wie gut kannte sie ihn wirklich?

Sissy kam herein und trocknete ihre Hände an einem Handtuch ab. „Abendessen ist fertig."

Betsy biss sich auf die Lippe. Eigentlich wollte sie ihren Posten nicht aufgeben. In der Stadt schwelte es. Jeden Augenblick konnte der Funke aufflackern, und das wollte sie auf keinen Fall verpassen.

Da. Unten am Berg verließen die beiden Regierungsmänner gerade das Gefängnis und überquerten die Straße auf dem Weg zu Bürgermeister Walters' Gemischtwarenladen. Was hatten sie jetzt vor? Und wo steckte Fowler?

„Betsy?"

Betsy wirbelte herum. „Entschuldige bitte. Was hast du gesagt?"

„Ich sagte: ‚Wir können essen.'"

„Ich habe keinen Hunger." Betsy drückte ihr das Baby in die Arme. „Hier, ich muss weg."

„Betsy", warnte Sissy, „du weißt, wie ich darüber denke …"

Und da sie unter ihrem Dach lebte, war Betsy verpflichtet, ihre Wünsche zu respektieren, aber das hieß noch lange nicht, dass sie ihr gehorchen musste.

„Es tut mir leid, Sissy, aber das ist wichtig. Deine Aufgabe ist es, dich um deine Kinder und deine Familie zu kümmern. Und das hier ist meine Aufgabe." Sie würde ihren Beitrag dazu leisten, diese leidige Angelegenheit zu klären.

Sissy drückte Eloise fest an sich und bedachte Betsy mit demselben Blick, den ihr jahrelang ihre Ma zugeworfen hatte. Schließlich trat sie seufzend aus dem Weg. „Tu, was du für richtig hältst."

Genau das würde Betsy tun. Zumindest heute. Obwohl sie einhundert Gründe hätte anführen können, warum sie die Artikel über den schneidigen Deputy geschrieben hatte, musste sie zugeben, dass sie es wegen des Profits getan hatte, aus Eigennutz und weil es Spaß machte. Wenn sie Stift und Papier zur Hand nahm, ging es ihr einzig darum, den Zeitungsleuten zu gefallen. Doch das, was sie jetzt vorhatte, hatte nichts mit Eigennutz zu tun. Wer den Ruhm einheimste, war ihr egal. Sie wollte nur Gerechtigkeit für Sheriff Taney und Fowler, und jetzt … sogar für Joel. Was auch immer in Texas geschehen sein mochte, Joel könnte den Frieden in der Stadt wiederherstellen. Sie hatte ihm versprochen, sich nicht einzumischen, und allein dieses Versprechen hielt sie davon ab, den Regierungsleuten zu folgen. Stattdessen würde sie Joel fragen, ob sie ihm irgendwie helfen könnte. Wenn er ablehnte, würde sie in die Hütte zurückkehren und für den Rest des Abends auf Sissys Kinder aufpassen.

Betsy nahm sich nicht einmal die Zeit, einen Mantel

anzuziehen, bevor sie zur Tür hinausstürmte. Aber sie brauchte gar nicht zum Gefängnis zu gehen, weil Joel ihr schon auf der Straße entgegenkam.

Sein Mund war zusammengepresst und in Gedanken schien er kilometerweit entfernt zu sein. Offensichtlich hatte er sie noch gar nicht bemerkt. Vielleicht sollte sie sich schnell wieder ins Haus zurückziehen und sich diese peinliche Begegnung ersparen …

„Betsy!“

Sie blieb abrupt stehen. Der Wind zog an ihrer Bluse und sie erzitterte. Wollte er wirklich zu ihr? Als sie endlich den Mut fand, ihn anzusehen, stellte sie fest, dass er sie mit müdem Blick und hängenden Schultern ansah.

„Ich möchte dich nicht aufregen“, sagte er, „aber da gibt es etwas, das du wissen solltest.“

Betsy presste die Hände an die Brust. War sie bereit, sich hier und jetzt seine Geschichte anzuhören? Hier, mitten auf der Straße? „Mir ist da schon etwas zu Ohren gekommen, aber ich würde gern deine Sicht der Dinge hören. Ich verspreche, ich werde nicht böse werden, solange du mir die Wahrheit sagst.“

Joels Blick wanderte über die Straße. Er runzelte die Stirn, trat näher und fragte mit gesenkter Stimme: „Warum sollte ich dich anlügen? Ich wollte dich und Sissy vorwarnen, bevor wir Scott verhaften.“

„Was?“ Ein erneuter Windstoß traf Betsy. Hatte er den Verstand verloren? „Was hat Scott mit der Frau in Texas zu tun, wegen der du deinen Job verloren hast?“

„Wer hat dir denn das erzählt?“

Verwirrung machte sich in ihr breit. „Detective Cleveland hat mir eine Menge Fragen über dich gestellt. Ob du dir irgendwelche Freiheiten herausnimmst … Du verstehst schon …“

Joel senkte den Blick und studierte angestrengt den Boden.

Betsys Unbehagen wuchs. „Was ist mit Scott?“

Er hob den Blick und der Schmerz in seinen Augen machte ihr Angst. „Fred und dein Vater sind heute Morgen mit Scott im Gefängnis erschienen. Scott behauptet, er hätte auf einen Mann geschossen. Es klingt ganz nach Notwehr, aber die Detectives wollen ihn zu einer weiteren Befragung herbringen.“

Betsy schüttelte den Kopf. „Scott würde niemals auf einen Menschen schießen.“

„Es war in der Nacht, in der Taney verletzt wurde. Vielleicht hat er ja Taneys Angreifer getroffen, aber die Detectives denken in eine andere Richtung.“

Das war zu viel. Betsy warf einen nervösen Blick zur Hütte. „Sissy weiß nichts davon.“

„Und vielleicht sollte sie es auch lieber gar nicht erfahren. Noch nicht. Aber ich wollte, dass du Bescheid weißt.“ Da war er wieder – dieser verletzte Ausdruck in seinem Blick, der darauf hindeutete, dass sie ihm einmal viel bedeutet hatte. Aber das war jetzt vorbei.

„Was kann ich tun?“, fragte Betsy. „Weißt du, ich werde verrückt, wenn ich zu Hause herumsitze und mir Sorgen mache.“

„Genau aus diesem Grund habe ich dich auch informiert“, sagte Joel. „Ich rechne nämlich nicht damit, dass du zu Hause herumsitzt. Mir sind die Hände gebunden, aber ich hätte gern ein zusätzliches Paar Augen dort draußen. Jemanden, dem ich trauen kann und der mir ohne Vorurteile die Wahrheit sagt.“

Das Wort „Vertrauen“ brannte sich in ihre Seele. „Du kannst auf mich zählen. Ich werde nur dir Bericht erstatten.“

Er blickte sie eindringlich an. „Wenn diese Männer dir erzählt haben, ich sei entlassen worden, weil ich eine Dame kompromittiert hätte, warum redest du dann noch mit mir?“

Sie steckte sich eine Locke hinters Ohr, die sich gelöst hatte. „Ich habe neulich auch einen Fehler begangen, und ich lerne gerade, wie schwer es ist, so etwas wiedergutzumachen. Wenn es etwas gibt, das ich hier in der Stadt gern häufiger erleben würde, dann ist es Gnade."

„Hast du denn keine Angst, dass es stimmen könnte?"

Sie wollte ehrlich sein, ungeachtet aller Konsequenzen. „Ja, davor habe ich sogar große Angst. Wenn es stimmt, dann habe ich ..." Sie suchte nach den richtigen Worten. „Nach diesen Artikeln habe ich keinen Anspruch mehr auf deine Freundschaft, aber ich habe eine bestimmte Vorstellung von deiner Person – dass du mutig, ehrenhaft und gerecht bist. Und daran möchte ich festhalten, auch wenn ich alles andere verliere."

Beide litten, als sie dort im kalten Winterwind auf der Straße standen. Beide waren verletzt und auf der Suche nach Trost, und doch waren sich beide auch bewusst, dass noch ein weiter Weg vor ihnen lag.

„Diese Regierungsleute", brach Betsy das Schweigen, „sie haben Pferde bekommen."

Oder zumindest so etwas Ähnliches wie Pferde. Bürgermeister Walters hatte ihnen die schlechtesten Pferde gegeben, die er auftreiben konnte, und vermutlich einen horrenden Preis dafür verlangt. Officer Harrison hockte auf dem bösartigen Pony und flog bei jedem Schritte beinahe aus dem Sattel. Detective Cleveland wirkte elegant gelangweilt oder zumindest so gelangweilt, wie man auf einem Maultier wirken konnte. Sie waren auf dem Weg zum Gefängnis und hatten Joel nicht bemerkt.

Der junge Mann richtete sich seufzend auf. „Ich muss zurück, Betsy. Sei vorsichtig."

Scott brauchte sie. Alle brauchten sie. Und sie hatte Joels Segen dazu.

„Sei auch vorsichtig", sagte sie. Bevor er sich auf den Weg machte, hielt sie ihn noch einmal auf. „Joel?"

„Ja?“

„Es tut mir sehr leid, dass ich meine Artikel vor dir geheim gehalten habe. Ich hätte es besser wissen müssen. Ich weiß zwar nicht, wie es kam, dass du hier gelandet bist, aber ich bin froh, dass es so ist. Gott hat dich aus einem ganz bestimmten Grund hierhergeführt.“

Er betrachtete sie nachdenklich. „Danke. Ich denke, es ist an der Zeit herauszufinden, was ihn dazu veranlasst haben könnte.“

Die Luft war rein. Joel und die Regierungsleute hatten die Stadt verlassen und sie würde ihnen folgen. Doch kaum hatte sie einen Fuß auf die Hauptstraße gesetzt, als ein schriller Pfiff ihr eine Gänsehaut über den Rücken jagte. Der Pfiff kam aus dem Gefängnis. Betsy wandte sich um.

Im gleichen Augenblick wurden die Haustüren der Hütten geöffnet, die die Straße säumten. Einige der Männer hatten noch ihre Servietten umgebunden, andere schoben ihre Frauen und Kinder ins Haus zurück, schlossen die Türen und warfen ihren Nachbarn fragende Blicke zu. Ein weiterer Pfiff und sie setzten sich in Bewegung. Vorsichtig zunächst, aber mit leichterem Schritt, sobald sie auf der Straße aufeinandertrafen. Geflissentlich ignorierten sie die düsteren Blick der Männer, die sich lieber wieder zu ihrer Familie ins Haus zurückzogen.

Wer rief sie alle zum Gefängnis? Joel war nicht da. Betsy biss sich auf die Lippe und bog auf den Holzsteg ein, der zur Rückseite des Gefängnisses führte. Als sie an der Tür vorbeikam, war das Treffen bereits in vollem Gange. Die „Bald Knobbers“ scheuten nicht einmal davor zurück, sich im Gefängnis zu versammeln.

„Sie dürfen Scott nicht festnehmen.“ Sie konnte nicht erkennen, wem die leise Stimme gehörte, aber der Mann schien mittleren Alters zu sein. Das engte den Kreis auf drei oder vier Personen ein, die im näheren Umkreis des Gefängnisses wohnten. „Auch wenn er nicht zu uns gehört, wir halten zusammen. Der Junge hat Hopkins' Haus nicht in Brand gesteckt."

„Sie brauchen einen Schuldigen." Das war Fowler, ohne jeden Zweifel. „Einer von uns soll auf den Sheriff geschossen haben, und der junge Deputy ist ziemlich durcheinander. Fred Murphy war zwar nie einer von uns, aber er ist ein prima Kerl." Zustimmendes Gemurmel. „Und Scott hat das Herz am rechten Fleck. Wenn wir ihn in jener Nacht nicht weggeschickt hätten, dann hätte er jetzt diese Probleme nicht. Ich weiß zwar nicht, wie es euch geht, aber ich empfinde es als meine Pflicht, dem Jungen zu helfen."

Betsy schlang die Arme um sich und ließ sich gegen die Wand sinken. Scott brauchte Hilfe, aber zu welchem Preis? War man nicht verpflichtet, einzugreifen, wenn die Justiz irrte? Wie weit durfte man gehen, um andere daran zu hindern, ihre Macht zu missbrauchen? Sie hatte Angst vor dem Chaos, das Fowlers Befehl anrichten würde, aber was würde geschehen, wenn er nicht eingriff? Sie hatte keine Möglichkeit, die Männer an ihrem Vorhaben zu hindern, aber Joel wollte, dass sie die Augen und Ohren offen hielt, während er anderweitig beschäftigt war.

„Wir könnten dich aus dem Gefängnis herausholen", schlug jemand vor. „Wenn wir ein Seil an die Gitter binden, könnten wir sie vielleicht mit vereinten Kräften aus dem Mauerwerk lösen."

Betsy presste die Hand auf ihren Mund. Saß Fowler etwa im Gefängnis? Auf einmal begriff sie. Natürlich wollte Clive versuchen, Scott zu warnen. Natürlich wollte er nicht zulassen, dass Fremde ihn einfach verhafteten. Und was hatte Joel getan? Dasselbe, was er an jenem Abend auch mit ihr gemacht hatte. Na ja, nicht genau dasselbe, aber Deputy Puckett sollte endlich seine Angewohnheit ablegen, seine Freunde einzusperren.

„Ihr braucht mich nicht“, sagte Fowler. „Ihr habt jedes Recht, heute Nacht zu reiten, aber nachdem ich unter Arrest gestellt wurde … Nun, wir wollen ihnen nicht noch mehr Grund geben, Jagd auf uns zu machen. Also holt eure Kapuzen und eure Pferde und reitet zu Huckabees Haus. Kein Blutvergießen! Aber wir dürfen nicht zulassen, dass Scott ihnen in die Hände fällt. Helft ihm zu verschwinden.“

Sie blieb an die Wand gelehnt stehen, als alle anderen ausschwärmten. Stimmen verklangen, während die Männer nach Hause eilten, um sich bereitzumachen, und genau das würde sie jetzt auch tun. Sie hatte ja noch Scotts Hose. Allerdings müsste sie sich noch einmal Pritchards Maske ausleihen. Sie wusste ja, wo Joel das Beweisstück aufbewahrte, und da Fowler eingesperrt war, konnte auch er sie nicht daran hindern. Sie würde sich Isaacs Pferd ausborgen und mit der Bürgerwehr reiten … oder in diesem Fall mit den Gesetzlosen.

Manchmal konnte man das eine nur schwer vom anderen unterscheiden.

Kapitel 39

„Ich übernehme die Verantwortung dafür, dass er hierbleibt. Ich bin sogar bereit, hier im Haus zu übernachten, wenn Sie das wollen. Aber bitte sperren Sie ihn nicht ein." Fred schob seine Brille auf die Stirn.

Joel stand in der Tür der Holzhütte. Mit einer Handbewegung lehnte er den von Mrs Huckabee angebotenen Kaffee ab. Ohne Zweifel teilte sie Joels Meinung, dass es vollkommen überzogen war, Scott zu verhaften.

Detective Cleveland, der gewöhnlich ausgesprochen wachsam war, gab sich betont desinteressiert an Scotts Aussage. Ohne sich Notizen zu machen, war er den Bericht mit ihm durchgegangen. Joels Vermutungen in Bezug auf Bullard schenkte er keinerlei Beachtung. Bereits vor Scotts Aussage waren sie zu dem Schluss gelangt, dass er Teil einer größeren Verschwörung war. Man hatte sie nach Pine Gap geschickt, um Joel unter die Lupe zu nehmen, aber wenn sie gleichzeitig noch eine Brandstiftung und den Angriff auf einen Sheriff aufklären könnten, wäre das ein Bonus. Und wenn sie schon Fowler nicht überführen konnten, dann war Scott ein willkommener Ersatz.

Officer Harrison verlor den Kampf gegen ein Gähnen. Er trank noch einen Schluck von seinem Kaffee, und mit einer Gleichgültigkeit, die Fred das Herz brechen musste, verkündete er sein Urteil. „Dieser Junge hat ein Verbrechen gestanden. Und Verbrecher gehören ins Gefängnis."

Fred ballte seine tintenverschmierte Hand zur Faust, doch die Fremden schienen das nicht zu bemerken.

Mrs Huckabee, die Joel mit ihren strahlenden Augen und entschlossenen Handgriffen sehr an ihre Tochter erinnerte, wandte Detective Cleveland den Rücken zu, ignorierte seine ausgestreckte Hand und goss den Kaffee ins Spülbecken.

Scott wirkte sehr niedergeschlagen, aber er hielt sich tapfer und erhob sich. „Tante Irma hat meine Wäsche gewaschen. Ich hole mir nur noch ein sauberes Hemd.“ Er drückte die Schulter seiner Tante, als er an ihr vorbeikam und die Küche verließ, um auf den Dachboden der Hütte zu steigen.

Zum ersten Mal in seinem Leben begann Joel, darüber nachzudenken, welche Konsequenzen es wohl haben würde, wenn er das Gesetz missachtete. Er traute diesen Männern nicht. Aber der Detective würde sich doch bestimmt mit einer fairen Verhandlung zufrieden geben. Joel dachte daran zurück, welche Mahnung er Scott früher am Tag mit auf den Weg gegeben hatte: „Sag einfach die Wahrheit, dann wird alles gut.“ Aber hatte er nicht genau das Gegenteil erlebt? Opportunismus und das rücksichtslose Streben, die eigene Karriere voranzutreiben, waren der Grund dafür, dass schon viele Männer für ein Verbrechen verurteilt worden waren, das sie nicht begangen hatten.

„Da kommen Leute“, sagte Calbert in diesem Augenblick. Er erhob sich und blickte stirnrunzelnd aus dem Fenster.

Leute? Mehr als einer? Joel konnte außer Bäumen nichts erkennen, doch dann tauchten aus dem Schatten die unheimlichen, aber sehr vertrauten Umrisse von gehörnten Reitern auf. Clive Fowler hatte also keine leeren Drohungen ausgestoßen.

„Was zum Teufel …?“ Officer Harrison erschauderte. Er griff unter seinen Mantel und zückte seinen Revolver.

Joel hob abwehrend die Hand. „Nicht schießen. Die Männer wollen vermutlich nur reden."

„Wenn jemand sich unterhalten will, sollte er sich nicht verkleiden." Schweißtropfen liefen über Detective Clevelands Nacken.

„Bleiben Sie im Haus." Joel zog sich vom Fenster zurück. „Und wagen Sie es nicht zu schießen. Hier bin ich das Gesetz!"

Er riss sich wahrhaftig nicht darum, mit den Männern zu reden, aber wenn Kugeln durch die Gegend flogen, hätte er keine Chance, den Zwischenfall unbeschadet zu überstehen.

Würde er die richtigen Worte finden? Er selbst wäre dazu nicht in der Lage, aber Gott könnte es bewirken. Wenn Joel ihn nur über den Lärm seiner eigenen Sorgen und seiner Unvollkommenheiten hinweg verstehen könnte.

Er öffnete die Tür und trat mit erhobenen Händen auf die Veranda. Langsam zog er die Tür hinter sich zu. Seine Kehle war wie zugeschnürt, als der Riegel zuschnappte und er nun von jeder Rückzugsmöglichkeit abgeschnitten war. Langsam ließ er seinen Blick über die Männer schweifen, doch an ihrer Spitze ritt kein Riese. Fowler hockte also nach wie vor in seiner Zelle.

„Wer hat hier das Sagen?" Joel betrachtete die Menge. In der eisigen Luft blähten sich die Nüstern der Pferde. Einige Männer erkannte er. Auf einmal blieb sein Blick an einer Maske hängen. Es war die Maske, die während der vergangenen Wochen in seinem Büro gelegen hatte. Und dazu die schmächtige Gestalt des Reiters – das musste Betsy sein. Er hatte sie gebeten, die Augen offen zu halten, aber als er sie zwischen den Männern entdeckte, war er erschrocken.

Ein schlanker Mann ergriff das Wort. „Wir wollen doch alle dasselbe. Wir wollen Scott Murphy."

Joels Magen zog sich zusammen. Wollten sie ihn etwa lynchen? Sie hielten Scott doch nicht etwa für schuldig, oder? „Was wollt ihr mit dem Jungen?"

„Wir wollen ihm eine Chance geben", rief jemand von hinten. „Er hat nichts Unrechtes getan."

Joel betete, dass sie recht hatten, aber er konnte es nicht beweisen. Noch nicht. „Ich kann euch verstehen", sagte er, „aber ich will auch das Beste für den Jungen. Das Gesetz schreibt vor, dass wir die Vorgänge untersuchen müssen, und wenn es entscheidet, dass eine Gerichtsverhandlung stattfinden soll, dann wird das so sein."

Protest erhob sich wie ein zorniger Wind, der durch trockene Blätter fegte. Die Pferde traten nervös auf der Stelle. Eine Wolke des Unmuts legte sich über die Gruppe. Und wieder hob Joel die Hand. „Mal angenommen, ich würde ihn euch übergeben. Was dann?"

„Dann wäre er frei und nicht in den Händen von diesen Männern, die nicht wissen, wie es hier bei uns läuft."

Sie wollten also den Regierungsleuten aus der Stadt eine Lektion erteilen. Doch Joel wünschte sich, sie würden erkennen, dass die Stadt diesen Männern am Herzen lag, auch wenn sie gegen die Buchstaben des Gesetzes verstieß. Deshalb hatten sie sich auf den Weg gemacht. Und wenn Joel an diese Fürsorge appellieren könnte, dann hätte er vielleicht eine Chance, die Männer davon zu überzeugen, dass es besser war, wenn sie wieder nach Hause ritten, ohne ein Blutvergießen zu verursachen.

„Ja, natürlich könntet ihr Scott von hier fortbringen. Und dann? Wäre er wirklich frei? Er würde seine Familie nie wieder sehen. Und was wäre das für ein Leben, wenn sein Name beschmutzt und er in den Augen anderer schuldig ist?"

„Das wäre auf jeden Fall besser, als eingesperrt oder aufgehängt zu werden." Die Kapuze des schlanken Mannes war ihm über den Mund gerutscht und dämpfte seine Worte. „Und das werden wir nicht zulassen. Er ist unschuldig. Wir sind diejenigen, die hinter Bullard her waren, nicht Scott. Wenn der Sheriff wirklich behauptet, dass Fowler schuldig ist, dann wird der auch die Schuld auf sich nehmen. Wir werden diesen Jungen nicht im Stich lassen, denn eigentlich sind wir diejenigen, die Rache wollten."

Mutige Worte aus dem Mund eines Maskierten. Joel trat an den Rand der Veranda. „Wenn ihr wirklich glaubt, dass er unschuldig ist, warum habt ihr dann Angst vor einem Prozess?"

„Weil wir wissen, wie solche Prozesse laufen", rief ein Mann, der neben Betsy stand. Ihr Pferd scheute zurück, als er weitersprach. „Genug geredet. Bringt ihn heraus. Wir leben lange genug hier, um zu wissen, dass es keine Gerechtigkeit gibt außer der, die man sich selbst verschafft."

Einige Männer machten Anstalten abzusteigen. Joel lief die Zeit davon. Wenn sie sich näherten, würden Detective Cleveland und Officer Harrison ohne zu zögern das Feuer eröffnen. Und was wäre dann mit Fred und den Huckabees, die ebenfalls in der Hütte waren? Er musste die Männer davon überzeugen, dass sich ihre Probleme nicht dadurch lösen ließen, dass sie Scott fortbrachten.

„Keinen Schritt weiter!" Dieses Mal vergaß Joel, dass die Männer ihm zahlenmäßig überlegen waren. Er sprach mit aller Autorität, die er sich während der sechs armseligen Jahre als Gesetzeshüter erworben hatte. „Ihr dürft Scott nicht mitnehmen. Eines Tages wird er bereuen, dass er fortgegangen ist, ohne seinen Namen reinzuwaschen. Er wird es jeden einzelnen Tag bereuen! Ich hab das selbst erlebt und muss Tag für Tag damit klarkommen."

Er warf Betsy einen nervösen Blick zu. Er hatte nicht gewollt, dass sie erfuhr, was geschehen war. Aber sie hatte davon erfahren und sich trotzdem nicht von ihm abgewandt. Sie hatte den Kopf leicht zur Seite geneigt und hörte aufmerksam zu. Er würde viel lieber allein mit ihr reden und ohne dass sie diesen Jutesack trug, aber das war jetzt unwichtig. Im Augenblick ging es nicht um Betsy und ihn. Er hoffte, die Männer umstimmen zu können, wenn er erzählte, weshalb er aus seiner Heimat weggegangen war.

„Ihr habt euch gefragt, warum um alles in der Welt ich Texas verlassen habe und nach Pine Gap gekommen bin. Nun, bestimmt nicht, weil ich das so wollte. Aber ich hatte keine andere Wahl. Eine junge Frau hat mir vorgeworfen, dass ich mir gewisse Freiheiten herausgenommen hätte. Das stimmte zwar nicht, aber die Leute waren der Meinung, ich sollte sie trotzdem einfach heiraten. Damit wäre die Angelegenheit dann erledigt. Ihnen ging es nur darum, das Problem aus der Welt zu schaffen. Und nun hatte ich die Wahl: Ich konnte entweder diese Frau heiraten und damit meine Schuld eingestehen, oder ich konnte weggehen und mich den Konsequenzen entziehen. Ich wünschte nur, jemand hätte mich darauf hingewiesen, dass es noch eine dritte Möglichkeit gab: Ich hätte mich gegen die Anschuldigungen zur Wehr setzen können. Ich hätte die Aussage dieser Frau richtigstellen und meinen Namen reinwaschen können. Aber das war mit einem großen Risiko verbunden. Stattdessen stellte man mir einen Sheriffposten in Aussicht, wenn ich gehen würde. Und so habe ich mich für die Flucht entschieden."

Zu Menschen zu reden, deren Gesicht er nicht sehen konnte, weil sie Jutesäcke trugen, war nicht besonders angenehm. Aber seine Worte kamen von Herzen, und irgendwie tat es auch gut, sich alles von der Seele zu reden. Irgendwann würde er sich vermutlich auch darüber freuen, dass er sich dazu durchgerungen hatte. Trotzdem blieb die Scham. „Glaubt mir, ich bedauere jeden Tag, dass ich mich nicht verteidigt habe. Jeden Tag wünsche ich mir, ich hätte die Menschen wissen lassen, dass die Anschuldigungen, die diese Frau gegen mich erhoben hatte, nicht der Wahrheit entsprachen, weil ich so etwas einfach nicht tue. Doch stattdessen bin ich fortgegangen. Ich habe meine Heimat aufgegeben und kann nie wieder dorthin zurückkehren. Meine Freunde wissen, dass ich unschuldig bin, doch außer meinen Eltern durfte ich niemandem sagen, wo ich hingehe."

Sein Blick glitt über die Männer hinweg. Sie ließen ihre Waffen sinken. Mehrere kratzten sich an den Köpfen. Die Stimmung hatte sich abgekühlt.

„Tut Scott das nicht an", mahnte er. „Ihr helft ihm nicht, wenn ihr ihn versteckt. Er ist doch noch jung. Er will nicht den Rest seines Lebens fern von den Menschen verbringen, die er liebt."

Da ihr Anführer hinter Gittern saß, wussten die Männer nicht, was sie tun sollten. Sie steckten die Köpfe zusammen und berieten sich. Erst jetzt bemerkte Joel, dass er die Hände zu Fäusten geballt hatte. Er löste sie und streckte die Finger. Die Gruppe löste sich auf und der vorderste Reiter wandte sich ihm zu.

„Und Sie geben uns Ihr Wort, dass er einen fairen Prozess bekommt?"

„So weit das in meiner Macht steht." Und das meinte er auch ernst.

„Das will nicht viel heißen."

In diesem Augenblick wurde die Tür der Hütte geöffnet und Fred trat heraus. „Männer, ich freue mich darüber, dass ihr meinem Sohn helfen wollt, aber der Deputy hat recht. Ich kann nicht zulassen, dass ihr ihn mitnehmt. Wir werden ihm beistehen, was auch kommt, und wenn alles überstanden ist, werden wir wissen, dass wir das Richtige getan haben."

Und damit war die Sache erledigt.

Da sogar Fred sich weigerte, Scott herauszugeben, wendeten die maskierten Männer ihre Pferde und verschwanden wieder im Wald. Alle, mit Ausnahme einer schmalen Gestalt, die sich hinter einem Gebüsch verborgen hatte.

Calbert Huckabee trat auf die Veranda. „Dieser ‚Bald Knobber' da kommt mir verdächtig bekannt vor."

Sie war nicht weggeritten, obwohl sie seine Geschichte jetzt kannte. Joel scharrte nervös mit dem Fuß. „Ich schätze, ich sollte mal nachsehen, was er will."

„Ja, das schätze ich auch." Calbert schlug ihm auf die Schulter und verschwand in der Hütte.

Kapitel 40

Anfangs hatte Betsy die „Bald Knobbers“ innerlich angefeuert und gehofft, dass sie Scott befreien würden. Der Gedanke an einen Prozess machte ihr Angst, aber Joel hatte recht. Wenn Scott davonrannte, würde er nie von den Anschuldigungen reingewaschen. Sein Name wäre für immer beschmutzt. Und das wünschte sie nicht einmal ihrem ärgsten Feind. Doch genau das erlebte Joel gerade. Und er war nicht ihr Feind, sondern der Mann, den sie liebte.

Als sie sich ausmalte, wie es wohl war, von zu Hause verbannt zu sein und seinen guten Ruf zu verlieren, empfand Betsy tiefes Mitgefühl für Joel. An dem Abend, als sie ihn bei Mrs Sanders’ Haus angetroffen hatte, war er ihr ablehnend begegnet. Aber jetzt kannte sie den Grund dafür. Wie sehr musste er gelitten haben. Wie zornig war er wohl darüber gewesen, dass sein Charakter in Zweifel gezogen worden war und dass man ihn verurteilt hatte, ohne ihm die Chance zu geben, seinen Namen reinzuwaschen? Und Betsy und ihre Geschichten über einen schneidigen Deputy, der den Frauen etwas zu sehr zugetan war, waren schuld daran, dass sein Charakter erneut in Zweifel gezogen wurde. Jetzt wussten alle in Pine Gap Bescheid. Der gute Ruf eines unschuldigen Mannes war beschmutzt, und das nur wegen ihr.

Tränen liefen über ihre Wangen. Sie hatte das Gefühl, ersticken zu müssen, und zog die Maske ab. Alle anderen waren auf dem Rückweg in die Stadt, aber sie musste erst noch mit Joel reden. Er musste erfahren, wie leid es ihr tat und dass sie alles wiedergutmachen würde. Sie glitt von ihrem Pferd und taumelte tränenüberströmt zum Haus.

Plötzlich stand er vor ihr. Betsy hob die Hand, um sich die Haare aus dem Gesicht zu streichen. Doch Joel kam ihr zuvor. Mit sicheren Bewegungen steckte er die Locken, die sich aus ihrem Zopf gelöst hatten, hinter ihre Ohren. Es tat ihr weh, als sie sein von Trauer und Ungewissheit gezeichnetes Gesicht betrachtete. Sie umklammerte seine Lederweste, hielt ihn fest, um seine Wärme zu teilen.

„Es tut mir so leid", sagte sie.

Sein Blick glitt fragend über ihr Gesicht. „Sie hatte die ganze Sache geplant. Sie dachte wohl, ich würde sie heiraten, aber das war unmöglich. Nie könnte ich eine Frau heiraten, die mich so hintergeht. Ich könnte mein Leben nicht mit jemandem verbringen, dem ich nicht vertrauen kann."

Bei seinen Worten wurde ihr Griff fester. Was bedeutete das für sie? War alle Hoffnung verloren? Aber hier ging es nicht um sie. Joel litt. „Ich weiß doch, was für ein Mann du bist. Wenn ich bedenke, was sie dir angetan hat, und jetzt will sie dein Leben erneut zerstören ..." Sie senkte den Kopf. „Was du durchgemacht hast, tut mir schrecklich leid, und ich bin auch noch schuld daran, dass alles wieder hochgekommen ist. Es muss doch einen Weg geben, diese Angelegenheit in Ordnung zu bringen."

Joel atmete tief durch und legte seine Hand auf ihre. „Ich dachte, sie hätte mein Leben zerstört, aber wenn das nicht passiert wäre, hätte ich dich nicht kennengelernt. Ich bin genau dort, wo ich sein soll."

Sie blickte zu ihm auf. Würde er ihr vergeben? Könnten sie wirklich noch mal neu anfangen? Wenn sie es nicht besser wüsste, würde sie sagen, dass er sich genauso sehr mit ihr versöhnen wollte wie sie mit ihm.

Als sie ihn zum ersten Mal gesehen hatte, war er für

sie der attraktivste Mann gewesen, den sie je getroffen hatte. Doch sein Aussehen verblasste im Vergleich zu seiner Aufrichtigkeit. Er würde keine Ruhe finden, bis er die Schatten der Vergangenheit hinter sich gelassen hatte. Er musste sich erst damit auseinandersetzen.

„Du kannst etwas für mich tun", sagte Joel. „Etwas, das die ganze Sache sehr erleichtern wird."

Sie brannte darauf zu erfahren, worum er sie bitten würde, hatte gleichzeitig aber auch Angst davor. „Was denn?"

Sein Adamsapfel hüpfte auf und ab, als er schluckte. Er verlagerte sein Gewicht. Noch einmal räusperte er sich, und dann war er endlich bereit, seine Bitte auszusprechen. „Pass gut auf Fred und Sissy auf. Sie machen gerade eine schwere Zeit durch."

Betsy blickte ihn verblüfft an. Sie entzog ihm ihre Hand und stieß ihn zurück. „Ich soll mich um Fred und Sissy kümmern? Mehr kann ich nicht tun, um dich glücklich zu machen? Mehr fällt dir nicht ein?"

Ganz ehrlich, würde dieser Mann jemals etwas von sich geben, das eines Helden würdig war?

Sein Mund verzog sich zu einem Lächeln. „Wenn du unbedingt noch mehr tun willst …"

„Nein, das will ich nicht!" Sie stapfte tiefer in den Wald hinein und Joel folgte ihr dicht auf den Fersen. „Natürlich kümmere ich mich um sie. Was denkst du denn, weswegen ich heute hier bin?" Sie wirbelte zu ihm herum und fuchtelte mit den Armen vor seinem Gesicht herum. „Scott ist schließlich mein Vetter. Ich habe ihn großgezogen, um Himmels willen. Aber als du angefangen hast, von der Frau in Texas zu erzählen und wie … Nun, mach dir keine Sorgen um die Murphys. Ich kümmere mich schon um sie."

Joel packte sie am Handgelenk und zog sie in seine Arme. Sein Blick ruhte voller Liebe auf ihr, als er fragte: „Und wer kümmert sich um mich?"

Die Worte wirbelten so schnell in ihrem Kopf herum, dass sie Joels Frage nicht richtig verstand. Sie hatte noch eine Menge Beleidigungen und Vorwürfe parat, weil er sie schon einmal an der Nase herumgeführt hatte, und jetzt versuchte er wieder, ihr Liebe vorzugaukeln.

„Wenn du mich wieder an diesen Baum bindest, wird das das Letzte sein, das du jemals in deinem Leben tust!", rief sie.

„Du hast doch gesagt, du würdest alles tun ..." Er ergriff ihre Hand und kniete vor ihr nieder. Sein Lächeln erlosch, und er schien in ihrem Gesicht nach einem Hinweis dafür zu suchen, dass sie die Flucht ergreifen würde. „Betsy Huckabee, es gibt Menschen, die meine Integrität infrage stellen, vor allem, nachdem ich gerade den Männern aus dem Ort die Wahrheit gesagt habe, aber wenn du bereit bist, den Skandal an meiner Seite durchzustehen, würde ich mich geehrt fühlen, wenn du meine Frau würdest."

Sie spürte die Hitze auf ihren Wangen. „Bist du verrückt? Da hinten warten doch die Detectives. Du solltest lieber aufstehen."

„Nein." Er führte ihre Hand an seine Lippen und drückte einen langen Kuss darauf. In ihrem Bauch tanzten Schmetterlinge. „Nein, ich muss in dieses Haus zurückgehen und etwas tun, das mir zutiefst widerstrebt. Nur das Wissen, dass du auf mich wartest, dass du die Meine werden willst, wird mir die Kraft geben, das durchzustehen. Und ich werde nicht aufstehen, bevor du mir eine Antwort gegeben hast."

Sie sollte ihn heiraten? Sie? Heiraten? Diesen umwerfend gut aussehenden Deputy aus Texas? Sie würden zusammenleben. Die Mahlzeiten zusammen einnehmen. All diese anderen Dinge tun, die Ehepaare so miteinander taten. Obwohl sie eine erwachsene Frau war, hatte sie sich keine Gedanken darüber gemacht, was das bedeutete. Sie wusste nur, dass sie ihn auf keinen Fall verlieren wollte.

„Na gut, dann werde ich es tun“, sagte sie schließlich. „Für Scott. Und teilweise auch, um dein Leben zu retten, wenn du wirklich der Meinung bist, dass du ohne mich nicht leben kannst.“

Er hob eine Augenbraue. „Du bist wirklich eine treue Dienerin des Staates, meine Liebe.“ Er erhob sich. „Aber es ist schade, dass deine Gefühle nicht im Mindesten davon berührt sind.“

Und wieder stand er ihr gegenüber. Und wieder begann ihr Puls, unter seiner warmen Berührung zu rasen. „Was haben denn Gefühle damit zu tun?“, krächzte sie.

„Für dich vielleicht nichts, aber ich fürchte, du hast mich verzaubert. Und ich bin fest dazu entschlossen, dein Herz zu erobern.“ Er zwinkerte ihr zu.

Aber genau das war doch schon passiert. Als könnte er ihre Gedanken lesen, nahm er sie in seine Arme und zog sie an sich. „Meine Frau.“ Sein Mund verharrte vor ihrem. „Nie habe ich schönere Worte gehört.“

Und schön war dieser Augenblick wirklich.

Er küsste sie, ein fester, von Herzen kommender Kuss, der ihr die Kraft gab für das, was vor ihr lag. Ihre Ängste waren real, aber auch die Hoffnung, dass sie gemeinsam Taneys Angreifer finden und Scotts Namen reinwaschen würden.

Kapitel 41

Die Angeln der Zelle quietschten, als Joel Fowler herausließ. Neben ihm wirkten die beiden anderen Gesetzeshüter wie Zwerge. Scott hätte die Zelle auch ohne Weiteres allein betreten, aber Officer Harrison zerrte ihn am Arm hinein. Vielleicht brauchte er das, um sein Selbstbewusstsein zu stärken. Was immer auch der Grund sein mochte, Joel knirschte mit den Zähnen, als die Zellentür hinter dem Jungen ins Schloss fiel.

„Was genau wird dem Jungen vorgeworfen?", fragte Fowler die Gesetzeshüter. „Dass er auf einen ‚Bald Knobber' geschossen hat?"

Detective Cleveland saß auf Joels Stuhl und suchte in seinem Schreibtisch nach einem Blatt Papier. „Der Junge hat Newton Hopkins' Haus in Brand gesteckt. Als Sheriff Taney ihn bei weiteren Untaten erwischte, hat Murphy auf ihn geschossen, um die Brandstiftung verschleiern."

Leider war Scott in der Nacht, als Hopkins' Haus niedergebrannt war, auf der Jagd gewesen. Calbert Huckabee war zutiefst betrübt darüber, dass er dem Jungen kein Alibi geben konnte.

In diesem Augenblick wurde die Tür aufgerissen und der grauhaarige Postmeister stürmte herein. „Ein Telegramm für den Deputy."

„Geht es um Bullard?"

„Ich hoffe, die Antwort wird Sie zufriedenstellen." Finley schleuderte das Telegramm auf den Schreibtisch und knallte beim Hinausgehen die Tür hinter sich zu.

„Sie beschuldigen den Jungen", warf Fowler ihm vor, „und übersehen dabei ganz, dass sich hier in der Gegend ein Mörder herumtreibt."

„Nicht mehr." Joel ließ das Blatt sinken. „Das Telegramm kommt aus Hot Springs. Bullard wurde vor zwei Wochen bei einem Raubüberfall erschossen."

„Vor zwei Wochen? Dann hat er das Haus des Doktors gar nicht in Brand gesteckt?" Fowler wischte sich über den Mund, während er nervös zu Scott hinüberblickte.

Joel blinzelte zweimal, bevor er die Nachricht noch einmal las. Er wollte sichergehen, dass ein Irrtum ausgeschlossen war. Aber die Botschaft war eindeutig.

Hatte Scott vielleicht doch absichtlich auf den Sheriff geschossen? Aber warum sollte Taney Scott ein Messer an den Hals halten? Oder war auch das gelogen?

Als Sissy erfuhr, dass ihr Stiefsohn verhaftet worden war und beschuldigt wurde, als „Bald Knobber" Verbrechen begangen zu haben, sah sie ihre Ängste in Bezug auf die Bürgerwehr bestätigt. Gleichgültig, wie eindringlich Onkel Fred auch auf sie einredete, er konnte sie nicht davon überzeugen, dass Scott sich nicht Fowlers Männern angeschlossen hatte. Sie weinte, sie trauerte, aber sie war davon überzeugt, dass der arme Junge von den Unruhestiftern verführt worden war und jetzt den Preis für ihre Untaten bezahlen musste.

Onkel Fred drehte an der Kurbel und drückte die Walze auf die eingefärbten Setzkästen. Er bereitete gerade mit Betsy die neueste Ausgabe des *Hart County Herald* vor. „Sie hat Angst um Scott und darum nimmt sie das alles so schwer. Wenn wir nur endlich Bescheid bekämen, ob der Distriktstaatsanwalt ihn vor Gericht stellen wird oder nicht."

Betsy hatte sich gerade darangemacht, die dritte Seite der Wochenausgabe zu setzen, als Joel hereinplatzte. Der kalte Luftzug und seine Gegenwart ließen sie erschaudern. Er zog seinen Cowboyhut. Ein Lächeln umspielte seine Lippen.

„Ich wollte euch nur mitteilen, dass Scott die Nacht gut überstanden hat“, erklärte er. Und mit einem wissenden Blick zu Fred, fragte er: „Wie geht es der Familie?“

„So einigermaßen“, erwiderte Fred, ohne innezuhalten. Mit der Zeitung verdiente er sich seinen Lebensunterhalt, aber das, was auf ihren Seiten gedruckt stand, bedeutete ihm nichts. „Mir gehen immer wieder dieselben Fragen durch den Kopf, und ich überlege, wie ich ihm helfen kann.“

„Irgendetwas übersehen wir“, pflichtete Joel ihm bei. „Aber eigentlich bin ich hergekommen, um zu fragen, ob Betsy mich begleiten könnte. Ich möchte mir diese Schlucht und die Stelle, an der wir Taney gefunden haben, noch einmal ansehen.“

„Ich soll mitkommen?“, fragte Betsy.

Joel nickte und blickte Onkel Fred an.

„Wenn es Scott helfen könnte …“, erwiderte er.

Betsy durchwühlte die Kleidungsstücke am Haken, um einen passenden Mantel zu finden. Dann wickelte sie sich noch einen Schal um den Hals – das letzte Geschenk, das ihre Mutter für sie gestrickt hatte.

Wie hatte sich Ma über Joels Heiratsantrag gefreut! Es war eine Schande, dass sie die Verlobung nicht angemessen feiern konnten. Sobald Scott wieder auf freiem Fuß war, würden sie das auf jeden Fall nachholen.

Doch auch eine weitere Angelegenheit war noch nicht geklärt und würde ihr Glück trüben. Selbst wenn diese Sache nichts an ihren Gefühlen für Joel änderte, so hielt Betsy es für besser, wenn er sie zuerst klären würde.

Joel stieg auf sein Pferd und deutete auf das Leihpferd, das er bereits für sie gesattelt hatte. Betsy fiel auf, dass er ihr dieses Mal nicht die Führung überließ, ein Zeichen dafür, wie gut er sich schon nach dieser kurzen Zeit in den Bergen auskannte.

Sobald sie die Stadt hinter sich gelassen hatten, konnten sie ungehindert reden.

„Bullard ist also tot?", fragte Betsy. „Dann kann er diese Verbrechen nicht begangen haben."

„Wir haben Scott und wir haben Taney, aber wir müssen unbedingt diesen dritten Mann finden", erklärte Joel. „Detective Cleveland denkt, dass nur die beiden beteiligt waren, und er hält Taney für das Opfer und Scott für den Täter. Nicht einmal Scotts Verletzung und das Messer, das dein Vater gefunden hat, können ihn davon überzeugen, dass Scott angegriffen wurde. Ich fürchte, dass ihn gar nichts überzeugen kann."

„Aber wenn in jener Nacht wirklich nur Taney und Scott da waren, warum sollte Sheriff Taney Scott denn etwas antun?", fragte sie. „Vielleicht dachte Taney ja, dass er Bullard vor sich hat?"

„Das habe ich auch schon überlegt. Aber er hat behauptet, dass Fowler ihn angegriffen hätte. Warum gesteht er seinen Irrtum nicht ein? Scott und auch Taney schwören, von einem ‚Bald Knobber' angegriffen worden zu sein, also, wer war der Mann mit der Maske?"

Über diese Frage hatte Betsy immer wieder nachgedacht, aber sie hatte noch keine Antwort gefunden. Doch da gab es noch eine weitere Frage, die sie beschäftigte. Schließlich konnte sie sich nicht länger zurückhalten und platzte einfach damit heraus. „Erzähl mir von Miss Blount."

Sein Pferd stolperte. „Was willst du wissen?", fragte er.

„Alles."

Sie wollte ihm ja glauben, dass diese Frau ihn hintergangen hatte, doch gleichzeitig war ihr bewusst, dass immer ein Zweifel zurückbleiben würde, dass sie immer Angst haben würde, noch andere unangenehme Informationen könnten ans Licht kommen. Und auch jetzt krampfte sich ihr Magen zusammen, weil sie sich fragte, ob ihr gefallen würde, was sie jetzt zu hören bekäme.

„Ich denke, das ist dein gutes Recht", sagte Joel. Sie ritten um den Berg herum und auf die Schlucht zu, als Joel mit seiner Geschichte begann. „Ich habe mich zu Hause nicht wirklich für Mädchen interessiert. Ich wollte nur eines: Sheriff werden. Das war mein großer Traum, und nur dafür hatte ich Zeit, was meiner Mutter gar nicht gefiel. Ich verstand es auch ziemlich gut, die Mädchen zu verjagen, doch irgendwann schwang sich Mary zu meiner Beschützerin auf. Sie gab vor, die Mädchen, die meine Aufmerksamkeit auf sich lenken wollten, von mir fernzuhalten. Da ich dazu aber sehr wohl selbst in der Lage war, ignorierte ich sie meistens einfach."

„Hat sie sich irgendwie aufdringlich und undamenhaft verhalten?"

„Nein, sie war nur sehr hartnäckig. Und sie war falsch. Es kam vor, dass ich eine halbe Stunde mit ihr auf der Veranda des Hotels saß und kein Wort mit ihr sprach. Wenn ich mich dann räusperte, lachte sie und tat so, als hätte ich eine lustige Bemerkung gemacht. Das wurde mir bald alles zu viel." Er hielt inne. „Irgendwann erhielt ich die Nachricht, draußen am Fluss sei ein Buggy umgekippt. Es war schon fast dunkel, aber ich bin trotzdem losgeritten, um nachzusehen. Als ich die Stelle erreichte, sah ich, dass es Marys Buggy war und dass sie dort festhing."

Betsy hob ruckartig den Kopf. „Moment mal. Wer hat dich denn darüber informiert, dass der Wagen umgekippt war? Und warum hat der Betreffende Mary denn nicht selbst mit in die Stadt genommen?"

„Gute Frage. Als ich dort ankam, dachte ich, sie sei allein, doch ihr Bruder war bei ihr. Ich stieg von meinem Pferd und ging um den Wagen herum, um zu schauen, ob wir den Wagen irgendwie wieder aufrichten könnten. Und währenddessen hat sich ihr Bruder mein Pferd geschnappt und ist davongeritten." Die letzten Worte stieß er durch zusammengebissene Zähne hervor.

„Erzähl weiter", forderte sie ihn auf.

„Mary lachte, als wäre das ein Scherz, aber ich fand es nicht witzig. Wenn ein Deputy sein Pferd verliert, ist das eine ernste Angelegenheit. Aber was sollte ich tun? Auf ihren Bruder schießen? Wenn ich gewusst hätte, was sie vorhatten, hätte ich das vermutlich getan und es auch nicht bereut." Er strich sich mit der Hand übers Gesicht. „Und so kam es, dass ich die ganze Nacht dort mit ihr festsaß. Wir hätten durchaus in die Stadt laufen können und sie vor Tagesanbruch auch erreicht, aber sie weigerte sich mitzukommen. Und am nächsten Tag ... Nun, du kannst dir sicher vorstellen, was geschah. Sie marschierte gemeinsam mit ihrem Vater ins Büro des Sheriffs und behauptete, ich hätte sie kompromittiert."

„Und man hat dir nicht geglaubt?"

„Das war egal. Ich sollte sie einfach heiraten, und das Problem wäre gelöst. Und genau darum war es ihr gegangen. Mit einer Heirat hätte ich meine Ehre und ihren Ruf wiederhergestellt. Sheriff Green kandidierte gerade für seine Wiederwahl und wollte keinen Skandal. Alle hielten das für die einfachste Lösung."

„Alle?"

„Selbst meine Mutter. Sie war wütend auf Mary und ihren Bruder, aber sie war auch der Meinung, dass ich schon längst hätte heiraten sollen. Und damit würde ihr Wunsch endlich in Erfüllung gehen."

Betsy runzelte die Stirn. „Es fällt mir schwer zu glauben, dass Mary ganz grundlos so etwas inszeniert. Hast du ihr schöne Augen gemacht ...?"

„So wie bei dir?" Er ritt näher an sie heran. Sein Bein streifte ihres. „Denk doch mal nach, Betsy. Was habe ich gesagt, als wir uns begegneten? Ich habe zu dir gesagt, dass du mich in Ruhe lassen sollst. Ich wollte nicht mit einer Frau reden, weil ich Angst um meinen Ruf hatte. Erinnerst du dich?"

„Du warst nicht besonders freundlich, daran erinnere ich mich sehr gut."

„Und das war der Grund dafür. Durch ihre Anschuldigungen hat Mary meinen Charakter in Zweifel gezogen, und das hatte Konsequenzen für meinen Job. Aber egal, was ich auch zu meiner Verteidigung vorgebracht hätte: Man hätte mir vorgeworfen, dass ich mich einer Dame gegenüber unritterlich verhalte. Ich konnte nur verlieren."

„Ich kann mir vorstellen, wie frustrierend das für dich gewesen sein muss." Sie blickte ihn an und die Angst in seinem Gesicht verschwand.

„Dann glaubst du mir also, dass das nicht meine Schuld war?"

„Aber natürlich."

Joel blieb mitten auf der Straße stehen. Ein verschmitztes Funkeln blitzte in seinen Augen auf. „Die Artikel über den schneidigen Deputy sind doch auch in Fort Worth erschienen, richtig?" Sein Blick wanderte in die Ferne. Er wusste doch bereits, dass das so war, warum beschäftigte ihn das jetzt? „Ich überlege gerade, wie viele Leute in Garber wohl von meinen Abenteuern gelesen haben. Und wie viele von ihnen ahnen, dass ich das Herz der berühmten Elizabeth M. Buckahee erobert habe?"

Betsy hielt ihr Pferd neben seinem an und tat so, als wollte sie nach ihm schlagen, aber das war nur ein Vorwand, ihn zu berühren.

Joel schnalzte mit der Zunge. „Angriff auf einen Deputy. Das muss ich melden." Doch stattdessen ergriff er ihre Hand. Würde er sie immer noch wollen, wenn sie ihm erzählte, was ihr gerade durch den Kopf ging?

Betsy umklammerte seine Hand. „Joel?"

„Mm-hmm?“

„Ich denke, du solltest noch mal nach Texas zurückkehren.“

Sein Gesicht verzerrte sich. „Das kann ich nicht. Wenn ich Deputy bleiben und eines Tages Sheriff werden will, dann gibt es keinen Grund, noch einmal zurückzukehren.“

„Aber du vermisst Texas und deine Familie. Und du musst deinen Namen reinwaschen. Was du über Scott gesagt hast –“

„Wir sind da“, unterbrach er sie.

Sein beunruhigter Gesichtsausdruck machte Betsy Sorgen. Es gefiel ihr nicht, dass es etwas gab, das Joel so belastete, aber darum würde sie sich später kümmern.

Zuerst mussten sie das anstehende Problem lösen.

Kapitel 42

Der Wind raschelte in den Bäumen wie eine einsame Todesfee, die durch die Nacht eilte. Die zerklüfteten Felsen und abgebrochenen Äste ließen den Ort wie ein Tal des Todesschattens erscheinen, auch wenn niemand dort gestorben war. Es war durchaus möglich, dass man in dem Geröll und hinter den Felsen eine Leiche übersah, und deshalb war Joel noch einmal zurückgekehrt, obwohl Calbert versichert hatte, die Schlucht genau abgesucht zu haben. Jetzt war er wieder hier, aber dieses Mal suchte er nach etwas Kleinerem. Etwas, das sowohl Scott als auch Sheriff Taney erwähnt hatten – die Maske eines „Bald Knobbers", die ihr Angreifer getragen hatte.

Betsy kletterte über die Felsen und stocherte mit einem langen Stock in den dunklen Felsspalten herum. „Es hat nicht viel geregnet, also wurde die Maske vermutlich auch nicht weggeschwemmt", meinte sie, „aber vielleicht hat es ja hier auf den Bergen mehr geregnet."

„Lass uns auch noch weiter flussabwärts suchen, nur für den Fall."

Er wusste nicht, was diese Maske beweisen würde, wenn er sie fände, aber er musste etwas für Scott tun. Scott war ein guter Junge und außerdem würde er bald zur Familie gehören. Joel konnte nicht zulassen, dass Scotts Leben zerstört wurde.

„Ich habe etwas gefunden!", rief Betsy.

Als Joel sich umdrehte, steckte ihr Arm gerade in einer

tiefen Spalte. Den Kopf hatte sie zur Seite gedreht, die Augen geschlossen.

„Nimm die Hand da heraus“, befahl er. „Vielleicht steckt eine Schlange darin!“

„Ich habe es gleich.“ Ihre Augen weiteten sich. „Da!“ Langsam zog sie ihren Arm aus der Felsspalte. In der Hand hielt sie ein Stück Jute, das ziemlich ramponiert aussah.

Eine Maske mit zwei Hörnern.

„Irgendein Tier wollte damit sein Nest auspolstern.“ Betsy schüttelte die Maske aus. Erdklumpen fielen herunter, als sie eines der Hörner glatt strich. „Diese Maske ist ganz anders als die anderen. Sieh nur.“

Joels Gedanken wirbelten durcheinander, als er Betsy die Maske aus der Hand nahm. Sie unterschied sich sehr deutlich von Fowlers Maske. Und auch von der von Pritchard. Auf dieser Maske gab es keine farbigen Umrandungen, und die Hörner waren ebenfalls aus Stoff und nicht aus einem festen Gegenstand. Da wusste jemand nicht, wie die Kapuzen der „Bald Knobbers“ wirklich aussahen.

„Die Hörner der anderen Masken, die ich schon in der Hand hatte, sind aus Kork“, bemerkte Joel.

„Ich erinnere mich noch, dass alle auf ihren Veranden saßen und daran geschnitzt haben, als ich noch klein war“, sagte Betsy.

Joel steckte seine Hand in die Maske und griff in eines der Hörner. Er zog ein wenig von der Füllung heraus.

„Das ist nicht das Werk einer Näherin.“ Betsy beugte sich vor, um besser sehen zu können. „Diese Hörner sind wirklich armselig. Woraus besteht die Füllung?“

„Aus Federn.“ Joel ließ ein Dutzend grauer Federn fliegen. „Aber wie es scheint, wurde mit Stoffresten begonnen, bevor man zu Federn griff.“

Betsy neigte den Kopf zur Seite. „Lass mal sehen. Vielleicht erkenne ich ja das Stoffmuster.“ Aber sie hatten es nicht mit einem Stoff zu tun, aus dem eine Frau ein Kleidungsstück nähen würde. Stattdessen zog sie Sackleinen, Leinen und noch mehr Federn heraus.

„Es muss ein Junggeselle sein", bemerkte sie. „Kein Stoff für eine Frau … außer dem hier." Der zerschlissene rote Samt war zu einem festen Bällchen zusammengeknüllt. Betsy versuchte, ihn glatt zu streichen, aber er rollte sich immer wieder zusammen. Sie rieb das Material zwischen Zeigefinger und Daumen. „Wer hätte denn daraus ein Kleid gearbeitet?"

„Mrs Rinehart oder Abigail Calhoun?", vermutete Joel. „Aber du weißt das sicher besser als ich."

„Abigail bestimmt nicht. Ich habe schon als Kind in ihrem Kleiderschrank gestöbert. Und wenn sie etwas Neues hätte, dann wüsste ich das. Mrs Rinehart bestellt alles aus dem Katalog. Aber wenn sie ein Kleid aus rotem Samt hätte, also, das wüsste ich auch."

„Also kein Kleid. Tragen Männer hierzulande Samt?"

„Vielleicht ist das ja gar kein Kleidungsstück", überlegte Betsy. „Ein Kissen oder Innenfutter?" Nachdenklich rieb sie den Stoff zwischen den Fingern.

Joel hatte diesen Stoff schon einmal gesehen. Er versuchte sich zu erinnern. Vielleicht in Walters' Gemischtwarenhandlung? Nein. Ein Kissen bei Mrs Sanders? Nein. Es war irgendein Futter. In einem Kasten …

„Ein Banjokasten", platzte er heraus.

Betsy runzelte die Stirn. „Ein Banjokasten?"

Und ganz plötzlich besaß der Schurke, der Scott angegriffen hatte, eine Identität. Die Puzzleteile der Geschichte fanden allmählich ihren Platz.

„Es gibt nur eine Person in der Stadt, die ein Banjo besitzt", sagte sie. „Und du bist sicher, dass es von ihm stammt?"

„Leider ja." Es gab also gar keinen dritten Mann. Nur einen verängstigten Jungen und einen arglistigen Sheriff.

„Warum sollte er so etwas tun?“ Betsy begann unruhig herumzulaufen. „Ich wette, Sheriff Taney hat sich fürchterlich darüber geärgert, dass er abgelöst wurde. Er wollte nicht, dass du Erfolg hast. Er musste also den Unmut der Leute wecken, damit sie dir nicht vertrauen. Doktor Hopkins ist in der Stadt sehr beliebt, und sein Haus in Brand zu stecken, war das Schlimmste, was er tun konnte.“

„Er gab Fowler die Schuld daran, dass er seinen Job verloren hat, darum verleumdete er die ‚Bald Knobbers‘, wann immer er konnte. Und außerdem wollte er natürlich beweisen, dass ich der Aufgabe nicht gewachsen war.“

„Aber Scott hat ihn erwischt“, führte Betsy weiter aus. „Und hat auf ihn geschossen und Taney ist in die Schlucht gestürzt.“

Joel nickte. „Darum sah er auch so mitgenommen aus – durch den Sturz. Aber es ist ihm irgendwie gelungen, nach oben zu klettern. Das hat ihn seine ganze Kraft gekostet. Darum haben wir ihn auf dem Weg gefunden.“

„Du denkst doch nicht, dass er Scott wirklich getötet hätte, oder? Ich kann mir das nicht vorstellen.“

„Verzweifelte Menschen sind zu allem fähig. Wir müssen ihn aufsuchen. Er muss erfahren, dass wir ihn entlarvt haben.“

„Ich schätze, ich darf nicht mitkommen.“ Betsy wickelte sich in ihren Mantel und vielleicht zum ersten Mal schien sie über ein Nein von ihm nicht böse zu sein.

„Ich werde Officer Harrison und Detective Cleveland abholen, bevor ich losreite, und auf dem Weg zu Taneys Haus über alles informieren, aber bitte verrate deinem Onkel noch nichts. Wir müssen sicherstellen, dass sich das nicht herumspricht. Wir wissen nicht, ob er vielleicht einen Komplizen hat.“

Er hatte den Fall gelöst und wusste endlich, wer der Übeltäter war, und, wichtiger noch, dass weder Scott noch Fowler schuldig waren. Joel hätte am liebsten gesungen. Und getanzt. Mit Betsy. Aber er verdrängte diesen Wunsch. Zuerst musste er seine Arbeit tun.

„Ich werde sehnsüchtig auf deine Rückkehr warten", sagte sie.

Errötete er etwa? Das war bei der Kälte schwer zu erkennen. Aber mit einem Augenzwinkern drehte sie sich um und begann, aus der Schlucht nach oben zu klettern.

Betsy lief unruhig in der Hütte auf und ab. Sie wusste nicht, was sie mit sich anstellen sollte. Onkel Fred und Sissy besuchten Scott im Gefängnis. Es fiel ihr schwer, ihnen zu verschweigen, dass Scott bald frei kommen würde, aber Betsy hatte es versprochen. Und jetzt gab es für sie nichts zu tun, als auf Amelia und Eloise aufzupassen, bis Joel sich meldete.

Als Frau eines Deputys würde es ihr wohl ähnlich ergehen – immer die Sorge um sein Wohlergehen. Wie viele Stunden würde sie wohl im Haus herumlaufen, auf die Kinder aufpassen und den Haushalt versorgen, während gleichzeitig die Angst an ihr nagte, eine schlimme Nachricht könnte ihr Leben verändern?

Betsy schlug auf das Fensterbrett. Sie würde es ertragen, wenn es nötig sein sollte. Wurde das Leben gemessen an den Schwierigkeiten, denen man aus dem Weg ging, oder an den Hindernissen, die man überwand? Gott hatte ihr die Fähigkeiten geschenkt, mit Schwierigkeiten und Nöten fertigzuwerden. Sie würde ihr Bestes geben. Und vor allem würde sie dem Mann, der für alle sein Leben in Gefahr brachte, Kraft geben. Er wäre nicht allein.

In diesem Moment kamen Onkel Fred und Sissy den Berg herauf, ihr Atem weiße Wölkchen in der kalten Abendluft. Betsy rührte noch einmal in dem Eintopf und löste das, was sich auf dem Boden des Topfs abgesetzt hatte, während sie ihren Tagträumen nachgehangen hatte. Sie waren früher zurück, als sie erwartet hatte.

Betsy musste sich auf die Zunge beißen, sonst wäre sie mit der Neuigkeit herausgeplatzt.

Sissy weinte erneut. Betsy nahm Amelia vom Boden hoch, die sich an Sissys Bein festklammerte und heulte, als hätte sie ihre Mutter seit Monaten nicht gesehen. Onkel Fred hockte zusammengesunken am Tisch.

„Ihr seid früh zurück." Betsy verteilte den Eintopf in die Schalen und stellte eine vor Onkel Fred auf den Tisch.

„Scott wird in ein anderes Gefängnis verlegt." Er schob die Schale zurück. „Sie sagen, er könnte hier nicht mit einem fairen Prozess rechnen, darum wird er nach Springfield gebracht."

Betsy ließ den Löffel sinken. Ihr Blick huschte von Onkel Fred zu Sissy. „Wer hat Scott geholt?"

„Sheriff Taney. Wir wollten ihm ausreden, Scott selbst nach Springfield zu bringen. Er sieht noch mitgenommen aus."

Betsy ließ den Löffel fallen. Sie eilte zu ihrem Onkel und krallte sich in seinen Ärmel. „Sheriff Taney hat Scott aus dem Gefängnis geholt?"

Freds Gesicht verzerrte sich. „Ich fand es schon seltsam, dass Joel nicht da war oder die Männer aus der Stadt, aber Taney meinte, es sei dringend. Er hatte den Schlüssel zur Zelle und alles."

„Nein, nein, nein!" Betsy drängte an ihrem Onkel vorbei, rannte zum Kleiderständer und warf sich ihren Mantel über. Das durfte nicht geschehen. Sie musste Hilfe holen.

„Betsy, was ist los?" Onkel Fred hielt ihren Arm fest. Jetzt war nicht der richtige Zeitpunkt für Geheimniskrämerei.

„Taney ist derjenige, der auf Scott losgegangen ist. Er hat das Ganze inszeniert. Er wollte, dass Joel versagt, darum hat er so getan, als würden die ‚Bald Knobbers' hinter den Verbrechen stecken. Er hat Hopkins' Haus in

Brand gesteckt und Ärger gemacht. Taney hat die Maske getragen."

Onkel Fred schüttelte den Kopf, doch langsam dämmerte es ihm. Er sprang auf und rannte zur Tür hinaus. Sissy ließ sich mit Amelia auf die Bank sinken, aber Betsy konnte nicht bleiben, um sie zu trösten. Sie hatten keine Zeit. Sie mussten Taney einholen. Sie mussten Scott vor seinen hinterlistigen Plänen retten. Wo steckte nur Joel?

„Ich laufe zur Auktionsscheune und hole ein Pferd", rief sie. Sie mussten sich beeilen.

Aber Onkel Fred wusste, welche Richtung er einschlagen musste.

Zu Fowler.

Noch bevor Betsy mit einem gesattelten Pferd zurückkam, hatte sich schon eine Gruppe wütender Männer unter der großen Eiche versammelt. Fowler stand in ihrer Mitte und stachelte ihren Zorn an.

„Er hat sich verkleidet, als gehörte er zu uns, und Hopkins' Haus in Brand gesteckt?", rief ein Mann.

„Wir haben nicht geglaubt, dass Sie auf ihn geschossen haben, Boss. Wir wussten, dass er gelogen hat."

„Er hat den Jungen verletzt. Habt ihr den Schnitt an seinem Hals gesehen?"

Donnernder Hufschlag ertönte. Joel kam über die Bergkuppe galoppiert. Die Hufe seines Rappen wirbelten Erdklumpen auf, und die beiden Männer aus der Stadt hatten Mühe, auf ihren minderwertigeren Tieren mit ihm Schritt zu halten.

Die Menge teilte sich und Joel konnte das Pferd nur mit Mühe zum Stehen zu bringen. Er drückte die Zügel fest an seine Brust.

„Sheriff Taney wird vermisst", sagte er. „Wir vermuten, dass er –"

„Wir wissen es bereits", rief Pritchard. „Er hat Scott geholt."

Joel hielt in der Menge nach ihr Ausschau. Betsy nickte. „Er hat Onkel Fred und Sissy gesagt, er müsste ihn nach Springfield bringen. Sie sind vor einer Viertelstunde aufgebrochen."

Selbst Officer Harrison begriff, dass das nicht gut war.

„Wir werden Folgendes tun", sagte Fowler. „Wir werden uns aufteilen –"

„Moment!" Joel behielt die Männer im Blick, auch wenn sein Pferd nervös hin und her tänzelte und es kaum erwarten konnte, wieder zu galoppieren. „Wir brauchen keine maskierte Bürgerwehr. Das hatten wir schon. Ihr habt eure wahre Identität verborgen und so mit dafür gesorgt, dass wir nicht wussten, wer hinter den Verbrechen steckte." Das Gemurmel war nicht gerade freundlich, doch Joel hob die Hand. „Ihr habt der Stadt gleichzeitig die Möglichkeit genommen, sich für eure Hilfe zu bedanken. Wenn ihr euer Gesicht verbergt, dann drückt ihr euch vor der Verantwortung, aber ihr bekommt auch keinen Dank. Sollten die Menschen nicht langsam erkennen, wer ihnen zur Seite steht?"

Detective Cleveland und Officer Harrison wollten sich in die Gruppe drängen, doch die Männer versammelten sich um Joel und es war kein Durchkommen.

„Und seht nur, was die Maskierung euch eingebracht hat. Sie hat den Schuldigen geschützt und es ihm ermöglicht, ehrbare Männer zu beschuldigen. Ist es nicht höchste Zeit, die Maske abzulegen?"

Pritchard war der Erste. Er schleuderte seine neue Kapuze gegen den Stamm der Eiche. Dann kam Rinehart. Nacheinander warfen die Männer das Symbol ihres Heldenmuts gegen den Baum. Am Ende warf auch Fowler seine gehörnte Maske weg.

„Es wird nicht mehr dasselbe sein", sagte er.

„Es wird besser sein", versprach Joel. „Denn wir brauchen keinen Trupp maskierter Männer, die handeln, ohne

Rechenschaft ablegen zu müssen. Wir brauchen Menschen, die sagen, wer sie sind, was sie vorhaben und aus welchem Grund. Das sind die Männer, die wir brauchen, um Sheriff Taney zu finden."

„Wir müssen ihn fassen", brüllte Fowler.

„Sucht Scott", rief Onkel Fred.

„Der schneidige Deputy hat recht!", schrie Pritchard sehr zu Betsys Kummer. Wann hatte er denn eine Zeitung in die Hände bekommen?

„Feuert zwei Schüsse ab, wenn ihr sie findet, damit wir Bescheid wissen." Joels Augen blitzten. „Dann kommen wir euch zu Hilfe."

Und damit zerstreuten sich die Männer in alle Richtungen. Zweifellos würden sich ihnen unterwegs noch mehr Männer anschließen. Vor jedem Schlupfloch würde ein Bewacher stehen, und es würde nicht lange dauern, bis sie den Mann gefunden hatten, auf den sie Jagd machten.

Falls es noch nicht zu spät war.

Kapitel 43

„Der Zug kommt um sechs“, rief Betsy ihm zu. Sie kamen aus dem Wald und erreichten einen seichten Fluss. Dort durchbrachen die Pferde die Eisfläche in Ufernähe und galoppierten durch das kalte Wasser. „Wenn sie wirklich nach Springfield wollen, haben wir nicht mehr viel Zeit.“

„Aber das war doch eine Lüge.“ Joel duckte sich unter den Zweigen hindurch, als sie das gegenüberliegende Ufer erreichten. „Es gibt keinen Prozess in Springfield. Taney hat nicht mehr viele Möglichkeiten.“

Er wollte Betsy keine Angst machen, aber wenn es Taney gelang, Scott aus der Stadt zu schaffen, war dieser verloren. Er war der einzige Zeuge. Nur er könnte die Geschworenen davon überzeugen, dass der Mann mit der Maske, der Mann, mit dem er gekämpft hatte, kein anderer war als der Sheriff selbst. Scott musste also verschwinden, wenn Taney unbeschadet aus der Sache herauskommen wollte.

Sie galoppierten durch Dickichte und nahmen Abkürzungen, die höchst gefährlich waren, aber ihre in den Bergen gezüchteten Pferde strauchelten kein einziges Mal. Ein Pfiff drang zu ihnen herüber. Betsy trieb ihr Pferd noch stärker an, als sie über die Straße galoppierten, die zum Depot führte.

Da war es. Dasselbe einfache Holzdepot, an dem er vor einigen Wochen angekommen war. Aber wenn er es sehen konnte, dann konnte auch er gesehen werden.

„Hooo!“ Kurz vor der Bergkuppe zügelte er sein Pferd.

Betsy blieb neben ihm stehen und ihr Pferd tänzelte rückwärts die Straße hinunter.

„Warum hältst du denn an?“, fragte sie.

„Vielleicht behält Taney ja die Straße im Auge. Wir wollen ihn nicht verscheuchen.“

„Du willst, dass ich mich verstecke? Das ist ja mal etwas Neues.“ Sie grinste. In der Ferne erklang das Stampfen der Dampflok.

Die beiden lenkten ihre Pferde von der Straße herunter und warteten darauf, dass der Zug in den Bahnhof einfuhr.

Der Schaffner stieg aus und blieb auf dem leeren Bahnsteig stehen. Die Tür des Depots ging auf, und ein Bahnhofsaufseher, der auf einem Strohhalm herumkaute, trat auf ihn zu. Sie unterhielten sich eine Weile. Schließlich warf der Schaffner einen Blick auf seine Taschenuhr. Joels Körper spannte sich an. Falls Taney nicht hier war, dann waren seine Absichten noch viel finsterer, als er vermutet hatte.

Plötzlich trat eine Gestalt zwischen den Bäumen hervor. Zwei Gestalten, um genau zu sein. Scott mit hängendem Kopf, zusammengesunkenen Schultern, war einer von ihnen. Taneys Hand lag väterlich auf seiner Schulter. Betsy stieß einen unterdrückten Schrei aus. Er legte ihr die Hand auf den Arm, um sie zu beruhigen. Bislang war Scott noch nichts geschehen.

Der Schaffner winkte den Sheriff herüber. Taney reichte dem Bahnhofsaufseher einen Geldschein und kehrte mit einem Stück Papier zum Schaffner zurück. Dieser nickte und bedeutete Scott, endlich einzusteigen. Der Junge blieb an der Tür stehen und drehte sich zu den Bergen um.

Joel konnte nachempfinden, was er empfand – dieser Augenblick, in dem sich ein Mann für immer von seiner Heimat verabschiedete. Ein Augenblick, den er immer bereuen würde.

In diesem Augenblick setzten sich die Pferde in Bewegung und preschten über die Straße, als wären sie auf der Flucht vor einem Rudel Wölfe. Scott hob den Blick und rieb sich die Augen, und als ihm klar wurde, dass das keine Fata Morgana war, trat ein tiefes Staunen auf sein Gesicht. Auch Taney stand wie erstarrt da, doch als er reagierte, war es bereits zu spät. Aufgrund seiner Verletzungen war an Flucht nicht zu denken.

Betsy sprang vom Pferd und rannte, Joels Warnungen ignorierend, auf ihren Vetter zu. Es war ihr gleichgültig, dass Taney noch nicht außer Gefecht gesetzt war. Sie wusste, dass Joel unmittelbar hinter ihr war, und der Sheriff würde jede Tat, die gegen sie gerichtet war, bitter bereuen.

„Wegen Ihres Alters und Ihrer Verletzung werde ich Sie nicht zu Boden werfen." Joel zerrte Taneys Arme nach hinten. „Aber sobald Sie mir einen Grund liefern, werden Sie erleben, wie schnell sich das ändern kann."

Scott schüttelte den Kopf. „Es ist nicht seine Schuld. Er will mir doch nur helfen. Gebt nicht ihm die Schuld."

Betsy legte den Arm um die Schultern ihres Vetters. „Wie will er dir denn helfen?"

„Er glaubt, dass ich schuldig gesprochen werde, darum hat er mir zur Flucht geraten. Er hat mir sogar Geld für einen Neuanfang gegeben."

Betsy schloss die Augen und dankte Gott dafür, dass Taney sich noch einen Rest Anstand bewahrt hatte.

„Das hat er dir gesagt?", fragte Joel.

Taney starrte zu Boden. „Ich wollte ihn nicht umbringen. Auch nicht in jener Nacht. Ich wollte ihn bloß mit dem Messer erschrecken, damit er in der Stadt erzählt, dass die ‚Bald Knobbers' ihn angegriffen hätten. Dann hätten Sie meine Hilfe gebraucht und ich hätte mich beweisen können. Ich wusste doch nicht, dass er einen Revolver hatte."

„Sie waren das?" Scott starrte den Sheriff fassungslos an. „Warum wollten Sie mir das antun?" Er wandte sich ab, um sein Entsetzen zu verbergen.

Betsy rieb ihm über den Rücken. „Die Wahrheit ist endlich ans Licht gekommen, Scott. Du hast nichts verbrochen. Du musst dich nicht länger verstecken. Du kannst nach Hause zurückkehren."

Als Joels Blick sie streifte, konnte sie darin nicht die Freude erkennen, die sie erwartet hätte. Mit hängendem Kopf führte er Taney fort, und erst in diesem Augenblick wurde ihr bewusst, was Joel bedrückte. Denn genau das war ihm verwehrt: Er konnte nicht nach Hause zurückkehren.

Kapitel 44

Eine Woche später

„Ein Hoch auf Sheriff Puckett!" Mit gereckter Faust führte Onkel Fred die versammelten Stadtbewohner zum Gefängnis. „Hip, hip, hurra! Hip, hip, hurra!"

Betsys Lachen verwandelte sich in einen Jubelschrei, als Joel seinen Stetson zog und ihn schwenkte.

„Ich wusste doch gleich, dass er einen prima Sheriff abgeben würde", brüstete sich Pritchard.

„Nachdem er das Pony überlebt hat, wusste ich auch, dass er ein anständiger Kerl ist", fügte Bürgermeister Walters hinzu.

Josiah stieß sie an. „Er wird ein guter Sheriff sein, aber ob er auch ein guter Schwager ist, muss sich erst noch zeigen."

Betsy trat ihm gegen das Bein. Stöhnend beugte er sich herunter, um sein schmerzendes Knie zu reiben, während sie weiterklatschte.

Joel war der neue Sheriff der Stadt. Damit hatte er einen sicheren Job, vollen Lohn und ein eigenes Haus. Ihr eigenes Haus. Aber da gab es noch etwas, das keinen Aufschub duldete: Er musste seine Angelegenheiten in Texas regeln, und sie hoffte, dass er dazu bereit wäre.

Die Frauen der Stadt hatten ein Abendessen organisiert, zu dem jeder etwas beisteuerte, und alle waren gekommen. Selbst Abigail und Jeremiah waren in die Stadt geritten. Doktor Hopkins und Laurel waren ebenfalls da. Ihre älteste Tochter war seit Betsys Verlobung mit dem Deputy ausgesprochen niedergeschlagen. Clive Fowler benahm sich, als fände die Feier zu seinen Ehren statt, und in gewisser Weise war das auch so. Endlich hatte er jemanden gefunden, dem er die Sicherheit von Pine Gap anvertrauen konnte. Er konnte sich zur Ruhe setzen. Es fehlten nur Detective Cleveland und Officer Harrison, doch die waren nach Jefferson City zurückbeordert worden, nachdem nun kein Zweifel mehr daran bestand, dass Joel seinen Job gut machte, und die Hintergründe von Sheriff Taneys Tat aufgedeckt worden waren.

Betsys Herz schwoll an, als ihr Blick über die Menschen glitt, die sich auf dem großen Platz versammelt hatten. Alle waren glücklich. Und für heute war alles, was sie sah, perfekt. Aber eine Sache wartete noch darauf, geklärt zu werden.

„Darf ich dich nach Hause begleiten?" Er bot ihr seinen Arm an. Die Abenddämmerung war hereingebrochen und es wurde zunehmend kälter.

„Sehr gern, Sheriff Puckett."

Gemeinsam schlenderten sie zu Onkel Freds Haus. Silas Ruger würde sie trauen, und noch bevor die Woche zu Ende ging, wären sie Mann und Frau. Doch Betsys Pläne sahen anders aus.

Sie gingen an dem Haus der Murphys vorbei in den Wald. Langsam schlenderten sie über den feuchten Waldboden, und auf der Nordseite der Bäume waren sogar noch kleinere Schneeflächen zu finden. Beim Aussichtsturm drehte sich Betsy zu Joel um. Obwohl er den Hut tief in die Stirn gezogen hatte, war die Sehnsucht in seinem Blick nicht zu übersehen.

„Hast du dir die Genehmigung geholt?", fragte sie.

Sein Lächeln verblasste. Seine Brust hob sich. „Bürgermeister Walters meinte, Fowler könnte sich um alles kümmern, wenn ich unbedingt fahren müsste. Aber ich brauche nicht zu fahren, das ist doch überflüssig."

Betsy schlang die Arme um sich. Wie sehr wünschte sie, sie könnte das Offensichtliche ignorieren. Wie sehr wünschte sie, sie könnte sich der Freude hingeben, endlich den Mann fürs Leben gefunden zu haben, aber noch war es nicht so weit.

„Ich habe dich am Bahnhof gesehen, Joel. Ich habe deinen Blick gesehen, als Scott nach Hause gehen konnte. Du bist nicht frei. In Garber wartet noch eine unerledigte Sache auf dich."

Er steckte die Hände in die Taschen. „Eines Tages werde ich hinfahren, aber warum die Eile? Lass uns zuerst heiraten –"

„Nein." Das war das schmerzlichste Wort, das ihr je über die Lippen gekommen war. Sie räusperte sich und fuhr fort: „Das Leben in Pine Gap, das Leben mit mir, darf nicht deine zweite Wahl sein. Fahr nach Hause in deine Heimat. Wasche deinen Namen rein. Wenn du mich liebst, wenn du diese Stadt liebst, wirst du zurückkehren. Wenn nicht", sie presste die Lippen fest zusammen, bevor sie den Mut fand, auszusprechen, was gesagt werden musste, „nun, es ist auf jeden Fall besser, das jetzt zu erfahren."

Er ging an ihr vorbei und blieb am Rand eines Felsvorsprungs stehen. Die Sonne verschwand gerade hinter dem Berg und tauchte den Gipfel in ein orangefarbenes Licht.

„Ich wollte, dass alles perfekt ist, bevor ich zurückkehre. Ich hatte von einer Anstellung als Sheriff geträumt, von einer hübschen Frau und vielleicht sogar ein oder zwei Kindern, um zu zeigen, dass ich ein anständiger Mensch bin. Aber wenn ich ehrlich bin, kommt es mir noch so vor, als wäre ich hier im Exil." Er faltete die Hände hinter seinem Rücken und beobachtete, wie die Farben über dem Berg ineinanderflossen. „Wenn du nicht wärst, würde ich das auch hinnehmen." Er wandte sich zu ihr um. Sie las die Unruhe in seinem Blick. „Ich liebe dich, Betsy. Ich will unsere Zukunft nicht gefährden. Was immer ich in Texas erreiche, ist nichts im Vergleich zu der Möglichkeit, dich zu verlieren."

„Wer sagt denn, dass du mich verlierst? Ich habe vierundzwanzig Jahre auf einen Mann gewartet. Denkst du nicht, ich könnte auch noch ein paar Monate länger warten?"

Aber vielleicht hatte er ja gar keine Angst davor, dass sie ihre Meinung ändern könnte. Vielleicht hatte er Angst, er könnte seine Meinung ändern.

Sie ließ die Arme sinken. „Du hast mich ermahnt, dir in allem, was deinen Beruf betrifft, zu vertrauen. Und das habe ich auch getan. Ich respektiere dich als Mann und als Deputy. Das hier ... das ist etwas, worin du mir vertrauen musst. Das ist eine Sache, in der du meine Wünsche respektieren und anerkennen musst, dass meine Lebenserfahrung durchaus Hand und Fuß hat."

Er ergriff ihre Hand, zog sie neben sich und beobachtete mit ihr zusammen, wie die Schatten länger wurden. Ihre Finger schlangen sich ineinander, während Betsy betete, dass er eine Entscheidung traf, auch wenn sie gleichzeitig Angst davor hatte. Als die Sonne schließlich ganz hinter dem Berg versunken war, ergriff er das Wort.

„Ich werde dich vermissen." Sein Kiefer spannte sich an. „Betsy, du weißt gar nicht, wie sehr ich dich vermissen werde, aber ich werde mich beeilen und schnell wieder zurückkommen, und alles wird genauso sein wie zu dem Zeitpunkt, als ich aufgebrochen bin. Du wirst schon sehen. Und in der Zwischenzeit schreibst du weiter deine Artikel. Natürlich kann ich dich in meiner Abwesenheit nicht zu neuen Geschichten inspirieren, aber ich bin sicher, Fowler wird dir genügend Stoff für ein paar Abenteuer liefern."

Sie legte die Hand auf seinen Arm. „Und du schreibst alles auf, was du erlebst, damit ich nach deiner Rückkehr genügend Material habe."

„Abgemacht." Er drückte ihre Hand. „Ich kann es kaum erwarten zu lesen, welche Zukunft du dir für deinen Helden ausgedacht hast – natürlich für den echten."

Sie betrachtete ihn nachdenklich und wünschte, sie wüsste es. Joel würde tun, was richtig war, daran bestand kein Zweifel, und das würde ihn hoffentlich zu ihr zurückbringen.

Als er an diesem Abend aufbrach, war Betsy davon überzeugt, dass er die richtige Entscheidung getroffen hatte. Joel würde in aller Öffentlichkeit seine Unschuld erklären und die Lügen richtigstellen, selbst wenn das einen noch größeren Skandal zur Folge haben würde. Er war ein mutiger, integrer und entschlossener Mann, Eigenschaften, die ihn hoffentlich wieder zu ihr zurückbringen würden, sobald er seine Pflicht getan hatte.

Und gleichgültig, wann er zurückkehrte, Joel hatte ihr Leben verändert. So wie die Männer in ihrer Stadt ihre Masken abgelegt hatten, brauchte sie ihre Intelligenz nicht länger hinter einer Maske der Jugendlichkeit zu verbergen. Sie würde ihrem Verstand und ihrem Herzen treu bleiben und Verantwortung für sich übernehmen. Sie würde vernünftig, vertrauenswürdig und rechenschaftspflichtig leben. Und wenn sie das allein tun müsste, dann wäre das eben so. Aber mit Joel an ihrer Seite wäre es ihr lieber.

Viele Tage würden vergehen, bis sie nicht länger nach seinem Rappen Ausschau hielte. Viele Abende, bis sie den Tisch nicht mehr für eine zusätzliche Person deckte. Aber noch bevor der Frühling anbrach, würde sie anfangen, auf den Pfiff des Zuges zu lauschen. Wenn die Krokusse zu blühen begannen, würde sie die Straße im Blick behalten und darauf warten, dass ihr schneidiger Deputy zu ihr zurückkehrte.

Denn ein Held kehrte immer zur Dame seines Herzens zurück.

Epilog

Joel schob einen Teller mit Essen durch die Zellentür und verschloss sie wieder.

„Das Essen is' nicht heiß", beklagte sich Leland nuschelnd. „Nich' mal warm."

„Sie tauchen angetrunken auf meiner Hochzeit auf und erwarten, dass ich Ihnen frisches Essen koche? Sie können froh sein, dass Sie überhaupt etwas bekommen."

Leland barg den Kopf in den Händen. „Und ich dachte, Sie wär'n in besserer Stimmung, nachdem Sie gerade geheiratet ham. Sie brauchen mich doch nich' so anzuschreien."

Joel schrie nicht, er wollte jetzt nur endlich nach Hause gehen, in sein neues Heim und zu Betsy. Noch in Texas hatte er ihr sein Kommen angekündigt, damit sie die Hochzeit vorbereiten konnte, und die Vorbereitungen waren ihr wirklich gelungen. Ihre Mutter und Sissy hatten ihr geholfen, die Hütte einzurichten, die er gemietet hatte, und sie hatten jetzt ein gemütliches Heim. Abigail Calhoun und Laurel Hopkins hatten ein neues Kleid für sie genäht, und Joel musste zugeben, dass er noch nie ein schöneres Kleid gesehen hatte. Zwei Tage, nachdem er aus dem Zug gestiegen war, zwei Tage, in denen er ihre Familie besucht, Möbel und andere Dinge geschleppt, sich mit Fowler besprochen und sich Zeit gestohlen hatte, um mit seiner Angebeteten allein zu sein, war er verheiratet.

Und auch wenn er alle Hände voll zu tun hatte, um das Versäumte aufzuholen, war sein Herz doch leicht. Joel hatte in Texas seine Angelegenheiten klären können.

Commissioner Anderson und die anderen Polizeichefs von Blackstone County hatten eine Anhörung einberufen. Sheriff Green trat für ihn ein, erzählte, was in jener Nacht geschehen war, und entschuldigte sich dafür, dass er nicht früher den Mund aufgemacht hatte. Mary und ihre Eltern beharrten darauf, dass er ihren Ruf zerstört hatte, aber Joel konnte den zerknitterten Brief vorlegen, den sie ihm im Winter geschrieben hatte. Da er wusste, wie neugierig Betsy war, hatte er ihn wieder aus dem Mülleimer gefischt, und nachdem er gründlich darüber nachgedacht hatte, hatte er ihn als Beweisstück aufbewahrt.

Nachdem die Polizeichefs Marys Brief gelesen hatten, in dem sie ausführlich beschrieb, wie viel Mühe sie sich mit ihrem Plan gegeben hatte und wie verbittert sie darüber war, dass er fehlgeschlagen war, sprachen sie ihn sofort von allen Vorwürfen frei. Ein Brief wurde an den Staat Missouri geschickt, in dem alle Fehlinformationen, die die Verantwortlichen vielleicht in der Zwischenzeit erhalten haben mochten, richtiggestellt wurden, und Joel durfte nun auch in Texas wieder den Sheriffstern tragen.

Aber er bezweifelte, dass er das jemals tun würde.

Entschlossen hängte er die Schlüssel zur Zellentür an den Haken und nahm seinen Hut. Fowler würde am Morgen vorbeikommen und Leland frei lassen, denn Joel hatte nicht vor, vor dem Frühstück hier aufzutauchen.

Zum hundertsten Mal rückte Betsy die Einmachgläser in ihrer Speisekammer gerade. Noch immer half sie Bürgermeister Walters, die Waren in die hohen Regale einzuräumen, die er nicht erreichen konnte, und dafür durfte sie ihr Haus mit vielen nützlichen Dingen ausstatten.

Ihr neues Haus. Sie blickte sich in der kleinen Hütte um. Ein Tisch für zwei Personen stand an der Wand. Ein Ofen, der das Haus selbst an den kältesten Tagen warm halten würde. Das Bett mit dem Überwurf aus der Truhe ihrer Großmutter. Es war klein, aber es war ihr Heim. Und es gab nichts mehr zu tun, als sich hinzusetzen und darauf zu warten, dass ihr Mann nach Hause kam.

Allerdings war Warten noch nie ihre Stärke gewesen.

Schon früh hatte sie ihr Nachthemd angezogen, da sie sich scheute, sich vor ihm auszuziehen. Aber nachdem sie eine Stunde lang barfuß in ihrer Wohnung herumgelaufen war, wäre sie jetzt doch am liebsten in die Stadt gegangen und hätte ihn gesucht. Am Morgen hatten ein paar Freunde zusammen mit ihrer Familie der Trauung beigewohnt, aber jetzt war sie ganz allein und konnte die Einsamkeit nur schwer ertragen.

Hufschlag drang von der Straße zu ihr herein. Sie raffte ihr weißes Nachthemd und eilte zum Fenster. Im gedämpften Mondlicht sah sie, wie er näher kam.

Oh, wie schade, dass sie ihren Artikeln keine Illustrationen beifügen konnte. Wenn die Zeitungen auch ein Bild von ihm abgedruckt hätten, dann hätten bestimmt zahlreiche junge Damen dieses Bild vom schneidigen Deputy ausgeschnitten und zusammen mit gepressten Blumen in *Shakespeares gesammelten Werken* aufbewahrt. Aber sie brauchte keine Bilder mehr. Er war jetzt ihr tapferer Sheriff, und sie würde ihn mit niemandem teilen, auch wenn er versprochen hatte, ihr reichlich Material für ihre Geschichten zu liefern.

Ihre Nervosität wuchs. Da sie nicht wusste, was sie mit sich anstellen sollte, ließ sie sich im Schaukelstuhl nieder und zog die Beine an. Sie hatte überlegt, ob sie ihren Zopf lösen sollte, doch dann beschloss sie, es nicht zu tun. Schließlich konnte ja etwas Unvorhergesehenes passieren, und sie wäre vielleicht gezwungen, sich wieder anzuziehen und in die Stadt zu laufen. Was eine Frau in ihrer Hochzeitsnacht dazu veranlassen könnte, ihr Haus zu verlassen, wusste Betsy zwar nicht, aber es war besser, auf alle Eventualitäten vorbereitet zu sein.

Die Tür ging auf. Seine Silhouette füllte den Türrahmen aus. Sein Blick wanderte durch den Raum und streifte alles, was sie in der Zeit des Wartens herumgeschoben oder umgestellt hatte. Schließlich sah er sie an. Zärtlich lächelnd zog er die Tür hinter sich zu.

„Hast du Hunger?", fragte sie.

„Wir haben doch auf der Hochzeitsfeier gegessen." Er schob den Riegel vor und zog seine Stiefel aus. „Und du? Bist du hungrig?"

Betsy wand sich. „Im Augenblick kann ich nicht ans Essen denken."

Er lächelte, während er seinen Hut abnahm, die Weste auszog und seinen Revolvergürtel an den Haken neben der Tür hängte. Er ging seiner üblichen Routine nach, und auch wenn sie neu für Betsy war, so fühlte sie sich doch durch diese alltäglichen Aktivitäten getröstet. Das war ihr neues Leben. Schon bald wäre das normal für sie.

„Kann ich dir irgendetwas bringen?", fragte Betsy. „Wenn du etwas brauchst –"

„Ich brauche nur dich", sagte Joel.

Sie stellte ihre Füße auf den Boden, aber selbst im trüben Licht der Lampe fühlte sie sich entblößt. Sie griff nach einer Decke, um sie sich über ihre Schultern zu legen, aber er hielt ihre Hand fest.

„Ist dir kalt?" Sein Blick ruhte auf ihrem Gesicht. Ihm konnte nicht entgehen, dass sie errötete.

„Ich … ich weiß nicht." Kalt, heiß, errötet. „Ich denke, ich bin nur –"

„Aufgeregt?"

Da war so viel Liebe in seinem Blick. Sie wollte „verlegen" sagen, aber vielleicht war „aufgeregt" das bessere Wort. Sie drückte seine Hand.

„Ich habe auf dem ganzen Weg hierher an dich gedacht –"

Ohrenbetäubender Lärm ließ sie zusammenfahren.

Chaos brach los in Form von Trommeln, Hörnern und Töpfen, die aneinandergeschlagen wurden. Joel zog sie zum Bett und legte sich schützend über sie. Nervosität hin oder her, Betsy konnte ihr Lachen nicht unterdrücken.

Bevor Joel aufspringen und seinen Revolver holen konnte, schlang sie den Arm um ihn. „Das ist hier so üblich." Sie musste beinahe schreien, damit er sie über den Lärm hinweg verstehen konnte. „Sie erlauben sich nur einen kleinen Scherz mit uns."

Laute Stimmen schmetterten zur Musik der mitgebrachten „Instrumente" ein undefinierbares Lied, aber Betsy ließ sich nicht ablenken, sondern genoss die Nähe ihres Mannes. Er richtete sich auf und warf einen Blick aus dem Fenster. Er redete mit ihr, aber sie konnte nicht verstehen, was er sagte. Entschlossen klappte er die Läden vor. Von seinen Lippen glaubte sie Worte wie „alle" und „sogar dein Bruder" abzulesen. Und deutlicher verstand sie: „Ich werde ihnen sagen, sie sollen aufhören."

„Nein." Sie entspannte sich allmählich. Und fing an, seinen Körper, seine Nähe zu genießen. Sie zog seinen Kopf zu sich heran, damit er sie verstehen konnte. „Du darfst erst hinterher rausgehen."

Seine Lippen wiederholten das Wort. „*Hinterher*?" Sein Blick wanderte zu ihrem Mund. Alle Strenge war aus seinem Gesicht gewichen. „Bist du sicher?", fragte er lautlos.

Der Lärm von draußen ließ das Haus noch gemütlicher wirken. Seine Nähe noch betörender. Dutzende Stimmen grölten den Text eines unsinnigen Liedes. Es verschluckte ihre Antwort, doch als Joel die Lampe herunterdrehte, wusste sie, dass er sie verstanden hatte.

Erst sehr viel später, als Betsy in seinen Armen döste, ging ihr auf, dass es draußen still geworden war. Es hallte nicht länger Gejohle von den Bergen wider. Alles war still. Alles war friedlich. Und er würde für immer an ihrer Seite sein.

Der Verlag weist ausdrücklich darauf hin, dass im Text enthaltene externe Links vom Verlag nur bis zum Zeitpunkt der Buchveröffentlichung eingesehen werden konnten. Auf spätere Veränderungen hat der Verlag keinerlei Einfluss. Eine Haftung des Verlags ist daher ausgeschlossen.

MIX
Papier aus verantwortungsvollen Quellen
FSC® C014496
FSC www.fsc.org

Originally published in English under the title For the Record
by Bethany House, a division of Baker Publishing Group,
Grand Rapids, Michigan, 49516, U.S.A.

Dillerberg 1, 35614 Asslar
www.gerth.de

1. Auflage 2017
Bestell-Nr. 817234
ISBN 978-3-95734-234-8

Umschlaggestaltung: John Hamilton Design/Björn Steffens
Satz: Vornehm Mediengestaltung, München
Druck und Verarbeitung: GGP Media GmbH, Pößneck
Printed in Germany